HECHANGZAI WORKS
何常在 著

运作

大结局

北京联合出版公司
Beijing United Publishing Co.,Ltd.

图书在版编目（CIP）数据

运作·大结局 / 何常在著. — 北京：北京联合出版公司，2018.8
ISBN 978-7-5596-2274-7

Ⅰ.①运… Ⅱ.①何… Ⅲ.①长篇小说—中国—当代
Ⅳ.①I247.5

中国版本图书馆CIP数据核字（2018）第123808号

运作·大结局

作　　者：何常在
选题策划：北京磨铁图书有限公司
责任编辑：徐　鹏
封面设计：仙　境

北京联合出版公司出版
（北京市西城区德外大街83号楼9层　100088）
三河市冀华印务有限公司印刷　新华书店经销
字数320千字　700毫米×980毫米　1/16　印张19
2018年8月第1版　2018年8月第1次印刷

ISBN 978-7-5596-2274-7
定价：45.00元

—— 目录 —— CONTENTS

第一章

硬仗

人生，确实是一条奔腾不息的河流，有险滩，有风平浪静，也有让人始料不及的逆流。在成功坐上远思集团的一号位置之后，本以为从此海阔天空，可以成为中省最年轻的亿万富翁，不想，远思却深陷债务危机的泥潭之中！

现在倪流的人生河流有两条分流：一是转让远思股份给中远或卓氏，以股份换资金，赢取一个喘息的机会，但不管是让中远还是卓氏入股远思，都是引狼入室；二是和首远联姻，娶了林凝欢，和首远置换股份，借助首远的力量，渡过危机，但和林道首合作，无异于与虎谋皮，比和中远或卓氏合作隐患更大。

不管是哪一种选择，都是无比的艰难，倪流一时陷入了困境。

“现实很严峻呀，你们说说，该怎么办才好？”倪流环视黄文旭几人一眼，神色间有几分失落和调侃，“要不，我还是卖身求荣算了？”

“嫁给林凝欢？”吴小舞白了倪流一眼，笑了，“还不到生死关头，你就丧气了？不太像你的风格呀，难道说，你真的看上了林凝欢？如果真喜欢林凝欢也行，情投意合再加上商业合作，两全其美。”

黄文旭迫不及待地维护倪流：“什么叫嫁给林凝欢，小舞，你是成心捣乱是不是？倪头儿就算答应了林道首的条件，也是娶了林凝欢，怎么可能入赘？而且我相信以倪头儿的本事，未必就会被林道首一手掌控，说不定他反客为主，既娶了娇妻，又得了股份，顺便再兼并了首远，财色兼收，然后又玩弄林道首于股掌之间。”

参加聚会的人一共五人，都是倪流的班底，除了倪流之外，还有吴小舞、黄文旭、兰姣和孟岩，没错，和以前相比，多了一个孟岩。

倪流认定孟岩为人值得信赖，他虽然坐上了远思集团一号位置的宝座，但在远思没有根基，需要如孟岩一样在远思有深广人脉和深厚根基的人作为助力，助他尽快打开被动局面。尽管孟岩在遗嘱事件的处理上有过犹豫，不过本着人无完人的出发点，他还是接受了孟岩成为他在远思首批班底的现实。

首批班底的重要性不言而喻，以后将会是倪流在远思的臂膀。

今天的聚会地点选在远思大厦附近的稻香，春节将至，隆冬的季节，街上行人极少，稻香的客流量也明显下降了不少，不过即使如此，也是人来人往，川流不息。

毕竟稻香是襄都数一数二的高档会所。

之所以选择在稻香聚会，倒不是倪流担任了远思的董事长之后要摆谱，非要出入必是高档会所，而是为了掩人耳目，在他的董事长办公室聚会，他还真不放心。虽说他坐上远思的一号位置已有一段时间了，不过对远思的控制力度还远远不够，甚至不夸张地说，他都担心如果在办公室聚会，几分钟后消息就会传到洪东旭耳中。

表面上倪流是远思的一号人物，是最大股东，是董事长兼总裁，实际上，宋国文不在了，洪东旭才是远思真正的灵魂人物，倪流空有最大股东的尚方宝剑在手，却没有足够的影响力，整个远思人心所向，还是以洪东旭为核心。

虽说倪流拥有远思的绝对控股权，不过权力意志也不能强加到别人身上，必须讲究策略和方法。他是董事长不假，却不能把所有不服从以及和他不一心的下属都开除。远思是一台庞大而精密的机器，他可以控制油门，却不能控制每一个零部件的运转，更不能随便拿下其中一个零部件。一旦其中一个零部件故意怠工或是罢工，远思协调一致的前进步伐就会受阻。

让每一个零部件都绝对服从他的指挥，需要磨合，需要高超的管理技巧，更需要时间，正如林道首所说，倪流现在最缺的就是时间。远思内忧外患，他坐上董事长宝座之后才蓦然发现，一号位置虽然人人向往，却也有高处不胜寒的清冷。内有洪东旭处处牵制，并且试图将远思集团当成自家自留地，要搬空远思的资源；外有产业园的失利和巨额亏损，以及中远和卓氏的步步紧逼，试图借机一口吞并远思。

倪流如果不是在继承股份之时就经历了一系列的波折，锻炼了心性，历练了意志，现在的他说不定早就被困难吓得退缩了。一般人还真承受不了如此巨大的落差，从中省最年轻的亿万富翁一头摔下，转眼间变成了债务缠身的亿万负翁，真应了一句话，人生如戏，戏如人生，倒退半年，他说什么也不会相信人生真有如过山车一样忽上忽下的巨变。

“文旭的说法有一定道理，不过太冒险了，不能拿一生的幸福当赌注，掺杂了商业因素，婚姻生活肯定不美满。”孟岩推了推他的金丝眼镜，一板一眼地说道，

“我的看法是，宁肯选择和中远合作，也不和卓氏、首远合作。中远是国有控股集团，想兼并远思需要经国资委审批，程序比较烦琐，而且王树斌为人急功近利，可以收买他为我们所用。卓氏和首远就不同了，卓达和林道首，一个老谋深算，一个老奸巨猾，和他们合作，肯定会被坑。”

“娶了林凝欢也没什么不好，我觉得也不必妖魔化林道首，再怎么着他也只是一个行将就木的老头子，能聪明到哪里去？而且不管是倪董还是林凝欢，都是大活人，怎么会任凭林道首摆布？就算林道首老奸巨猾，他也不可能事事算无遗漏，对不对？”兰姣歪头想了一想，对孟岩的说法进行了反驳，“孟经理老成持重是好事，不过事事过于谨慎的话，会故步自封。我倒认为，还是和首远合作稳妥一些，毕竟首远是襄都的公司，而且林道首对倪董有好感，倪董娶了林凝欢后，也许还真是财色兼收的皆大欢喜局面。”

一席话让倪流对兰姣刮目相看，原以为兰姣担任宋国文秘书，只是一个小角色，不想她在遇到大事时，也足够冷静和理智，还会多方分析问题，也不简单。

兰姣的看法和黄文旭的看法接近一致。

倪流笑了笑，对几人的说法不置可否，只是漫不经心地喝了一口饮料：“难道说，就没有第三条路了？”

“有。”吴小舞抢答一样抢先站了出来，似乎唯恐落于人后，“既不和中远或卓氏合作，也不和首远合作，而是和盛夏合作，借助盛世药业雄厚的资金实力，肯定可以渡过难关，哪怕引进盛世的融资，让盛世药业入股远思，也比和中远合作强一百倍。千万别再提中远了，一想起王树斌的嘴脸，我就觉得恶心。”

“小舞，这就是你的不对了，在商言商，现在谈论的是正事，不是对别人的长相评头论足，就算和中远合作，也是基于利益最大化的出发点，看重的是中远的国企优势，而不是因为王树斌本人。你管王树斌长得丑还是帅，你又不用嫁给他。”黄文旭对吴小舞的言论表示了强烈的不满，“商场大忌就是带着情绪谈判戴着有色眼镜看人，你先去一边深呼吸半分钟然后再做五十个仰卧起坐再过来参加讨论。”

“一边儿去。”吴小舞白了黄文旭一眼，不过没有再多说什么，识趣地闭上了嘴巴。

倪流揉了揉了太阳穴，无奈地摇了摇头：“小舞虽然情绪化了一些，不过她的提议倒也不错，和盛夏合作，是第三条路。其实表面上看我们现在内外交困，似乎只有以股份换资金一条路可走，其实不然，摆在远思面前至少还有三个选择。”

“车到山前必有路嘛，我的理念是，活人不能让尿憋死。”黄文旭叼起一根牙签，很没形象地摇头晃脑，“现在倪头儿今非昔比，除了盛夏对他有好感之外，还有郭容天、陈星睿也和他有交情，所以说，中远、卓氏还有首远想趁火打劫，没门儿。”

“文旭说得没错，盛夏、郭容天和陈星睿三选一，都可以成为远思的合作伙伴，请注意，是合作伙伴，而不是融资。”倪流胸有成竹地笑了笑，“人有多大胆，事有多好办，如果我向盛夏、郭容天或陈星睿三人提出拆借三亿资金，你们说，谁会借我？”

一句话惊得孟岩、兰姣和吴小舞都怫然变色，吴小舞惊叫出声：“开什么玩笑，倪头儿，你再有魅力，哪怕一顾倾人城再顾倾人国，也不可能你一张口就有人拆借你三亿资金，这根本就是异想天开！”

孟岩想说什么，张了张嘴，还是没有开口，或许觉得话都让吴小舞说完了，他再多说也没有必要了。兰姣也是，本想也发表一下自己的看法，却又觉得话说轻了，没用，说重了，不符合她的身份。她虽是倪流的班底，却只是一个小小的办公室副主任，一般情况下，一个董事长办公室副主任可不够级别在董事长面前发表关于集团发展前景大计的意见。

“我猜猜……”几人之中，只有黄文旭对倪流的话不吃惊，不但不吃惊，似乎还很认同倪流的想法，“盛夏虽然对倪头儿有好感，不过盛夏为人八面玲珑，好感代替不了理智，而且她对远思有吞并之心，向她拆借三亿的话，她借钱的可能性极低。至于郭容天就更没戏了，之前郭容天提出五亿收购倪头儿手中百分之七十股份的提议，本意还是想吞并远思，当时机会大好，倪头儿没有转让股份给他，现在落难了，又红口白牙伸手想去拆借，他又不是活雷锋！”

“照你这么一说，最后的三条路都堵死了？”吴小舞睁大了眼睛，“说了半天，还是只有一条路可走了——以股份换生存。”

黄文旭大摇其头：“你会不会算账？刚才倪头儿说是三个人，除了盛夏和郭容天之外，还有一个陈星睿。”

“别逗了，陈星睿和倪头儿交情更浅，他凭什么会拆借三亿给倪头儿？他是富二代不假，可他不是傻子。”吴小舞坚持她的想法，“别当陈星睿是冤大头，别忘了，他虽然是富二代，却是自己白手起家。一个白手起家不靠父母帮助的富二代，更让人佩服。”

“哧……”黄文旭对吴小舞的说法嗤之以鼻，“白手起家的富二代？小舞，你可真单纯，你的三观是在《新闻联播》中形成的吧？如果一个省长公子说他不依靠父辈，全凭自己的能力打下一片江山，你相信吗？扯淡！光他老子的影响力和无形资产，就让他的起点比别人高了八千米的海拔高度。同样，一个富二代自称白手起家，他没有资金可以从银行贷款出来，没有办公地点可以租到最好的地点最好的楼层，没有人力却有最好的职业经理人主动来应聘，为什么？就是因为他是富二代，他的父母为他创造了一个比《新闻联播》还美好的创业环境。白手起家？骗鬼呢。”

“好了，好了，别扯远了。”倪流出声制止黄文旭的愤世嫉俗，“富二代现象是好是坏先不讨论，需要明白的是，富二代也好官二代也好，往上推几代，他们的祖辈都是白手起家的平头百姓。所以不要羡慕别人是富二代或官二代，你不是，但你可以努力让你的儿子成为富二代或官二代。文旭说得对，三人之中，最有可能拆借我三亿的人不是盛夏，不是郭容天，而是陈星睿。”

“我想不通，陈星睿为什么会帮你？”吴小舞摇了摇头，“他不是慈善家，也不是活雷锋，没有好处的事情，他为什么要做？”

“谁说他拆借三亿给我会没有好处？”倪流意味深长地笑了，“陈星睿的东方集团和付白中的中羽集团，目前正在争夺位于石门三角街的一块地皮，很巧的是，地皮是三角村的地，更巧的是，肖米的叔叔是三角村的村支书。”

“肖米是谁？”吴小舞立刻睁大了一双警惕的眼睛，“是个女人？是个美女？是你的女朋友？不对，你的前女友叫梁米……”

女人到底是女人，不管什么事情都容易往男女关系上联想，不过也说明了一点，她对他的个人私事过度关心的背后，是她对他有意思了，倪流想通了其中的环节，呵呵一笑：“肖米是我在市政公司的女同事，关系不错。”

“肖米……小蜜？倪头儿，她是谁的小蜜？”还是黄文旭聪明，立马从肖米名字的谐音猜到了什么，他可不认为肖米是倪流的什么人，“是不是市政公司头头的小蜜？”

“英雄莫问出处，美人莫问归路，管她是谁的小蜜，只要能为我所用，就是人尽其才的好事。”倪流跷起了二郎腿，怡然自得的表情再也没有了一丝沮丧，“文旭，你替我跑一趟石门，见一见肖米，和她谈一谈，问她愿不愿意过来帮我。”

“让兰姣陪我一起去吧？”黄文旭嬉皮笑脸地看了兰姣一眼，“男女搭配，干活儿不累。”

“不去，刚从石门回来，累死了，要去你自己去。还有黄鼠狼，你少打我的主意，我对你不感冒。”兰姣不客气地回敬了黄文旭一个白眼，“天天没正事，见到美女就走不动，你说你和倪头儿的差距怎么就这么大呢？”

之前，兰姣和吴小舞奉命去了一趟石门，暗中调查五百万现金支票的事情，结果二人在石门待了三天，在办事处翻了一个底朝天，又通过以前的人脉明察暗访，最后还是一无所获。兰姣是宋国文在襄都的秘书，吴小舞是宋国文在石门的秘书，按说宋国文的日常工作安排二人最是清楚，但二人想来想去，印象中五百万现金支票的事情，宋国文几乎没有提过一个字。

这就说明了一个问题，五百万现金支票，宋国文压根就没有想要入账，肯定是私人资金。问题是，宋国文和王树斌为什么会有私人上的金钱往来？

好吧，宋国文是民营公司的董事长，整个集团都是他的，他不存在贪污的问题，王树斌可是国有控股集团的董事长，经他之手流出五百万现金支票，其中必然有猫腻。

虽然兰姣和吴小舞的石门之行一无所获，但越是没有收获，越是说明了问题，反倒让倪流更加确定了一件事情——宋国文和王树斌肯定有不为人所知的幕后交易！

宋国文和王树斌有幕后交易，王树斌又和洪东旭来往过密，而且产业园项目又是远思集团和中远集团合作的第一个项目，王树斌在倪流的心目中，就排在了首要解决的难题的第一位。

至于如何动用肖米的关系网网住陈星睿，再充分利用陈星睿的豪爽和大气，让陈星睿最终为他所用，同意向他拆借三亿渡过难关，就需要高明的人际关系学了，对此，倪流早就心中有数。

上任石门市长上任之后，针对石门市区中城中村过多的现况，提出了三年大变样的口号，要求石门各区切实落实市政府的指示精神，动员起来，大干特干，力求三年之内，将石门所有的城中村全部改造完毕。

第二章

周密布局

石门是个新兴的城市，几十年前就是一个村落。成为省会之后，随着城市建设的加快和扩张，几十上百个村庄被城市吞没，成为城中村。

城中村掩映在高楼大厦的中间，成为阻挡城市发展的绊脚石。改造城中村，拆除危房，合理利用空间，本是好事，不过由于城中村改造耗费的资金过多，市政府一时没有相应的财政资金补助，就采取一个折中的办法，让城中村和开发商直接合作，城中村出地皮，开发商出资金，开发的楼盘，一部分以回迁房形式给村民作为土地使用的补偿，一部分以商品房形式出售换取资金作为利润来源。

几天前肖米打来电话，问倪流对开发三角村有没有兴趣。三角村位于石门二环以内，南临高教区，西距石门新火车站不过几公里的距离，位置相当不错，如果开发楼盘，不敢说一定大卖，肯定会有前景，而且因为肖米叔叔是三角村村支书的缘故，具体操作的时候，也得心应手。

不过倪流刚刚担任了远思的董事长，对远思的掌控力度不足，不敢贸然接手三角村的改造项目，就先委婉拒绝了肖米的好意，好在他留了后路，说是即使远思不接手，也会给肖米推荐一家有实力的开发商。

肖米对倪流十分信任，说是要等倪流的好消息。

后来倪流发现了远思的巨额亏损漏洞，就算想接手三角村的开发也是有心无力，事情也就暂时搁置了下来。他本想打电话告诉肖米，让肖米另想办法，不想一个意外的消息传来，让他眼前一亮——陈星睿的东方集团和付白中的中羽集团都有意介入三角村的开发，而且双方还准备争夺开发权。

广泛培植关系网，不知道什么时候就有用到的一天，倪流终于体会到了关系网的巨大价值所在，也深刻地领悟到了一个道理，每个人都有价值，用心维护好身边每一个朋友，总有一天，他们突然会光芒大盛，让你目不暇接，让你震惊他们突然迸发的能量。

当然，倪流一直维护和肖米的关系，倒不是想从肖米的关系网中寻求什么好处，而是他觉得肖米在放荡的做派之下，有一颗深藏不露的内心。到底肖米为什么要傍上尹小花，他也想不明白，以肖米的姿色和本钱，她如果想卖身求荣，完全可以傍一个大款或是一个小官，犯不着委身于长得猥琐、活得憋屈的尹小花。

倪流一直固执地认为，肖米是一个有故事的人。

陈星睿和付白中争夺三角村的开发权，正好让倪流发现了商机，再者付白中在追悼会后迅速和宋国武走近——或许之前他就和宋国武关系密切也未可知——他就当付白中站在了他的对立面，反正相比之下，他更愿意和陈星睿交友。

倪流不太喜欢付白中的阴沉，总觉得他的阴沉之中透露出一股让人琢磨不透的阴冷，相反，陈星睿阳光而开朗，更符合他的交友原则。当然最主要的是，陈星睿也乐意和他走近。

如果他能助陈星睿顺利拿到三角村的开发权，相信他提出拆借三亿的交换条件，陈星睿不会不答应。

“还是你自己去见肖米好，让兰姣和小舞留在襄都，我还有事情安排她们去做。”倪流说出了他的安排，“肖米风情万种，你一个人见她比较合适。”

“有这种好事？”黄文旭顿时喜笑颜开，眼睛眯成了一条缝，“倪头儿，肖米和小舞、兰姣相比，是不是更有女人味儿？”

“会谈到此结束。”倪流没理会黄文旭的不正经，站了起来，“接下来各位各行其是，要有一场硬仗打了。”

黄文旭不甘地咧了咧嘴，没再说话，嘿嘿一笑抢先替倪流打开了包间的门，倪流伸手一拍黄文旭的肩膀，微微一笑，暗示黄文旭务必要摆平肖米，黄文旭心领神会地做了一个OK的手势。

夜色如水，临近春节，街上行人稀少，倪流一行刚出酒店门口，一辆红色的宝马跑车一个潇洒的急刹车动作停在了倪流身前。

“上车。”车窗打开，露出林凝欢一张粉嫩无双却又冷若冰霜的俏脸，“倪流，我有话要和你说。”

“对不起，倪董今天太累了，有什么事情，请明天上班时间打电话预约一下。”吴小舞上前挡驾，也不知是她履行秘书职责，还是不想倪流在半夜时分上了林凝欢的车。

“没你的事情，让开。”林凝欢对吴小舞不假颜色，冷艳如夜色中的霓虹灯，依旧冲倪流，“倪流，你怕什么？”

倪流不是怕林凝欢，他也猜到了林凝欢找他所为何事，迟疑片刻，还是拉开了宝马跑车的车门：“你们先回去，我帮凝欢疏导一下心理问题。”

“如果你晚上十点不回公司，我就报警了。”吴小舞扬了扬手中的手机，一拉兰姣，“走了兰姣，别看了，我们出局了。”

兰姣一下没反应过来：“什么出局了？”

吴小舞又无所谓地笑了：“没事，瞎说的。”一边说，一边不甘心地看着倪流和林凝欢绝尘而去。

“喂，小舞，要是我，我会明确地告诉倪头儿，让他给我一个承诺。你陪他风雪兼程，经历了人生的起落，他心里肯定有你的位置。”一向嘻嘻哈哈的黄文旭难得一本正经，他严肃的样子别说还真有几分真诚，“是你应得的，你一定要去争取，否则错过了，别怪命运。”

“我从来不怪命运的不公，命运也从来不会不公，不公的是人心。”吴小舞勉强笑了笑，忽然又释怀了，“该是谁的就是谁的，勉强不来。现在是他的艰难期，能不能渡过危机还不好说，就不给他添乱了。”

黄文旭深刻地摇了摇头：“女人呀，有时你是天上云，远在天边，高不可攀。有时你又是天上月，皎洁如玉，明媚如辉。”

扑哧，兰姣失笑出声：“黄文旭，你是诗人呀？都会吟诗作对了。”

不提黄文旭如何戏弄兰姣，只说倪流坐上了林凝欢的车，任由林凝欢一路狂奔，直奔南外环而去。

襄都的外环建成多年了，东西北三个方向的外环都繁华了，只有南外环一如既往地荒凉，一到晚上就漆黑一片，如同荒郊野外。南外环的路灯坏了很久，一直没人维修，眼见汽车一头驶入浓重如墨的夜色之中，就如汪洋大海的一叶舟，再见周围既没有汽车又没有人影，倪流的心一阵乱跳，林凝欢是真生气了。

上次和林道首不欢而散之后，他和林道首关于林凝欢的谈话有没有传到林凝欢耳中不得而知，不过事后林凝欢有一段时间没有联系他，多少让他猜到了什么——林道首嫁女外加交换股份的提议，事先没有征得林凝欢的同意。

一想也是，以林凝欢的性子，未必会听从林道首的安排，倪流本想找个机会和林凝欢坐下好好谈一谈，后来一是事情多顾不上，二是深入一想又觉得没有必要，既然他没有答应林道首的提议，这件事情，还是不让林凝欢知道为好。

不过看林凝欢现在的样子，八成是她知道了。

知道就知道好了，反正是林道首的提议，又不是他挑头，林凝欢再生气，还能怪他不成？

汽车停在了南外环一处紧急停车带，林凝欢打开车窗，隆冬的寒风扑面而来，在车内打了一个旋，冻得人浑身发抖。

“让你好好清醒清醒。”林凝欢报复似的瞪了倪流一眼，“让你算计我，不冻你个半死，我难以消气。”

“我怎么了我？”倪流大呼冤枉，“总得先把话说清楚再放风冻人，先冻人再问话，这叫屈打成招。”

林凝欢被倪流逗乐了：“你，你，你气死我了，居然还笑得出来。”她又关了窗户，“说吧，既然你喜欢我，想娶我，为什么不光明正大地和我谈恋爱，非要找我爸提出什么婚姻置换股份的建议？我是一个活生生的人，不是可以交换的筹码。我告诉你倪流，我永远不会拿我的爱情当赌注！”

冤枉，还真是天大的冤枉，倪流本来够烦了，上任之初就一头官司一身债务，不承想林道首够无赖够光棍，直接把责任推到了他的身上，怪不得林凝欢生这么大的气，原来她以为他是罪魁祸首。

好吧，既然林道首无赖，就别怪他无耻了，倪流嘿嘿一笑：“凝欢，你觉得我是为了爱情而出卖人格的人吗？好吧，你不了解我的人品，但你肯定了解我的爱情观，我真的爱你爱到了非你不娶的地步？”

林凝欢双眼如电直视倪流的双眼，尽管在夜色之中看不清倪流的面容，不过依稀可见倪流一脸真诚的笑容和坦荡的眼神，她愣住了，过了半晌才说：“难道是爸爸骗了我？”

“事情的经过，是这样的……”倪流说出了事情的真相，倒不是他故意抹黑林道首，而是他认为很有必要让林凝欢看清林道首的真面目，如果可能，争取林凝欢站在他的一方，是为大善。

林凝欢静静地听完，咬着嘴唇不说话，眼中流露出一丝迷茫和委屈，过了一会儿，她忽然打开车内的灯光，扭头直视倪流的双眼，单刀直入：“倪流，我问你一句话……”

“问吧。”倪流的心很不争气地怦怦直跳。

“你喜不喜欢我？”林凝欢的眼神热烈而炙热。

“喜——欢。”其实倪流想说的是，好感不等于喜欢，喜欢更不等于爱，不过一开口却还是说出了林凝欢想要的答案，他不由得在心底微微叹息一声，唉，男人心软了也不好，曾因酒醉鞭名马，唯恐情多误美人，还是不要再误了林凝欢平生为好。

“喜欢就好，我也喜欢你。”林凝欢展颜一笑，笑容如车内迷离而醉人的氛围灯，“就让我们忘掉股份忘掉爱情以外的商业利益，谈一场轰轰烈烈的恋爱，好不好？情到深处无怨尤，等我想嫁你想娶的时候，我就风风光光地嫁给你，才不管爸爸什么股份置换什么长远大计，我只要爱情不要首远。”

“……”倪流默然无语。

林凝欢从小锦衣玉食，不知生存的艰难，所以才会说出只要爱情不要首远的幼稚之语。也是，贫穷人家的爱情是搭伙过日子，是两口子吃饭穿衣，富贵人家的爱情才是衣食无忧之外追求的精神享受。

“行不行呀，你给个准话，别磨磨蹭蹭的，男人一点儿。”林凝欢推了倪流一把，“我等你一句话，行就行，不行就不行。”

“行吧，先交往一段时间再说，合适就拉手，不合适就分手。”倪流索性也干脆利索地做出了决定。怕什么，林凝欢敢爱敢恨的性子有个性，尝试一下和她来不来电，既不吃亏又不犯法，还可以让林道首紧张，一举数得，何乐而不为？

“说话要算话，从现在起，你得履行男朋友的义务，比如陪我逛街，为我出谋献策，还要哄我高兴逗我开心，还要……”林凝欢扳着手指一条条列举倪流要为她做些什么，俨然已经以倪流的女朋友自居，“还有，你要和吴小舞、兰姣保持距离，尤其是吴小舞，不能和她有暧昧关系。我也知道吴小舞帮了你许多，不过帮助是帮助，感情是感情，不能混为一谈，听明白没有？”

倪流头大了，原以为性格爽直大大咧咧的林凝欢没有一般女孩的娇气和多事，没想到，女人终究是女人，该有的小女人心思还是会有。

“好，好，都依你。”倪流现在后悔刚才答应得太爽快了，急于脱身，“现在可以回去了吧？我还有许多事情要处理。”

“好，回去就回去。”林凝欢温柔地一笑，“我知道你在头疼什么，是石门产业园的事情吧？告诉你一个秘密，爸爸接到了洪东旭的电话，洪东旭要求爸爸不要插手远思的事情，他还说，如果爸爸帮你渡过难关，他和爸爸几十年的交情就彻底交代了。”

洪东旭是想堵死他的每一条求生之路，倪流心中一阵冷笑，洪东旭忘了一点，林道首可不是受人威胁的人，以前宋国文在世时，林道首或许敬畏宋国文的手段还忌惮远思三分，现在宋国文不在了，远思又内忧外患，林道首早就不将远思放在眼里了。

而且很显然，从林道首先是想和洪东旭合作，到他转身就抛弃洪东旭而想和他合作就可以看出，林道首对洪东旭的态度很轻蔑，完全不顾及洪东旭的感受和颜面，也就是说，在林道首眼中，洪东旭压根就不配和他平起平坐。

那么洪东旭打电话要求林道首不要插手远思的事情，肯定是自取其辱了。

果然，林凝欢随即不以为然地笑了：“爸爸告诉洪东旭，交情是交情，生意是生意，不能混为一谈，如果洪东旭非要分不清交情和生意，他也没有办法。”

林道首就是林道首，利益第一，交情第二，何况洪东旭自认和林道首有交情，林道首未必就当他是朋友，林道首为人善于算计又过于精明，会因为洪东旭一句话而改变主意?

洪东旭聪明一世糊涂一时，他就不该打这个电话自取其辱。不过洪东旭此举也说明，他是多么迫切地想置他于死地，倪流愈加肯定了一点，他和洪东旭的战争，远远没有结束，甚至可以说，才刚刚开始。

如果说以前他和洪东旭是围绕谁可以一手掌控远思而争斗，只是初级层面的较量，那么现在他和洪东旭的争斗上升到了争夺主动权的层面，这一阶段的争斗比上一阶段的争斗不但更激烈，而且还是生死之战。

上一战，如果他输了，输掉的只是远思的江山，洪东旭输了，输掉的只是远思一号位置的宝座。这一战如果他输了，他输掉的是全部，而洪东旭如果输了，输掉的也是身家性命。所以此战他和洪东旭谁也不肯退让半步，谁输了，谁将失去一切。

忽然又想到了一个关键点，倪流索性一次问个明白：“林伯伯知道你来找我不？”

“不知道，干吗让他知道？”林凝欢不解倪流的问题，“我的爱情我做主，他别想左右我的人生。对了，你是不是想和他达成什么幕后交易？我建议你在产业园的问题上，最好自力更生，别让爸爸插手，他一旦插手，不捞到一笔大大的好处，绝对不会收手。”

第三章

长远眼光

都说女生外向，林凝欢外向得也太狠了一些，倪流呵呵地笑了：“如果我向你提出拆借三亿渡过眼前的难关，你会不会帮我？”

“三亿？我连三千万都没有，哪里有三亿借你？就是把我卖了，我也拿不出来三亿。”林凝欢大摇其头，“你遇到的麻烦真的这么大？是不是过不了关你就死翘翘了？”

死翘翘倒不至于，反正不会有什么好果子吃，倪流心里清楚得很，万一洪东旭运作得当，最后十亿的亏损如果都落到自己的头上，自己一辈子别想翻身了。

倪流甚至可以猜到洪东旭的如意算盘——远思最后的家底由洪东旭和他的儿子洪方搬运一空，洪氏父子一拍屁股走人，到美国去享福，扔下远思如山的债务由他一个人扛。

表面上看，第一个回合的股份争夺战他是胜利了，实际上，争夺战后，洪东旭又反手一招儿，将他拉进了深不可测的深渊。

不过倪流转念一想，如果当初他以三亿的价格转让了手中百分之七十的股份给洪东旭，洪东旭全面接管了远思之后，会怎么渡过产业园的危机？毫无疑问，产业园的危机由来已久，在股份纠纷尚未尘埃落定之前，洪东旭应该早就知道了产业园的漏洞，但他还是一心想要接手股份，证明他已经想好了应对之策，甚至有可能产业园的巨额亏损正是洪东旭的金蝉脱壳之计。

只是现在是倪流接手了远思，洪东旭就改变了战术，产业园的巨亏不再是洪东旭的跳板，却成了他的暗箭，一支可以一箭将倪流射落马下的冷箭。

“差不多，不死也只剩下一口气了。”倪流嘴上说得严重，脸上却挂着浅浅的笑容，“怎么样，帮不帮你男朋友？”

“帮肯定是要帮，可是，我真没有三亿。”林凝欢伸手抱住了倪流的胳膊，将头靠在他的肩膀上，“我能拿出来的钱，顶多大几百万，再转让一些不动产的话，估计能有一千万，再多的话，只能卖我了。”

“哈哈，我可舍不得卖你。”倪流心中感动，林凝欢的话自然流露，坦诚而真实，对他是百分之百地信任加毫无保留地付出，只凭这一份真心他就明白，林凝欢对他确实真心喜欢，“你手中不是有首远百分之三十的股份？以首远现在十亿的估值折算，你的股份价值三亿。”

林凝欢才想起一样，惊喜地“呀”了一声：“你不说我还真没想起来，不过我手中只有百分之十的首远股份，可不是百分之三十。爸爸说了，等我结婚时才会增加我的股份到百分之三十。还真是，这么说，我手里有一亿一千万了？虽然离三亿还差了不少，不过至少可以帮你解解燃眉之急，好，我明天就转让了手里的股份。”

真是一个没有心机的丫头，听风便是雨，为了爱情不顾一切，甚至可以牺牲自己的全部资产。倪流心中十分感动，长这么大，没有一人为他做出过如此巨大的付出，一瞬间，他几乎忍不住要揽林凝欢入怀。

好在最终理智战胜了情感，何况倪流其实只是在试探一问，他才不会要林凝欢的钱，他只是想以冲林凝欢借钱为切入点，深入地了解一下首远的股权构成。

首远不是上市企业，想了解首远的内部情况，只有通过最熟悉首远股权构成的高层才行，既然林道首打远思和他的主意，他又为何不能打首远和林道首的主意？

“你的股份说转让就转让，林伯伯肯定不会同意。”倪流轻轻握住林凝欢的手，“凝欢，谢谢你的一片好心，远思的问题，我自己可以解决，不麻烦你了。”

“怎么是麻烦我？在你最困难的时候，我就应该坚定地和你站在一起。吴小舞一个外人，还能和你风雪兼程不离不弃，我如果在你最需要的时候袖手旁观，我还算你哪门子女朋友？从现在起，我要和你生死相依，不离不弃。”林凝欢抿着嘴，一脸坚定，“我的股份我可以自主处置，不用爸爸同意，就是想一下找到买家，没那么容易。”

“……”倪流无法形容他此刻的心情，林凝欢对他的绝对信任，让他不忍心再骗她，“凝欢，真的不用了，我已经想到了解决的办法，就不劳你费心了。这件事情，你也别告诉林伯伯，省得他多心，以为我打首远的主意。林伯伯虽然不是首远的董事长，但他毕竟是最大的股东，首远是他的心血。”

“哼，别管他，他最多事了，明明持有百分之五十一的股份，却不出面担任董事长，非要垂帘听政，让妈妈抛头露面，他还说，越这样，越神秘，越神秘，对首远以后的发展越有利。”林凝欢到底无心，对倪流毫不设防，开口就透露了首远的股权构成，“妈妈这个董事长当得底气不足，她名下才百分之十五的股份，不过她也是首远第二大股东了，我是第三，剩下的百分之二十四的股份，在三个股东的名下。”

原来首远的股权构成和远思大不相同。

远思没有倪芳和宋家斌的股份，这一点宋国文做得比较好，没有家族化远思，当然，家族化的集团未必不好，只是在发展阶段，还是尽量避免家族化，这样或许步伐可以走得更稳健一些。

相比之下，倪流更欣赏宋国文一个人独占百分之七十股份的股权分配方式，远思可以完全掌握在宋国文一人手中，宋国文的思路就可以顺利地得以传达和落实。不过，话又说回来，宋国文如果效仿林道首，将股份分出一部分转移到倪芳和宋家斌名下，那么他突然死亡之后的股份归属，也许不会出现这么大的波折。

远思也许就不会落到他的名下了。

“爸爸还说，争取在三年之内让首远成功上市。”林凝欢双眼中闪动兴奋的光芒，“爸爸说，根据公司的总资产和净利润计算，按二十倍市盈率取值，首远一旦上市成功，市值会达到五十亿的规模。”

五十亿的市值，二十倍的高盈率，就是说首远一年的利润在两到三亿了？不错，盈利能力很强。

远思和首远都不是上市公司，之前说远思的市值有十几亿，只是估值，称之为市值是为了好听。不上市的公司，一般没有市值一说。实际上以远思和首远的实力，如果打通环节，美化财务报表，上市都问题不大，不过宋国文在世时，远思似乎一切良好，负债率低，现金流充足，资金链健康，没有必要上市圈钱蹚资本市场的浑水。

再者远思是民营企业，上市的话，需要公开财务报表，而且还会分散权力，不符合宋国文大权独揽的性格，所以远思一直没有上市的计划。

实际上，许多民营集团都没有上市，比如赫赫有名的卓氏集团就一直没上市，卓达本人对上市也十分排斥。盛世药业也不是上市公司，倪流担任了远思的董事长之后，也没有考虑上市的问题。

突然听到林道首有上市的想法倪流不由得吃了一惊。

公司上市的目的无非有三，首要的一点是融资。公司的发展如果需要大量资金，从银行贷款是一个渠道，另一个最好的渠道就是上市。上市可以直接获得充足的资金流。其次是提高知名度，打出品牌，上市相当于一次大范围的免费广告。最后一点，也是至关重要的一点，上市可以让公司财务规范化，管理正规化，从而可以提高公司的透明度，让公司走向良性合理的发展轨道。

其实倪流对上市并不反感，不过鉴于众多民营集团公司上市的难度以及资本市场并不规范的幕后操作，现阶段许多公司上市纯属圈钱。再者以远思现阶段的发展思路，一旦上市会被许多规范化的要求限制了空间，出于众所周知的出发点，众多民营公司不可能每一件事情都做得符合规范。所以，在市场和政策没有完善的前提下，在远思还没有壮大到可以凭借实力光明正大地生存之时，远思不会上市。

难道说，首远已经强大到了不需要幕后操作就可以在许多竞标、招标中一招取胜的地步？如果不是，林道首为什么要上市？

一个必须正视的问题是，远思也好，首远也好，比如承接一个工程项目或是打开一个销售渠道，不可能完全按照市场规律办事，而一旦上市，如果市场行为不够规范的话，很容易被曝光从而影响到公司的形象和发展……林道首到底在想什么？

难道说，首远资金链出现了问题，需要上市融资？

"首远的资金链还健康吧？"倪流直接问道，没有绕弯。

"首远的资金链一向健康得很，没有断裂的危机。我认为，首远的产业结构形式比远思合理多了。"林凝欢再对经商不感兴趣，她也是首远的千金，在经商世家长大，耳濡目染之下，也了解了不少商业知识，"爸爸上市的主要目的不是为了融资，当然，融资也是好事，他是为了首远的长远发展，不想让首远成为家族式的短命企业。"

家族企业未必短命，但家族企业也确实是隐患重重，尤其是以目前国内的现状，大多数家族企业确实富不过三代。林道首如果真是为了首远的长远发展而上市，倪流还真心佩服他的长远眼光几分。

当然，上市也不是可以包治万病的灵丹妙药，业绩不好，上市公司也有退市的可能。退市分为主动退市和被动退市两种，之前在互联网业界声名显赫的兴众网络在美国成功上市之后，又宣布从美国退市，从而完成了从股份制到私有化的过程，就是一起主动退市的成功先例。

"首远的上市……有没有时间表？"既然问了，索性就问个明白，了解首远的动向对摸透林道首的心思大有用处，倪流就继续追问下去。

"这个我就不太清楚了，上市的事情好像爸爸只说过一两次，到底怎么具体操作，他没说，我也没细问，我才懒得关心这些。"林凝欢吐了吐舌头，不好意思地笑了，"我是不是很没用？爸爸一直想让我继承首远，可是我对经商这些事情总是提不起兴趣，所以对首远的事情了解得不多。”

“有时间还是多了解一些首远的事情才好，就算你不想继承首远，首远早晚也是你的……”倪流循循善诱，要将林凝欢培养成他在首远的商业间谍，谁让林道首非要故意和他作对，不过又一想，林道首之所以有意让首远上市，所考虑者，无非还是林凝欢不愿继承首远无法将首远发扬光大的无奈现实。一旦首远成功上市，林凝欢就可以规范化管理首远，聘请CEO，让出管理权。

“你想知道首远的什么秘密，我打听到后，全部告诉你，好不好？”林凝欢眨动狡黠的眼睛，似乎是天真，又似乎是试探。

倪流笑了笑：“首远和远思业务范围不同，项目交叉的地方也不多，首远不是远思的竞争对手，所以，我没有必要知道首远的商业秘密。”

“不相信我？”林凝欢一脸俏笑，“放心吧，我不是爸爸的间谍，我是你的内线。”

倪流意味深长地笑了，林凝欢时而天真，时而有心，他如果真的认为林凝欢为爱不顾一切地出卖首远的利益，他就太傻了，而林凝欢也太无知了。事实上，他既不傻林凝欢又不无知，今天的一出戏，就是一次甜甜蜜蜜的表白外加一次真真假假的较量。

回到远思大厦的公寓，倪流正要躺下睡觉，电话却又响了，一看都晚上十一点了，谁深更半夜还来吵他？

一看来电，不认识，迟疑一下接听了电话，话筒中传来了沈学良的声音。

“倪董，不好意思打扰你休息了，有个情况我要汇报一下。”

沈学良最近积极靠拢，表现出十分迫切的投诚之意，倪流虽对沈学良不太信任，不过也不好拒人于千里之外，况且沈学良作为总办主任，他在远思的人脉相当广，人缘也相当好。

“什么事？”倪流淡淡地回应，在沈学良面前，他有必要保持一名董事长应有的权威，沈学良敬重的不是他的为人，而是他的身份。

“一小时前，我见到宋国武和付白中一起从华都大厦出来，上了洪东旭的车。”沈学良的声音在深夜中，透露出一丝神秘和遥远。

宋国武和付白中在一起，不足为奇，上次黄文旭就亲眼见到付白中坐在宋国武的车上，只不过让倪流略感意外的是，宋国武和付白中上了洪东旭的车，意味着三人要联合密谋什么大事了？

付白中如此积极热情地介入远思的内部事务之中，他肯定是想从中得到什么好处，问题是，远思集团目前和中羽集团没有什么业务交集的地方，莫非是洪东旭对付白中许诺什么了？

事情越来越复杂了，不只王树斌和卓达对远思虎视眈眈，又多了一个实力不凡的付白中，看来，围绕远思的战争，在股份之战尘埃落定之后，新一轮更惨烈的战斗，再起硝烟。

“我知道了。”倪流想了想，觉得有必要对沈学良的所作所为给予肯定，以便沈学良继续监视洪东旭和宋国武的一举一动，“沈叔，我刚当上远思的董事长，还有许多事情不太了解，许多人事不太熟悉，以后请你多多提醒我。”

沈学良大受鼓舞：“倪董请放心，我一定不会辜负你的厚望。”

与此同时，在一处名叫七欣天的茶馆，宋国武、洪东旭和付白中三人相对而坐，正在热烈地讨论三人都大感兴趣的话题。

“远思大厦明面上挂名在滕悦名下，其实没有几个人知道，远思大厦是我的产业。”宋国武嘿嘿一笑，一脸得意，“等着看好戏吧，倪流马上就吃瘪了。我让滕悦收回远思大厦，远思连办公地点也没有了，再加上产业园的亏损，倪流惊慌失措之下，洪叔，你的机会就来了。”

洪东旭又成了宋国武口中的洪叔，可见宋国武和洪东旭的关系不但又恢复如初了，还更近了一层。

“国武，你的办法不错，很高明。”洪东旭呵呵直笑，漫不经心地看了付白中一眼，“白中，国武从内部推动倪流走向绝境，你也得从外部再造造势，让倪流身上的火烧得再旺一些。”

付白中脸色阴沉如水，表情始终是波澜不惊的淡漠：“洪总，有一件事情我始终想不明白，你拿远思当赌注，非要致倪流于死地，万一倪流死了，远思也倒了，你又有什么好处？”

“我早就想从远思脱身了，为远思卖了一辈子的命，远思却在国文的独裁下，路子越走越窄。现在远思又在一个毛头小伙子的管理下，我不甘心呀。希望这是一个让远思置之死地而后生的机会，从我的本心来说，我还是希望倪流和远思都渡过难关，这样，也证明了国文选择倪流的眼光正确。不过，如果倪流死了，远思倒了，也没什么好惋惜的，倪流没有本事却坐在董事长的高位上，早晚也会让远思这艘大船触礁沉没。”

第四章

再交手

“倪流想死就自己去死好了，别拉着别人陪葬。”宋国武想起了之前被黄文旭捉弄一次的丢人往事，心里愈加有气，“一定要让倪流摔一个大大的跟头，让他知道多行不义必自毙的道理。”

倪流如果在场，听了宋国武多行不义必自毙的形容，肯定会笑掉大牙，和宋国武多年来为非作歹、坑蒙拐骗相比，他纯洁得几乎就是纯情正太了。

“好吧，我就在外围配合一下。”付白中淡然地点了点头，不太放心地看了洪东旭一眼，“洪总，让王树斌或是卓达配合你不是更好？产业园项目正好也有中远和卓氏的加盟。”

产业园项目，是由远思和中远联合投资操作，卓氏虽然没有投资，却有加盟合同，等于也是合作者，产业园不能按期交工的话，会影响卓氏在产业园地产产业的规划，而且按照合同规定，远思和中远要向卓氏赔偿损失。

付白中的话不无道理，如果让中远或卓氏在外围配合向远思施压，效果会比他的中羽集团出面更好，中羽集团和远思集团没有多少交集。

“中羽集团和远思集团没有什么业务往来，由中羽出面，不会引起倪流的怀疑。倪流很清楚我和中远、卓氏的关系，不管中远和卓氏的哪一家出面，都会让倪流疑心是我在背后捣鬼，所以，由中羽集团出面最好。”洪东旭举起茶杯，“来，以茶代酒，白中，只要你完成了你的承诺，大功告成之时，就是我们共享胜利果实之日。”

付白中端起了茶杯，却没有和洪东旭碰杯，举在半空，淡淡地一笑：“洪总，以后的胜利是以后的事情，我想先明确一下三角村地皮的问题。”

洪东旭呵呵一笑，放下了茶杯：“三角村的地皮，这么说吧，只要这边宋国武一点火，你那边一放炮，三角村的地皮归属，马上尘埃落定。”

“好，一言为定。”付白中端起茶杯一饮而尽，“我喜欢丑话说到前头，先小人后君子的合作才能长久。如果我兑现了承诺，帮了洪总，而最后洪总没能帮我拿下三角村的地皮，那么对不起了洪总，我会提出让你肉疼的补偿方案。”

洪东旭没料到付白中说话这么直接而不留情面，不由脸色一寒，不过片刻之后又恢复了正常，打了个哈哈：“白中不相信我洪东旭的为人？你在中省商圈内打听打听，洪东旭什么时候没有信守过承诺？不怕你笑话，三角村的地皮如果我拿不下，我的洪字倒着写！”

宋国武见气氛有几分紧张，忙出面圆场：“我替洪总担保，洪总如果办不到，到时候出了差错，找我，我担着。”

付白中也不好再说什么了，淡淡一笑：“预祝我们合作成功！”

次日一早，倪流一到办公室，就让吴小舞通知洪东旭等人，召开董事会，研究产业园的亏损问题。

定好十点召开会议，倪流十点一到就步入了会议室，结果发现还缺一人没有到齐。

不是别人，正是洪东旭。

远思董事会一共五名董事，除倪流之外，还有洪东旭、唐简水、王骏群和徐德泉。唐简水和王骏群自不用说，一直是洪东旭坚定的追随者，徐德泉的立场似乎比较中立，不过他到底是什么来路，倪流一直没有弄清。

徐德泉为人很有特点，他是董事会成员，是董事，却没有在公司担任任何职务，也不知是他为人低调还是有意为之，除非召开董事会，他平常都不在公司出现，倪流一直想和他接近，却苦于没有机会。

徐德泉不是襄都人，是石门人，也不知他怎么就入股了远思，而且还持有远思百分之五的股份。

远思的股权构成是：倪流持股百分之七十，洪东旭百分之二十，唐简水、王骏群和徐德泉共同持有剩下的百分之十，而其中徐德泉一人就持有了百分之五。也就是说，最低调的徐德泉却是董事会的第三大股东。

石门人的身份，不在公司担任任何职务的洒脱，身为第三大股东却低调得如同不存在的做派，让徐德泉身上笼罩了一层迷雾。

虽说倪流不必拉拢董事会的任何一人就可以凭借绝对控股的优势操纵董事会，不过本着团结大多数的出发点，他还是想和徐德泉建立友情，再者倪流也需要在董事会有一个同盟军。

洪东旭是不是故意迟到不好说，反正董事长等副董事长，很伤倪流的威望。

“洪叔怎么还不到？”倪流故意称呼洪东旭为洪叔，一为尊洪东旭为长辈，高抬洪东旭，二为暗示洪东旭倚老卖老。

“快到了，路上堵车了。”唐简水接了一句，又悄然朝王骏群使了一个眼色。

王骏群脸色有几分不自然，心跳突然就加快了几分，他抬头看了倪流一眼，迟疑了一下才说：“倪董，刚才接到消息，洪总突发急病，住院了，没法参加会议了。”

病遁？洪东旭葫芦里卖的是什么药，为什么不在董事会上当场让他下不来台，非要来一手以退为进？倪流脑中瞬间闪过无数个念头，目光一扫，又落在了唐简水的身上。

上次遗嘱事件，王骏群在背后出了多少力，倪流没有看到，但可以肯定的是，王骏群鞍前马后肯定没少献计献策。而和王骏群躲藏在幕后很少抛头露面相比，唐简水当之无愧是洪东旭的开路先锋。

唐简水在遗嘱事件的前后上蹿下跳，表现得十分积极而卖力，尤其是最后一场决战中，他亲自出面利诱吴小舞下水，虽说功败垂成，但他不遗余力地为洪东旭效力的表演，还是给倪流留下了深刻的印象。

倪流是何许人也？从唐简水点火王骏群放炮一唱一和的双簧中瞬间得出了结论，二人在演戏给他看，要的就是想糊弄他，嘿嘿，想耍他？好，接着演。

“原来洪总病了？太突然了，刚刚还说堵在半路上，估计是最近为远思操劳过度，累倒了。倪董，我建议董事会暂停，由倪董带领大家一起到医院看望洪总。”唐简水迎着倪流质疑的目光，微微一笑，似乎毫不畏惧倪流的权威。

原来如此，倪流明白了洪东旭的用意，如果他坚持要开会而不去医院探望洪东旭，是不近人情，不尊重远思的元老。如果他同意了唐简水的提议，率领董事会全体成员去医院看望洪东旭，等于是被洪东旭精心设计的好戏牵了鼻子，让所有远思人都认清了一个事实——他虽是董事长，但远思依然在洪东旭的控制之下，他笼罩在洪东旭的阴影之下，一举一动还是被洪东旭一手牵制。

洪东旭一病，董事会全体成员停止开会前去探望，言外之意就是远思离了洪东旭就不能运转了！倪流想通了洪东旭诈病的深远用心，意味深长地笑了：“洪总突然发病，肯定不是大病，否则家属早就打来电话了，这样，小舞，你电话到医院过问一下，看看洪总的病情怎么样了，如果正在抢救，我就马上去医院。如果没什么大事……”

吴小舞作为倪流的秘书，本不是董事会的秘书，不过由于倪流并不信任原董事会秘书佟美美，就让吴小舞暂时充当了董事会秘书的角色，整理会议纪要并记录会议。

吴小舞和倪流心意相通，配合默契，倪流一开口，她点头就往外走，才走两步，就被唐简水叫住了。

“还是我打电话过问一下才显得重视。”唐简水目光阴沉，神色不善。刚才倪流的话不但破了洪东旭和他精心设计的一局，还暗中摆了洪东旭一道，暗讽洪东旭最好直接送急救室，他心中十分不快，既有阴谋被识破的尴尬，又有倪流稳坐钓鱼台的镇定带来的威压。

唐简水始终想不明白，倪流小屁孩一个，装模作样的本事不小，坐在台上，真当自己是一个人物了？气归气，他却只能无奈地接受了现实——洪东旭的诈病之计，怕是失效了。

原本想借机打乱倪流的部署，不想倪流遇事不慌，唐简水心中失望之余，不免多想，以前倪流没有继承股份之前还凭借高超的手腕打赢了第一仗，现在倪流股份在手江山我有，占据了董事长大权在握的优势，万一第二仗倪流最后又取得了胜利——最终胜利——洪东旭再败一局的话，就只能出局了。

洪东旭出局后还有路可退，他却连后路都没有，该何去何从？

一边想，唐简水一边来到外面，打通了洪东旭的电话：“洪总，倪流没上当。”

“他怎么说？”洪东旭的声音淡然而没有起伏，似乎早在预料之中。

“他说……”唐简水迟疑片刻，还是一咬牙说道，“他说如果你进了急救室，他才会停止会议前去看望你。”

“哈哈，好一个狂妄的年轻人！”洪东旭哈哈大笑，笑声中有说不出来的愤怒，“想盼着我死？想得美！就算我死，也要先拉他下水，倪流，有你哭的时候。”

“下面怎么办？”唐简水皱了皱眉，对洪东旭放肆的笑声莫名其妙有了一丝厌恶之意。

“随便他好了，让他继续开会，我不在，就算形成了决议，也无法落实，空有一个会议纪要有什么用？”

“明白了。”唐简水挂断电话，迈步回到会议室，一抬头，见徐德泉冲他高深莫测地一笑，他顿时愣住了。

别说倪流不十分清楚徐德泉的来历，就连唐简水也不知道徐德泉到底和宋国文是什么关系。最初远思集团成立的时候，没有徐德泉的加入，后来远思发展壮大之后，成立董事会之时，徐德泉凭空出现，以持股百分之五的第三大股东的身份成为董事，一时让远思上下无比震动，都不知道徐德泉从哪里持有了远思百分之五的股份。

有人分析徐德泉手中的股份是从宋国文手中交割出去的一部分，问题是，宋国文和徐德泉有什么交情或是交易，怎么会将手中的股份相赠？不管众人怎么猜测，怎么议论，徐德泉概不透露他的真实身份，宋国文也不向董事会解释说明，甚至就连洪东旭几次向宋国文了解徐德泉，也被宋国文搪塞过去。

好在徐德泉在董事会一向低调，又不担任公司的任何职务，既不挑战洪东旭的权威，又不威胁洪东旭的地位，洪东旭通过多方渠道大概了解到徐德泉是地地道道的石门人，并且没有什么背景后，他对徐德泉也就失去了兴趣。

唐简水却一直对徐德泉兴趣不减，倒不是他认为徐德泉有什么神秘的来历，而是徐德泉的存在对他来说，是切实的威胁。以徐德泉持有的股份比例，如果他想成为公司的主要管理层，只要一开口争取，很有可能就会凌驾到他的职务之上。

等于是说，他身边随时有一颗没有引爆的炸弹，只要徐德泉愿意，徐德泉一旦引爆，释放出来的能量能瞬间将他吞没，取代他的位置也不在话下。正是基于以上考虑，唐简水时刻提防徐德泉的出头。

难道说，徐德泉今天要支持倪流了？蓦然间，唐简水心中闪过强烈的不安。

“洪叔有事没事？”倪流一脸关切。

“没事，没事，洪总说感谢倪董的关心，他会尊重董事会达成的决议。”唐简水向倪流回话，却下意识地又看了徐德泉一眼。

徐德泉却又恢复了以往神游物外的漠然，心不在焉地看起了手表。

“没事就好，下面继续开会。”倪流注意到了唐简水对徐德泉过多的关注，心中暗暗一笑，继续议题，“产业园的问题，想必你们都知道了，现在不是追究责任的时候，而是要先想方设法渡过难关，产业园的难关过不去，远思就有可能破产倒闭。”

唐简水下意识和王骏群交换了一下眼色，王骏群知道又该他出面了，他是财务总监，对公司的财务状况最有发言权。

“如果没有产业园的亏损，远思今年的财务状况还算不错，谁也没有想到，产业园突然就出现了这么大的漏洞。宋董生前主抓产业园项目，本来元旦时应该有一个通气会，宋董突然出事，通气会没有开成，产业园的问题就没有及时暴露出来。”王骏群业务能力不错，条理清晰，思路明确，“主要也是产业园项目上马比较仓促，前期许多遗留问题没有理顺，埋下了隐患，结果石门市政府突然改变了土地政策，产业园一下变成了无证项目，光是需要补交的地皮费用就高达五亿，再加上政府开出的三亿罚单，再算上因为延误工期而向卓氏赔偿的两亿损失，初步核算，远思至少损失十亿以上！”

地皮的问题，是症结所在，倪流也很无奈政策的变化。城中村改造是上任市长遗留的问题，当时为了让更多的开发商自筹资金加入石门三年大变样的行列，各项审批手续一路绿灯。以前需要盖一百多个公章才能开工的项目，现在盖二十多个公章就可以上马。正是简化开工手续的措施得当，才在短短三年内，使得石门三百多个城中村改造项目纷纷破土动工，也让“石门三年大变样”的口号在开发商一拥而上的开发大潮上，真正落到了实处。

也必须承认，三百多个城中村改造项目的上马，让石门确实旧貌换新颜，无数高楼拔地而起，许多破旧的城中村被推倒重建，一个个新式小区点缀在石门的版图之上，让石门焕发了勃勃生机，展现出欣欣向荣的气象。

只不过前任市长升迁之后，城中村改造项目的遗留问题逐渐浮出水面，以产业园为例，当时远思之所以开发产业园项目，正是王树斌的提议。王树斌和东南村村支书、村主任关系不错，东南村想借三年大变样的东风为村民谋取福利，王树斌敏锐地抓住了机遇，和东南村一拍即合，决定联合开发产业园项目。

东南村位于石门市东南，正符合石门今后的发展向东南方向倾斜的大方向。王树斌一开始本想在东南村上马一个高端别墅住宅群项目，不过中远一家公司吃不下东南村的三千亩地，他就想到了宋国文，想联合中远和远思之力，共同开发。

宋国文介入后，说服王树斌改变了开发别墅群的想法，提出了开发产业园的理念。本来王树斌并不十分赞成宋国文的主意，但在宋国文拉到卓达加盟，并且得到了卓达的亲口许诺后——产业园建成之后，卓氏将会一次性买进产业园一半以上的商铺和办公楼——王树斌改变了主意。

卓氏的大手笔相当于产业园直接收回了三分之二的成本，只要再销售余下商铺和办公楼百分之五十的楼盘，产业园项目就收回了全部成本。以目前的房地产行业的前景分析，产业园余下的一半商铺和办公楼，建成之后不到三个月就可以销售一空。等于是说，有了卓达的承诺，产业园项目稳赚不赔，是一桩完全没有风险的项目。

王树斌大喜过望，不再坚持要开发别墅群的想法，立即和宋国文达成了一致，上马了产业园项目。

第五章

隐患重重

经过前期运作，中远集团顺利拿到了东南村的地皮，以地皮入股，至于王树斌花了多少钱摆平了东南村的村支书和村主任，就不得而知了，反正远思不需要承担地皮费用，只负责产业园基建项目的投资和施工。

谁也没有料到的是，本来一切顺利，产业园项目历时两年多的建设，眼见就要竣工交付使用之时，节外生枝！

由于城中村改造过于宽松的准入政策，导致许多没有实力的开发商想借机大捞一笔，一拥而上的后果就是在三年大变样的大方针政策下，许多项目都没有土地证、规划证和预售证，无证建房、无证销售，最后导致了现在政策一变，合法项目变成了违规项目，产业园无法接入市政用水和市电的尴尬局面。

不能接入市政用水和市电，产业园的供水用电都不能保证，如何入住办公？对于居民小区面临的麻烦，倪流不用操心，他现在愁的是，产业园项目除了无水无电之外，还面临着更加严峻的问题——东南村突然向远思索要五亿元的土地转让金！

五证不全，产业园落成的商铺和办公楼就属于非法建筑，按照严格规定应该予以爆破拆除。当然，产业园基本上竣工了百分之八十的工程，被爆破拆除的事情不会发生，但五证不全带来的严重后果，却十分致命。

五证不全，要补全证件，不但要交纳巨额的土地转让金，还要交纳政府开出的三亿的高额罚单，政府的罚单是因为违规上马项目，违规的原因是土地没有土地证，问题是，之前东南村村委会明确指出东南村的地皮没有问题，东南村村委会就有决定权，为什么突然又出现了让人瞠目结舌索取五亿巨额转让金的变故？

五证不全的另一个严重后果就是项目无法由政府部门验收竣工，卓氏方面完全可以以项目不合格为由拒绝履行当初的收购一半以上商铺和办公楼的合同，同时还可以提出巨额赔偿的要求。

归根结底，事情的症结就在地皮的性质和转让过程的猫腻上，之前中远是如何从东南村手中拿到了地皮，又承诺了东南村什么好处，宋国文为什么明知道城中村的地皮有可能存在归属不清的隐患而非要冒险上马产业园项目，等等，都不为倪流所知。现在宋国文不在人世了，他和王树斌曾经在暗中达成过什么内幕交易，也死无对证了。

虽然迄今为止卓氏并没有明确拒绝履行合同，也没有提出赔偿问题，倪流却是心中有数，现在主动权掌握在卓氏手中，卓氏不是不想借机一口吞并远思，而是在伺机而动，寻找一个最佳时机。

有一个问题倪流一直想不明白，中远在产业园项目中负责地皮，现在问题的症结出现在地皮之上，是不是应该由中远交纳全部罚款？好吧，即使不交纳全部罚款，只要中远出面摆平了麻烦就行，为什么直到现在，中远方面没有一点儿表示，反倒是远思上下乱成了一团，似乎全部损失必须要由远思一家扛下一样？

难道远思还真是活雷锋了？

就连远思的董事兼财务总监王骏群也言之凿凿地承认远思的损失至少十亿以上，十亿的巨额损失，到底是扯虎皮拉大旗吓唬人，还是别有用心地虚晃一枪？

倪流静静地等王骏群说完，然后拿起了手边的一叠资料，扬了扬：“王总监，你一再强调远思的损失至少十亿以上，言外之意就是产业园的问题，要由远思一家扛了？可是为什么当初的协议明确指出，由中远负责协调解决地皮问题，远思只负责基建部分？现在出现问题的不是基建部分的工程质量，而是地皮遗留的隐患，远思大方地独揽十亿损失，中远就坐在一边儿喝茶看报，置身事外了？”

倪流的话三分戏谑四分犀利，王骏群顿时为之语塞：“倪、倪董，我的核算只是从最坏的情况出发，仅供董事会参考，并不作为最终解决问题的依据。”

唐简水一时气恼，王骏群太软弱了，怎么被倪流一句话就吓得退缩了，倪流再是董事长，他也是一个毛头小伙子，他哪里懂商业上的弯弯道道？现在正是一举借产业园亏损事件拿下倪流的大好时机，错过了良机，也许永远就没有打败倪流的机会了，要在倪流成长为一个合格的董事长之前，让他失去控股权！

“倪董，当初宋董是怎么和中远签署的协议，现在也不好考证了，这件事情我也向中远方面提出了异议，中远的答复是，当初宋董和王董口头约定，地皮从交付使用的一刻起，中远的任务就完成了，以后的事情，全部由远思负责。现在地皮出现了问题，中远方面以当初有约定为由，拒绝和远思共同承担赔偿。”唐简水迫不及待地跳了出来，既然倪流强行在洪东旭缺席的情况下召开董事会讨论产业园的问题，他就按照事先约定的计划，继续向前推动。

有意思，真有意思，倪流心中一阵冷笑，第一次见到主动往自身揽责任的良心商人，唐简水毫不利已专门利人的风格，差点感动得他热泪盈眶了。

“照你这么说，唐副总，远思只有吃哑巴亏了？”倪流不动声色，“你说说看，远思现在可拿不出十亿来赔偿，难道说，远思只有破产一条路了？”

“破产倒也不用，解决难题的办法我倒有两个。”唐简水以为倪流被他成功忽悠了，自得地一笑，“要么上市，要么融资。”

上市也好融资也罢，都要稀释倪流持有的百分之七十的股份，倪流心如明镜，洪东旭是要借产业园亏损事件小题大做，想借机剥夺他的控股权。控股权一失，董事长的宝座不保，一号位置的权威不再，最终远思说不定还会落入洪东旭之手。

洪东旭夺权之心不死，而且无所不用其极，不惜拿远思的利益作为交换，如果说之前在和洪东旭交手之时，他还心存幻想，认为洪东旭身为远思的创始人之一，肯定会为远思的利益着想，现在他彻底对洪东旭死心了，第一次动了要除掉洪东旭之心！

“上市？这个节骨眼上市，成功率太低了。”倪流摇了摇头，“那么就只剩下融资一条路了，现在的远思负债累累，拿什么融资？都资不抵债了！”

拿什么融资，倪流心里清楚得很，当然是以股份换资金了，他明知故问，就是想让唐简水亲口说出。

唐简水没有辜负倪流的期望，他见倪流一步步被他引入圈套，心中一阵窃喜，原来还是高估了倪流遇事应变的能力，不需要洪东旭出马，他一人就可以摆平了倪流，岂不是说，只要倪流上钩，重新调整股权结构之后的远思，他很有可能一举跃升为第三大股东？

“我有一个不成熟的建议，倪董，也许唐突了一些，不过事急从权，也是没有办法的办法，希望你不要生气，也不要多想。”唐简水先给倪流打了个预防针，“我也是以为公司的利益着想为出发点，希望远思能够顺利渡过难关。如果倪董肯转让手中的一部分股份，以股份换资金，也许可行……一个股权结构合理的公司，董事长一人持有百分之七十的股份，比重过大，不利于公司长远有序地发展。”

抛开唐简水的私心，以股份换资金的提议，倪流不是没有认真考虑过，而且他也赞同唐简水的说法，一人独占的股份比重过大，不利于公司的健康发展，当然，在眼下创始人风格即公司文化风格十分普遍的现状下，他不可能放权，谁都想让自己的想法得以实现，权力意志，是植根于每个男人心目中根深蒂固的信念。

其实倪流早有稀释手中股份的想法，以股份换资金，换来的不仅仅是资金，还有先进的管理理念和人脉，为远思引入活水，盘活远思董事会的一摊死水，对远思今后的长远发展，绝对大有裨益。

当然，他必须牢牢掌握控股权，保证他持有的股份比例不低于百分之五十一。百分之五十一的股份，可以让他一言九鼎，坐稳一号位置的宝座，让整个远思无人敢挑战他的权威，保证即使远思董事会其他股东全部联合起来，也无法推翻他的决定。

“股份换资金……”倪流有意表现出迟疑的神态，停顿了片刻，“具体怎么实施，说说。”

唐简水朝王骏群投去一个踌躇满志的眼神，言外之意自然是想让王骏群高看他一眼，他步步为营，一步步拉倪流下水，居功至伟，而王骏群表现一般，自始至终没有起到应有的作用。

王骏群没有回应唐简水，若无其事地抬头看向了天花板，好像天花板上有什么好玩的事情一样。唐简水心里对王骏群无比轻视，这个样子，怎么能成大事？洪总也是，当初怎么就看上了王骏群这个窝囊废？

王骏群是不是窝囊废，倪流暂且不管，反正唐简水和王骏群的眼神交流落在他的眼里，让他品味出了意味深长的内涵。他暗暗一笑，洪东旭的团队，也不是想象中那么团结。

“拿出远思百分之三十的股份，置换卓氏的三亿资金外加不追究违约的承诺，卓氏追究的违约金高达两亿，等于是百分之三十的股份除了得到三亿的现金之外，还买一送一，卓氏附送了两亿的违约金，这样一来相当于百分之三十的股份卖出了五亿的高价，十亿的损失就直接降低到了五亿。”唐简水抛出了洪东旭和他精心挖好的大坑，就看倪流是不是愿意往下跳了。

倪流听了，愣了一愣，似乎很感兴趣的样子：“听上去很不错，百分之三十的股份换来五亿的回报，似乎很划算。不过，只解决违约交付问题，地皮问题还没有解决，治标不治本呀。”

“地皮问题的症结在中远身上，中远如果再次出面和东南村达成共识，东南村不再拿地皮说事，也许事情就迎刃而解了。”唐简水对答如流，似乎早就算准了倪流有此一问一般，“王树斌王董的儿子王亚内刚大学毕业，一直没有找到合适的工作，他本人对经商特别感兴趣，如果远思能拿出百分之二的股份……王董是一个从来不会亏待朋友的人，地皮问题，他肯定会积极出面协调。”

好算计，倪流几乎要为唐简水，不，洪东旭的计策鼓掌叫好了，他现在持股百分之七十，转让百分之三十给卓氏，剩余百分之四十，再拿出百分之二赠予王亚内——不知道王树斌为他儿子起名为“衙内”是什么用意，难道他一个小小的处级国有控股企业的董事长还想让他的儿子当富二代——那么他的持有比例就会降低到百分之三十八。

洪东旭持股百分之二十，卓氏进入远思的董事会后，将会以持股百分之三十的比例成为第二大股东，如此一来，只要卓氏和洪东旭达成一致，双方联合就能拥有绝对控股权，就能牢牢控制董事会的局面。

或者洪东旭联合唐简水、王骏群再加上徐德泉，也能取得绝对优势。至此，倪流算是完全体会到了洪东旭的险恶用心，是想借产业园亏损事件，一举掌控董事会，让他失去绝对控股权，有一套，有手段，有想法。

倪流当然不会坐视洪东旭的如意算盘得逞，他点头一笑，似乎是认同了唐简水的提议：“远思一共要出让百分之三十二的股份，按照比例计算，我出股百分之二十二，洪叔出股百分之七，徐叔出股百分之一点六，唐副总和王总监共同出股百分之一点六，算下来，我的股份稀释到百分之四十八……”

唐简水摇头一笑：“倪董误解了我的意思，我想说的是，远思出让的百分之三十的股份，从倪董百分之七十的股份中出……”

图穷匕首现，倪流乐了，公司是所有人的公司，他虽然持股最多，但又不是他个人独资，赚了钱大家分，赔了钱，为什么让他一个人赔？世界上还真没有这样的道理！欺负他是新人还是认为他智商低？

倪流气愤之余，不但没有恼羞成怒，反而轻松自若地笑了：“唐副总，这是你一个人的想法，还是包括洪叔和王总监也这么想？”

倪流这一问，问得有水平，如果唐简水说是他一个人的想法，那么等于是他一个人孤独地站在倪流面前，一个人单枪匹马和倪流单挑，一旦事情闹僵了，他要一个人承受倪流的怒火，而且还要一个人承担全部后果。

这可不行，他是替洪东旭出头，是替团队打前站，他可以承受倪流的怒火，但不能一个人承担全部后果，唐简水眼睛转了一转，打了个哈哈：“洪总怎么想的，我不知道，不过我相信洪总也会支持我的提议，骏群和我的想法完全一致。”

“王总监，你也认为应该由我一个人出让股份拯救远思？”倪流单刀直入，直视王骏群的眼睛。

吴小舞气坏了，如果不是场合不对，她说不定早就挺身而出维护倪流了。唐简水欺人太甚，完全无视倪流身为董事长的权威，居然想当众摆倪流一道，真以为倪流什么都不懂，真以为倪流是软柿子？

好在倪流镇静自若的表现让她很满意，而且她也心里有数，倪流不会任由洪东旭一帮人摆布。不过即使如此，她也几次险些按捺不住心头怒火，几乎拍案而起要和唐简水唇枪舌剑一番。

不过经此一事，吴小舞越来越佩服倪流的本事了。现在的倪流比起以前成熟了许多，不徐不疾，胜若闲庭信步，谈笑间将唐简水咄咄逼人的攻势化为无形，颇有大巧若拙的高明。

这么说，倪流完全有信心渡过眼下的难关了？

渡过眼下的难关只是一方面，另一方面，如何借助产业园亏损的危机事件，化解来自洪东旭团队的挑战，并顺利掌控董事会的大局，然后再将远思带上正轨，才是倪流面临的最大的考验。洪东旭借助产业园亏损事件大举出击，虽然让人不齿，但远思本来就有的隐患却是不容回避的事实。

倪流刚刚坐上一号位置的宝座就面临生死之战的难题，也确实难为他了。

想起上次风雪之路时倪流还稍显暴躁和急切的表现，到现在，他沉稳如山，不动如松，再加上随机应变的本事不错，假以时日，应该可以掌控全局。吴小舞越想越对倪流信心十足，再看倪流时的目光，充满了仰望。

倪流注意到了吴小舞对他的仰慕，心中却没有被美女欣赏的欣喜，相反，却更加感觉重任在肩。现在的他，不但肩负着带领远思渡过难关、重振远思的重大使命，还肩负着不让吴小舞、黄文旭几人失望的责任，压力不小。

第六章

第一战

倪流是一个宁肯自己背负责任，也不会让别人的期望落空的人，况且吴小舞、黄文旭在他身上下了全部的赌注，他不能对不起别人对他的信任，他朝吴小舞仰慕的目光投去了意味深长的一瞥，又将目光落在了王骏群的脸上。

王骏群沉默了，在倪流略有威压的注视下，低下了头，避开了倪流的目光。

倪流的问题，真的不好回答，王骏群怎么也没有想到，倪流没有预期中的暴怒，也没有预料中的惊惶失措，而是镇静自若地步步推进，似乎一切尽在掌握之中。他就不明白了，倪流年纪轻轻，哪里来的底气和能力，他难道真的有必胜的把握?

不管王骏群如何不解，事实却是，倪流将他逼到了退无可退的境界，他必须正面回答倪流的问题，否则，他过不了关。

“倪董，我……”王骏群艰难地开口了，“我觉得……我觉得事情既然是由宋董生前定下，产业园项目是宋董一手主抓的项目，他和王树斌之间是不是有什么幕后交易，谁也不清楚，产业园项目的问题，应该由宋董一个人承担，宋董既然不在了，作为他的继任者，倪董一人出让全部股份，也说得过去……”

说到最后，王骏群的声音低到了不可耳闻的地步，底气不足而且没有勇气直视倪流。

“真是胆小如鼠。”唐简水暗骂王骏群的怯懦。明明事先说好了要联手对付倪流，没想到事到临头王骏群险些退缩，虽说他最终还是按照约定说出了该说的话，不过还是让唐简水十分不满他的表现。

如果王骏群气势凌人地说出刚才的一番话，效果肯定大不相同，绝对会让倪流心中忐忑不安，乱了分寸。结果倒好，王骏群自己先在气势上输了一招，真是烂泥扶不上墙。唐简水狠狠瞪了王骏群一眼，又将目光投向了倪流，想看看倪流到底怎么应对王骏群的攻势。

倪流既没有怒不可遏，又不是轻描淡写，而是轻轻地一跳，跳开了，又将目光投向了徐德泉："徐叔的意思是？"

难题，抛到了徐德泉的脚下。

倪流称呼洪东旭为洪叔，称呼唐简水和王骏群时，直呼对方职务，称呼徐德泉时，谁也没有想到，他居然也尊称他为徐叔。

别说唐简水和王骏群为之一愣，就连徐德泉本人也是微微一怔，显然没有料到倪流对他如此尊重。片刻之后，他又恢复了惯常的淡然表情，轻轻摇了摇头："许多人说远思虽然是股份公司，却一直实行的是人治而不是法治，董事会就是一个摆设，其实还是宋董一个人说了算，远思，一直是宋董一个人的帝国，其实这个说法也对也不对……"

徐德泉并没有正面回答倪流的问题，而是扯到了远思的权力结构上，似乎和倪流的问题风马牛不相及，不过他并不理会别人的不解，怡然自得地继续说道："远思既不是人治也不是法治，而是和中国几千年来的封建社会实行的制度一样，是礼治。失道而后德、失德而后仁、失仁而后义、失义而后礼，三皇五帝时期，是以道以德治天下，再后是以仁以义治天下，到了封建社会的鼎盛时期，就是以礼治天下了。礼治是为人的根本，是文明的最后一道防线。礼治，让封建社会延续了几千年，直到今天，礼治的传统依然植根在每一个中国人的心中。"

倪流听得津津有味，想知道在徐德泉夸夸其谈的背后，到底想要表达什么样的中心思想。唐简水和王骏群却面露不解和鄙夷之色，对徐德泉的卖弄颇不以为然，眼神中流露出不屑之色。

徐德泉注意到了唐简水和王骏群轻蔑的神色，却并不在意二人的态度，我行我素："宋董一向推崇这样的一句话——父子有亲、君臣有义、夫妇有别、长幼有序、朋友有信，这句话，也是礼治的具体体现，远思，一直就是以礼治的理念来管理……"

说了一大通，唐简水和王骏群还没有明白徐德泉到底想要表达的是什么，倪流却已经听到了弦外之音，他心领神会地笑了。

"长幼有序，朋友有信……简水、骏群，你们说说这句话是什么意思？"果不其然，说到最后，徐德泉将皮球踢到了唐简水和王骏群脚下。

"徐兄，现在是在讨论远思的巨额亏损问题，不是上国学课，你的国学知识渊博，不过现在不是传道授业的时候。"唐简水不无嘲讽地反击徐德泉，"倪董刚才问你的问题，你还没有回答。”

“哈哈。”徐德泉哈哈大笑，“我的答案早就给出来了，长幼有序、朋友有信，远思从宋董传到倪董，董事长变了，但基本的管理理念没变，还是礼治，既然是礼治，就应该是长幼有序、朋友有信。要长幼有序，不能没大没小；要朋友有信，不能言而无信。”

唐简水和王骏群相视一眼，脸色一沉，才明白徐德泉之乎者也了半天想要表达的意思是告诫他们不要以下犯上，要摆正自己的位置，要看清一个事实——如果将远思比作一个帝国，倪流是唯一的高高在上的君王，其他人，都是臣子。

很明显，徐德泉并不赞成倪流一人承担全部转让股份的提议。

唐简水三分恼怒七分耍赖：“徐董，你的意思是，你愿意和倪董一起承担出让的百分之三十二的股份了？”

“可以。”出乎唐简水意料的是，徐德泉一口应允了，只不过徐德泉随即又说了一句话，让唐简水目瞪口呆，“我如果拿出百分之一的股份转让，公司也应该给予我一定的回报，比如说，一个行政副总的位置……”

什么？唐简水差点跳了起来，徐德泉想趁火打劫，没门！虽说远思的副总很多，行政副总负责人事、行政、后勤等部门，远不如执行副总权力大，但鉴于中国国情，行政副总主管了公司的人事和行政，等于是大权在握，非董事长亲信不可胜任。

最主要的是，他现在的职务正是行政副总！徐德泉摆明了是想取代他的位置，他一直担心的事情果然还是发生了，怎不让他对徐德泉怒目相向。

作为行政副总，唐简水为洪东旭全面掌控远思立下了汗马功劳，许多人事上的安排以及关键位置的布局，都是由洪东旭发号施令并由他具体落到了实处。可以说，正是他身为行政副总的职务优势，才让洪东旭步步推进，在人事安排上攻城略地，最终将远思的各个关键部门全部安排了自己的人手，全面掌控了远思。

如果行政副总的职务拱手相让给了徐德泉，唐简水就算成为公司的第三大股东，他的权力也将会大幅削弱，他的重要性也将一落千丈。

“不行，绝对不行，我当行政副总好几年了，一直干得不错，怎么能让位给你呢？”唐简水情急之下，也顾不上保持风度了，连连摆手，“徐董，吃相不要太难看了。”

“我吃相难看？”徐德泉摆手一笑，“整个公司的亏损让倪董一个人承担，倪董是持股百分之七十，不是百分之百，洪总百分之二十的股份却一毛不拔，你和王骏群持股加在一起百分之五，也是一分钱不出，赚了钱，所有人分，亏了钱，董事长一个人承担，这是什么吃相？这是吃霸王餐！天下没有这样的好事！”

说到最后，一向漠然淡定的徐德泉居然拍案而起，怒不可遏：“亏你们说得出口，我听了都觉得脸上发烧无地自容，你们却没事人一样，脸皮简直比城墙还厚！”

说完，徐德泉竟然扔下众人，转身离去：“这会开不下去了，我回石门了。我还是那句话，有福同享，有难同当。如果谁觉得远思没有希望了，直接请辞或是抛售了股票，都没问题。但只要在远思一天，就得承担相应的责任！”

徐德泉夺门而去。

有一句老话说，蔫驴踢死人，是说老实人急眼的时候，会做出让人大吃一惊的事情，当然，将徐德泉形容成蔫驴不太恰当，正好还有一句老话说，老实人干大事，或者说，扮猪吃虎，徐德泉刚才的举动，不但让唐简水和王骏群瞠目结舌，也让倪流目瞪口呆。

原来一直一声不吭的徐德泉，也有勃然一怒、意气风发之时，望着徐德泉消失在门口的背影，倪流不但没有生气，反倒意味深长地笑了。

董事会结束了，这次的会议开得很有意思，或许在唐简水和王骏群看来很失败，在徐德泉眼中很滑稽，但在倪流认为，却是非常成功。

至此，他算是彻底摸清了洪东旭对他发动的第一波攻势的着力点。知己知彼才能百战不殆，经此一事，他对于下一步如何攻防兼备，心中更有了主意。

回到办公室，吴小舞犹自气愤难平：“倪头儿，唐简水欺人太甚，简直当你是冤大头傻大个。”

“当一次冤大头傻大个又有何妨？”倪流却不生气，呵呵一笑，“示敌以弱有时也是必要的战术，不要只看眼前的得失，谁笑到最后还不一定。”

“我没你那么有定力。”吴小舞气呼呼地白了倪流一眼，“生气就是生气，我装不来，而且我还觉得，有时候示敌以弱还不如仗势欺人，反正你是董事长，直接拍板否决了唐简水多好？让他当场下不来台，省得他总觉得你好欺负，总想出馊主意害你。”

倪流自顾自倒了一杯咖啡，站在窗前，俯视繁华的襄都，沉默了一会儿，轻轻喝了一口微苦的咖啡：“洪东旭一定会一直寻找机会掌权，他不会甘心现在的二号位置，董事长的宝座才是他的终极目标，既然如此，索性让他放开手脚折腾，他攻，我防，他明，我暗。他疲于进攻，我以逸待劳，总有发现他的致命漏洞的机会。产业园的亏损，既是当年宋国文仓促上马项目埋下的隐患，也是现在政策改变引发的连锁反应，同时还有洪东旭借机推波助澜的放大效应。洪东旭想乘机稀释我的股份，我也正有意为远思引入活水，所以顺水推舟假装对唐简水的提议感兴趣……”

“啊，你真想转让股份给卓达？”吴小舞吓了一跳，“卓达老谋深算，你肯定不是他的对手，而且卓氏集团太庞大了，让卓氏入股了远思，你早晚和乔布斯一样被挤出苹果。”

吴小舞不简单，倪流笑了，她连当年乔布斯以苹果创始人的身份被挤出苹果公司、失去了对苹果公司的控制权的逸事都知道，他得感谢吴小舞拿他和乔布斯相比，尽管他很清楚他和乔布斯不能同日而语。

“乔布斯被挤出了苹果，苹果走进了低谷，几年后乔布斯重新执掌苹果，苹果才有了现在的辉煌。”倪流顺着吴小舞的话向下说，又话题一转，“你放心，我不会被挤出远思，也不是想让卓氏入股远思。为远思引入活水，选择很多，除了陈星睿之外，还有郭容天、盛夏，等等。”

吴小舞出神地想了一会儿，似有不甘又似乎想通了什么：“其实，想来想去最保险的选择还是和林道首结盟。本来我不赞成你娶了林凝欢，不过看唐简水咄咄逼人的气势，估计是洪东旭这次吃定了你，如果实在没有办法了，你就是娶了林凝欢也没什么……”

吴小舞低下了头，神情间有几分落寞和无奈。

倪流岂能不明白吴小舞的心思，他向前一步，双手放在吴小舞的肩膀上：“小舞，我娶不娶林凝欢先不说，就算和林道首合作，也是建立在互惠双赢的基础上，不会以婚姻当赌注。再者说了，以林道首的精明，如果无利可图，你认为我和林凝欢的婚姻在他眼中会价值几亿？开玩笑。反过来说，就算没有我和林凝欢结婚的前提，只要利益足够动人，林道首也会愿意助我一臂之力。”

“你的意思是说，你有办法说服林道首，让他不以你和林凝欢结婚为条件帮助远思？”吴小舞喜出望外。

“有办法，但没有百分之百的把握。”倪流的目光在吴小舞秀美的脸庞和迷人的锁骨上一扫而过，他松开吴小舞的肩膀，“不过总要试过才知道成败……小舞，有件事情我觉得有必要告诉你一下。”

吴小舞从倪流严肃的表情中捕捉到了什么，顿时一脸紧张：“什么……什么事情？”

“我和凝欢有一个约定……”倪流本不想说出他和林凝欢的感情纠葛，不过一想到吴小舞为他所做的一切，他又于心不忍，如果非让他在吴小舞和林凝欢之间做一个选择的话，从感情上，他还是倾向吴小舞多一些。只不过吴小舞不比林凝欢，她身上似乎总有让人看不清的迷雾，像云又像风，让人琢磨不透，而林凝欢就简单多了，敢爱敢恨，爱要说出口，恨要骂出声，他对林凝欢的感情有把握，对吴小舞的感情，却始终没有信心。

“什么约定？”吴小舞双手攥在一起，神情紧张，声音都有几分颤抖了，“你们……相爱了？”

吴小舞还是在意他的，倪流从心底深处发出一声叹息，他摇了摇头：“也不能说是相爱，只能说是先相处一段时间，如果合得来，就牵手，合不来，就分手。”

沉默了片刻，吴小舞眼中闪过一抹深深的失望，原以为她会说一些什么，不想她只是低下头，强颜欢笑：“祝福你们。”

倪流其实最不喜欢吴小舞的一点，就是她有什么事情总是闷在心里，不够明快，如果她明确向他提出，希望他喜欢她，他肯定会给她一个正面的回应。

只可惜，吴小舞忽然又若无其事地笑了：“我是你的秘书不假，你感情上的事情，就不用让我知道了，不在我的职务范围之内。我现在关心的是，黄文旭一个人去石门，能不能摆平肖米？”

好吧，既然吴小舞不想提林凝欢，他也就不提了。倪流气定神闲地坐回座位：“你们之中，我最放心的就是黄文旭了，他有时不靠谱，有时又喜欢说大话，不过总体来说，在正事上，他绝对不会让人失望。”

吴小舞嘻嘻一笑：“倪头儿的言外之意是说，我和兰姣不太让你放心了？”

不等倪流回答，门一响，兰姣推门进来了，她正好听到了吴小舞的话，接话说道：“我的优点是工作认真，立场坚定，缺点是眼界不够，高度不高。小舞的优点是工作一丝不苟，认准的事情，一定会做好，缺点是，在感情的事情上不够直接，喜欢躲躲藏藏。”

吴小舞被兰姣一说，脸微微一红：“工作是工作，感情是感情，两码事。”

“错，一码事。”兰姣将一份资料放到倪流桌子上，一脸浅浅笑意，“小舞，要是我是你，我不会错过手边的幸福。”

吴小舞转过身去：“我不想公私不分。”

第七章

人才

“对部分人来说，感情就是事业，事业就是感情，怎么能分得清？”兰姣点到为止，不再多说，而是向倪流汇报工作：“倪董，产业园项目的全部资料都整理好了。”

尽管产业园项目亏损的前因后果差不多已经脉络清晰了，倪流还是觉得有必要详细了解一下事情前前后后的每个环节，所以让兰姣整理了产业园项目的全部资料。在整理资料的过程中，沈学良积极主动地补充了不少细节。

倪流接过资料，大概翻了几眼，顺手放到了一边：“先说说你的看法。”

作为宋国文在远思的秘书，兰姣接触到的远思的机密比吴小舞还多，而且她在远思的年头比吴小舞也长，远思内部的一些不为人所知的事情，她多少都有所耳闻。

“宋董当初和王树斌只签署了一个合作协议，协议上注明中远负责地皮，远思负责施工和销售，却没有明确万一地皮出现了问题怎么分担责任。”兰姣微微皱眉，她深思的样子还真有几分俏丽迷人，“也不知道当时是宋董有意疏忽，还是王树斌故意挖了一个陷阱。”

倪流沉默了。

现在最大的难题是宋国文已死，死无对证，许多事情想要分清谁的责任谁的义务，很难。当然，话又说回来，也正是宋国文的猝死才让他有了机会上位，他还真没有办法指责宋国文做事情大包大揽的性格。第一代第二代创业者都是一样的做派，凡事都亲力亲为，事事都掌握在自己手中，创始人风格体现在公司文化之上，就是创始人的高度决定了公司的高度。

正是由于个人化风格鲜明，一旦一家公司的创始人出现意外，公司的业绩就会大幅下滑。比如苹果在乔布斯离开的时期，一直平庸而没有业绩，等乔布斯回归之后，才大放光彩，成就了今日的辉煌。同样国内的三大互联网巨头也是一样，不管是腾讯、百度还是阿里巴巴，基本上都是在创始人意志的笼罩之下。

如果倪流的人生高度高不过宋国文，那么在他执掌之下的远思，将无法重回巅峰。

正思忖该怎么破局时，电话突兀地响了，一看来电是黄文旭的号码，倪流伸手就接起了电话："文旭，有什么进展？"

"和肖米约好了，在花田错见面。"黄文旭兴致颇高，笑声中透露出荡漾之意，"倪头儿，你是不是向肖米说过我，听她的口气，似乎对我很感兴趣，估计我八成有戏。"

"她对每个男人说话的口气都一样，会让所有男人都以为她对他有意思，其实不是，她就是天生媚骨。"倪流被黄文旭的过度自恋气笑了，"行了，别臭美了，办完事情后，第一时间回襄都，洪东旭图穷匕首见，想借产业园亏损事件稀释我的股份。"

"老不死的，厚颜无耻。"黄文旭咬牙切齿，"倪头儿，实在不行我拎块板砖一砖砸洪东旭头上，让他直接下半生生活不能自理算了，虽然残忍了点，也算为民除害了。"

"别胡扯了，赶紧去见肖米。"倪流知道黄文旭是在说笑，黄文旭分得清轻重，不会做出暴力解决问题的傻事。

放下电话，倪流站了起来："兰姣，你替我约一下卓达，就说我想和卓董见一个面。小舞，你帮我约一下陈星睿，就说我想请他吃饭。"

"好。"兰姣和吴小舞异口同声地应了一声，二人对视一眼，瞬间充满了斗志，因为她们从倪流身上看到了永不服输遇强则强的拼搏精神。

倪流开始主动出击联络卓达和陈星睿，远在石门的黄文旭也开始了至关重要的下一步。他将车停好，站在花田错装修风格怪异的门口，咧嘴笑了："花田错是经典京剧剧本，本来知道的人不多，王力宏唱了一首《花田错》的歌，结果火了，就连咖啡馆也叫花田错了，我敢打赌，花田错的老板肯定不知道花田错讲的是一个什么故事……"

"我也不知道，要不，你讲给我听。"黄文旭自言自语，冷不防身后多了一人，她嘻哈一笑，"我还是第一次见到渊博的黄毛。"

黄文旭头上的一缕黄毛还没有剪掉，本来他也想换个发型，也好显得他庄重几分，毕竟现在身份不同了，不过最近忙得一塌糊涂，来不及理发，就保留至今。

“其实我头上的黄毛是一个标志，宣示我是炎黄子孙，不过大多数人以为我是为了新潮，曲解了我的本意。唉，知我者谓我心忧，不知者谓我何求？”黄文旭回头一看，见身后站了一个身材小巧玲珑、嘴巴微翘、嘴唇微厚、圆脸蛋、一笑还有两个酒窝、中等偏上的姿色、皮肤很白不过个子不高的美女，顿时来了兴致，张口就想滔滔不绝地海阔天空一番，话到嘴边又收了回去，他上下打量了美女几眼，一本正经地伸出手去，“你一定是肖姐了？我是黄文旭。”

“你就是黄文旭呀？”肖米咯咯地笑了，一手掩嘴，一手和黄文旭握手，“挺年轻嘛？我还以为是个中年人，原来是弟弟。我最喜欢和弟弟打交道了，走，我请你喝咖啡。”

肖米不错，对味，合口，黄文旭跃跃欲试，几乎按捺不住心中的激动之意。不过倪流交代在前，他不敢误了正事，就努力保持了严肃的面孔：“哪里好意思让肖姐请，我请，我请。”

“跟我还客气什么，太见外了，倪流从来就不跟我客气。我的原则是，谁跟我客气，我就当谁不是自己人。”肖米伸手一推黄文旭，眉眼之间流露出见猎心喜的神态。

换作平常，黄文旭早就使出浑身解数要和肖米调情一番，但现在他忧心忡忡，尤其是得知了洪东旭借产业园危机事件向倪流发难，心中愈加清楚肖米在倪流的大计中是至关重要的一环，马虎不得，就赔了十二分的小心，务必一举拿下肖米。

“说说花田错到底讲的是什么故事……”走进花田错，肖米选了一个僻静的角落，要了两杯咖啡，笑眯眯地端起咖啡小抿了一口，“黄弟，我听倪流说你是一个人才，今天就让我见识见识，好不好？”

人才不人才先不说，至少是个人物。黄文旭从来不会吝啬自夸的机会，他嘿嘿一笑：“肖姐，来石门之前倪头儿再三交代，要我三从四德，肖姐的吩咐要听从，肖姐的指示要服从，肖姐的要求要盲从……”

“咯咯……倪流真这么说？算他有良心。”肖米开心地大笑，摆了摆手，“行了，我知道你的来意是什么，不过先不谈正事，等你讲的故事让我开心了，我才会听你的正事。”

黄文旭喝啤酒一样一口喝干杯中的咖啡，高端大气上档次地一抹嘴巴，低调奢华有内涵地神秘一笑：“肖姐想听故事，我必须奔放洋气有深度地讲，花田本意是种花的农田，花田错是发生在种花小镇花田祭上的一系列阴差阳错的故事——故事的发生，是这样的……”

黄文旭施展平生所学，时而简约时尚国际范，时而低端粗俗甩节操，凭借三寸不烂之舌，拿出土鳖矫情无下限的精神，再以忧郁深沉无所谓的风格为肖米声情并茂地演讲了一出剧情情节有趣、人物幽默、让人从头笑到尾的轻松喜剧。

肖米笑得一塌糊涂，几乎直不起腰来。

“笑得我肚子疼，文旭，你太逗了太贫了，你绝对是京城人。”肖米捂着肚子，乐不可支。

“肖姐好眼力，一眼就看穿了我的本质，让我好像在你面前没有穿衣服一样害羞。”黄文旭做不好意思状，“我见过美女无数，如肖姐一样既落落大方又风情万种的，还真是没有。肖姐如果去演戏，什么范水水、张子姨，都得跟着你的后面给你提鞋。”

肖米直笑得上气不接下气：“黄弟，你太有才了，狂拽帅气，就连倪流也比不过你的男人气概。不过说到演戏还是算了，我才不会装模作样，我是外猛内柔的女汉子。”

见聊得投机一见如故，黄文旭心情大好：“喝咖啡有情调却没激情，肖姐，去流光街吧？”

流光街是石门出名的酒吧一条街，也称艳遇一条街，当然，艳遇一说是商家的炒作，究竟有几人在流光街遭遇了艳遇，恐怕无人知道。不过流光街的各式特色酒吧也确实出名，是一个放纵逍遥的好去处。

“走。”肖米兴之所至，说走就走。

到了流光街三尺阳光酒吧——为什么叫三尺而不是一米，背后是不是有什么故事，就不得而知了——作为三尺阳光的常客，黄文旭轻车熟路地来到他常坐的三号墙角，要了酒和干果，招呼肖米坐下。

“肖姐，今天不醉不归。”

“怎么着，第一次见面就想把我灌醉？是不是有什么不良企图？”肖米早就看出来黄文旭不是善类，刚开始时的彬彬有礼只是假装，现在露出真面目了。黄鼠狼再会伪装，早晚会露出吃鸡的牙齿。

不过肖米见多了形形色色的男人，再者她对黄文旭也并不反感，何况黄文旭又是倪流的兄弟，她豪爽地端起一杯酒：“说实话，黄弟，就凭你的斤两，你还真灌不倒我。”

黄文旭不是和肖米拼酒来了，他有重任在肩，不过场面上的事情，有时又不喝酒不行，他倒满杯中酒："这样，肖姐，你喝多少，我两倍陪你，怎么样？"

"我一杯，你两杯？"肖米斜着眼睛，哧哧地笑。

"对呀，舍命陪美女。"黄文旭先干了一杯，"怎么样，够不够味儿？"

"够味儿。"肖米也发狠了，一口喝干杯中酒，几下倒满，"我就喜欢爽快的男人，有男人样。来，黄弟，你喝多少我陪你多少，你的性格不错，我喜欢。"

二人几杯酒下肚，酒意上涌，彼此之间也热切了不少。再几杯酒一喝，黄文旭和肖米差不多就无话不谈了，你来我往，眉来眼去，只差一步就你情我愿直奔主题了。

不过还好……都是久经场面的大男大女了，经历多了，理智会占据上风，不会被荷尔蒙冲昏了头脑，而且，事情在最顺利的时候，往往还会有意外发生。

"黄文旭，怎么是你？"

正当黄文旭醉眼迷离满眼桃花盛开之时，一个熟悉的声音在耳畔响起。由于声音太过熟悉，让他蓦然间打了一个激灵，险些没有一口吐出嘴里含着的半杯酒。

"梁米！"

不错，站在他身后不远处一身黄衣的女孩，正是梁米。

"肖米？"梁米刚才只注意到了黄文旭，没有发现肖米，眼睛一扫，才认出和黄文旭热火朝天喝酒的女人竟是肖米，不由得张大了嘴巴，"肖米，你怎么和黄文旭鬼混在了一起？"

梁米因为倪流的关系，自然认识肖米，而且她对肖米印象不佳，对肖米傍上尹小花的做法嗤之以鼻。

"鬼混？我和黄弟在谈论一笔几亿元的生意，怎么能叫鬼混？我看你才是和人鬼混。"肖米对梁米也没什么好印象，当即反唇相讥，还冷冷地看了梁米身边的黄毛一眼。

如果说黄文旭头上的黄毛是一缕含蓄的黄毛的话，那么梁米身边的黄毛则是满头黄色迎风怒放的黄毛，在酒吧迷离而暧昧的灯光之下，黄得熠熠生辉，让人不忍直视。

"别开国际玩笑了，你以为你是《新闻联播》可以公开吹牛？就凭你还谈几亿的生意？真会自吹自擂。别说你了，就是黄文旭一直自吹是什么富二代，其实他连几百万都没有。"梁米斜了眼睛撇了撇嘴巴，毫不留情地打击肖米和黄文旭，"一个小三，一个瘪三，凑到一起真是天作之合。"

肖米也不恼，呵呵一笑："黄弟，她怎么叫你瘪三，难道你们之间有什么不愉快的过去？"

黄文旭没想到会再次遇到梁米，更没想到梁米对他很不客气，他嘿嘿一笑站了起来："梁米曾经是倪头儿的女朋友，后来嫌倪头儿没钱，跟了我几天，再后来我认识了倪头儿之后，就把她甩了，结果她心里不甘，想向我索要青春损失费。"

"黄文旭，你放屁！"梁米气急败坏，抓住手中的包砸向黄文旭，"你胡说八道，我什么时候找你要青春损失费了？你毁我清白，你不是东西！"

"我是人，当然不是东西了，你才是东西。"黄文旭一直信奉好男不和女斗的原则，不过见梁米实在无理取闹，也顾不上许多了，"怎么着梁米，又换了一个富二代还是官二代？"

"黄文旭是吧？"梁米身边的全黄毛终于挺身而出了，盛气凌人，鼻孔朝天，"嘴巴放干净点儿，在石门的地界上，你也不打听打听，敢得罪我王亚内的人，还没有出生呢。"

冤家路窄，原来是王树斌的公子王亚内。黄文旭虽然还不知道在董事会上发生的一幕，更不清楚王树斌想让王亚内染指远思的股份，但他对王树斌本能的反感恨父及子，连带对王亚内没有丁点好印象，再加上王亚内满头黄毛一脸嚣张的样儿，又跟梁米站在一处，他一瞬间做出一个无比正确并且英明的决定——向前一步一把揪住了王亚内的衣领，一脸凶狠："王亚内是吧？我就欺负你了，你能怎么着吧？"

一边说，黄文旭一边用力一提，几乎要将王亚内提得双脚离地。

王亚内勃然大怒，双手平推，一把推开了黄文旭，伸手拎过一只酒瓶，二话不说就朝黄文旭的头上砸去："让你知道小爷的厉害。敢得罪我王亚内的人还没有出生，敢欺负我王亚内的人，出生了，也得让他死回去。"

才是一个处级国有企业董事长的儿子就敢这么嚣张，也不知道王亚内哪里来的底气，凭什么就敢无法无天？黄文旭见多了嚣张子弟，也有过许多次打架的经历，他一眼就看出来王亚内色厉内荏的本质，表面上狂妄无比，实际上没有几分打架经验。

黄文旭并不正面接招，毕竟酒瓶砸在身上可不是什么好玩的事情。他一闪身躲开了王亚内的致命一击——确实是致命一击，可以想象的是，如果酒瓶正中他的脑袋，不死也得重伤，也不知道公子哥儿们是不知道酒瓶重击脑袋的严重后果，还是根本不将人命当一回事儿——然后右腿一伸左腿一勾再加上右手一拉，王亚内就收势不住，一个狗啃屎就摔倒在了地上。

第八章

一拳打出一片天

“哐当”一声，王亚内手中的酒瓶摔得粉碎，很幸运的是，有一块碎片还割破了王亚内的手，顿时鲜血直流。

“啊，亚内你流血了……”梁米惊得花容失色，上前一步，一把推开黄文旭，“你滚开。”

黄文旭无语了，以前他还以为梁米是个好姑娘，现在才知道他还真是瞎了眼睛，当时怎么就鬼迷心窍被她迷住了？梁米原来是一个少见的活宝，见一个爱一个，爱一个投入一个，是博爱女人的代表人物。

“肖姐，走了。”黄文旭忽然意兴阑珊，就要走人，“不和他们一般见识，换个清静的地方。”

原以为王亚内会见好就收，没想到黄文旭刚迈开脚步，就听到肖米惊惶失措地惊叫出声：“小心！”

黄文旭回头一看，王亚内面目狰狞地朝他扑了过来，手中拿着半截酒瓶，明晃晃的玻璃在灯光下闪烁森然的寒光，寒光一闪，直朝他的后背刺来。

这一下要是刺中了，肯定会血溅当场！

黄文旭本来也不是什么善类，比起倪流，他更具备坑蒙拐骗的品质和心狠手辣的潜质，只不过跟了倪流之后收敛了七八分而已，现在王亚内不依不饶的死缠烂打瞬间点燃了他压抑已久的流氓气息。

“肖姐，闪开！”

黄文旭大喝一声，一把将肖米推到一边，向前一步，伸手去抓王亚内手中的凶器，同时，脸上突然流露出诡异而神秘的一丝笑意。

王亚内被黄文旭悍不惧死的做派惊住了，更被他诡异的一笑吓得心惊肉跳，还没有来得及想明白黄文旭到底想要做什么，黄文旭已经近身眼前！

拼了，王亚内从小到大横行霸道惯了，在石门还真没有吃过亏，在王树斌的溺爱下养成了天不怕地不怕的性格，况且现在又是在梁米的注视之下，男人不能在自己女人面前丢人，他一咬牙，一发狠，手中尖锐的半截酒瓶就朝黄文旭的胸口捅去。

如果一击而中，黄文旭非得当场毙命不可。

“啊！”肖米吓坏了，脸色惨白，“要出人命了！”

梁米却是不屑一顾的神情：“打死活该！狗屁黄文旭！狗屁倪流！”

本来差不多吓傻了的肖米一听梁米恶毒的话，也不知哪里来的勇气，突然就暴起了——她拿起桌子上的一杯酒，扬手泼在了梁米化了浓妆的脸上：“泼妇！”

梁米也不甘示弱，被泼了一脸的酒，她如法炮制，也泼了肖米一脸：“浪货！”

两个女人的战争丝毫没有影响两个男人的生死搏斗，眼见王亚内手中的酒瓶就要插入黄文旭的胸口时，黄文旭冷不丁左手凭空探出，紧紧抓住了酒瓶的尖利部分，鲜血顺着他的手掌汹涌而出，又沿着酒瓶的瓶口流到了王亚内的手上，片刻之间染红了他和王亚内两个人的手。

王亚内惊呆了，被黄文旭的凶悍震住了，手中的酒瓶再也无法前进一寸，距离黄文旭胸口还有半尺，殷红的血，褐色的酒瓶，红蓝的灯光，僵持的表情以及黄文旭脸上古怪的笑容和眼中凶狠的凶光，编织成了一幕光怪陆离的画面。

“想扎死我？”黄文旭伸出舌头舔了舔干裂的嘴唇，他的声音就如窗外的隆冬一样寒冷，“你有一个有本事的爹还不行，还得你自己有本事才行。”

话一说完，黄文旭手腕一翻，从王亚内手中夺过酒瓶，倒转瓶口，恶狠狠地插在了王亚内的大腿之上。

“啊！”王亚内一声惨叫，一屁股坐到地上，眼睁睁看着鲜血如喷泉一样从大腿上涌了出来，从瓶口中如红酒一样向外冒。

“杀人了，要死人了，快叫救护车！”只愣了片刻，王亚内清醒过来，就如杀猪一样号叫了起来，“快打110，120，119，911……”

“快跑。”黄文旭一击得手，知道不宜久留，三十六计跑为上策，伸手拉过肖米，转身就要跑路。

“想跑？没门。”梁米关键时刻又阴魂不散地跳了出来，伸开双手拦住了黄文旭的去路，“我要送你坐牢。”

“坐你个大头鬼。”黄文旭的原则是不打女人，但这一次他实在忍不住了，抬腿一脚就踢在了梁米的肚子上，“滚你娘的，别挡大爷的路。”

一脚就将梁米踢得摔倒在地，连打了三个滚。

拉着肖米刚走到门口，呼啦啦从门外进来三五个彪形大汉，个个膀阔腰圆目露凶光，拦住了黄文旭和肖米的去路。

“打了人就想走？天底下哪里有这样的便宜事？”为首的大汉足有一米八，体壮如牛，尤其是他一双牛铃大小的眼睛，十分吓人，“也不打听打听，在我牛一天的地盘上惹了事，不留下点纪念就想溜走，让我牛一天的脸面往哪儿搁？”

牛一天是谁黄文旭不知道，应该不是王亚内的跟班，估计是酒吧附近的地头蛇，看对方来势汹汹的气势，他就知道既打不过又讨不了好，心想完了，到底还是阴沟里翻船了，今天估计要栽了。

“牛哥，牛哥，这小子打了我，你替我报仇，我给你一万块。”王亚内倒也硬气，在梁米的搀扶下，腿上带着酒瓶一瘸一拐地来到牛一天面前，用手一指黄文旭，“往死里打，打死了再加两万。”

敢情他的小命就值三万块？黄文旭翻了个白眼，想说什么又咽了回去，因为牛一天的大手已经抓住了他的衣领。

强龙难压地头蛇，何况对方又人多势众，黄文旭自认不是李连杰一类的武打高手，肯定打不过眼前的几个彪形大汉，心想没想到和肖米谈生意也能遇到前女友梁米，遇到就遇到吧，梁米居然又勾搭上了王亚内，结果就上演了一出火花四射的闹剧，正事没谈成，却惹了一身麻烦，他比窦娥还冤。

说来说去还是要怪当初交友不慎，误交了梁米，结果引来了一身的霉气。

打不过跑不掉，黄文旭几乎要绝望了，只好眼睛一闭，等着牛一天的拳头落到他的脸上……

结果等了半天，牛一天的拳头不但没有落下，相反，倒松开了他的衣领。怎么回事？难道他长得太帅，帅得无与伦比，连牛一天都不忍心下手了？

睁眼一看，黄文旭震惊得目瞪口呆！

牛一天一脸讪笑，微微弯下身子冲肖米点头哈腰，脸上讨好的笑容如鲜花一样盛开，虽然和他的满脸横肉很不相称，不过可以明显看出他对肖米的刻意讨好中有三分畏惧之意。

不是吧，牛一天怕肖米？黄文旭的大脑忽然不够用了。

“肖……姐？怎么是你？刚才没看到你，请肖姐原谅。”牛一天恭恭敬敬冲肖米敬了一个礼，样子不伦不类有几分滑稽。

“原来是一天呀？我当是谁，这么牛气冲天，怎么，放出来了？”肖米掩嘴一笑，笑容中掩饰不住得意扬扬之色，她抬腿踢了牛一天一脚，“你也不睁大眼睛看看，谁的路你都敢挡，不想混了是不是？”

“是，是，我错了，我瞎了狗眼。”牛一天的态度要有多好就有多好，不停地点头哈腰，“肖姐，不，姑奶奶，您就大人大量，高抬贵手把我放了，成不？以后刀山火海任你差遣，只要你指一个方向，我立马扑过去，绝不二话。”

“行了，别现眼了。”肖米不耐烦地摆了摆手，“认识王亚内不？”

牛一天连忙点头：“认识，石门第一二货，谁不认识？”

黄文旭差点没笑喷，原来王亚内还有一个石门第一二货的外号，真是名如其人，贴切得很。

“替我教训教训他，让他长个记性。”肖米轻描淡写地一挥手，回头看了梁米一眼，“梁米……就算了，打女人毕竟不好，随便在她脸上打几个耳光就得了。”

“这……”牛一天一时犹豫，王亚内虽是石门第一二货，到底也是王树斌的儿子，王树斌在石门商界大小也算个人物，多少有几分势力。

“怕了？怕了就算了。”肖米转身就走，“一天，你算是毁在女人手里了，出了事后，胆子小多了，废柴了。”

“打就打，谁怕谁？”牛一天立马被肖米激起了火气，大手一挥，“兄弟们，你们都听到肖姐的吩咐了？动手。”

“啊……”

“妈呀……”

伴随着王亚内和梁米的几声惨叫，一场不对称的歼灭战火爆上演了。

走出三尺阳光很远，黄文旭还没有从震惊中清醒过来：“肖姐，刚才你太帅了，牛一天为什么那么怕你？”

肖米掩嘴一笑，三分调皮四分得意：“三尺阳光的地皮是三角村的地，三角村的村支书和村主任，都是我叔叔。还有一点，我从小也在三角村长大，在三角村一带，谁不认识我肖米肖大小姐？牛一天以前犯过事，差点出不来，我托了关系捞他一把，他才坐了几年又放了出来，而且他的地盘全在三角村一带，如果惹了我，我一发话，我叔叔一不高兴，他就得滚出三角村一带……”

说来说去，现在村支书和村主任才是最大的地头蛇。黄文旭乐了，既然肖米正好说到了三角村的问题，他也正是为了三角村的地皮归属而来，就顺水推舟地接过话来：“今天多亏了肖姐解围，要不我说不定还真栽了。大恩以后再报，现在还有一件事情要请肖姐帮忙，既是帮我的忙，又是帮倪头儿的忙。”

“三角村的地皮问题吧？”肖米眨眨眼睛，神秘地一笑，“让我帮倪流帮你，可以，得先答应我一个条件。”

“什么条件？”

“我要加入远思。”肖米似乎下定了决心，“我在市政公司待够了，想出去闯荡一番，以前倪流说过如果有一天他发达了，说不定还得亲自上门请我过去帮他，我不用他亲自上门来请，只需要他一句话。”

加入远思没问题，倪流肯定举双手欢迎，问题是，肖米说要加入远思是以什么形式加入，是想借机狮子大开口索要一些股份，还是想不干活儿只拿高薪？黄文旭想了一想，模棱两可地笑道：“倪头儿肯定热烈欢迎肖姐的加盟，远思一直为肖姐保留着一个重要的位置。”

肖米呵呵一笑：“我加入远思，一不要股份，二不要重要职务，只想干自己喜欢的工作，只要倪流满足我的条件，让我随便挑选岗位，我就帮他，而且还会一帮到底。”

黄文旭心中汗颜，没想到肖米这么大度，全然没有趁机拿捏一把的意思，比起洪东旭无所不用其极想要侵吞远思的无耻，身为小三的肖米显然比道貌岸然的洪副总高尚多了。

这么说，他的石门之行即将大功告成了？黄文旭心中一阵窃喜，拿出手机正要打给倪流时，手机却及时响了。

是倪流来电。

“文旭，我明天一早到石门，你先不要回襄都，在石门等我。”倪流的声音透露出三分欣喜之意，“和肖姐的会谈有没有进展？”

倪流来石门有何贵干？现在正是远思生死存亡的关键之时，倪流不留在襄都却亲来石门，肯定是有要事要谈，黄文旭心中一紧，怕是远思的难关比想象中更难过。

“肖姐就在我身边，要不你直接和她说？”黄文旭不等倪流答应，就直接将电话交给了肖米。

“倪流，你明天来石门呀？好呀，来了后，我们见面再说吧。”肖米接过电话，没有多说，直接约好了时间地点，“明天上午十点，三角村村委会见面。”

倪流何许人也，肖米的话明白无误地告诉他，三角村的地皮归属，可以摆到桌面上谈判了，也就是说，基本上没有后顾之忧了，他顿时大喜："关键时候，还是肖姐给力。"

"不过丑话先说到前头，中羽集团的力度也不小，人情是人情，生意是生意，不管是你想要，还是陈星睿想要，在人情的前提下，诚意也要到位。"肖米有一说一，三角村的地皮归属是大事，她可以负责牵线搭桥，但三角村也要从自身利益出发，人情加分只在对等的商业利益之时才管用。

"放心，陈星睿的东方集团只比付白中的中羽集团更有实力。"倪流呵呵一笑，又让黄文旭接听了电话："文旭，把握一个重点，肖米是这一战能不能取胜的关键人物。"

黄文旭无限感慨地长叹一声："倪头儿，我发现你在为人处事方面有天赋，肖姐对你没话说，百分之百信任外加百分之百好感。我必须要说，肖姐是你在市政公司工作几年收获的最大财富！"

"哈哈……"倪流开怀大笑，"我最喜欢刘邦的一段话——夫运筹帷幄之中，决胜千里之外，吾不如子房；镇国家，抚百姓，给饷馈，不绝粮道，吾不如萧何；连百万之众，战必胜，攻必取，吾不如韩信。三者皆人杰，吾能用之，此吾所以取天下者也。张良、萧何、韩信，你是哪一个？"

电话断了，黄文旭手握手机，半晌无语，想了半天才摇头一笑："张良不如我阴谋诡计多，萧何不如我灵活多变，韩信不如我有女人缘，综合比较之下，我是张良、萧何和韩信的综合体。"

"你说什么？"肖米一时没听清黄文旭的话，"怎么好像说到了历史？"

"就是在说历史，读史使人明智，以后我要多读一些历史书才行。"黄文旭恢复了常态，冲肖米挤眉弄眼地一笑，"肖姐，接下来还有什么节目？"

此时天色尚早，距离天黑还有几小时，肖米嘻嘻一笑："现在单位还没有下班，我还来得及去请个长假，你要是没什么事情的话，就先回宾馆休息。"

行呀，肖米媚眼横飞的时候，撩人心弦，正经八百的时候，又如良家妇女，收放自如的水平非同一般，黄文旭顿时佩服了："肖姐一会儿冷艳高贵接地气，一会儿又时尚亮丽小清新，服了。"

"服了就好。"肖米咯咯一笑，告辞而去。

以黄文旭过盛的精力，他才不会回宾馆休息，等肖米刚走他就迫不及待地拿出手机，打出了一个号码。

“丽丽，我是文旭，我想见你，你在钓鱼台？好，我马上就到。”收起电话，黄文旭高兴地打了一个响指，发动汽车直奔西山的钓鱼台而去。

路上他还在想，倪流突然临时决定要来石门，应该不是为了三角村地皮的事情而来，否则之前也不会先派他来会会肖米了，那么倪流来石门，到底所为何事？

倪流是为了亲见陈星睿和卓达而来。

兰姣和吴小舞分别联系了卓达和陈星睿之后，出乎倪流意料的是，不但陈星睿很爽快地答应要和他面谈，就连卓达也表现出十足的诚意，诚邀他明天在东方花园会面。

东方花园别墅是卓达的私人别墅，位于石门的东南，掩映在青山绿水之间，是一处难得的清静之地。卓氏买下东方花园周围的几百亩地上马了一个高档小区项目，又专门辟出十余亩地建造了一处别墅，成了卓达的私家花园。

第九章

言语交锋

卓达在石门以及全国各地住宅众多，但他最喜欢的住处还是东方花园别墅，而且轻易不邀请外人到他的别墅做客。业内的共识是，一旦卓达邀请谁到东方花园别墅做客，谁将会成为卓达的座上宾。

倪流虽然欣喜，却没有即将成为卓达座上客的兴奋，他不算非常了解卓达的为人，但明白一个道理，世界上没有无缘无故的抬举，也没有无缘无故的贬低，卓达表面上敬他为上宾，请他到东方花园别墅做客，不过是礼下于人必有所求。

怕是卓达会当面向他交涉产业园项目的违约责任和赔偿问题！

“小舞，你明天陪我一起去石门。兰姣，你留在襄都，负责公司的日常运转，有问题向沈学良汇报。”倪流一边吩咐一边收拾东西，“还有，兰姣你和沈学良一起代表我去医院看望一下洪副总。”

“好的，倪董。”兰姣知道什么时候提出疑问，什么时候应该坚定地执行命令。

下班后，倪流叫住吴小舞：“一起吃晚饭？”

吴小舞迟疑一下：“不了，我还有事情，下次好了。”

倪流也没勉强：“快过年了，记得给家里准备一些年货，襄都有一些土特产不错，可以带回去。”

吴小舞似乎对倪流工作之外的关心并不领情，又或许她不愿意提及家人，淡淡地摇了摇头：“过年我不回家，一个人过。”

“这样，你留在襄都，到我家去过年。”倪流一挥手，制止了吴小舞想要开口的拒绝，“就这么定了，如果你不去，就是矫情。”

吴小舞无奈地一噘嘴：“你这是霸道，是强人所难。”

晚上倪流没有回家吃饭，他轻易不回家，一是麻烦父母，二是耽误时间，最近太忙，公司的事情缠身，还是不要再让父母担心为好——他直接去了姐姐家。

自从遗嘱闹剧尘埃落定之后，倪流顺利执掌了远思，倪芳也熄了心思，不再闹腾，接受了倪流继承宋国文全部股份成为远思第一大股东兼董事长的事实。对宋国文来说，倪流是外人，对她来说，倪流却是一奶同胞的弟弟，所以，远思不管是姓宋还是姓倪，对她而言都一样。

倪流执掌了远思之后，远思暴露出来的隐患和巨额亏损，如一记重锤直接撞击在了倪芳的胸口，她才知道宋国文非要将远思留给倪流的深远用心。扪心自问，如果是她接手了远思，在产业园的巨额亏损面前，她必定会惊慌失措方寸大乱，洪东旭说什么她肯定会听什么，一切听从洪东旭的安排，到头来，远思就算渡过了危机，大权难免还会旁落到洪东旭手中。

和宋国文的目光长远相比，她还是目光太短浅了。倪芳现在不但不再对倪流有一丝的怨恨，相反，还怀有一丝愧疚。远思壮大了，她好处多多，倪流肯定不会亏待她半分。远思亏损了，背负债务的是倪流，倪流也不会让她还债。倪流年纪轻轻就背负了这么多的债务，真是难为他了。

"姐，我来蹭饭了。"门外一声熟悉而亲切的呼唤将倪芳从浮想联翩中拉回现实。

"小流来了。"倪芳喜出望外，忙迎出门外，"阿姨刚做好饭，你来得正好。"

"姐，快过年了，我也没时间帮家里置办年货，就麻烦你帮我了。"倪流也不客气，直接上桌，坐下就吃，"饿坏了，赶紧吃一口……"

倪芳见倪流还和小时候一样调皮，伸手去抓菜，就打了他的手一下，笑道："你现在是董事长了，别没个正形，要拿出董事长的样子来。"

"董事长是什么意思，姐，你听清楚了，是懂事了才能长大的意思。"倪流嘻哈一笑，"我早就懂事了，也已经长大了，所以也不必装模作样拿出董事长的样子了。"

"贫嘴。"倪芳慈爱地打了倪流一下，见倪流并没有被亏损问题压得愁眉不展，心里多少舒展了几分，"小流，远思的亏损，有没有办法解决？"

"办法总比困难多。"倪流不想姐姐过多操心，随口应付了几句，"姐，你就不用管了，有我在，一切困难都会迎刃而解。而且你不知道，姐夫还特意为我留了一个锦囊妙计。"

"别骗人了，你姐夫死得突然，连见我最后一面都没有机会，还能给你留什么锦囊妙计？要是他知道他会早死，肯定早早就安排好怎么处理产业园的漏洞了。你姐夫这个人，什么都好，就是太事必躬亲了，什么事情都亲自去抓，结果呢？人死账空。”

“人死账空？”倪流似乎抓住了一个点，“什么账？”

“你姐夫经常说，谁借了他几百万，没打借条，谁又转走了几百万，没留凭证，都是多年的朋友，他相信冲他开口借钱的人一定是一时急需，否则以现在的身份，谁也不会轻易开这个口。谁知道天有不测风云，人有旦夕祸福，他突然就没了，没了就没了，借出去的几百万上千万，既不知道是谁，又没有凭证，这年头，只有上门讨债的，没有上门送钱的，肯定是人死账空了。”倪芳倒不是埋怨宋国文什么事情都不和她说个清楚，而是觉得如果有一个凭证，几百万也好上千万也好，要了回来多少能填补一下现在的亏空，不至于让倪流这么作难。

倪流没想到宋国文生前这么大方，连借条都不打就借出去了几百上千万，不过想想也可以理解，宋国文为人讲义气，又出身草根，在襄都商界人缘不错，而且襄都地方不大，基本上都认识，人情脸面都磨不开，有人开口借，宋国文不会不借。

话又说回来，宋国文也不是慈善家，能让他眼睛不眨连借条都不打就敢借出几百万的人，必定不是外人，是他最密切的朋友和生意伙伴，在襄都和石门，能让宋国文以诚相待者，没有几人。

让倪流不解的一点是，宋国文借钱出去，是公司的钱还是个人的钱？多半是个人的钱，如果是公司的钱，肯定要走账，而且公司的钱借出去，必然会有相关的程序要走，不可能没有签字就支出几百万。

几百万也不是小数目。

又想起宋国文从王树斌手中拿到过五百万现金支票，倪流越发感觉宋国文身上的秘密比他想象中还要多许多。

眼下远思正值危急存亡之秋，倪流也顾不上查明宋国文借钱给谁了，虽说几百上千万也是一笔大钱，但查起来一来麻烦，二来就算查到借债人，对方也许会矢口否认，与其费力或许也不讨好，还不如先把全部精力放到产业园上面才是正经。

“这事儿我暂时顾不上，姐，你有时间的话，好好回想一下姐夫都借钱给谁了，具体时间和数额如果能回忆起来，就写下来，等我腾出时间后，看能不能要回来。”倪流三下两下吃完饭，起身就走，“你先别去要账，免得打草惊蛇。”

倪流自然不会想到，宋国文借出去的几百上千万，在不久之后发生的一件大事之中，却无意中解了他的燃眉之急。

“知道了。”倪芳嗔怪一声，“我只管记下是谁就行了，抛头露面的事情，都交给你。”

倪流笑笑，有了姐姐的支持和配合，有了亲情的支撑，他会更加精神百倍地迎接挑战。

他刚要上车，又想起了一件事情：“对了姐，过年的时候小舞要在我们家过年，你准备一下，别让她觉得难堪。”

“小舞？小流，你实话告诉姐，你和小舞是不是恋爱了？”倪芳隐隐有一丝担心，“小舞是个好女孩，不过我总觉得她似乎有许多心事，不太开朗，姐姐更希望你和凝欢处朋友。”

“姐，你就别管了，感情上的事情，急不来，顺其自然吧。”倪流笑着摆了摆手，上车而去。

刚驶出别墅区，手机响了，一看来电，倪流意味深长地笑了，是林道首。

林道首按捺不住了？不太像他的风格呀，这才到哪儿，万里长征不过刚刚开始，在倪流的心目中，林道首应该是我自岿然不动的老谋深算的最后一人，高山仰止，山高云深，等所有人都走投无路无计可施时，他施施然挺身而出，谈笑间，樯橹灰飞烟灭，所有事情都顺利解决……

怎么在事情还没有明朗化、他还没有山穷水尽之时，林道首就坐不住了？

“林伯伯，这么晚还没有睡？”倪流上来就是一句日常问候，似乎他和林道首的关系很密切一样。

“倪流，是不是你宁肯让洪东旭稀释你的股份，也不肯和我合作？”林道首没有客套，上来就直奔主题，“你对林伯伯成见很深呀。”

“没有，没有，林伯伯误会我了。”倪流心想，消息传得真快，远思董事会上发生的一幕，本是商业机密，却让林道首第一时间知道了，由此可见林道首对远思的渗透非同一般，或者说，可能是洪东旭故意向林道首释放了消息。

“倪流，上次我提出和你合作，你不肯。现在远思内忧外患，亏损十亿，你自己没有办法渡过难关，这样，林伯伯以前提出的合作条件依然有效，不因远思的巨额亏损而附加任何苛刻条件，怎么样，你考虑一下？”林道首坐在办公室里，没有开灯，在昏暗之中打电话给倪流。他喜欢一个人沉浸在黑暗的感觉，仿佛置身于无边的困境之中，前无前路后无退路，有置之死地而后生的紧迫感。

越有紧迫感，林道首的大脑越清醒。

在听到远思董事会上洪东旭病遁唐简水逼宫的消息之后，林道首欣慰地笑了，倪流在有讨价还价的资本之时不肯和他合作，现在即将全面溃败又身处四面楚歌的包围之中，他还有什么底气拒绝他的提议？

本来林道首并不想打这个电话给倪流，想等倪流主动上门求他，不过在他听到两个消息之后，终于按捺不住，主动打出了电话。主动出击和被动等倪流上门，意义大不相同，谁主动，谁就会失去主动权，以他的老谋深算，怎会让倪流掌握了主动权？

只是传来的两个消息实在太过惊人，让林道首没有办法再稳坐钓鱼台了。第一个消息是，他的宝贝女儿林凝欢咨询了相关专业人士，询问她名下百分之十的首远股份如果套现可以价值几何。第二个消息是，倪流明天一早启程去石门，要和卓达会面。

如果说第一个消息是让林道首愤怒加不甘的话，那么第二个消息就足以让他惊慌了。和卓氏相比，他的首远虽说在襄都数一数二，却远不能和庞大的卓氏相比。如果卓氏相借远思的危机入股远思，卓达抢先一步和倪流达成共识的话，他想要染指远思并吞并远思的大计就会彻底落空。

不行，绝对不能让他人抢先一步，远思本是他的碗中肉。

同时让林道首愤怒的是，林凝欢有意转让股份套现之举想都不用想是受倪流指使。倪流太可恶了，居然想利用林凝欢反手制衡他，人小鬼大，贪心不足蛇吞象，不敲打他几下，他不知道天高地厚。

基于以上两点认识，林道首终于坐不住了，主动打来电话要和倪流再次过招。

倪流也是一惊，他有两个没想到，一是没想到林道首这么干脆利索，上来就单刀直入再提合作一事，二是没想到林道首不但迫切而且大方，在明知远思亏损十亿的现状之下，还愿意以原来的条件对等置换远思和首远的股票。以林道首的精明，他这么做的原因显然是他认为远思的十亿亏损并非市场原因导致的无法挽回的亏损，而只是政策调整之下的虚亏。

所谓虚亏，是指完全可以在运作之后规避的亏损。

惊讶过后，倪流反倒又乐了，林道首的举动从反面让他更加坚定了可以顺利解决产业园亏损的信心。以林道首老狐狸一般的灵敏嗅觉和洞察力，如果说远思会深陷产业园项目中无法自拔，他说什么也不会迫不及待地跳出来还要提出合作。

倪流大概能猜到林道首的心思，林道首肯定听到了他要北上石门和陈星睿、卓达会面的消息，他担心万一他和卓达达成共识，引卓氏入股远思，首远恐怕就会坐失良机，再也没有染指远思的可能了。

“林伯伯太慷慨了……”倪流将车停在路边，打开车窗，让寒冬的冷风吹进车内，清醒了一下头脑，“谢谢林伯伯的好意，我再好好考虑一下。”

林道首见倪流避重就轻不肯松口，心中微有不快：“倪流，你明天就要去石门了，难道在你眼里，石门的卓达会比襄都的林伯伯更可信？”

倪流没有正面回答林道首的诘难：“林伯伯多虑了，我和卓达见面，主要是想查清产业园的亏损原因，同时希望卓氏方面不要逼迫过紧，给远思一个缓冲的时间。”

“倪流……”林道首长叹一声，停顿了片刻，语重心长地说道，“为什么你就不相信林伯伯呢？难道到现在你还没有看出来，产业园的亏损，摆明了是一出闹剧，是远思内部有人联合中远和卓氏为你设下的一个圈套，要的是让你跳进去出不来。林伯伯不忍心看你被别人摆布，你还年轻，商场上的阴谋诡计你见识太少，匹夫无罪怀璧其罪的道理你不会不懂，百分之七十的远思股份，能让你当上远思的董事长，也能让你成为许多人算计的对象。”

不得不说，林道首情真意切的一番话，确实有三分真诚，倪流几乎要被他打动了，还好，冬夜的寒风刺骨，让他的头脑无比清醒。

“我知道林伯伯是真心关心我……”倪流努力让自己相信自己的话，其实他再清楚不过林道首打的是什么主意，不过比起洪东旭之流赤裸裸的贪婪要好上几分的是，林道首至少愿意嫁女给他，多少也算有几分真心，“我才当上远思的董事长就遇到了这样一个天大的难题，本该请林伯伯指点一番，只凭我一个人的力量恐怕很难渡过难关，不过后来一想，既然姐夫将远思交给我，我就要做出一番成绩以告慰他的在天之灵，所以，我还是想努力尝试一下，想看看自己能不能只凭自己的能力解决产业园的问题。”

林道首心中的怒气渐盛，倪流不是固执，是自大，是狂妄无知：“倪流，你太让我失望了，你想证明自己是好事，但不要拿远思的未来当赌注。你有没有想过，万一你失败了，万一远思被产业园项目拖入了泥潭，甚至走向了破产倒闭的绝路，你怎么对得起宋国文的在天之灵？”

“得之我幸失之我命，如此而已。”倪流很文艺地回答了林道首，甚至还轻笑了一声，“请林伯伯放心，我不会非要等走到绝路上才回头，如果我发现我的路走不通了，我会及时转身寻求林伯伯的帮助，现在嘛……还请林伯伯相信我，给我一次施展的机会，只有证明了自己的才能，才能服众，才能掌好远思这艘大船，是不是？林伯伯在百忙之中不忘关心远思的发展，我代表远思全体员工，感谢林伯伯的深情厚谊。”

第十章

风波又起

林道首被倪流装傻充愣气笑了："好吧，该说的我都说完了，再说下去就是多余了，祝你马到成功。"

"谢谢林伯伯。"倪流客气并不失恭敬地回应，"也祝林伯伯的上市之路，一帆风顺。"

"上市？你怎么知道首远想要上市？"林道首一时失态，情急之下问出了一个十分幼稚的问题，"是不是凝欢告诉你的？"

话一出口林道首就后悔了，除了凝欢还能有谁？他有意让首远上市的事情，迄今为止不超过三个人知道，除他之外就是丛远远和林凝欢母女了。上市的设想是商业机密，在没有十足的把握之前，他不会对外透露半分。不承想，还是让倪流知道了。

林道首终于动怒了："倪流，你以后离凝欢远一些，少打她的主意。"

倪流哈哈一笑："不好意思了林伯伯，我和凝欢决定先相处一段时间，看看是不是适合，适合的话，就继续发展，说不定还会结婚。不适合的话，就分手。你不是一直希望凝欢能嫁给我，现在事情正朝着你想要的方向发展，你应该高兴才对。"

林道首能高兴才怪，他是想让林凝欢嫁给倪流，但前提是一切尽在他的掌控之下，现在倪流掌握了主动权，万一女儿再被倪流哄骗，对倪流死心塌地，他最后落一个"林郎妙计安天下，赔了女儿又折兵"的下场，岂不是成了笑料？

掌控权和主动权在谁手里，谁才是胜利者，林道首冷笑了："倪流，你先别高兴得太早了，你和凝欢的事情，是建立在首远和远思合作的前提之下。没有首远和远思的合作，你们不会走到一起。"

又一个图穷匕首见，倪流深深地摇了摇头，为什么林道首从来不考虑一下林凝欢自己的感受，难道在他眼里，首远的利益大过女儿的幸福？问题是，如果林凝欢不幸福，他就算留给她一个比首远庞大十倍的商业帝国，又能如何？

人生在世，归根结底追求的还是活着的感觉和幸福的感受，金钱和成功，都是为了幸福服务。失去了幸福，再多的金钱再耀眼的成功，不过是别人羡慕的夸奖和忌妒的目光，是假象。

关上车窗，打开天窗，见夜空繁星点点，虽然夜晚清冷，却有城市夜晚难得一见的美丽星空，倪流双手枕在头后，凝视了半天夜空，最后淡淡地笑了。

次日一早，倪流发动奔驰ML350，从远思大厦地下停车场出来，他刚对坐在副驾驶的吴小舞说了一句系好安全带，一抬头，冷不丁停车场出口站着一个人。

可是吓了他一大跳，他忙一脚紧急刹车刹停——还好吴小舞听话及时系上了安全带，否则非得一头撞在玻璃上不可。倪流不免有几分生气，怎么现在的人都有毛病，有大好的地方不去，非要站在地下停车场门口，找撞不成？

他气呼呼地下车，来到对方面前，由于天色刚蒙蒙亮，看不分明，又是冬天，穿着厚厚的冬装，走近一看才看清，原来对方是一个女人。

一个颇有几分姿色并且风姿绰约的女人，年三十上下，长发、长脸、大眼，化了素颜妆，又称裸妆的透明妆，浑身上下散发一种慵懒从容的气息，不像是怨妇或是寻死觅活的弃妇。

“倪董……”不等倪流开口，对方先说话了，“自我介绍一下，我叫滕悦，远思大厦是我的产业。”

滕悦？倪流心中纳闷，他从未听过这个名字，怎么突然冒出来一个滕悦，还自称是远思大厦的所有者？想想也是滑稽，他是远思集团的董事长，远思集团又在远思大厦办公，而他却不知道远思大厦的产权所有者是滕悦，传了出去，别人肯定不会相信，会当成笑话来听。

也是他执掌远思以来事情太忙，又有产业园的突发事件，他顾不上查清远思集团租住远思大厦而不自建办公大楼的背后到底有什么猫腻。没想到，滕悦主动找上门了。

找上门来也没什么，偏偏选择在地下停车场的出口拦车，多少就有几分怪异了。

倪流和滕悦握了握手：“滕总，有何指教？”

“倪董，远思集团和远思大厦的租赁合同四月到期，合同约定，如果一方没有提出异议，合同自动续约一年。远思集团和远思大厦合作多年，下一年度远思大厦本来也应该和远思集团续约，不过突然出了点意外，中羽集团提出要租下远思大厦，昨天，远思大厦已经和中羽集团正式签订了租赁合同，我来是特意通知倪董一声，请远思集团提前做好搬离远思大厦的准备。”

滕悦说话的语气很轻柔，态度也很好，只不过话中表达的意思却如彻骨的寒风，直接洞穿了倪流身上厚厚的冬衣。

好一手釜底抽薪之计！

滕悦不理会倪流的失神，浅浅一笑：“再见，倪董。”连一句解释都欠奉，她突如其来的出现，又飘然离去，一来一去之间，为倪流制造了一个天大的难题。

比起产业园的十亿亏损，远思集团失去办公场地的打击，不啻灭顶之灾。

产业园的十亿亏损，是虚亏，可以多方运作减免甚至成功避免，而且还有缓冲期，不是燃眉之急。而滕悦单方面撕毁租赁合同，限期远思集团搬出远思大厦，是如救头燃的头等大事，一下将倪流打晕在场。

远思集团上下几千号人，在两个来月的时间内搬出远思大厦再找一处新的办公地点安家，谈何容易？最主要的是，远思集团一旦搬出远思大厦，等于是公开宣布远思大厦不是远思集团的产业，会造成一个远思集团是一家连自家办公大楼都没有的皮包公司的假象，对远思集团的声誉是极大的打击。

何况又是在远思产业园亏损的当口，远思集团的形象受损声誉受挫，必然会降低外界对远思集团市值的期望，也会让有可能拆借资金给远思集团的公司产生动摇，对远思集团的实力和还款能力产生怀疑，从而导致远思集团影响力大降。

这一手，够狠够歹毒。

坐回到车上，倪流久久无语，愣了半天，默然发动了汽车。

半小时后，汽车沿高速公路一路向北挺进，直奔石门而去。

“到底出什么事情了？你的脸色很吓人。”吴小舞憋了半天不敢问，实在忍不住了，问出了口。

“一波未平一波又起，这一次洪东旭的手段很辛辣，这一关，怕是不好过了。”倪流叹息一声，说出了滕悦的来意，“小舞，你说我是不是太自以为是了，远思内忧外患，产业园的巨额亏损再加上远思连立足的办公之地都没有，我一个人能扛得下来这么大的担子？是不是真该听了林道首的话，让远思和首远互相置换股份，让林道首插手远思的事务，我也没那么累……”

第一次，倪流在吴小舞面前流露出软弱和疲惫的一面。

吴小舞低下了头，过了一会儿，她伸出一只手轻轻抚摸倪流的脸庞，也是她第一次对倪流做出如此亲昵的动作。

“不要太轻看了自己，你的潜力惊人，也许连你自己都没有意识到，你会迸发多么巨大的能量。”吴小舞的声音轻柔如梦，在初升朝阳的照耀下，她的脸庞如玉如诗，呈现美不胜收的朦胧之美。

倪流伸手捉住吴小舞的小手：“小舞，每一次在我最低谷的时候，都是你陪在我的身边，如果有一天我习惯了你的存在，需要你无时无刻陪在我的身边，该怎么办？”

吴小舞没有挣脱倪流的手，她勉强笑了一笑：“感情上，你有凝欢，工作上，你有兰姣，我没有你想象中那么重要。”

“有。”倪流斩钉截铁地说道，“从一路陪我风雪兼程，到一直伴随在我左右，从最危难时的不离不弃，到产业园巨额亏损后的鼎力支持，再到现在重新和我一起踏上新的征程，小舞，无论我贫穷还是富有，无论我是好是坏，无论处境是艰难还是顺利，你从来没有片刻离开我，从来没有过要逃离的想法……你是唯一一个从开始陪伴我到现在的人，我希望你能一直陪我到终点。”

吴小舞忽然笑了，笑得很开心很灿烂：“是陪你到哪一个终点？是远思的终点，还是你人生的终点？”

“全部。”倪流紧紧握住吴小舞柔软宜人的小手，“只要你点头，我就会执子之手，与子……”

不等倪流说完，吴小舞咯咯一笑，一下挣脱了倪流的手：“男人啊，你的名字叫见异思迁。刚才还想娶了林凝欢，一转眼又向我表白了，倪流，你是不是想娶了林凝欢然后包养了我，一举两得？”

倪流大汗，不好意思地挠了挠头：“这话说的，好像我是坏人一样。对凝欢，我是好感。对你，是喜欢。如果说和凝欢还需要相处才能知道是不是彼此合适，和你，却不需要，只要你点头，我们就是天造地设的一对。”

倪流的话很直接也很肉麻，等于是直截了当的表白了，吴小舞听了，眼睛转了几转，狡黠地一笑：“太突然了，让我考虑一下？半年之内，一定给你一个明确的答复。”

“半年？时间太长了吧？你在考验我的耐心。”

“不，我在考验你的爱心。”吴小舞调皮地吐了吐舌头，“妈妈说过，女人要将自己交给一个可以托付终身的男人，在交付之前，一定要擦亮眼睛看清这个男人是不是值得你用一生的时光去陪伴。选择男人是一次赌博，要赌上一生的幸福，所以千万不要马虎，一定要慎之又慎。你又喜欢林凝欢又拉我的手，天知道你心里最爱的是哪一个，而且现在远思生死未卜，万一到了紧要关头你又不得不牺牲色相娶了林凝欢才能渡过难关，我现在答应了你，不是赔了进去？我可不想做赔本生意，宁肯砸在手里，也不能随便嫁出去。”

“好吧，不勉强你。路遥知马力，日久见人心，总有一天，你会见到我的好。”倪流顺手摸了吴小舞的脸蛋一下，“平心而论，林凝欢虽然性子跳脱开朗，不过我还是喜欢你时而阳光时而忧郁的气质，很文青。”

“一边儿去，我才不想当文艺女青年，骂人呢。”吴小舞展颜一笑，阳光如画美人如虹，一瞬间仿佛天色都大亮了。

虽是冬天，车内却春光融融，似乎春天提前回归了大地。正当倪流一时心情大好，要再和吴小舞调笑几句时，手机却不合时宜地响了。

是宋国武来电。

自从倪流顺利继承股份并且担任了远思的董事长之后，宋国武消停了许多，不再在倪流面前晃来晃去，似乎接受了倪流全面接手了远思的现实，其实不然，宋国武不过由以前的正面斗争转移到了地下，因为倪流名正言顺地上位之后，他再从正面挑战倪流，既没有了理由，也没有了底气。

宋国武当然不甘心失败，和洪东旭视远思为自家后花园一样，他也当远思是他的提款机。倪流上位后，倪芳和倪流不但和好如初，而且还和倪流同进共退。也是，一笔写不出两个倪字，远思现在姓倪不姓宋了，宋国武备感失落的同时，心中充满了不甘和愤怒。

凭什么宋国文打下的江山要让倪流登基？凭什么宋家的财产要让倪家得了便宜，宋家别说能喝上汤了，连肉味都没有闻到。

再联想到在继承股份的过程中他被黄文旭摆了一道的屈辱往事，宋国武决定和洪东旭一起，为了夺回远思，要和倪流血战到底。

洪东旭亲口许诺，只要产业园事件进展顺利，倪流的股份得以稀释后，会为宋国武预留百分之三到百分之五的股份，如果一切超乎寻常顺利的话，不排除宋国武一跃成为远思的大股东并且进入远思董事会的可能。

正是在有望成为远思董事的动力刺激之下，宋国武联合付白中，决定从侧面出击，朝倪流的背后猛插一刀，让远思失去办公地点，让倪流成为丧家之犬！

“倪流，听说你去石门了？”宋国武有意以懒洋洋的腔调说话，就是想让倪流感受到他的轻视，“到了石门见到黄文旭，替我带一句话给他。”

倪流岂能听不出来宋国武有意挑衅，若无其事地呵呵一笑：“什么事？你怎么不直接打电话给他，不是更方便？”

“打电话没有你带话过去有力度。”宋国武嘿嘿一笑，笑声中透露出三分阴冷，“你告诉黄文旭，我的一千万马上要用，限他三天内还钱。另外，一百二十万的利息一分都不能少，少一分，我要他一根手指。还款期限推迟一天，打断一根肋骨，推迟两天，打断两根，以此类推。”

上次黄文旭用一千万的投资套牢宋国武，承诺是三个月后利息一百二十万，现在才过去不到一个月，宋国武就想本息全要，显然是故意刁难，换句话说，翻脸不认人了。

“好，我会把话带到。”倪流没必要和宋国武计较太多，宋国武冲黄文旭开口要钱，和产业园亏损、滕悦要求远思集团限期搬离远思大厦一样，是一系列逼迫手法的一个组成部分，对手精心算计，打出的不但是一套组合拳，还有连环脚。

宋国武一愣，没想到倪流这么好说话，丝毫没有恼怒的意思，反倒让他准备好的火力更加凶猛的措辞没有了发射的机会，他咳嗽一声：“倪流，你怎么没有冲劲了？是不是打算认输了？”

倪流暗暗一笑，宋国武性格简单却偏偏想走阴险的道路，实在太难为他了，他还是适合演一个愣头青：“是呀，我打算把我手中的股份稀释到百分之三十，然后让出董事长的位置，只当一个闲散的股东，不操心只分红，多好。国武，你手中的一千万如果不急着用，不如从我手里换取百分之一的股份，怎么样？”

这一下宋国武的脑子不够用了，不知道倪流打的什么主意卖的什么药，他想了半天：“你真愿意转让你手中的股份？”

“当然了，最良性的股权结构是董事长持股不超过百分之三十，董事会扩大到十几人，如果你手中持有百分之五以上的股份，进入董事会不成问题。”倪流不会知道宋国武和洪东旭之间达成了什么幕后交易，但多少能猜到宋国武染指远思之心不死，他索性顺水推舟，试探宋国武的深浅。

“我的一千万如果能换到百分之二的股份，我就考虑一下。”宋国武上钩了，动心了，他最大的缺点就是立场不够坚定，听风就是雨，本来已经和洪东旭说好要联手彻底打垮倪流，却被倪流一句话又说得动摇了，如果真如倪流所说这么容易就入股远思，他又何必舍近求远呢？

“一千万换百分之二，国武，要价太高了。虽说现在远思是危难时候，但远思一旦渡过危机，估值会大幅上涨。一千万……顶多百分之一。”倪流故意和宋国武讨价还价，也是为了继续套宋国武的话。

第十一章

短板理论

“产业园亏损超过十亿，哪里这么容易翻身？只要中远不松口卓氏不让步，远思就别想过关。”宋国武哪里会多想，张口就来，“洪叔说了，他不点头的话，王树斌不会松口，卓达也不会让步，倪流，你有把握让洪叔出面协调吗？”

话一说完，宋国武还得意扬扬地补充了一句：“所以我要价百分之二，不算多吧？如果你答应我的条件，我负责说服洪叔出面协调。”

真是一个二货，倪流忍住笑，现在他心中愈加清楚洪东旭确实是真正的幕后主使，而王树斌不遗余力地配合洪东旭的计划，背后肯定有所图。

看来，下一步要好好打开王树斌这个突破口才行，王树斌在整个事件中占据至关重要的制高点，必须拿下，否则这一仗很难打胜。再联想到宋国文从王树斌手中拿到的五百万现金支票，倪流几乎不再怀疑，王树斌肯定以权谋私，想借远思为跳板，为他以及他的家人谋取私利。

“百分之二还是要价太高了，等我好好考虑一下。”倪流应付了宋国武一句，“等我回襄都后再面谈吧。对了国武，滕悦要求远思集团限期搬离远思大厦，这件事情你能不能从中周旋一下，让滕悦多给点儿时间？在现在的节骨眼上，远思搬家会造成非常负面的影响，不利于远思渡过难关。远思如果渡不过难关，你的股份问题也不好落实。”

“你也太坏了，耍得宋国武团团转。”等倪流放下电话，吴小舞开心地笑了，“三下两下就套出了宋国武的话，宋国武也太笨了。”

“不是敌人太笨，只怪我太聪明。”倪流哈哈一笑，毫不吝啬地自夸，“要充分利用短板原理，抓住一只木桶最短的一块木块，就可以让一只木桶的满满的一桶水漏个精光，木桶最大的盛水量是由最短的木板决定的。洪东旭聪明一世糊涂一时，他一直以为宋国武的愚笨可以为他所用，却忘了一件事情，一个猪一样的队友对团队造成的伤害，远比一个神一样的对手要大得多。”

一路欢笑声中，倪流和吴小舞到了石门。

两人一下高速，还没有进入市区，就看到了前来迎接的黄文旭的宝马。

“嘿，黄文旭，什么时候这么会来事儿了，怎么都迎接到高速口了？”吴小舞笑意盈盈地打量了黄文旭几眼，似乎想从他身上发现有什么变化一样。在她纯洁的心思中，黄文旭和肖米会面，不发生什么事情才是天大的怪事，“你和肖米……有没有什么故事发生？”

别说，黄文旭和肖米之间还真的什么都没有发生。

“少来，吴小舞，我都没说你和倪头儿天天在一起，是不是都怀孕了？”黄文旭的一张嘴，吴小舞断断不是对手，他现在又没好气，上来就狠狠还击了一句。

吴小舞顿时脸红了，啐了黄文旭一口：“滚吧你，胡说八道满嘴放炮。”

黄文旭翻了一个白眼：“懒得理你，有正事。”他将倪流拉到一边，有意避开吴小舞，“倪头儿，出意外了。”

最近出的意外不少了，如果不是倪流心智坚定，他早就崩溃了，对黄文旭的意外他也就没有太多的惊讶：“还有什么意外能比让远思没有了立足之地的意外大？”

“啊，远思怎么了？”黄文旭顾不上说他的意外了，先震惊了，“我才不在襄都两天，发生了多少大事怪事稀奇事？”

“先说你的意外。”倪流示意黄文旭先别急。

“好吧，先说我的意外……我和王亚内结仇了，打了一架。”黄文旭昨晚回去后，通过他在石门的朋友查到了王亚内的一些资料，吓了他一跳，他才知道，他打的一架，代价昂贵，后果不堪设想。

王亚内是王树斌的儿子不假，而且还是刚刚大学毕业的毛头小伙子，背靠一个处级国企董事长的老爸，看似背景并不深厚，也不是什么重量级官二代或富二代，其实不然，不为人所知的是，王亚内有一个来历不明背景深不可测的姨——万人红。

万人红是不是万人之中一抹红花的意思，就不得而知了，反正徐娘半老的万人红风韵犹存，举手投足之间尽显雍容华贵，仿佛是三代贵族培育而出的世家小姐。问题是，据黄文旭调查，王亚内的妈妈王树斌的夫人万人好出身平民家庭，万家向上数祖宗十八代既没有高官又没有富商，是实打实的根正苗红的草根世家。

姐姐万人好——王亚内的外公真会起名，两个女儿一个万人红一个万人好，实在是高——出身平民之家，妹妹万人红会是贵族？别开玩笑了。

不过这个事情还真不是玩笑，必须弄清背后的缘由，黄文旭拿出当年狗仔八卦的精神，掘地三尺也要查清到底在万人红身上发生了什么匪夷所思的经历，才让她从一个柴火妞摇身一变登上大雅之堂，竟然成了大家闺秀，其中，必定有过不为人所知的神秘往事。

到底谁是背后的神奇推手？黄文旭清楚，每一个风姿绰约、光鲜无比的女人背后，都有一个谈笑间可以令风云变色的男人，这个男人究竟是谁？

黄文旭不是八卦心理作祟，也不是担心万人红会因为王亚内和他打架而对他打击报复，而是他想打开一个新的突破口，因为直觉告诉他，万人红成为石门交际花的背后，王树斌应该出了不少力，而且王树斌也是万人红乌鸦变凤凰的既得利益者。

还好，郭丽丽由于曾经被封为石门一枝花，她对石门一枝花的封号非常在意，在听黄文旭说到万人红是石门交际花后，颇不服气，也主动提出要帮黄文旭调查万人红背后的男人究竟是谁。万人红既不是什么政府官员，又不是哪一家集团公司的董事长，却住豪宅开名车，出则珠光宝气入则花天酒地，谁是她背后的金主？

最后经过黄文旭千方百计地打听，再加上郭丽丽也有一定的消息渠道，最后汇总在一起的消息得出了一个惊人的结论——万人红虽然既非高官又非富商，她名下却拥有中远、卓氏、盛世、中羽以及石门其他几家极有分量的集团公司的股份！

虽然不多，不足以让她成为以上各大公司的大股东，更不能成为列席董事会的董事，但由于一个人名下拥有众多重量级公司的股票，放眼整个石门，她是当之无愧的唯一一人。由此也说明了一点，万人红此人，不愧石门交际花之名，其赚钱手段，高明而不可思议。

不过尽管查到了万人红身上有许多惊人的秘密，却始终没有查出她背后的男人到底是谁，让黄文旭无比郁闷。查不到万人红背后的金主，就无法打开突破口，换言之，就不能为倪流的大计带来实质性的帮助。

不知何故，他总感觉万人红崛起的背后，有王树斌的影子，而且和洪东旭将远思财产逐步转移到儿子洪方名下并且时刻准备出国享福的手段有异曲同工之妙的是，万人红或许也是王树斌向国外转移财产的一个渠道。只不过相比洪东旭利用儿子作为跳板，王树斌借小姨子之手的手法更隐蔽更有欺骗性。

听了黄文旭的最新发现，倪流的眼睛亮了："文旭，你立了大功。"

黄文旭不以为然地摆了摆手："倪头儿就别夸我了，我知道我打架打出了一个大功，可问题是，还是没有查出来真相，实在是郁闷。我总觉得万人红说不定是王树斌的姘头，都说小姨子的屁股有姐夫的一半，我就不信王树斌放着一个千娇百媚的小姨子在眼前会不动心不下手？现在万人红还是单身就说明了许多问题。”

“胡编。”吴小舞对黄文旭的推论表达了反对意见，“什么小姨子的屁股有姐夫的一半，这话真粗俗。黄文旭，你的推测只是基于一个男人无耻下流的出发点，是以小人之心度君子之腹。王树斌再不要脸，也不至于和自己的妻妹有暧昧关系。”

“小舞，你先到一边看《新闻联播》去，我和倪头儿在说正事，别用你幼稚的小女孩式的思维来思索重大而深刻的人生话题。”黄文旭不耐烦地冲吴小舞挥了挥手，“倪头儿，要不要顺着这个线索继续查下去？”

“要，当然要了。”倪流也不理会吴小舞的反对意见，他的看法和黄文旭一致，万人红是一个关键点，同时，王亚内也是一个不错的切入点，从正面打垮或是击溃王树斌很难，以王树斌老谋深算的本事和在石门盘踞多年的关系网，倪流想要翻越王树斌这座大山，难如登天。

但王树斌不除，远思不兴，和洪东旭关系最密切的人就是王树斌，洪东旭最大的借力也是王树斌，对他不遗余力地打压恨不得除之而后快的人，还是王树斌，和宋国文交易最多、和远思合作最多的人，还是王树斌……王树斌现在就是横亘在倪流面前最大的障碍和最大的绊脚石。

如果王树斌轰然倒塌，洪东旭失去了外围的助力，将会实力大降。至于卓达，倪流相信以洪东旭的手腕和资格，卓达就算在产业园项目上配合洪东旭演戏，也不会和洪东旭联手，以卓达的实力和为人，如果他想要达到什么目标，不屑于和洪东旭联手，也不齿于和洪东旭为伍。

卓达肯和他面谈就充分说明了一点，卓达想两边通吃，既想利用洪东旭将触手伸到远思，又不想彻底站在他的对立面，毫无疑问，卓达和他的会谈，会是一次意味深长的关于远思未来走向的对话。

“这样，文旭……”倪流深入一想，有了计较，“我打算在和卓达、陈星睿会面后，再和王树斌见上一面，好好地谈一谈，看能不能从正面找到突破口。同时，你顺着王亚内、万人红这一条线顺藤摸瓜，争取从侧面打开缺口，我们双管齐下，力求在最短的时间内攻破王树斌，让王树斌缴械投降。”

“行，就这么定了。”黄文旭战意高涨，跃跃欲试，“我就不信了，就凭倪头儿的用人之能，凭我运筹帷幄决胜于千里之外的神机妙算，强强联手，连一个王树斌也拿不下来就太丢人了。”

倪流哈哈一笑，忽然想起了一个细节：“你昨晚和郭丽丽在一起？”

“是呀，怎么了？”黄文旭一愣，随即想明白了什么，淫荡地一笑，“倪头儿，这就是你的不对了，思想不纯洁念头不健康，我和郭丽丽是最纯洁的朋友关系，虽然一个晚上共居一室，不过什么事情也没有发生，你不要想歪了……”

“我怎么会想歪？以你的性格，会放过这么一个大好的机会溜走？”倪流虽说当上了董事长，但和黄文旭年龄相仿，也算是患难之交，说话也不太讲究身份，这也是用人之道的高明之处。

“好吧，好吧，我说实话。”黄文旭被逼到了墙角，只好举手投降了，“当时是想乘机拿下郭丽丽来着，不过后来一直琢磨万人红的事情，不停地打电话，不停地分析，结果你猜怎么着？我和郭丽丽说了一晚上万人红，天亮的时候我才醒悟过来，丫的，浪费了一个大好的春宵。”

“哧……”倪流乐不可支，他重重地拍了拍黄文旭的肩膀，“文旭，多年以后，你会为你曾经没有糟蹋郭丽丽而自豪。”

“倪头儿，你污我清白，我怎么叫糟蹋她？就算我推了她，也是她占了便宜……”

黄文旭追着倪流，还想继续说个没完，倪流却笑着冲他摆了摆手，头也不回地上了车。

“说什么呢？”吴小舞不满地噘起了嘴，“你们男人的想法是不是总是很……很色情？”

“很色情？其实你想说的是很龌龊，对吧？”倪流直言不讳，“也不是我们男人想法龌龊，而是有些男人比我们想象中还下作还无耻……算了，不说了，有些上不了台面的事情，你还是不知道为好，保持你心中的纯洁吧。”

“纯洁？”吴小舞眨了眨眼睛，既狡黠又感伤地一笑，“如果我说，我早就不纯洁不单纯了，你会怎么看我？”

倪流也没多想，摇头一笑：“你成年很多年了，不管在你身上发生了什么，都正常。”

“不，如果你真知道我身上发生过什么事情，你就不会这么说了。”吴小舞坚定地抿起了嘴巴，又强调一样重复了一遍，“如果你真知道我身上发生过什么事情，你就不会这么说了……相信我，你永远不会想知道真相。”

倪流早就看出来吴小舞是一个有故事的女孩，她有过不为人所知的往事，而且估计还是伤心往事，不过他不相信吴小舞有过什么不堪回首的过去，一个才二十多岁的女孩，能有什么惨痛的人生经历？除了感情和家庭。

不管了，等吴小舞想说的时候，她自然会说，她不想说，逼她也没用。倪流发动了汽车，看了看时间，直奔陈星睿的东方集团而去。

“不是说先去卓氏和卓达会面？”吴小舞不解倪流为什么改变了主意。

“我还没有吃早饭。”一早就从襄都出来，到了石门才早上八点多，倪流饿了，“东方集团门口的良心油条特别好吃，还有地道的豆腐脑，为了吃上美味的早餐，我决定先见陈星睿。”

“瞎说。”吴小舞才不相信倪流的话，“骗人精。”

倪流哈哈一笑：“我真的没有骗你，确实是怀念东方集团门口的早饭了。不过我刚才在和黄文旭见面后临时改变了主意，决定先和陈星睿见上一面再和卓达见面，想想是为了什么？”

“我想想……”吴小舞托腮沉思，只想了片刻就明白了过来，“哦，明白了，如果先从陈星睿手中拿到筹码，再和卓达见面，底气就足了。”

“聪明。”倪流很喜欢俏皮和开朗时的吴小舞，伸手一摸她的头发，“一会儿多奖你一根油条。”

“不许摸我的头，我不是小孩子了。”吴小舞急了，用力一推倪流的手。

倪流大笑，一脚油门踩下，ML350发出沉闷的怒吼，风驰电掣而去。

第十二章

风险

东方集团位于石门的广安街上，在二十五层高的广安大厦的二十层，整整一层全是东方集团的办公区。东方集团和远思集团一样，没有自己的办公大楼，相比之下，付白中的中羽集团和郭容天的容天集团，都有各自建造的办公大楼。

当然，也不能以有没有自己的办公大楼论英雄，东方集团虽然只是租住了广安大厦的一层作为办公区，实力却不比拥有一整栋中羽大厦的中羽集团逊色半分。

正是上班的时间，广安大厦的门前人来人往，停车场上停满了各种品牌的汽车。倪流和吴小舞坐在广场一角的地摊上吃油条。

“怎么样，开奔驰吃地摊油条的感觉，不错吧？”倪流环视四周，身边不少和他一样吃地摊油条的人中，有的开宝马，有的开沃尔沃，还有的开林肯。不管开哪一款豪车，都有一个共同点——对油条和豆腐脑有着异乎寻常的热爱。

中国人就是中国人，再有钱再假装高端大气上档次，也不习惯天天吃面包喝牛奶，中国人的胃就得吃中国式的早饭，一味地学习国外的生活方式而不接中国的地气，容易染上一堆的洋毛病。

“挺好的。”吴小舞也吃得津津有味，“我觉得不管开什么车住什么豪宅，适合自己的才是最好的，别总是追求所谓的时尚，时尚只是一时的新奇罢了。我记得有一个美食博主，她还是一家美食杂志的主编，发誓要吃遍天下美食，结果才三十多岁就得了胃癌死了。太有讽刺意味了，美食家得了胃癌就和赛车手死于车祸一样，是上天对人类的一种警示……”

“善射者，死于矢。善战者，死于兵。善泳者，溺于水。天下的道理是相通的，只不过许多人都认为坏事只会发生在别人身上，而一厢情愿地希望好事全发生在自己身上罢了。”倪流点头赞成吴小舞的话，和吴小舞在一起，有一种心灵上的相通，这一点他在林凝欢身上找不到，这也是他放不下吴小舞的最主要原因，“善于使用阴谋诡计者，最终也会聪明反被聪明误。”

“你是说你还是说王树斌？”吴小舞试图利用倪流话中的漏洞攻击他。

“我只用阳谋不用阴谋。”倪流一拍衣服站了起来，“走，会一会陈星睿。作为绝地反击战的第一战，和陈星睿的会面，胜负很关键。也许，陈星睿的态度会决定远思的生死。”

陈星睿的办公室布置得典雅，看不出来，富二代出身的他不追求奢华和浮夸，却很有诗书传家的韵味。办公室内古色古香，偌大的书柜摆满了各种书籍。

让人惊奇的是，陈星睿的办公室还有一副对联，上联是，古今来许多世家无非积德，下联是，天地间第一人品还是读书。

不错，有人文气息。原来陈星睿还是一个儒商。倪流站在陈星睿面前，打量完毕陈星睿的办公室，呵呵一笑：“陈董是一个有品位的人，一命二运三风水四积德五读书，读书使人明目，读史使人明智。”

陈星睿笑容满面：“倪董这话说得对我的脾气，如果说到命好，倪董肯定不如我，不只倪董，郭容天、付白中甚至卓达，都比我差了几分。但对比一下现在，郭容天的容天集团，比东方集团有实力；付白中的中羽集团，比东方集团产业结构更合理；而卓达的卓氏就更不用提了，相当于十几个东方集团。为什么我命好却还是和他们差了许多？差就差在了积德和读书上，命运和风水才占三成，积德和读书占了七成决定因素。”

陈星睿也很对倪流的脾气，倪流很欣赏陈星睿的直爽和坦诚，他一眼看到陈星睿桌子上摆放着一本打开一半的《隐形掌门人》一书，不由笑了：“命运和风水一说，不提也罢，人不信命，却总被命运摆布。人若信命，却又不知道怎么摆脱命运的安排，将命运掌握在自己手中。除了一命二运三风水四积德五读书，还有六名七相八敬神九交贵人十养生，说到底，一个人先天不足，后天也要通过自身努力弥补，当然前提是，必须走正道。”

“倪董，那我就要请教你了，什么是正道，什么又是邪道？”陈星睿也不知是有意刁难倪流，还是为了深入话题，他的问题很刁钻，不好回答。

倪流却不慌不忙地坐下了：“凡是成功建立在双赢和共享之上的道路，都是正道。凡是为了一己之私不惜牺牲别人利益的道路，都是邪道。一个最简单的区别正邪两道的方法是，一个项目，你赚钱，我也赚钱，所有和项目有关的人员，都赚钱，并且项目还以不牺牲大多数人的利益为前提，就是正道。而一个项目你赚钱，我不赚钱，并且污染环境，还贻害子孙后代，就是邪道。”

“说得好，说得好呀。”陈星睿坐到倪流身边，伸手像朋友一样抱住了倪流的肩膀，“倪董，闲话过去，现在进入正题——你想从我这里拆借三亿，没问题，不过我有两个问题需要你给我一个满意的回答。”

这么直接就谈到了三亿？吴小舞一下屏住了呼吸。

吴小舞原以为倪流和陈星睿的热身聊天会持续至少半小时，因为虽说倪流和陈星睿也算熟识了，不过毕竟交往不多，没有深交，坐在一起谈天说地还好，直接就谈生意，未免交浅言深。不想陈星睿直爽到了三言两语就真刀真枪交手的程度，不由得让她刮目相看。

其实来之前，吴小舞并不看好倪流向陈星睿拆借三亿的举措，在她看来，陈星睿为人再豪爽，他也是商人，商人重利轻义，义气在商场上不值几个钱，附加在利益上，也只能锦上添花不会雪中送炭。陈星睿如果现在拆借三亿给倪流，是雪中送炭的情谊，而以陈星睿和倪流交往的时间和交情推算，他完全没有雪中送炭的动机。

商场上，锦上添花的事情多，雪中送炭的事情少，吴小舞不忍心对倪流说，收起你的痴心妄想，哪里会有人在只有几面之缘的交情下大手一挥拆借给你三亿？说句不好听的话，借你三万块还有可能。

当然，吴小舞也知道倪流手中有陈星睿需要的一张牌——三角村地皮归属，不过她有理由相信，以陈星睿在石门的人脉，完全可以绕开倪流，只要有足够的时间，他一定可以打通通往三角村地皮的光明大道，完全不必拿出拆借三亿的筹码从倪流手中来换取三角村地皮的开发权。

不过让吴小舞一惊再惊的是，陈星睿还真是大手一挥就要拆借三亿给倪流，而倪流不但不震惊，还云淡风轻地笑纳了陈星睿的厚礼，并且轻描淡写地答复了陈星睿。

“陈董的两个问题，其实是一个问题。”倪流微微一笑，淡定且从容，“付白中对三角村的开发权，也是志在必得，同时，为了避免节外生枝，付白中还请动了洪东旭出面，由洪东旭向三角村村委会主任崔忠强加大攻势，陈董或许不知道，崔忠强是洪东旭的战友。”

陈星睿不说话了，沉默地点了点头，眼中亮了一亮，示意倪流继续说下去。

倪流站了起来，背起双手：“三角村地皮的优势就不用我多说了，既然陈董看上了三角村地皮位于新火车站商圈之内的地理优势，肯定也对三角村地皮的开发前景很有信心。三角村地皮的争夺，不只东方集团和中羽集团两家，还有三家公司也有意介入，到底是哪三家，我就不用点名了，陈董肯定也听到风声了，所以现在的关键是，先下手为强后下手遭殃，越早敲定归属，付出的代价就越小。如果再等其他三家加入争夺，到时来一次拍卖的话，地皮价格说不定在现在的基础上再上涨三亿都不止。”

“一方面是上涨三亿也有可能拿不到地皮的风险，一方面是拆借给我三亿可以拿到地皮的保证，而且还落一个天大的人情，星睿，你会怎么选择？”倪流说完，淡淡地一笑，流露出一切尽在掌握的自信，“你的两个问题，其实只是一个问题，三角村地皮的开发权和开发成本，我的回答是，开发权到手越早，开发成本越低。”

陈星睿低头沉思了片刻，抬起头来的时候，已是笑容满面：“用三亿的拆借资金拿下三角村的地皮开发权，同时又结交了倪董这样一个可以长久交往的朋友，还送了倪董一份天大的人情，怎么算都是一笔合算的生意，好，成交。”

这么快就谈成了三亿的借款？吴小舞睁大了眼睛，不敢相信眼前发生的一切，陈星睿凭什么相信倪流一定能拿下三角村的地皮？他怎么不先多方打听一番，在确定了付白中要借助洪东旭的关系试图抢先一步拿到三角村地皮的开发权之后再答应倪流拆借三亿的请求？他就这么相信倪流的话？不怕倪流只是出于商业上的需要有意夸大其词？

吴小舞的疑虑，陈星睿随后就给出了解答。

“倪董，昨天晚上我刚刚收到确切的消息，洪东旭已经亲自打电话给崔忠强，希望崔忠强将三角村地皮的开发权交给付白中。同时，有内幕消息显示，石门有三家公司也已经正式向三角村提出了开发申请，你的话完全属实，没有一丝夸大，让我相信你是一个值得深交的合作伙伴。”陈星睿哈哈一笑，伸手拿过一瓶香槟，“要不要开香槟庆祝一下我们的合作？”

吴小舞才恍然大悟，她还是太嫩了一些，原来事先不但倪流做好了功课，陈星睿也是做好了万全的准备，到底都是久经商场的人物，言语机锋，每一句话都是试探都是交锋。

也不对，倪流才初入商场，他怎么就有应付自若的本事？吴小舞深入一想，明白了一个道理，倪流和陈星睿会谈，其实并没有使用太多的谈话技巧，而是以诚相待实言相告，他之所以赢得了陈星睿的信任并得到了三亿元的巨额资金支持，所倚重的唯有诚信二字而已。

任何时候任何时代，经商都离不开诚信。不管是小本生意还是集团公司，先做人后做事是永恒的真理。

“先不用说，首战告捷先庆功，是不是太得意忘形了？”倪流哈哈一笑，心情大好，和陈星睿握了握手，“陈董，事不宜迟，你先准备一下前期工作，最早今天晚上，最晚明天上午，我们一起去三角村敲定开发权事宜。”

“好，爽快。”陈星睿放下香槟，拿起桌上的支票簿，“三亿的资金，随时准备就绪，只要和三角村的协议一签，支票立刻送到倪董的手上。”

出了广安大厦，一路向东，直奔卓达的东方花园别墅而去，吴小舞仍然不相信倪流会这么容易和陈星睿达成了合作意向：“倪头儿，我总觉得不太真实，好吧，就算陈星睿真的被你说动了，他的东方集团连自建的办公大楼都没有，到时万一拿不出来三亿，不是坑了你？”

吴小舞的担心倪流早就想过，他冲吴小舞笑了一笑：“三亿的资金虽说不是小数目，一般的公司确实拿不出来，没有一家公司会预备三亿的备用资金，在商场上，流动的资金才是财富。不过你也不要小看了东方集团，东方集团没有自建的办公大楼，不是实力不够，而是陈星睿不想将钱投入到不动产上。最主要的一点是，陈星睿的志向不在房地产上，他想投资IT行业。东方集团现在的实力在中省排名能进前一百名，而且产业结构非常合理，也正是因为没有自建办公大楼，你说陈星睿会连三亿也拿不出？”

“不是吧？”吴小舞张大了嘴巴，表情既萌又好玩，“石门没有IT行业的氛围，要投资IT行业，干脆上京城去了，干吗留在石门？况且东方集团是传统的实体公司，转行去投资IT，不太靠谱吧？”

“呵呵，你还是不太了解陈星睿。”倪流继续对吴小舞诲人不倦，“而且你的观察力不够细致，你没有注意到陈星睿的书柜上除了商战和官场的书之外，最多的书是人物传记，全是IT界传奇人物的传记。还有一点，他的桌子上放的一摞资料，是一份关于投资IT行业的可行性报告，报告的封面有磨损，证明他翻看了无数遍了……”

吴小舞一下就对倪流佩服得五体投地：“细节决定成败，观察力决定高低，倪头儿，服了，你牛。”

倪流哈哈一笑：“你可以没有耐心，但一定要细心。你也可以没有细心，但一定要善于观察分析问题，有大局感。但如果你以上三种习惯都没有，对不起，失败了别怪别人。”

“听倪头儿一席话，胜看十年韩剧，小女子受教了。”或许是天气大好的缘故，阳光明媚的冬日，临近春节已然嗅到了春天的气息，吴小舞也是心情开朗了许多，她欢声笑语不断，“跟在倪头儿身边，不但会经历许多想象不到的人生转折，还能学到许多金钱也买不到的宝贵知识，我算是赚到了。”

“你当然赚到了。”倪流也笑，暧昧地笑，“你还可以赚得更多，用一辈子的时间。”

吴小舞脸红了，将头扭到了一边：“我再想想。”

倪流没有乘胜追击，也识趣地闭了嘴，他知道适可而止的道理，谈恋爱和经商一样，许多话点到为止，说得太透了就没意思了。井淘三遍出好水，话说三遍淡如水。

眼见东方花园别墅遥遥在望时，倪流接到了肖米的电话。

“倪流，你来石门不最先来见我，说明我在你心目中的位置排在最后，是不是？”肖米的语气半是嗔怪半是玩笑，她正在和黄文旭一起赶往三角村的路上。

“错。”倪流斩钉截铁地否认了肖米的埋怨，“肖姐，有一句话说——好戏在后头，你是我来石门的最重要的一出好戏，肯定要放到最后，以示隆重。你如果最先出场，我后面的戏就没法唱了。”

“去你的，嘴甜得跟抹了蜜一样，谁知道你的话几分真几分假？”肖米骂得欢心里甜，知道倪流虽然当上了远思集团的董事长，摇身一变成了亿万富翁，他和她的交情没变，是个可靠的男人，“反正我把话搁在这儿，晚上你不来见我，三角村地皮的问题，你就别想了。我现在和文旭就去三角村见崔叔叔，中午会一起吃饭，下午再一起喝茶，然后就等晚上你来了。”

言外之意就是，她和黄文旭会和崔忠强先初步敲定合作意向，等倪流露面后，再落实合同细节。

不错，好事，天大的好事，他和吴小舞在正面和陈星睿联手，又即将和卓达交手，而黄文旭和肖米在背后挥舞锄头大挖洪东旭的墙脚，双管齐下，似乎胜利的曙光就在眼前。

第十三章

心生一计

还好，倪流并没有被眼前的进展冲昏头脑，他也清醒地认识到，付白中肯定不会坐视失败，也会加大攻势。从付白中要租借远思大厦将远思集团赶出远思大厦的举动就可以得出结论，为了三角村的地皮，为了和洪东旭的共同利益，付白中不惜和他撕破脸皮了。

诚然，付白中和他也没什么交情，说是撕破脸皮不免夸张，但使出让远思集团没有办公之地断人后路的狠招，在商战中也不多见。付白中迫不及待地跳到前面，不惜冒着得罪他的后果也要为洪东旭冲锋陷阵，由此可见，洪东旭肯定向付白中做出了分量极重的承诺。

从中羽集团全力以赴准备拿下三角村地皮的决心分析，再从洪东旭和崔忠强是战友的事实出发，付白中和洪东旭之间现阶段最大的利益共同体就是三角村地皮，也就是说，付白中以租借远思大厦的代价换取洪东旭为他拿下三角村地皮的回报，是为二人之间的双赢。

如果见到三角村地皮的归属即将尘埃落定，付白中在面临有可能失去开发权之际，会坐视不理？肯定不会。他一着急，洪东旭也会坐立不安，说不定病遁的洪东旭也顾不上装病，立马从医院出院，连夜赶来石门阻止事态的失控。

不行，不能让洪东旭破坏了即将促成的胜利，倪流心思一动，心生一计："肖姐，我有一个想法，你不是和村支书、村主任关系都不错？干脆请他们一起去森林公园，森林公园吃喝玩乐一条龙，可以玩得尽兴，晚上我直接去森林公园和你们会合。"

"都是自己人，去森林公园就不必了吧？"肖米没明白倪流的意思。森林公园是高档消费场所，半天下来，不花一万八千别想出来。

“正是因为是自己人，才要好好坐一坐，是不是？”倪流嘿嘿一笑，话不能说得太明，“森林公园安静，没有外人打扰，盯着三角村地皮的人很多，一旦他们知道了三角村的地皮归属要敲定了，不一定会想出什么办法阻挠。我不是不相信你，肖姐，而是不相信那些心怀鬼胎的坏人，这样，所有开销让黄文旭安排，你负责带人过去，再负责让肖振东和崔忠强关了手机……”

肖米的叔叔是村支书肖振东，村主任崔忠强从辈分上讲也算是她的叔叔，不过不是亲叔叔。

“好吧，我总算明白你的阴谋诡计了。”肖米咯咯地笑了，“请领导放心，保证在签订合同之前，我让叔叔和崔叔叔消失，不让任何一个别有用心的人找到他们。”

“聪明。”倪流哈哈一笑，随后又让肖米将电话交给黄文旭，如是这般向黄文旭交代了几句。

黄文旭比肖米领悟能力高多了，一点就透，明白了倪流的想法后，当即表示保证完成任务。

交代完了肖米和黄文旭，倪流还不太放心，又打了一个电话给沈学良。

“沈主任，去医院看望了洪叔没有？”倪流交代兰姣，让兰姣和沈学良代表他去医院看望洪东旭，兰姣还没有回话给他，也不知道是否成行。

“没有去成，别提了。”沈学良嘿嘿一笑，“正准备去的时候听到消息，洪总出院了。”

从病遁到出院，洪东旭还真是演技一流，应该可以拿奥斯卡影帝了，倪流不无恶趣味地在心中好好夸奖了洪东旭一番才说：“这样，沈主任，远思估计要搬出远思大厦，要搬到哪里办公，暂时还没有眉目，你提出几个方案先供洪叔挑选一下。”

“啊？远思要搬家？我怎么一点也不知道？”沈学良吃惊不小，由于过度震惊，声音都失真了。

“事情也是刚发生，我还没来得及向你通报一声。”倪流简单地说了一早在停车场门口的遭遇，“你知道就行了，先别透露出去。”

“我知道了。”沈学良情绪低落，心情烦闷。他是什么人？念头一转就明白远思被迫搬家的背后到底发生了什么，不由心中一阵无奈，洪东旭为了对付倪流，简直不择手段了，连迫使远思搬家的伎俩都使了出来。难道洪东旭就没有想过，远思搬家不但会让远思声望大跌人心惶惶，还会让远思上下几千名员工疲于应付？

认识洪东旭十几年了，沈学良却发现洪东旭越来越陌生了，陌生得让他害怕。

“我的初步想法是，既然远思的办公地点要动，索性大动，正好借这个机会，打破现在远思集中办公的现况，一部分远思员工留在襄都，另一部分到石门，形成南北并列的格局，为远思以后冲出襄都冲向全省打好基础。”倪流将计就计，既然要搬家，不如搬个彻底，同时分家。石门的办事处闲着也是闲着，可以容纳几百人办公不成问题，再租下办事处的上下两层，将一半远思搬来办公，也不在话下。

倪流不是为了和洪东旭赌气，而是洪东旭的釜底抽薪之举让他意识到了一个严峻的问题，远思的弊端一是股份太集中了，二是办公地点太集中了，集中久了，就失去了灵活和创新。

办法总比困难多，倪流一直信奉只要随时做好迎接困难的准备，就会发现，等困难真正来临时，往往会成为你迈向新的成功的机会。

“啊？”沈学良再一次震惊了，“倪董，你的意思是……远思要搬到石门办公？”

“是的，你没听错，我就是想将精英全部带到石门去开拓市场，只留下后勤和行政两个部门驻守在襄都。沈主任，你觉得这个主意怎么样？”倪流表面上征求沈学良的意见，其实只是给他一个面子，他早就做出了决定，而且这个决定不容置疑，“所以，选择在襄都的办公场所，不需要多了，本着低调实用的原则就行，办公面积就照现在的标准降低一半以上。”

“好的。”沈学良为人聪明，多少年来的察言观色让他养成了听风辨雨的本领，一听就知道倪流决心已下，他就没有必要再多说什么了，“我会向洪副总如实汇报倪董的想法。”

“不但要如实汇报，还要详细。”倪流最后强调了一句，“我的意思是，今天就务必定下远思在襄都的办公地点，你和洪叔敲定就行了。”

敲定一处办公地点，绝对可以让洪东旭一天都抽不开身，让他顾不上想起三角村地皮的事情。

倪流能做到的也只有这些了，至于是不是真的可以让洪东旭分身乏术，拖住他不让他来石门，就看事情的进展了。

一切安排妥当，汽车也驶进了东方花园别墅。

“我现在发现你越来越有董事长的派头了，刚才不停地打电话，不停地发号施令，挺有男人气概。”吴小舞被倪流运筹帷幄的气度折服了，才发现倪流比她想象中成长得更快。

“什么话？难道不发号施令就不是男人了？”倪流被气笑了，“男人的气概不仅仅体现在发号施令上，还有许多方面可以看出一个男人的担当。有许多无权无势的男人，也可以顶天立地，比如白方礼。”

吴小舞也笑了：“你又要教育我了，我知道白方礼老人，一个馒头，一碗白水，一辆三轮车，他曾如此简单生活。十几年风雨，三十五万捐款，他就这样感动中国……”

说话间，汽车已经停在了卓达的别墅门前，倪流一边停车一边感慨：“有些人拥有亿万财富，却十分空虚寂寞。有些人一无所有，却感动了中国，小舞，轰轰烈烈是一生，无私奉献也是一生，你选择哪一种？”

吴小舞不明白倪流的感慨从何而来，摇头：“我都不选择，我只想平平安安地过活，平平淡淡地快乐。”

倪流呵呵一笑，没再说话，推开车门，迈步朝卓达大步走去。

没错，赫赫有名的卓氏集团的创始人卓达，站在别墅的门口迎接倪流的到来。虽说他没有降阶相迎，但等候在门口已经给足了倪流面子，以倪流现在在中省商界的地位，别说可以惊动卓达出面相迎，就是想和卓达见上一面也十分不易。

倪流并没有受宠若惊的惶恐，相反，心中却是再明白不过，卓达以礼相待，是想让他在接下来的交锋中看清形式，该退让的时候，最好大幅让步。

“真是巧呀，卓董出来透气的时候，我正好赶到了，显得好像卓董特意出来迎接我一样，哈哈。”倪流向前一步，接住了卓达伸过来的右手，在双手握在一起的时候，他打了圆场，“以后我是不是可以向外界炫耀，我不但来过卓董的私家别墅，还受到了卓董出门迎接的礼遇？”

吴小舞在一旁眨动一双灵动的眼睛，心里忍住笑，倪流真狡猾，明明卓达就是出来迎接，他非要说成卓达是出来透气，他是不想承卓达出门迎接的人情。原来倪流这么有心机，以后得防着他一点，省得被他套牢了就没法脱身了。

倪流当然不会知道他刚才的举动让吴小舞暗笑了他一番，不过就算知道了也无所谓，他来和卓达会面就是交锋来了，每一个掌握主动权的机会都不能放过。

卓达精心准备的一出迎接大戏，上来被倪流当成巧合，他哭笑不得，只得握住倪流的手，顺着倪流的话向下说：“呵呵，不就出来接你一次，又不是什么大不了的事情，你大可以对别人说我是特意出门迎接你……”

“可不敢，可不敢，开个玩笑。”倪流客气一番，态度恭敬而端正，随卓达进入了别墅。

卓达的别墅布局奢华十足，全红木家具，古朴庄重，顶级大理石地面，光可照人，欧式壁炉里面还有木柴在燃烧，房间内温暖如春。

“喝茶还是咖啡？”卓达一脸淡笑向倪流点头示意，充分表露出主人的好客和热情，和他之前在襄都时的表现判若两人。

“喝茶好了，咖啡还是喝不惯。”倪流笑了笑，“有普洱生茶？”

“有，我这里常备的茶叶有十几种，市面上常见的名茶都有，不常见的各地特色茶，也有。”卓达叫过保姆，示意保姆上茶，又对倪流和吴小舞说道，“倪流你年纪不大，倒挺注意养生，怎么，喜欢喝普洱？”

“真要注重养生的话，应该喝普洱熟茶。”倪流爱茶，对茶道略懂一二，正好可以和卓达交流一二，共同感兴趣的话题是促进交流的最佳方式，既然以茶会友，就继续深入茶道的话题，“熟茶可以清理肠胃，不过我平常吃饭比较清淡，人也不胖，暂时不用清理身体的油泥。喝茶虽是养生，也要讲究心境，一回生两回熟，先生后熟。”

原来喝茶还有这么多讲究，吴小舞再一次服了倪流。倪流也许不会茶道，却懂茶语，以一个普洱生茶熟茶引申开来，暗示他和卓达还没有熟识，真有一套。

这个倪流，越来越人精了，以前怎么没有发现他这么有本事？吴小舞又开始佩服宋国文了。宋国文真有眼光，选中了倪流绝对是他一辈子之中做出的所有决定中最正确的一个，如果他泉下有知，现在说不定正在偷笑。

卓达笑了，是含蓄的笑，也是意味深长的笑，因为他忽然发现，似乎才过了没多久，倪流又成熟了不少。如果说当日在远思面对洪东旭的倪流咄咄逼人，是一杯浓到发苦的酽茶，那么现在的倪流却淡定从容，化成了一杯清香徐徐的淡茶，虽淡，却蕴含着人生智慧的沉淀。

奇了怪了，倪流小毛孩子一个，哪里有什么人生智慧？好吧，就算他少年老成，喜欢假装深沉，他的演技也太好了一些。

茶上来了，是上好的普洱生茶，泡了一壶，清香徐徐，色泽金黄。倪流端起品尝一口，味道纯正，还算不错。

“味道怎样？”卓达颇有几分炫耀的意味，“普洱茶近年来炒热了，价格虚高，我的普洱是十年的普洱，几年前买进的时候是三千元，现在有人给我三万元，我也没有割爱。”

三万元的茶叶？吴小舞暗暗咋舌，太奢侈了，有钱人的生活，真是穷人无法想象的奢华。

倪流点了点头：“普洱茶的价格火箭一样上涨，背后有资本推手。其实就普洱茶本身的味道来讲，既比不了龙井的清香，又比不了铁观音的浓香。从炒房到炒茶、炒红木家具，再到炒金，国人也许是从炒菜上面得到了启发，特别热衷于炒买炒卖。不过话又说回来，如果当年卓董一次性购进一万斤普洱，存到现在，升值十几倍，比房地产行业的利润还高。”

“哈哈，咱们不讨论普洱茶的问题了。”卓达挥了挥手，目光却落到了吴小舞的身上，“小舞，我考你一个问题。”

吴小舞坐得很端正，双手平端，双肩平直，颇有几分职业女性的清新丽质，她被卓达点名，不慌不忙地微一点头：“嗯，请卓董指教。”

“你觉得远思目前的出路在哪里？”卓达缓缓地问出一个天大的难题。

远思的出路在哪里，别说吴小舞回答不上来，就连倪流也不可能有一个明确的思路。吴小舞才是一个小小的秘书，远思的整个发展规划，她没有必要也没有资格知道。倪流虽是远思的董事长，但凭他对远思的掌控力度以及才担任董事长半个多月的资历，他心中对远思的长远大计，应该还没有一个清晰的脉络。

卓达的问题明是问吴小舞，其实是在问倪流。

远思在宋国文生前大概确定了全新的发展思路——以房地产业为龙头，以餐饮业为辅助，三年之内成为襄都最大的房地产开发商……如果说发展房地产行业并不能显示出宋国文超前的眼光和高人一等的远见的话，那么在宋国文的五年远景规划中，未来的远思在从房地产行业赚够资金之后，会再次华丽地转身，投身到互联网的大潮之中。

是的，未来的远思在宋国文的设想中会是一家互联网企业！

或许有人觉得宋国文的想法太天真了，历数国内成功的互联网企业，从来没有一家有半路出家转行投资互联网成功的先例，都是从一开始就迈上了互联网产业的道路。远思作为传统的实体公司，想从房地产行业转型成为互联网公司，跨度之大，想法之离奇，可以用异想天开形容。

第十四章

攻心为上

不过倪流并不觉得宋国文的想法脱离现实，疯狂是疯狂了一些，并非没有成功的可能，藏在他心底的秘密是，他部分赞成宋国文的想法，也希望远思在他的带领下，有朝一日华丽转身成功，从此脱离房地产行业这个大熔炉。

平心而论，倪流并不喜欢房地产行业，虽然现在的房地产依然十分赚钱，但从事房地产开发，总有一种榨取老百姓血汗钱的罪恶感。往往一个家庭两代到三代的收入加在一起购买了一套房产，一旦出现一点质量事故或是证件不全无法办理房产证的情况，对一个家庭的几代人来说，几乎是灭顶之灾。

倪流虽然进入了商界，却做不到一心赚钱而昧了良心，他想做一名有社会责任感的商人，而不是唯利是图不为子孙后代留下生存资源的黑心商人。

话又说回来，虽说倪流部分赞成远思逐步向互联网企业转型的想法，但他对远思的最终设想是转型成为一家控股公司，以控股形式渗透到各个公司之中，最终缔造一家商业帝国。

当然，转型之路将会十分艰难，不但有可能无法成功，甚至连第一步都无法迈出。

如果现在让倪流回答远思的出路在哪里，倪流不会说出他心中的远景规划，那么吴小舞又会怎么回答卓达的问题？倪流的目光就落在了吴小舞的身上。

吴小舞心中突突直跳，卓达的这个问题与其说是考她，还不如说是试探她，想从她嘴中打探倪流对远思的掌控力度和远景设想，她深呼吸了一口，平稳了一下内心的波动：“卓董，您说我一个秘书，有资格对远思的出路评头论足吗？”

这一句反问虽说反击的力度不大，却切中了要害，不过卓达也很聪明，以沉默的微笑代替回答，笑而不语的意思是请吴小舞继续说下去。

吴小舞也没打算避重就轻地以自己是一个小秘书的理由搪塞过去，她还真有话要说：“远思的出路在哪里，说实话，我还真不知道，不过从倪董上任以来每一步都走得十分踏实可以得出结论，远思的出路，尽在倪董的掌握之中。”

“哈哈，答得好，答得妙。”卓达大笑，他听出了吴小舞的言外之意。吴小舞不是奉承倪流，也不是当面拍倪流的马屁，而是借机巧妙地向他传达了一个信息——远思的一切尽在倪流的掌控之下，和倪流合作才能利益最大化。

倪流也笑了，意味深长地向吴小舞使了一个眼色：“小舞说得对，远思的出路，近期是搬到石门办公，并解决产业园的难题，远期是跳出房地产行业，成功转型……”

“哦，远思要搬来石门办公？”卓达微有吃惊，对倪流接连抛出的数枚炸弹一时难以消化，“还要跳出房地产行业？倪流，你的想法比宋国文还大胆还有勇气，我倒想问问，为什么不想从事房地产行业了？”

倪流并没有过多地说明他的想法，只是简单一说：“未来最有前景的行业属于高精尖行业，我希望远思走在时代的最前沿。”

“远思如果不从事房地产行业了，这么多年的布局就放弃了？”倪流的话，成功地勾起了卓达的兴趣。

“远思在房地产行业上的布局和影响力，当然不会轻易放弃，而是会……转让出去，以股份置换的形式也好，或是直接套现也行，总之，到时候肯定不乏收购者。”

远思在房地产业界虽然算不上多有名气的开发商，但远思有实力有创意，也有一定的影响力，假以时日，远思成为中省房地产行业的一股不容小视的力量也未可知，如果远思真有意将房地产这一块儿剥离出去，卓氏接手过来，是不错的一步棋……卓达心动了。

从远思开发产业园项目可以看出，远思在房地产开发上面，确实有一定的独到之处，正好弥补了卓氏的短板。如果卓氏接手远思的房地产业务，卓氏不一定会有质的飞跃，却必定会有可见的提升。

不过……卓达心思闪动之间，也猜到了倪流抛出一个可望而不可即的诱惑，无非是想让他动心，从而让他在接下来的交锋中有所让步，他呵呵一笑：“事情是好事，关键是远思要渡过眼下的难关才行。产业园的一关过不去，远思说不定会破产倒闭，哪里还有什么远景规划？”

“说得也是，远思要先顾眼前才对，不过我相信，眼下的难关也不是什么大不了的事情，对经历过大风大浪的远思来说，不过是一次小小的逆流。”倪流轻描淡写地笑了笑，“我已经想好了，以后远思要打包出售房地产业务时，优先选择东方集团。”

“哦，为什么是东方集团？”卓达虽然久经风浪，见多了种种尔虞我诈的商场伎俩，却还是被倪流成功地绕了进来而不自知。其实也不怪他，倪流初入商场，不按常理出牌，总是另辟蹊径，而且他的思维比较发散，很容易让人跟不上他的思路。

“因为陈星睿为人仗义，决定拆借我六亿的资金应急。”倪流脸不红心不跳，在和卓达以茶会友借茶交手之后，终于抛出了他的大杀器，而且经过他的夸大，大杀器提升了一倍威力。

“呵呵，陈星睿真仗义，真的答应拆借你六亿？”卓达再是经历过无数大风大浪，乍听此话，还是明显吃了一惊，脸上掩饰不住惊讶之色，“陈星睿是活雷锋还是大善人？”

“都不是。”对卓达的吃惊，倪流很满意，证明他的话出其不意地击中了卓达的软肋并且动摇了卓达的自信，他微微一笑，“陈星睿拆借给我六亿，他不会吃亏。从长远看，有望从远思手中接手房地产业务，从眼前看，他也会得到丰厚的回报，是一次双赢的合作。”

卓达还是不相信，目光直直盯着倪流的双眼：“有一句话不该说，不过我还是想问一问，现在的远思还有什么值得陈星睿豪赌六亿的价值？”

这一句话确实不该说，倪流没生气，吴小舞却生气了。卓达再是商界德高望重的人物，当面贬低远思，她没有压住心中的火气，脱口而出：“远思如果不是被人算计了，现在还好好的，等远思走出了困境，一定会让一些别有用心的人大失所望。”

别有用心的人中，当然也包括卓达。卓达才不会被吴小舞的话所动，他呵呵一笑：“在商言商，商场上的战争无时无刻不在，不是你算计别人，就是别人算计你。远思被别人算计，只能说明远思还很弱小，实力不济。”

“是，卓董说得对，远思之所以落入困境之中，固然有被人算计的主观因素，也有自身实力不够、结构不合理以及管理层不团结等种种原因，不过远思有不错的底子，相信等我重组了远思之后，远思会恢复战斗力。”倪流回答卓达，“陈星睿就是看重了远思的潜力，所以才会乐意拿出六亿助远思一臂之力。”

“六亿……”卓达似乎相信了倪流的话，沉吟片刻，“远思目前的亏损是十亿，六亿，还差了四亿。四亿的资金缺口，倪流，你想好解决的办法没有？”

说实话，卓达也有欺负倪流的意思，如果换了是宋国文，他肯定不会开口问宋国文怎么解决四亿的资金缺口，以宋国文纵横襄都以及中省商界多年的人脉，四亿虽然不少，他不管是贷款还是拆借或是借贷，都可以摆平。不过倪流就不同了，倪流初入商界，既无人脉又无经验，而且以倪流的年纪和资历，他也不够资格向商界的许多好友开口。

更主要的是，倪流在襄都乃至中省商界，恐怕连三五个好友都没有。

倪流也听出了卓达以大欺小的口吻，没什么，他认了，谁让他一没资历二没有人脉？洪东旭之流之所以敢弄出这么大的声势来逼他就范，甚至就连唐简水也敢在董事会上当面挑战他的权威，提出让他一人全部承担转让股份的无理要求，出发点都是一样，欺负他年轻不经事！

年轻是缺点也是优点，缺点是经验少，优点是可以不按常理出牌。不经事是短处，也可以是长处，短处是遇事容易慌乱，长处是示敌以弱，趁敌人骄傲大意时，可以做到出其不意地一招制敌。

倪流没有先回答卓达的问题，而是慢条斯理地喝了一口茶，又不慌不忙地倒满，轻轻转动了几下茶杯：“卓董，我知道如果我和您谈交情是高攀，以您的地位，我只是后生晚辈，只能仰望您的高度。甚至可以说，从小您就一直是我的偶像。您弃文经商，白手起家，凭借一己之力打下了一片大大的江山，成为中省最有声望的企业家，造福了万千百姓，在经商之余，不忘著书立说，传播人文主义的思想和关怀。可以说，您是中省最有人文情怀的儒商。”

吴小舞差点失声惊叫，倪流怎么了这是，这一通马屁拍得不但高明，而且轻柔美妙，如羚羊挂角不着痕迹，几乎达到了马屁之术的大成之境，没看出来，倪流还有溜须拍马的天赋？

别说吴小舞惊讶莫名，就连卓达也是大吃一惊，吃惊之后，心中却是无比舒坦。确实，他虽是商人，骨子里却一直以文人自居，自费出版过几本文集，都是他个人的感悟，虽说几乎没有销量，却请了名人作序，要的就是博取名声。比起别人称呼他为企业家或成功人士，他更喜欢有人称呼他为思想家。

以思想家的高度来经商，是他毕生的追求。不承想，结交了无数朋友，没有一人有倪流对他认识得这么深刻，也没有一人如倪流对他看得如此透彻，不由他不对倪流刮目相看，同时，又对倪流莫名增加了好感。

“远思亏损的十亿中，土地转让金是五亿，政府的罚款是三亿，向卓氏支付的赔偿金是两亿……任何工程项目都可能有不可预料的问题而导致延误工期，如果比预定交付时间延后三个月左右，卓董应该不会向远思提出两亿的赔偿吧？”倪流图穷匕见，先是大大地奉承了卓达一番，然后抛出了他的求情。

卓达沉默了，双眼微眯平视远方，似乎神游物外一样，也不知是想些什么。

倪流也没说话，抬眼看了吴小舞一眼，见吴小舞欲言又止，他示意吴小舞少安毋躁，然后他自己动手丰衣足食，没当自己外人一样拿起卓达的珍品普洱茶，又泡了一壶。

泡好茶，倪流端起茶壶，先给卓达续上，又为吴小舞倒了一杯，最后才为自己倒满，美美地喝上一口，又闭上眼睛品味一番，长长地舒了一口气：“好茶，果然好茶。”

好心境，果然好心境，吴小舞对倪流佩服得几乎五体投地了。她现在一颗心都提到了嗓子眼里，卓达的答复对远思来说，有可能是灭顶之灾，也有可能是喜从天降，差不多是生死两重天的反差，任谁都会紧张，难道倪流一点儿也不紧张？怎么可能！

就是，倪流怎么可能不紧张，倪流也紧张得要命！如果卓达同意工程延期三个月不追究远思的责任，那么他的拯救远思的大计就完成了一半，等于是万事开头难却终于开了一个好头，那么接下来的事情，相对就会容易一些。如果卓达不答应，坚持要按照合同办事，非要向远思索赔，远思真有可能折戟沉沙，从此彻底沉沦。

倪流紧张得后背汗水直流，但他不能让卓达察觉到他的失态，他必须表现出一副胸有成竹的淡定，越淡定，越让卓达摸不清他的底细，他获胜的机会就越大。

其实刚才他只是借泡茶来擦掉手心的汗水，借喝茶来缓解口干舌燥的焦急。

卓达沉默了足足有五分钟，忽然就开口了，不过他没有正面回答倪流的问题，而是转移了话题：“陈星睿一心想拿下三角村的地皮，倪流，你认识三角村的村支书还是村主任？”

卓达果然厉害，看出了他和陈星睿的利益连接点，这一问似乎偏离了刚才的主题，其实不然，卓达是在评估陈星睿拆借他六亿一事的真实度，倪流心思电闪，张口就说：“都不认识，不过，我有一个关系非常要好的朋友认识，不但认识，她还是村支书的侄女，她从小在三角村长大。”

卓达微微点了点头，心中的疑虑渐消，又仔细权衡了一下得失，想起倪流和盛夏的关系以及有关林道首以嫁女为代价也要控股远思的努力，他终于下了决心，洪东旭已老，倪流尚年轻，而且倪流的潜力不可估量，他不能将赌注完全下在洪东旭身上，万一洪东旭失败，他凭空树立了倪流一个大敌，是为不明智。

远思或许不足虑，倪流的心机和手腕才可怕，卓达想通了环节，脸上的笑容就如缓缓泡开的茶叶一样舒展开来："三个月的时间有点长，每晚一个月入驻产业园，卓氏也要承受巨额的损失，合同就是合同，既然签署了，就得严格执行，否则还要合同有什么用？"

倪流心中大喜，表面上卓达的话没有让步，实际上明显有了松动之意，他闻弦歌而知雅意，顺势接话："合同是死的，人是活的，合同是计划，计划赶不上变化，而且工程延期也不是远思的原因，是政策的变化，法律还不外乎人情，何况卓董又是兼济天下的儒商，既然兼济天下，远思也是天下的一部分。"

卓达微微地笑了："倪流，你的这一张嘴可比宋国文能说会道多了，而且比他还会抓住重点，这样，延期两个月，再晚了，远思必须赔偿卓氏的损失。"

走出卓达的东方花园别墅，正是中午时分，阳光和煦而明亮，虽是冬日，但照在身上，暖洋洋的十分舒服，吴小舞走在倪流右侧，用力一推倪流："你还真是深藏不露，现在我才发现，你比我想象中阴险多了。"

"阴险？切，聪明绝顶如果在你眼里也算阴险，那么洪东旭的无耻又该怎么形容？"倪流哈哈一笑，自得地一仰头，"我是阳光灿烂的纯情正太，从来不耍阴谋诡计，一切全靠阳谋和真诚取胜。"

"得了吧，得了便宜又卖乖，要是让卓达知道陈星睿只答应拆借三亿被你说成了六亿，他肯定会对你印象大变。"吴小舞有意打击倪流的得意，"说到底，你还是耍了心眼使了诈。"

"开玩笑，商业上的事情，怎么可能和竞争对手交底？别说商业上的事情，就是个人的感情私事，也没人会百分之百说真话。"倪流发动了汽车，系好安全带，"就说你吧，你的伤心往事就从来不会对我提起。"

第十五章

将计就计

“别瞎想了，我没什么伤心往事。”吴小舞不上倪流的当，不接他的话题，又回到了远思的困境上面，“现在的进展是，陈星睿答应拆借三亿，卓达给了两个月的期限，先不说两个月的期限够不够用，至少卓氏两亿的赔偿暂时不用考虑了，等于是十亿的亏损解决了五亿，倪头儿，远思是不是已经初步渡过了危机？”

倪流原本就想要两个月的期限，他的想法是，如果两个月之内解决不了远思的危机，是他的无能是远思的灾难。当时开口向卓达要三个月的期限，是留下了让卓达讨价还价的余地。

虽说一切还算顺利，但如果说远思已经初步渡过了危机，还差得太远，远思危机的根本源头还没有堵住，离彻底解决危机，还有很长的一段路要走。

实际上两个月的时间很短，马上就要过年了，过年至少要耽误半个月，等于是说远思只有一个半月的时间解决问题。

产业园项目如果不是土地证的问题，现在就可以交付使用，主体工程基本上全部完工，只剩最后的收尾工作了，重新开工的话，一周之内就可以收尾完毕。

现在何时交工，远思已经失去了主动权，只要政府不批准，就没有复工的可能，不复工，永远不会交工。陈星睿也好，卓达也好，都是商人，商人都有长远的眼光，会权衡利弊并且做出适当的让步，政府方面就不同了，政府的政策，很难通融。

倪流缺乏和政府方面打交道的经验，接下来怎么解决五亿元的土地转让金和三亿的巨额罚款，他心里有点没底。

“中午吃什么？”倪流没有回答吴小舞的问题，而是说到了吃，“饿了，先解决温饱问题，其他问题，吃饱了再说。”

吴小舞看出了什么：“是不是接下来的困难，要比对付卓达大得多？”

“也许是，也许不是。”倪流勉强笑了笑，“关于土地转让金和罚款的问题，我不想出面，准备想个办法让王树斌去解决。”

“好吧，先吃饭。”吴小舞聪明地不再谈论工作，歪头想了一想，“想起来了，石门有一家石库门饭店做的下江菜比较好吃，我们去尝尝，好不好？”

下江菜淡而无味，倪流并不喜欢，不过既然吴小舞喜欢，他就从善如流了：“好，你带路。”

不多时二人来到了石库门，到了楼上，没有雅间了，好在石库门的布局很有隐蔽性，二人坐在了一个僻静的角落里，点了几样特色菜。

才吃几口，倪流的电话就响了。

“倪董，洪副总不同意远思搬到石门办公。”

沈学良向洪东旭汇报了倪流关于远思一分为二一部分搬到石门办公的想法后，不出所料遭到了洪东旭的坚决反对，洪东旭当即召集唐简水、王骏群临时召开了紧急会议讨论远思的办公选址，结果除了沈学良外，与会人员一致认为远思的根基在襄都，远思不能离开襄都。

“他不同意，就让他留在襄都办公好了。”倪流生气了，洪东旭背后使坏也就算了，还处处当面和他作对，真当他这个董事长是摆设？他以不容置疑的口气下达了命令，“沈主任，我会带领三分之一到二分之一的远思管理层到石门办公，洪叔带领行政和后勤部门留守襄都，你转告洪叔，这件事情我已经决定了，不用再讨论了。如果远思的管理层都不想离开襄都，那好，我会在石门重新任命新的管理层，负责石门以及全省的业务，就这样！”

沈学良倒吸一口凉气，洪东旭逼迫倪流过紧，现在好了，倪流奋起反抗，要背水一战了，好嘛，远思直接一分为二，要划分成倪流派和洪东旭派了，远思人要面临着艰难的站队选择了。

几乎没有犹豫，沈学良第一时间表态了：“倪董，我愿意到石门办公。”开玩笑，倪流是最大的股东，是董事长，跟紧董事长的步伐才有前途，而且他也听出来，石门的远思以后负责石门和全省的业务，言外之意就是，石门远思将会是新远思的总部，而且想都不用想，以后石门的远思在等级上绝对高过襄都远思。

除非是洪东旭的铁杆追随者，否则傻子才不跟着倪流去石门。

“好。”倪流欣慰地笑了，“以后远思就是一套班子两个牌子了。沈主任，你私下统计一下管理层中有多少人愿意到石门，也好做到心中有数。”

“没问题。”沈学良满口答应，心中大喜，直觉告诉他，他的出头之日到了，一旦远思一分为二，他肯定可以高升一步。

“先这样，有什么事情再及时向我汇报。”倪流挂断了电话，继续埋头吃饭。

“倪头儿，沈学良可靠吗？”吴小舞不太理解倪流重用沈学良的做法。

“小人诱之以利，君子欺之以方，在利益面前，沈学良会做出明智的选择。”

“你是说，沈学良是小人了？”

“我没这么说，这是你的理解。”倪流皱了皱眉，“吃饭了，别再说话了，影响别人吃饭。”

“装。”吴小舞冲倪流一噘嘴，又悄悄地笑了。

沈学良和倪流通话之后，转身回到洪东旭办公室，见洪东旭和唐简水、王骏群好整以暇，显然早已做好了摊牌的准备，他也就没有绕弯，开门见山：“倪董说了，远思要抽出一半人手到石门办公的事情，他已经定了，不用再讨论了，他还说，洪副总带领行政和后勤部门留在襄都，他会挑选精兵强将到石门开拓全省的业务。”

“真有魄力。”洪东旭冷笑了，冷笑之后是愤愤不平，“倪流的意思是要让我留在襄都养老了？行，年轻人，有想法有手腕，才上台没几天就要过河拆桥了，嫌我碍事了是不是？还要挑选精兵强将去石门，我倒要看看，远思有谁敢跟着他去石门！”

“我去。”沈学良以前很敬畏洪东旭的权威，不过最近洪东旭的所作所为实在让他不齿，尤其是洪东旭不惜拿远思当赌注的做法让他心寒，为了一己之私竟然要赔上整个远思的未来，如此丧心病狂的举止，让他完全看清了洪东旭的为人。

“沈学良，你现在成了倪流的一条狗了？真可惜了，放着好好的人不当，非要当狗腿子。”唐简水阴阳怪气地冷嘲热讽，“倪流许你什么好处了，你紧紧跟在他的屁股后面摇头摆尾？”

沈学良顿时火了，二话不说上前一拳打在唐简水的肩膀上：“唐简水，工作上我哪里做得不好，你可以提出批评，但如果你污辱我的人格，我和你没完。再敢说我一句，信不信我打掉你的满嘴狗牙？”

唐简水吓得脸色惨白：“沈学良，你、你、你放手。”

“学良，不要动粗。”洪东旭一脸怒气地摆了摆手，“唐简水，你也不对，向学良道歉。”

洪东旭发话了，唐简水无奈，只好低头：“对不起学良，我冲动了。”

沈学良冷哼一声，松开唐简水，扔下一句话扬长而去：“倪董的原话是，远思的管理层谁愿意跟过去，他举双手欢迎，不跟过去，他会在石门的远思总部重新任命管理层。”

等沈学良走了许久，洪东旭办公室凝重的气氛才被王骏群的疑问打破：“倪流这是要另起炉灶，想要分裂远思，让远思一分为二，这下好了，许多人要选择站队了，我估计最少得有三分之一的管理层跟着倪流去石门。唉，这事闹的，都怪宋国武，非要出什么让远思搬出远思大厦的鬼主意，结果搬起石头砸了自己的脚。”

唐简水不快地瞪了王骏群一眼：“骏群，你能不能少说几句丧气话？现在才哪儿到哪儿，倪流的阴谋，别想得逞。”

洪东旭颓然坐到了椅子上，揉了揉额头：“倪流这一手确实让人防不胜防，不得不说，这小子很聪明，有一套，比宋国文的手腕还辛辣还老练，真不好对付。”

“那怎么办呢？”唐简水吓倒了，洪东旭严肃的表情似乎是无计可施了。

“他是董事长，有决定权。”洪东旭又站了起来，背着手走了几步，“事情既然到了这一步，也没有退路了，他想去石门，随他去，我们挑选信得过的管理层，一对一地谈话，让他们留下来。最后倪流只带了十几个人过去，也是笑话，十几个人能支撑起一家公司？开玩笑，最后石门的远思雷声大雨点小，只有办事处的规格，看他怎么收场？”

“万一，万一倪流一心要在石门另起炉灶，非要重新任命管理层，怎么办？”王骏群心乱了，他担心倪流一走，襄都的远思名不副实，最后石门的远思坐大，成为总部，谁留在襄都谁就成了陪衬，就和明朝时养老的陪都南京一样。毕竟，倪流一人就持有百分之七十的股份。

“不怕。”洪东旭自信满满地笑了，“恐怕不等倪流的美梦成真，远思的危机就把他拖下了深渊，他还想让远思冲出襄都走向全省？想法是美好的，也很天真，能先过了眼前的难关再说吧。”

洪东旭有理由相信，倪流分裂远思的做法不过是虚张声势，是垂死挣扎，产业园的亏损问题不解决，所有的想法都是空中楼阁。

电话，突兀地就响了。

洪东旭一看来电是石门的号码，心中猛然一跳，忙接听了电话。

“洪总，出事了。”电话里传来付白中急切的声音，“据内部消息，陈星睿下午会和三角村的肖振东、崔忠强会面，可能要敲定三角村地皮的开发权。”

“什么？怎么可能？我怎么没有听到一点消息？”洪东旭大惊失色。三角村地皮开发权的归属表面上与他和倪流眼下的较量没有直接关系，实际上，和较量的胜负息息相关，不但是他和付白中的利益连接点，也是他拉拢付白中加入他的阵营的关键一局，许胜不许败。

“听说是倪流在背后出手了。我查到了，倪流在市政公司的同事肖米是肖振东的亲侄女，而肖振东没有女儿又特别喜欢女儿，一直当肖米是亲生女儿一样疼爱。肖米出面请肖振东、崔忠强吃饭，现在联系不上肖振东和崔忠强了，我怀疑倪流使诈，借肖米的手让肖振东和崔忠强隐身，是为了保证三角村要和陈星睿签订开发权合同不被外界干扰……”付白中急得快要跳脚了，“洪总，我把丑话说到前头，如果三角村和陈星睿签订了合同，我们之间的合作宣告中止，同时不排除我主动和倪流合作的可能性。”

不是东西，翻脸不认人，洪东旭暗骂付白中，不过骂归骂，他也心急如焚：“白中，你先别急，我再联系一下，如果事实属实，我马上去石门一趟。”

“不用联系了，事情已经刻不容缓了。”付白中扔下一句狠话，“我先去三角村走一趟，洪总，来不来随你。”

“妈的，敢威胁我？”洪东旭挂断电话后摔了电话，他气得暴跳如雷，“付白中，小人！倪流，狼子野心！”

唐简水和王骏群面面相觑，不敢说话，正震惊之时，沈学良又敲门进来了。

“洪总，挑选了几个办公地点，要不要实地考察一下？”

“没空。”洪东旭不耐烦地挥了挥手，“学良，正好你来了，安排一辆汽车，我要去石门。对了，不要安排我的专车，派一辆公司的奥迪就行。”

洪东旭的专车是一辆雷克萨斯，他只喜欢日本车，不喜欢欧美系的车，认为欧美的汽车减震太硬，坐上去没有坐轿的感觉。

沈学良一下明白了什么，洪东旭不坐专车去石门，是为了掩人耳目，他应了一声，没有多说什么，转身出去了。一出门，他就拨通了倪流的电话。

接到沈学良的通风报信，倪流刚好吃完午饭，他呵呵一笑，想考一考吴小舞：“洪东旭这头老狐狸终于坐不住了，要亲自来石门了，小舞，如果让你想办法阻止洪东旭，你会用什么办法？”

吴小舞想了想，咬了咬牙：“要是用阴谋，就在半路上拦截他，制造车祸，让他来不了石门。”

倪流吓了一跳：“这么狠？”

吴小舞不好意思了：“我也就是随口一说，你也知道，我是一个很善良的人，胆小怕事，走路连一只蚂蚁都不敢踩死。”

倪流笑了：“原来你也会王婆卖瓜自卖自夸，说说，要是用阳谋，该怎么做？”

“所谓阳谋就是充分利用人固有的贪心，设置一出好戏，等对方一步步主动跳进一个万劫不复的深渊。就好比你在路上扔了一把带蜜的菜刀，有人捡了，贪吃菜刀上的蜜，结果割了舌头。”吴小舞先为阳谋下了一个定义，其实阳谋究竟如何定义，没有一个准确的说法。“听说洪东旭很好色，可以让黄文旭派樱花和冷月色诱洪东旭，然后伺机拍下裸照，让洪东旭身败名裂。”

“哐当”一声，倪流的手机失手落地，掉在了座位下面，他惊讶地张大了嘴巴：“没看出来呀小舞，你甜美的外表不知道欺骗了多少纯洁的世人，都以为你是一个清新如春天的邻家小妹，没想到，你的手段辛辣歹毒，杀人于无形之中。”

“你讨厌，不理你了。”吴小舞用力一推倪流，“是你非要让我出主意的，我出了主意你又说我坏，没你这样的人。”

“我问的是阴谋和阳谋分别怎么做，你倒好，出的两个主意全是阴谋，我哪里冤枉你了？”倪流一边笑，一边发动了汽车，驶离了石库门，“现在早了点，先去一趟办事处，等下午四五点后再去森林公园和黄文旭会合。”

“好，你说了算。”吴小舞不服气地又问，“那你说，你的阴谋和阳谋又是什么鬼主意？”

倪流嘿嘿一笑：“阴谋，我赞成你刚才的主意。阳谋就是……不管了，随他去。”

“你是比我善良多了。”吴小舞一脸嘲讽的笑容，“善良得都跟猪一样。”

“哈哈，我知道你是讽刺我比猪还懒，其实我是想和洪东旭光明正大地正面交手一次，别总是躲在后面放冷箭，有本事跳到人前和我单挑。”

“单挑？你想得美，你正身强力壮，洪东旭都风烛残年了，他才不会和你比力气，所谓上兵伐谋，其次伐交，其次伐兵，其下攻城，洪东旭是伐谋，你是攻城，差距不小哇，倪头儿，你得充分认识到自己和洪东旭智商上的差距……”

话说一半，吴小舞突然愣住了，双眼直视前方，似乎看到了什么难以置信的怪事一样。此时倪流开车刚驶出停车场，还没有上主路，正要右转，前面有一辆宝马在直行，本着右转让直行的原则，他停车让行。

吴小舞怎么了？倪流顺着吴小舞的目光望去，宝马车内，前排坐着两人，驾驶者一头黄毛，年龄二十上下，猛一看，样子长得倒还不错，就是眉宇间多了几分戾气和傲然，和他不可一世的神态形成鲜明对比的是，一双熊猫眼格外引人注目。

熊猫眼不是他长得和熊猫一样可爱，而是被人狠狠打了一拳所致。

第十六章

粉墨登场

副驾驶也是一个年轻人，比熊猫眼大上四五岁，和倪流年龄相仿，面目冷峻，脸形瘦长，脸颊下半部和脖子几乎一样粗，长得很像港台标准的奶油小生。

吴小舞的目光不是落在熊猫眼身上，而是直直盯着奶油小生的面孔不放。

然而，吴小舞的眼神明显不是对奶油小生的欣赏或说品味，而是怨恨和不甘，难道说，奶油小生是吴小舞念念不忘的初恋？倪流一瞬间心思闪过了无数念头，伸手在吴小舞眼前晃了一晃："看够了没有？花痴。"

"倪流，抢道，别让宝马。"吴小舞忽然眼中闪过一道寒光，紧咬牙关，"敢不敢撞上去？"

倪流吓坏了："不是吧，小舞，你因爱成恨想杀人灭口？太心狠手辣了吧？"

吴小舞怨恨地翻了倪流一眼，突然做出了一个惊人的举动——她打开车门跳了下去，站在了宝马的前方，挡住了宝马的去路。

宝马正在拐弯，冷不防吴小舞突然跳了出来，司机忙一脚急刹刹住，伴随着刺耳的刹车声，宝马车头在距离吴小舞双腿只有半米的距离时，堪堪停住。

疯了，真是疯了，倪流吓得不轻，第一次见到吴小舞不顾一切的疯狂，一时惊呆了。

"我×，你不要命了？"黄毛怒气冲冲地下车，伸手去推吴小舞，"滚开，别挡小爷的路。"

"住手，亚内。"不等倪流的车阻拦，副驾驶的奶油小生下车了，阻止了黄毛的粗暴，"我认识她，她是吴小舞。"

亚内？倪流在车内听得真切，莫非是王树斌的儿子王亚内？不会吧，冤家路窄。

"吴小舞？倪流的小蜜？"王亚内咧嘴一笑，"什么意思吴来，你怎么会认识吴小舞？哦，莫非吴小舞是你的前女友？哈哈，有好戏看了，你的女友成了倪流的小蜜，你怎么咽得下这口恶气？”

吴来不理王亚内的嘲讽，径直来到吴小舞面前：“小舞，你这是什么意思？”

倪流索性也不下车了，坐在车内观戏比下车看戏更有意思，有雾里看花的美妙。原以为吴来——这名字怎么这么难听，仔细一想原来谐音无赖，吴来的父母真有才——和吴小舞重逢会有一出执手相看泪眼的感情戏，没想到一听吴来三分埋怨四分责怪的语气，感情戏估计要变爱恨情仇戏了。

倪流是五好男人，不过再好的男人也有腹黑的时候，他抱起双肩不无得意地想，最好上演一出狗血的伦理戏，让他好好欣赏一下吴来被吴小舞羞辱的尴尬和难堪。

“吴来，你还是这么一副无赖嘴脸吗？”吴小舞冷若冰霜，眼神中有愤怒和绝望，“难道你对我就没有一点愧疚？”

“愧疚？”吴来轻蔑地笑了笑，“吴小舞，怎么你现在还这么天真？当年的事情是你情我愿，当你不情我不愿的时候，我转身离开你，是再正常不过的选择，你为什么总觉得我亏欠了你许多一样？你还是没有摆正男女平等的观念，不要一边儿想着男女平等，一边儿在感情的事情上总认为女人是受害者，这叫什么？这叫虚伪，这叫无耻。”

也别说，虽然倪流很不喜欢吴来的德行和嘴脸，不过他的这一番话说得倒是合情合理。现在许多女人，一方面高呼男女平等，一方面又想让男人承担全部生活的重担，而她们既不做家务又不愿意工作赚钱，甚至还不想生育，实际上是在打着男女平等的口号行好吃懒做一无是处之实，试想哪个男人愿意娶一个狗屁不会的女人？

吴小舞并不反驳吴来的话，她只是冷冷地笑了：“男女平等？吴来，你不要再用你的狗屁不通的理论为我洗脑了，对不起，我不听你为了满足自己私欲的花言巧语！我只想问你一句话，当年你和历小天在一起，她是自愿的还是被你强迫的？”

“你怎么这么烦人？真是不可理喻！我既然和你分手了，和你也就没什么关系了，我再上几个女人是我自己的事情，用不着向你负责！”吴来开始烦躁不安了，冷峻的面孔因为愤怒而扭曲变形，十分狰狞可怕。

这个世界上，人人都为自己设计了一个人前的面孔，就和画皮一样，人前的表现是精心绘制的画面。

“是，你是不用向我负责，但你要向死去的历小天负责！”吴小舞失控了，扬手打了吴来一个耳光，“吴来，你是天底下最无耻最无赖的男人，我这一辈子最大的耻辱就是认识了你这个人间败类。”

耳光响亮而清脆，打得吴来后退一步，他恼羞成怒，向前一步，左手抓住吴小舞的胳膊，右手高高扬起，就要一个耳光落下……

忽然，一阵咆哮的汽车轰鸣响起，一辆奔驰ML350如一头暴怒的野兽，携带风雷之势朝吴来不顾一切地冲来，如果吴来的耳光落下，他势必会被汽车撞飞。

吴来吓得魂飞魄散，哪里还顾得上打人，松开吴小舞，抱头鼠窜跳到了一边，算是躲过了奔驰汽车的致命一击。

奔驰汽车在距离宝马还有三十厘米的距离时，刹住了，倪流跳下了汽车，双手抱肩，冷笑一声：“男人打女人，无赖，你应该改名叫无耻了。”

吴来受了惊吓，清醒过来之后，勃然大怒：“你谁呀你？想杀人呀你？要是在美国，我告你一级谋杀。”

“去你妹的美国，这里是中国，请说中国话，请按中国国情办事。我没撞死你，就不是谋杀，你告我？告你妹！”倪流无比嚣张地冲吴来一伸中指，“不服？不服就开车来撞我。”

吴来出离愤怒了：“你到底是谁？”

“我姓倪，叫达叶。”倪流斜着眼睛，样子要有多嚣张就有多嚣张。

“你大爷？”吴来上当了，顺口一说，忽然意识到了不对，怒道，“你变着法儿骂人是不是？你是倪流？”

“倪流？”王亚内上下打量倪流一眼，“你就是倪流，长得真丑，嘴巴真臭。”

倪流哈哈大笑：“要说帅，我比你帅一百倍。要比男人，我比吴来男人一千倍。怎么着二位，是先记下这个梁子以后再结算，还是现在就把账算清楚？”

吴来和王亚内交流了一下眼神，随后吴来绕过车头来到倪流面前，他伸出右手：“你好倪流，很荣幸认识你，我叫吴来，是吴氏控股的董事兼CEO。”

吴氏控股有限公司是京城一家很有名气的投资控股公司，旗下参股和控股了十几家大中小企业，实力雄厚，就连卓氏和吴氏相比，相差的也不是一个级别。

原来吴来才是根正苗红的衙内，如果说吴来是正宗的高富帅，王亚内和他相比，就是穿金戴银恨不得人人知道他有钱的初级暴发户。

倪流却不和吴来握手，而是一脸怪异的笑：“吴来，我很好奇，你和吴小舞之间到底发生过什么事情，让她记恨你这么久？身为男人，要拿得起放得下，有些事情说开了，对双方都有好处，是不是？我想如果你能满足我的好奇心，说说你和吴小舞的往事，我会认为你很男人。对了，按照古训，通常情况下同姓不结婚，你和吴小舞都姓吴，当年谈恋爱时，没有在意这一点？也是，现在的人，国学知识都很浅薄。”

“怎么这么多废话？吴哥，别跟他啰唆，要么收拾他一顿，要么走人。”王亚内没有耐心了，上来就要推搡倪流。

“亚内，别急，我和倪流还真想聊一聊。”也不知何故，吴来对倪流大感兴趣，倒不是因为倪流和吴小舞有什么关系，而是他对倪流继承远思股份一事十分好奇，“倪流，和你聊聊我和吴小舞的往事也没什么，不过我有一个条件，你得告诉我你继承远思股份的过程。”

“好呀，成交。”倪流连犹豫一下都没有，伸手握住了吴来的手，“你先说。”

“好。”吴来意味深长地看了吴小舞一眼，“这事儿，说来话长了，当年我和吴小舞是同学，我很喜欢她的清新亮丽，就希望她能成为我的女朋友。经过五关斩六将的努力，我终于赢得了她的芳心，成了她的男朋友。不过成了她的男朋友之后不久，我就后悔了。”

吴小舞狠狠地剜了吴来一眼，接过了吴来的话：“我替你说……你后悔是因为你想骗我上床，我不答应，你就觉得你的自尊心和男人尊严受到了伤害，就天天给我灌输女人就应该让男人如何如何的思想，对不起，无赖，我从小受到的教育是，一个女人如果没有对一个男人爱得死心塌地，她不会为他献身。”

原来是一个想上床，一个拒绝，还是有点狗血，倪流揉了揉鼻子，下意识看了吴小舞一眼，忽然觉得吴小舞多了几分可爱。但同时倪流还有些不解，吴小舞和吴来既然在对待婚前性关系的问题上达不成一致，和平分手不就得了，为什么到最后闹到了反目成仇的地步？

“好，打住，打住，现在不是伦理辩论赛，吴来，我只想知道你和吴小舞故事的结果，至于其他的，以后留给别的听众吧。”倪流忙出面制止了事态的进一步恶化，有理由相信，如果吴来和吴小舞再争论下来，肯定又是一场吵架。

“哼哼。”吴来冷哼一声，“好吧，好男不和女斗……吴小舞，你不肯跟我在一起也没什么，我也没有强迫你，是不是？你不肯，有人肯，我和你分手还不成吗？”

“你那叫和我分手？”吴小舞又忍不住了，反唇相讥，“无赖，做人不要太无耻了，你要是和我分手，就不会以了解我为由接近我的好姐妹历小天，更不会一步步骗取了历小天的信任，最后你为了达到羞辱我的目的，强暴了历小天，还拿着你们在床上不堪入目的照片在我面前炫耀，你这叫和我分手？你这叫做人没有底线！”

原来如此，倪流算是听明白了大概，吴来爱上了吴小舞，苦追成功，想得到吴小舞时却被拒，施展百般手段也没有得手，恼羞成怒之下，采取不光明的手段上了吴小舞的闺密历小天，还拍了裸照……综上所述，他对吴来的为人得出了两个字的结论——垃圾。

或者叫人渣也行。

“什么叫强暴，吴小舞，你不要以为世界上所有的女人和你一样都是假正经的贞洁烈女，我和历小天是你情我愿，根本不是你所说的强迫性行为。”吴来不以为然地笑了，笑容既淫荡又无耻，“而且拍下裸照也是历小天主动提出来的……”

“狗屁倒灶！”吴小舞脸涨得通红，几乎要被吴来气哭了，“如果是你情我愿的事情，小天为什么会自杀？如果不是因为你，小天多么纯洁善良的一个女孩，她无忧无虑，是所有人的开心果，自从认识你之后，就变得郁郁寡欢了，不再有一个笑脸。而被你强暴之后，她天天以泪洗面。后来裸照风波一出来，她就跳楼自杀了。吴来，历小天就是被你害死的，你是杀人恶魔。我真后悔认识了你，当时还对你有那么一点心动，没想到你是这样的垃圾、人渣。都怪我，如果不是我，小天也不会认识你，小天不认识你，她也不会被你害死。”

说到最后，吴小舞终于泪如雨下，泣不成声。

原来……吴小舞有这样的伤心往事，倪流沉默了，怪不得吴小舞在对待感情上这么小心谨慎，原来她受过刻骨铭心的伤害。也是，换了谁都会内疚都会自责，都会害怕下一次感情到来时，会不会给她带来再一次痛彻肺腑的伤害。

一瞬间，倪流对吴小舞忽然多了爱怜，这个女孩一直生活在自责之中，因历小天的死封闭了感情，她其实是无辜的，无耻的罪魁祸首还是吴来。

“吴来，小舞讲的……都是真事？”倪流刚才还是一副云淡风轻的表情，忽然脸色阴冷了下来，如一阵北风吹过地上的积雪一样。

第十七章

致命一击

“事情是这么个事情，不过对于历小天的死因，我持不同意见。”如果是在古代，吴来应该手拿一把折扇，摇头晃脑地扇上几扇，以显示他对吴小舞指责的不以为然，他没有扇子，却用一根手指竖了起来，轻轻摇了摇，“历小天用情太深，非要逼我和她结婚，我还在上大学好不好？再说我怎么会轻易被一个女人拴死？我还要再潇洒十年八年才结婚。结果她就发疯了，非要以死相逼，一哭二闹三上吊，女人惯用的伎俩全用上了，最后招式用尽，无计可施，就只好跳楼了……”

“王八蛋！”不等吴来说完，忍无可忍的倪流终于暴怒了，扬手一拳打在了吴来的腮帮子上，“你不配当一个人，混账东西！”

由于用力过大，一拳打出，猝不及防的吴来被打得一个踉跄，一下摔倒在了宝马的机盖上，顿时，腮帮子如气球一样红肿了。

“妈的。”王亚内因和黄文旭、肖米的冲突，再加梁米对他大吹枕边风，他对倪流本来就没有好印象，早想收拾倪流了，一见倪流先动手了，顿时暴起，一个箭步来到倪流面前，飞起一脚，直踢倪流小腹。

比起吴来的伪君子的彬彬有礼，王亚内的真小人行径倒也直接而张狂，上来就是毫不留情的一脚。

倪流岂能让王亚内踢中，在动手之前，他早就预料到了吴来或王亚内肯定会反击，所以做好了二打一的准备，王亚内一动手，他向后一闪，随手拿出一件东西，用力一甩，朝王亚内的大腿打去。

王亚内一踢不中，倪流却是一击即中，只听哎哟一声，王亚内双手抱腿蹲到了地上，痛得满头大汗：“倪流，你、你、你……”

半天没有说出一句完整的话。

倪流打人的东西是甩棍，还好是橡胶棍，不是金属棍，打人疼是疼，却不会伤筋动骨。

“打得好！”吴小舞被倪流的勇猛惊呆了，愣了片刻，鼓掌叫好，“打，狠狠地打，让他下半生生活不能自理。”

“嗯……”倪流一头冷汗，吴小舞怎么变成暴力女了。

事发突然，吴来也震惊了，他足足愣了半分钟才醒悟过来，顿时大怒：“倪流，你找死！”

倪流甩了甩手中的甩棍：“有本事就过来，我今天就想死一次，就看你有没有胆量有没有本事打死我了。”

吴来迟疑了，和倪流预料的一样，他捂着腮帮子，酝酿了半天情绪，才狠狠地扔下一句狠话：“今天的仇，我先记下了，来日一定让你加倍偿还。亚内，我们走。”

两个打一个都不敢动手，孬种。倪流朝绝尘而去的宝马投去一个无比鄙夷的眼神，一把拉过吴小舞：“上车，快走。”

吴小舞上了车，冲倪流竖起了大拇指：“倪头儿，真男人，我佩服你。”

“自己人就别互相吹捧了。”倪流嘿嘿笑了笑，“总算解开了你的心结，以后你可以放心大胆地去爱了。”

“爱什么？爱谁？”吴小舞刚才哭得梨花带雨，现在雨过天晴，嫣然一笑，灿然生辉。

“爱生活，爱我。”倪流哈哈一笑，“我不会做出任何强迫你的事情，也不会去勾引你的闺密。”

“去去去，哪壶不开提哪壶。”吴小舞呸了倪流一口，“倪头儿，说正事，你得罪了吴来，不怕他坏了你的大事？吴氏控股公司虽然是京城的公司，在石门也有不小的影响力，据说吴氏最近一直和卓氏接触，有意参股卓氏。”

“怕又如何？是福不是祸，是祸躲不过。”倪流想开了，该怎么努力就怎么努力，努力过了争取过了，最后如果还是失败，他不怨天尤人，只怪时运不济，“对了，你怎么过年也不回家，是不是怕见到什么人，难道也和历小天的死有关？”

“是呀，小天和我不但是闺密，是同学，还是从小一起长大的死党，她家和我家在一条街上。她死后，她妈妈一直认为是我害了她，只要一见我的面，就又打又骂，我跪过几次，她妈妈都不肯原谅我。”吴小舞低下了头，眼中又泛起了泪光。

倪流伸手摸了摸吴小舞的头：“其实也不怪你，小天自身也有一定的责任，如果她意志坚定，也不会被吴来骗下水。女人要做到不为男人的花言巧语所动，确实很难。”

二人来到办事处，估算了一下，一层大概可以容纳五十多人办公。倪流又到三杰大厦物业咨询了一番，得知一共五层的三杰大厦由于位置不好，租出去的房间极少，有足够多的空房待租。

倪流大喜，随即联系了三杰大厦的产权方，经过一番讨价还价，以一个十分优惠的价格拿下了三杰大厦整栋的租赁合同。

完成了一件大事，倪流心情大好，坐在三楼办事处的办公室，踌躇满志：“既然要将远思一分为二，就分得彻底一些，凡是洪东旭的死忠，一个也不让过来，远思石门公司的大门只对忠于倪董的人敞开。”

吴小舞却没有倪流的乐观，她算了一笔账：“倪头儿，三杰大厦的租金虽然不贵，不过前提是一次性交两年的租金，算下来也要三百多万。襄都新的办公地点的租金，也不会少于这个数目。再加上搬家的费用，购置办公用品以及其他的额外开支，这一次搬家，少说也要耗资一千万。问题是，远思的账面上，没有一千万的流动资金了。”

确实，将远思赶出远思大厦这一手，威力不小，既让远思声名扫地，信誉大降，又让远思劳民伤财，上下大举折腾。

不过凡事不破不立，远思多年的沉疴，不经历一次大范围的动荡难以根除，或许，这一次搬家和分裂，就是一个难得的契机。将任何不利的因素转化为前进的动力，从而化不利为有利，是每一个成功人士必备的素质，倪流虽然还不算是成功人士，不过已经初步具备了胜不骄败不馁的潜力。

“资金的问题，让洪东旭去想办法，既然是他背后捣鬼，就让他自食其果。”倪流笑道，“对了，我姐说，宋国文生前借出去几百上千万的外债，既没有经公司账目，又没有借条，都是谁借的，姐姐也记不清了，你有没有印象？”

“宋总真大方。”吴小舞习惯了称呼宋国文为宋总而不是宋董，或许是她更觉得宋国文拼命的劲头更像总经理而不是董事长，“没怎么听他说过，我就知道他和王树斌的私人关系最好，和王树斌的经济往来最多，其他的，就很少听说了……不对，我想起来一件事情。”

“什么？”倪流睁大了双眼。

“好像有一次他和王树斌谈话，说到了吴氏控股，好像还说过吴来借过他一笔钱……”吴小舞小声说道。

“什么？吴来？就是刚才和我打架的吴来？”倪流一下站了起来，声音很大，“这么重要的消息，你怎么不早说？”

“我……”吴小舞一脸委屈，“我这不才知道宋总借钱的事情，你以前也没有说过。而且又涉及吴来，我才不想提起他的名字……哎呀，不对，忘了一件大事。”

吴小舞刚想到，倪流也想到了，顿时惊得跳了起来：“不好，宋国文身上记着都有谁欠他账的小本子忘了拿！”

宋国文在临死前，曾经说过一段话：“你记住，我身上有一个记事本，上面记着谁欠我的账，欠了多少钱，你拿着本子去要账，没人会赖账不还，还有，王树斌欠我最多，一共是一千二百三十五万元……”

但事后忙于处理宋国文的后事，以及因为遗嘱问题而引发了一系列的纠纷，再加上继承了股份之后马上又发生了产业园亏损的大事，结果所有的事情叠加在一起，让倪流没有一刻喘息的工夫，竟然生生忘了宋国文的小本子！

当时宋国文说他的小本子在身上，而宋国文死后，直接被拉进了医院进行了尸检，他身上的衣服应该在医院的时候就被处理了……

天，这一个小疏忽竟然遗漏了上千万欠账的明细，倪流差点跳脚。

想了想，倪流毫不犹豫拨通了姐姐的电话：“姐，姐夫死的时候，身上穿的一身衣服在哪里？”

倪芳正在家中回想宋国文提过的向他借款的人，倪流上来一句没头没脑的话，让她彻底晕了：“不知道呀……不对，烧了。”

“啊，烧了？”倪流仰天长叹，差点热泪盈眶，“姐，你没检查一下姐夫的兜里有没有什么东西留下？”

“检查了，什么都没有。”倪芳还是不明白倪流的话是什么意思，“到底怎么了，倪流，怎么一惊一乍的？我想起来了，你姐夫的衣服先是被宋国武检查了一遍，我也没注意他有没有拿走什么，一般你姐夫身上不带多少现金。”

一个人身上就算带满现金能有多少钱？多少现金也抵不过宋国文记账的小本子，倪流几乎要抓狂了。这么说，小本子让宋国武拿走了？不过又一想，怎么从来没有听宋国武提起过这件事情？以宋国武的城府，如果他掌握了宋国文记账的本子，他肯定会按照本子上的记录去要账，一千多万的账，宋国武会不要？

只要宋国武一出面要账，必定会有人反馈给倪芳，毕竟倪芳才是宋国文的第一顺序继承人，但一切风平浪静，就证明宋国武就算得手了宋国文的小本子，也是按兵不动，还没有出手。

怎么回事？宋国武可不是有什么耐心的人，他的原则是有钱不赚是王八蛋，但偏偏他手握宝册而没有去赚钱，其中必有缘故。

“出什么事了，倪流？”倪芳不放心，又追问了一句。

“没事，我记错了，以为一个文件丢了，刚刚又找到了。”倪流不想让姐姐操心。

“没事就好，别一惊一乍的，让人担心。”倪芳没有多想，正要放电话时，又想起了一件事情，“我想起来一件事情，你姐夫有一次说过有一个人很无赖，从他手中套走了三百多万……”

如果倒退几小时，打死倪流他也不会联想到一个人很无赖是指一个人叫无赖，不，是吴来的人，现在根据他亲眼见到吴来的德行再加上吴小舞的话，两相结合之下他就明白了一个事实——吴来借过宋国文三百万元。

吴来确实够无赖，明明是欠账者，却没事儿人一样，见了他提也不提，现在果然欠账的都是大爷。

“现在事实清楚了，吴来是宋国文众多欠账者中的一个，虽然不多，也有三百万，三百万够远思在石门办公大楼两年的租金了。”倪流挂断电话，下定了决心，“等眼下的事情过了，先拿吴来开刀，冲他要账去。”

“别忘了算上利息。”吴小舞对吴来恨之入骨，一提到他，就紧咬银牙，“小本子的问题，怎么办？”

“等回襄都后，我和宋国武见上一面，探探虚实。”

正说话间，忽然，电话响了。

“倪董，洪东旭下高速了，好戏马上就要上演了。”陈星睿微带兴奋的声音传来，“你过来森林公园吧，在洪东旭上演好戏的时候，我们也该好好聚一聚，敲定合同了。”

“好，我这就动身。听说付白中也去森林公园了，你们躲着点儿，要老虎苍蝇一起防，不能只顾对付洪东旭而让付白中成了漏网之鱼。”倪流哈哈一笑，提醒了陈星睿一句。

“倪董放一百个心，我办事，你放心。”陈星睿笑得很开心，“付董也有一场盛宴在等他赴宴，等他赴宴完毕再有时间找我们的时候，黄花菜都凉了。”

“好像哪里不对……”吴小舞一直憋着疑问，直到上车之后，她才问出口，

“你不是不管洪东旭，随他去，怎么你好像还是出手对付他了？”

吴小舞是听到了倪流和陈星睿的电话才意识到原来倪流瞒着她和陈星睿有什么私下接触，她好奇而不解。

“哈哈，在吃饭的时候，我偷偷给陈星睿发了一个短信，说是已经引蛇出洞了，陈星睿回了一个，说他准备打草惊蛇。”倪流笑道，“我是说过不管洪东旭了，随他去，现在也不是我要对付洪东旭，是陈星睿在对付。”

“太狡猾了。”吴小舞开心地一笑，“不过，我喜欢。”

倪流和吴小舞一路西行，直奔森林公园而去的时候，洪东旭刚刚下了高速。

坐在奥迪车内，洪东旭心绪不宁，一路上打了无数个电话，一直没有打通肖振东和崔忠强任何一人的电话，提示永远是关机，直觉告诉他，怕是要坏事了。

一路上紧赶慢赶，总算在一小时多一点来到了石门。现在才下午两点多，应该还来得及阻止陈星睿拿下开发权。

“开快点，直接去森林公园。”洪东旭吩咐司机，虽然没开他的雷克萨斯，不过司机还是他的专用司机翟于辉。

“好。”翟于辉为洪东旭开车十几年，驾龄三十年，是一个技术娴熟的老司机，对石门也轻车熟路，当下油门一点，奥迪沿着景观大道，一路向西。

才走不远，翟于辉就感觉身后有了尾巴，从后视镜观察了一会儿，是一辆老掉牙的丰田皇冠，看样子是九十年代初期的走私车，早就过了报废年限，估计车牌也是假的。

“洪总，有情况，有人跟踪。”翟于辉警惕性很高，虽说没开洪东旭的专车，但以前当兵的经历还是让他对前后的车辆有本能的防范，所以很快就发现了后面的异常。

“怎么会？公司的这辆奥迪平常很少出襄都，这应该是第一次来石门，怎么就会被人盯上了？”洪东旭心烦意乱，微微一想，“肯定是有人通风报信了，没别人，沈学良。”

“洪总放心，这样的破车也想跟踪我们，太自不量力了，等我甩了他。”翟于辉一加油门，奥迪猛然发出一阵轰鸣，箭一般向前蹿去。

洪东旭的这辆奥迪是2.0T的排量，虽说大众2.0T的发动机技术很陈旧，参数也一般，而且奥迪的车身又重，导致提速不快，不过在老司机翟于辉精练的技术的操纵下，奥迪如一条飞鱼一般穿梭在车流之中，几个转弯就甩掉了后面老掉牙的丰田皇冠。

见再也看不到身后的丰田皇冠了，翟于辉暗自得意地笑了，一辆破破烂烂的日本车，也敢和他宇宙第一豪车奥迪比试高低，真是自不量力，不知道奥迪有中国人自己的豪车之称？他正要开口向洪东旭邀功时，忽然感觉后面有灯光在频频闪动，有不耐烦的喇叭在不停催促。

开车的人，最不喜欢两件事情——被身后的车用灯光或是喇叭催促，翟于辉被大灯狂闪被喇叭猛催，路怒症顿时发作了，从后视镜往后一看，更是火冒三丈，原来老掉牙的丰田皇冠如幽灵一样又出现了！

完全就是现实版的幽灵的威胁。

翟于辉暴怒了，浑然忘了他身为一个专业司机的素质，要一不动怒二不斗气，他狠狠地一脚刹车踩上，要逼停身后的皇冠。

第十八章

连环计

不料皇冠好像早就料到他会刹车一样，他一刹车，对方轻巧地向右一打方向，就要从他的右侧超车。若是平常，翟于辉对正常的超车才不会理会，现在他彻底被皇冠激起了怒火，哪里还顾得上许多，当即向右一拐方向，就要别停皇冠。

翟于辉还是低估了老皇冠的威力，或者说，他被老皇冠破旧的外观迷惑了，以为老皇冠廉颇老矣，肯定不是他拳打奔驰脚踢宝马的奥迪的对手，万万没有想到，他刚一打方向，老皇冠陡然发出一声沉闷的怒吼，如脱弦之箭一般飞也似的绝尘而去。

听到老皇冠沉闷而蕴含无限澎湃动力的发动机声音，翟于辉猛然惊醒，原来是扮猪吃虎的改装车，貌不惊人的老皇冠，说不定安装了一台3.0排量外加涡轮增压的强大动力的发动机，远非他的2.0T发动机所能相比。不对，对方既然用一辆改装的旧车掩人耳目来挑衅他，为什么会加速离去，难道对方的目的已经达到？

刚想到这一点，翟于辉眼前突然红光一闪，一抬头，不好，老皇冠急刹车了。

此时车速大概八十公里，以奥迪的刹车水平，想要从时速八十公里到完全静止，最少也要三十米以上的刹车距离，而老皇冠是有名的刹车偏软，刹车距离估计要三十五米以上了，如此一来，两车之间有五米的距离，就算对方先他一步刹车，翟于辉也认定他可以稳稳刹住，不至于追尾……

然而事实又一次让翟于辉目瞪口呆——他死死地踩住刹车，却眼睁睁看到前面的老皇冠车轮冒出一股青烟，然后尾灯越来越近，越来越近，而他有心无力，只能绝望地看着奥迪的车头离老皇冠的车尾越来越近，越来越近……最终“砰”的一声巨响过后，水汽蒸腾，一地鸡毛，两车结结实实地撞在了一起。

撞击力度之大，硬生生将奥迪车头撞得粉碎，再反弹之后，横在马路中间。

“哎呀！”后座的洪东旭猝不及防之下，一头撞在前面的座位之上，虽然座位比较柔软，但由于力度过大，还是将他撞得头破血流，尤其是鼻子被直接撞歪，酸得如同喝了三斤山西陈醋一样。

为了保持风度，显示身为副董事长兼副总的权威，洪东旭坐在后座的时候，从来不系安全带，安全带平常看似没用，但在关键时刻约束的是生命。从来不系安全带的洪副总一直认为坐在后座不系安全带也没有什么大事，这一次却亲身体会到了不系安全带的后果——鼻青脸肿、血流满脸、肋骨生疼，幸好肋骨没断，否则他装病不成，就得真要住院十天半个月了。

所有的汽车厂商以及被安全带救过一命的人都应该感谢沃尔沃，沃尔沃发明了安全带，为了让安全带得以迅速普及并且挽救生命，沃尔沃放弃了专利，无偿让所有汽车厂家使用。正是由于沃尔沃的慷慨大方，安全带这一项挽救生命最多的汽车发明，才得以成为每一辆汽车的标准配置。

只可惜有人从来不爱惜自己的生命——不爱惜自己生命的人，对他人生命往往也缺乏足够的敬畏——放着免费的安全带偏偏不用，只等出事以后再顿足捶胸，却也悔之晚矣。

现在的洪东旭就后悔莫及，刚才怎么就不赶紧系上安全带呢？如果他系上了安全带，现在一点儿事情也没有，还牢牢地被安全带束缚在后座上，哪里会像现在一样不但被撞得鼻青脸肿，而且还如上厕所一样蹲在前座和后座之间，要有多狼狈就有多狼狈。

尴尬过后，洪东旭突然涌起深深的愤怒，毫无疑问，有人故意使坏，是想半路截住他，不让他顺利赶到森林公园，不用想，幕后之人不是倪流就是陈星睿……真是无耻至极，他几乎要出离愤怒了，倪流和陈星睿都是无耻小人，是……

没等洪东旭再想好怎么恶毒地谩骂倪流和陈星睿时，忽然耳边又响起一声巨大的轰鸣，然后他感觉身子一震，脖子向后一仰，身子一下又倒在了后座上。

即使不是专业司机，洪东旭下意识里立刻清醒地认识到，糟糕，又被追尾了。

接下来，是洪东旭一生之中挥之不去的噩梦，在一次撞击之后，又接连有两三辆汽车撞了上来，伴随着一阵稀里哗啦的撞击声之后，洪东旭在汽车后座被一而再再而三地颠来颠去，被颠得七荤八素不说，还多次撞在车门、玻璃上，浑身上下伤痕累累。

等一切平静下来之后，洪东旭腰酸腿疼，感觉如同被扔进滚筒洗衣机里当衣服洗了半小时一样，全身都散架了。

洪东旭推门下车——还好，车门还能推开——狼藉一片，总共有五六辆车横七竖八地撞在一起，场面要有多乱就有多乱，再抬头一看，前面肇事的老皇冠车门大开，车上的人早就逃之夭夭不见了踪影，再仔细一看，老皇冠的牌照居然是武警牌照。

洪东旭苦笑，一辆报废的改装套牌车，查也查不到任何线索，而司机又逃逸了，这一次的事故，肯定是一起不了了之的闹剧了。

无数车主下车，将洪东旭和翟于辉围在了中间，有几人抓住洪东旭的胳膊就要动粗。也是，如果不是洪东旭的奥迪急刹车，也不会出现这么严重的交通事故，既然老皇冠的司机不见了，所有人的矛头都指向了洪东旭。

洪东旭百口莫辩，想要脱身也没有可能，被四五人围在中间，一抬头，几名交警一路小跑地赶到了。

和洪东旭被整治得狼狈不堪相比，付白中的遭遇，要稍微好一些。

付白中一路西行，赶到森林公园之后，凭借他和森林公园老总江流多年的关系，他亲自出面找到江流，希望江流告诉他肖振东和崔忠强在哪个房间。

森林公园是一处依山傍水的天然公园，自十几年前落成之后，经过多年的发展，现在已经形成了以旅游、娱乐和餐饮为一体的大型休闲场所，占地面积超过一千亩，其中主题餐厅超过上百家。一百多家餐饮，有以茶为主的茶馆，有以咖啡为主的咖啡馆，还有以西餐为主的西餐厅，等等，如果一家家找过去，三天三夜都可能找不到肖振东几人，无异于大海捞针。

江流是一个风姿绰约的中年女人，她为什么可以执掌石门最出名的森林公园，就是另外一个深远的故事了。她为人八面玲珑，和石门工商界大大小小的人物关系相处得非常不错，付白中一找到她，她就二话不说告诉了付白中肖振东、崔忠强几人的落脚地点。

付白中谢过江流，急匆匆朝天字一号房走去。天字一号房是森林公园位置最好价格最高的房间，非高官权贵不可入住。

若是平常时候，付白中也不会冒失地推门就进，商界人士最忌讳没有礼貌，不过现在事急从权，他也顾不上那么多了，万一现在正是双方签字盖章的时候，他晚上一分，或许就是无可挽回的损失。

更何况江流明确无误地告诉他，肖振东等人就在天字一号房。

付白中直接破门而入——当然不是一脚踹破房门，而是没有敲门，一推就开——房间很大，如同古代上房，正对大门的是大堂，大堂空无一人，右侧有画着仕女图的屏风，他隐隐听到里面传来男女嬉笑的声音，就循声而去，走不几步，又有一个小门。

伸手一推，小门应声而开，付白中一步迈入房间，抬头一看，前面有一张古色古香的木床，木床之上，有一男一女正抱在一起，不是坐而论道，也不是谈天说地，而是很明显正在——滚床单。

很不幸的是，滚床单的男女付白中正好认识，男的五十开外，姓艾名美国——为什么叫美国而不是叫英国法国，就不得而知了，估计和其父母极度崇拜美国有关——是石门商界有名的人物。之所以有名，是因为他手中掌控了大量的资源，不管是地皮资源、资金资源还是人脉资源，他是当之无愧的第一人。

说艾美国是石门霸主难免夸张了一些，但如果说艾美国想帮谁，谁绝对可以迅速崛起，想毁谁，也能让谁在石门寸步难行。

如果说映入付白中眼帘的一幕只有艾美国和一个漂亮白皙但不知名的女人一起滚床单也就算了，至少只尴尬艾美国一人，付白中只向艾美国赔礼道歉或许还能过关，但偏偏让他倒吸一口凉气并且无比尴尬的是，艾美国身下的女人竟然是……万人红！

这下好了，付白中一瞬间大脑严重缺氧，差点一屁股坐在地上，他进了不该进的门，看了不该看的床戏，撞破了不该撞破的好事，得罪了不该也不能得罪的人！

不管是艾美国还是万人红，他都得罪不起。也不管艾美国和万人红有怎样暧昧到下流无耻的男女关系，他可以听可以传可以嘲笑，但偏偏不能当面撞破。完了，这下完了，艾美国和万人红不恨他才怪，说不定还会误认为他是来当面捉奸。

“艾、艾、艾董，我、我、我……”一向谈吐得体镇静自若的付白中惊惶失措之下，竟然结巴了，好在他迅速调整了状态，说了一句让他自己都佩服自己的话，“我的隐形眼镜掉了，进来找眼镜，请问，谁看到我眼镜了？”

虽说这一句话有很高明的掩饰之意，不过艾美国却不领情，低沉的声音怒吼一声：“滚出去！”

付白中近似抱头鼠窜地逃离了房间，来到外面，被冷风一吹，稍微清醒了几分，忽然意识到了一件事情，他被骗了，被江流骗了。难道说，江流是受人指使故意黑他？

受谁指使？陈星睿还是倪流？肯定是陈星睿了，倪流在石门没有根基和人脉，他估计压根就不认识江流……陈星睿，付白中气得双眼冒火，真有你的，算计他也就算了，还害他得罪了艾美国和万人红，也不知道要怎样才能消除艾美国和万人红对他的成见。他拼命压制住心中的恐慌，急急去找江流算账。

结果等付白中再到江流办公室时，江流已经离开了，工作人员以公事公办的口气告诉付白中，江总出国了，去美国了，估计一个月内回不来。

付白中差点当场骂娘，江流太不是东西了，黑了他拍屁股就走人！

气愤归气愤，正事还要继续，付白中一看时间都下午三点多了，到底肖振东几人在哪里？还有洪东旭怎么还没有赶到，他越想越心急火燎，拿出电话就打给了洪东旭。

结果却提示暂时无法接通——当然无法接通了，在撞车的过程中，洪东旭的手机被撞得七零八落，电池和手机分家了，而在现场忙乱之中，洪东旭哪里还顾得上去看手机。

时间，一分一秒地流逝了……

倪流和吴小舞赶到森林公园的时候，正是付白中被艾美国赶出房间之后。

按照陈星睿给出的路线，倪流在森林公园接连拐了七八弯，还是没有找到地点，最后只好肖米亲自出动，出面迎接。

森林公园占地面积极广，里面道路交错，足有十几条之多，如果没人带领，还真会迷路，倪流见到肖米袅袅婷婷向他走来，脸上洋溢着胜利的微笑时，他也会心地笑了。

“哟，倪流，现在是香车美女全都有了，怎么样，是不是感觉人生特别美好？”肖米一上来就打趣倪流。

倪流哈哈一笑，一伸手抱住了吴小舞：“香车是公司的，美女是别人的，只有我是我自己的。”

吴小舞没有如以前一样推开倪流，反倒落落大方地被他抱在怀里，笑而不语。肖米见状，眼神流转，朝倪流投去一个意味深长的眼神。

穿了一身大红风衣的肖米，站在高大的杨树之下，身材曼妙，如寒冷冬日跳跃的火焰，给人温暖和希望。

在肖米的带领下，又七拐八拐半天，才来到位于森林深处的一栋木屋。木屋建造在林中的一片面积约十亩的池塘之中，有一道木桥通到岸边。如果是夏天，池塘中长满荷花，再有蛙鸣声声，简直就是一处世外桃源。

只是此时是冬天，池水结了一层厚厚的冰，树叶落尽，放眼望去，满目萧索之意。

木屋内却是温暖如春，大厅正中，摆放一张大大的八仙桌，几个人围在一起，正在热火朝天地涮火锅。其中吃得满头大汗挽着袖子似乎十分卖力的一人，正是陈星睿。

这也是倪流最欣赏陈星睿的一点。别看陈星睿是正宗的富二代出身，却很有气场，和谁都能打成一片，丝毫没有富二代常有的傲气，反而如同胡同里走出的草根一样，在需要光膀子的场合，脱了上衣甩开膀子就能上桌。

当然，富二代还是有富二代的优势，光膀子的时候，他不傲娇，在正式场合，他西装革履文质彬彬，也不怯场，可以说上下通吃。

陈星睿对面一人，年纪五十上下，秃头，长得慈眉善目，乍一看，以为是一位世外高人，不是别人，正是三角村村支书肖振东。

肖振东的左首一人，也是五十上下，一头浓密的黑发，似乎在顽强地宣告他不服老一样，只不过头发过于浓密，明眼人一眼可以看出是假发。他的脸型是很典型的北方人的脸型，其貌不扬，如果扔到人群中，只看一眼，没人再看第二眼。最显著的特征是他大大的酒糟鼻，红通通亮晶晶，特别有喜感。

不用人介绍倪流也能猜出来，他是三角村村委会主任崔忠强。

“都来了？”肖振东手拿筷子一指，“坐，坐，没外人，甭客气。倪流是吧？听小米说你是她的同事？”

“前同事，我在市政公司的时候，肖姐一直很照顾我，她人很好。”倪流坐在陈星睿右边，吴小舞坐在他的下首。

黄文旭坐在陈星睿左首，肖米顺势坐在了黄文旭左边。

“听小米说了，她说你是一个实诚的小伙子。实诚人，就不能推辞，来，干了。”

肖振东从小在三角村长大，他小的时候，石门还没有现在的规模，可以说他经历了石门从一个小村庄到一座大都市的蜕变过程，虽然现在他也算是市民了，不过村民的习气还在，讲究的就是感情深一口闷的直截了当。

第十九章

拿下

倪流二话不说，接过肖振东递过来的酒杯，足有三两白酒，他看也未看，一仰脖一饮而尽。

一口喝干杯中酒还不算，他又拿过酒瓶倒满："来晚了，先自罚三杯。"说完，一口又是一杯。

见人说人话，和陈星睿交锋，以真诚为前提，以共赢为目的。见神说神话，和卓达交手，以机智为前提，以赢得卓达认可为目的。见鬼说鬼话，和肖振东打交道，不要真诚不要机智，只要爽快就行，村民出身的肖振东只认一个理儿——谁豪爽，他就认可谁。

三杯酒就是将近一斤，倪流话一出口，肖振东愣住了，崔忠强也停下了筷子，直直地看着倪流，似乎不相信倪流可以一口气喝一斤白酒。

倪流在众人的注视下，倒满了第二杯酒："第二杯酒，敬肖叔。"

然后又倒满了第三杯酒："第三杯酒，敬崔叔。"

三杯酒，三口喝干，前后不超过一分钟，而且还是高度的老白干，幸好不是五十六度，是四十一度，否则倪流早就一头栽倒了。

"好，是个实在人，倪流，来，我陪你一杯。"肖振东一拍桌子，拿起一杯白酒一口喝干，"来，吃菜吃菜。"

开场不错，陈星睿、黄文旭和肖米都会意地笑了，只有吴小舞微蹙眉头，对倪流拼酒伤身的做法微有不满。

几杯酒下肚，几句话一说，倪流和肖振东、崔忠强的感情迅速升温。毕竟有肖米作为纽带，又有陈星睿在前面做出了足够的铺垫，他和肖振东、崔忠强打成一片，几乎没有难度。

“倪流，有小米的引见，有你的面子，三角村的开发权归陈星睿，问题不大，不过，我有几个问题要和你再说道说道。”肖振东吃得满头大汗，拿起一块毛巾随便擦了一把脸。

“肖叔你说，我听着呢。”倪流态度很到位，有过上次在卓达面前拼酒的经历，他控制酒劲翻腾的水平又进了一步，一斤酒在肚子里翻江倒海，不过没有让他倒下。

“小米说她不想在市政公司干了，准备去帮你，你说，你会给她安排一个什么工作？”肖振东伸出两根手指，“第二个问题是，小米是我唯一的侄女，我没女儿，一直拿她当女儿疼，她什么都好，就是有一点让我操心，到现在还没有找到合适的人家……”

好嘛，肖振东的两个问题，一个工作一个婚姻，等于是将肖米的事业和爱情全部托付到了他的手中，倪流顿时感觉重任在肩。事业好说，他肯定会对肖米委以重任，可是爱情这种事情……他怎么可能给肖振东一个满意的答复？

倪流目光一跳，落到了黄文旭身上，顿时有了主意。黄文旭注意到了倪流的目光，猜到了倪流的用意，忙不迭用目光向倪流求饶，希望倪流放过他。

放过你？倪流心中嘿嘿一笑，别想好事。黄文旭，你流连花丛多年，也该寻找一个休息的港湾了，肖米的终身大事，就全权交与你负责了。不管你是自己消化还是成功地将肖米推销出去，就是你自己的事情了。

“肖叔……”倪流忍住笑，“远思会在石门成立新的总部，肖姐过来帮我，公关部经理的位子，非她莫属。至于她的如意郎君……文旭是这方面的专家，这件事情就交给文旭负责了，我估计不出一年，肖姐一定可以找到满意的归宿。”

“好，好，你这个年轻人说话不绕弯，句句说到了我的心里，我信你了。”肖振东哈哈大笑，用力一拍倪流的肩膀，“要是一年后小米还没有找到合适的人家，我就让小米嫁给你。”

这句玩笑话开大了，众人都笑，黄文旭更是笑得挤眉弄眼，差点乐得跳起来，只有吴小舞微有不快，低头不语。

肖米也笑，一边笑还一边推了倪流一把：“倪流，亏了吧？万一最后我赖上了你，你可别后悔？”

“以肖姐的花容月貌，真想嫁人，一年之内还找不到一个好男人？别开玩笑了，石门的好男人多的是，远的不说，近在眼前的文旭就是一等一的人才。”倪流祸水东引，拿黄文旭当挡箭牌，“文旭，从现在起，肖姐的终身大事就是你今后一年的工作重点，如果解决不了，你别来见我。”

“倪头儿，我……”黄文旭苦着脸，“这事儿怎么又成了我的事儿了？”

“不是你的事儿难道是倪头儿的事儿？”吴小舞嚷了一句，“黄文旭，你拿出点儿男人样来行不行，别让倪头儿和陈董小瞧了你。”

“我怎么不男人了我？”黄文旭十分不满，“吴小舞，又有你什么事儿，一边去，别捣乱。”

几人又是哈哈大笑。

见气氛差不多烘托到位了，陈星睿悄然向倪流使了一个眼色，倪流就切入了正题：“东方集团实力雄厚，陈董又年轻有为，是石门有名的实干家，由他开发三角村，肯定会让肖叔和崔叔满意。”

肖米也顺水推舟：“叔叔，如果你不把开发权给东方集团，我和你没完。还有你也是，崔叔，你不同意的话，我天天去你家要赖。”

“呵呵……”肖振东正式表态了，“陈董实在，倪董实诚，文旭可靠，我还有什么不放心的？而且倪董还答应要解决你的事业和爱情，我郑重其事表个态，三角村地皮交给东方集团，我没意见。”

“我……”崔忠强本来已经答应了付白中，要给中羽集团一个机会，临出门前，他还和付白中通过一个电话，要等付白中出现后再敲定开发权的归属问题，只是现在左等右等等不到付白中的出现，眼见天色将黑，他不可能一直拖延下去。

付白中怎么也不打一个电话说明一下情况，他到底是来还是不来？崔忠强既等不来付白中的人，又等不来付白中的电话，再加上有了几分醉意，一急之下也顾不上许多了，一拍桌子说道：“振东没意见，我也没什么话可说了，只有一个要求，质量一定要过关，不要让村民因为质量不过关指着我的后背骂我祖宗十八代。”

陈星睿一挽袖子一拍桌子：“质量不过关，肖叔和崔叔骂我祖宗十八代！”

“有星睿这句话，就没什么问题了，这事儿，就这么定了。”肖振东最后拍板了，“来，干杯。”

“干杯！”觥筹交错中，引发石门几家公司争夺开发的三角村地皮的归属问题，尘埃落定，陈星睿成功拿下开发权，包括付白中在内的其他几家竞争公司，被淘汰出局。

酒席结束的时候，天色黑了下来，暮色中的森林公园，清冷而寂静。送走肖振东和崔忠强，肖米没走，留了下来，和黄文旭一起善后。

吴小舞好奇一件事情：“肖姐，你是怎么让肖振东和崔忠强都关了手机？”如果说肖振东能在肖米的耍赖下关了手机还说得过去，崔忠强毕竟不是肖米的亲叔叔，他怎么可能迁就肖米？

“我没要求他们关机。”肖米眨了眨眼睛，一脸狡黠，“黄文旭说了，不用关机，他有办法解决。”

“嘿嘿，张飞吃小菜——豆芽一碟，我在房间中布置了一个信号屏蔽器，所有人的手机都失灵了。”黄文旭摇头晃脑，“我想打电话的时候，就先关了，我不打电话，就打开，怎么样，我聪明吧？”

“聪明到家了。”倪流不是损黄文旭，是真夸他，虽说方法阴险了一点，不过既然是竞争，必要的正当手段也没什么。他又笑着问陈星睿：“陈董，你的手法更让人佩服，听说洪东旭被你整惨了？付白中呢？他遇到了什么好戏？”

“哈哈，别提了……”陈星睿乐得前仰后合，“洪东旭现在估计正暴跳如雷，恨不得骂娘，付白中嘛，虽然受的伤害没有洪东旭大，不过后遗症比洪东旭还严重，他现在应该比洪东旭更气急败坏……说曹操曹操到，他来了。”

几人站在木屋的水边说话，不远处有一人正飞速赶来，倪流远远就认了出来，一头大汗满脸焦急之色的来人，正是付白中。

一向沉静阴冷的付白中乱了方寸，来到众人面前，上来就问：“肖振东呢？崔忠强呢？”

“回家了。”肖米啧啧几声，“哟哟哟，付董跑得这么急，有失风度，和我印象中沉稳有度从来不慌不忙的付董变了一个人一样。”

付白中没理会肖米的冷嘲热讽，阴冷的目光落在陈星睿脸上：“陈星睿，如果不是有这么多人在场，我非朝你无耻的脸上打上一拳不可。”

“你是怕我们合伙欺负你一个是吧？不用怕，我和你单挑，绝对不会以多欺少，怎么样，要不要现在就和我打一架？”陈星睿嬉皮笑脸中，有一丝森然，“别以为我怕你，不是我瞧不起你，论单打独斗，你还真不是我的对手。”

陈星睿长得人高马大，而且肌肉结实，一看就是平常非常注重锻炼的主儿，真要动手，付白中未必是他的对手。

被陈星睿一激，再加上先前被人算计的怒火还在熊熊燃烧，付白中几乎要失控了：“陈星睿，别以为你已经胜利了，事情还不算完。”

“三角村的开发权，已经归东方集团了，对不起付白中，你来晚了一步。”肖米妩媚地一笑，“你可以走了，三角村没你什么事儿了，你不敢和星睿单挑，再待下去也很无趣，是不是？是男人就拿出男人样，要打就打，不打就走。”

吴小舞更刁：“付董，赶紧走吧，去襄都安个家，把远思大厦重新装修一遍，起名为中羽大厦，说不定你可以借远思大厦的风水重新创造传奇，至于石门，以后就是倪董和陈董的天下了。”

吴小舞是为了报付白中挖远思墙脚租借远思大厦的一箭之仇。

付白中再有涵养再能隐忍，也忍不住了，向前一步，一伸手抓住了陈星睿的衣领：“陈星睿，你和江流合伙算计我，让我丢人，我和你没完……”

陈星睿轻描淡写地一推付白中的手：“你想怎么和我没完，我就怎么奉陪，别光说不练，有本事就和我到冰面上打一架。如果谁掉进了冰窟窿里淹死，谁自认倒霉，怎么样？敢不敢？不敢就放手！”

刚才陈星睿还说是打架，现在是拼命了，付白中一看并不太厚的冰面，退缩了，他还犯不着因为一次算计一个三角村的开发权而和陈星睿拼命。他恨恨地放开陈星睿的衣领，扔下一句狠话跑了：“不和你这个疯子一般见识！你等着，这笔账，我们早晚会算个清楚，让你连本带息加倍还回来。”

付白中一走，吴小舞鼓掌叫好：“陈董，和倪头儿的手段相比，你的手段更男人，更野蛮，更暴力。”

陈星睿哈哈大笑：“小舞，你被我骗到了，我才不会和付白中拼命，刚才是在赌付白中胆子比我小。”

“啊？”吴小舞呆了，“万一付白中真要和你去冰上拼命，你怎么办？”

“不会，付白中肯定不会去，星睿看出了付白中色厉内荏的性格，他才敢这么赌一把。”倪流接话说道，“刚才付白中气势汹汹地冲了过来，从他的眼神可以看出，他已经出离愤怒了，我以为他上来就会一拳打在陈星睿脸上，结果没有，他第一句是问肖振东和崔忠强，由此可见，付白中是一个非常理智并且利益至上的人，不管多气愤，他始终不忘三角村开发权的正事，也就是说，他永远不会因小失大。一个始终坚持利益第一的人，会不爱惜生命？如果他上来第一句话是陈星睿我和你拼了，而且还动手的话，那么他真敢拉着星睿去冰上决斗……”

黄文旭服了：“倪头儿，怪不得你能当头儿，眼光果然独到，我不如你。”

“错了，文旭，我能当头儿不是我比你有眼光，而是我比你有人气。”倪流也不谦虚，“论阴险狡诈，我不如你，论诡计多端，我不如星睿，论心思细腻、多记强闻，我不如小舞，论千娇百媚，我不如肖姐，但我只有一个优点就足够了……”

“什么优点？”吴小舞、肖米异口同声地问道。

“人见人爱花见花开。”

“切！”吴小舞和肖米又不约而同地鄙视倪流。

倪流一行数人走出森林公园，准备离开的时候，陈星睿接到了一个电话，接完电话，陈星睿哈哈哈哈大笑不止。

“逗死我了，原来洪东旭这么有意思，原来付白中撞破了艾美国和万人红的好事，这一下事情真是闹大了，肯定要鸡飞狗跳了。”

随后，陈星睿向几人说了说洪东旭和付白中的遭遇。

洪东旭在连环撞车事件之后，想离开现场只留下司机处理，交警不同意，不放洪东旭走。在襄都呼风唤雨的洪东旭在石门成了无名小卒，没人知道他是谁，也没人当他这个远思副董事长是个什么人物，任凭他怎么解释有急事，交警就是不放他走。

气急之下，洪东旭给石门的朋友打电话——他在石门的人脉还是不少——最后打给王树斌，王树斌立即打给了交警的顶头上司，结果洪东旭被放了出来，司机翟于辉暂时留下继续处理善后事宜。

洪东旭走出交警大队不远，王树斌派来接他的车到了，他坐上车吩咐司机赶紧到森林公园，不料也不知是不是洪东旭真的霉运当头，还是他坏事做多遭了报应，才走不远，又出车祸了——这次不是撞车也不是被追尾，而是他坐的车爆胎了。

王树斌为洪东旭派出的专车也是奥迪，爆胎是小概率事件，不分好车坏车，遇上了，只能自认倒霉。如果仅仅是爆胎也就算了，由于洪东旭催促，司机开得比较快，爆胎的时候汽车正行驶在二环路上，时速在八十公里左右。

更不幸的是，汽车爆的是前轮，前轮一爆胎，很容易失控。司机是老司机，爆胎之后的处理很到位，不过还是由于车速过快，最后一头撞在了隔离带上。

不幸中的万幸是，幸好没有翻车，否则洪东旭的一条老命说不定真的交待了。

饶是如此，洪东旭再次品尝了身体和座椅后背直接接触的疼痛——也怪他不长记性，刚出了车祸，上车后他习惯性地坐在了右后座，又习惯性地没系安全带——这一次比上次撞得还狠，直接撞断了他的鼻梁骨，连带肋骨也撞断了一根。

一个人在同一个地方接连两次犯同样的错误，要么是蠢笨如猪，要么是不长记性，洪东旭既不是蠢笨如猪，又不是不长记性的人，为什么再次犯了不系安全带的低级错误？原因无他，就是国人习惯了不按规则办事，想要随心所欲的自由，觉得安全带是束缚，久而久之，养成了习惯，惯性之大，死也不改。

没有束缚的自由不是自由，是混乱。

不但洪东旭没系安全带，王树斌派来的司机也没系安全带，在洪东旭被撞得几乎晕死过去等着司机来救他时，司机却已经先他一步昏迷不醒了。

最后还是路人报了警，洪东旭被直接送进了医院，他的石门之行，以两次车祸撞断鼻梁和一根肋骨并且住院而收场，再联想到刚刚他以病遁为由想在董事会上给倪流一个下马威之举，似乎印证了一个道理，别装穷别装病，装来装去会噩梦成真。

第二十章

巧妙布局

洪东旭的遭遇是布局之中有巧合，按照陈星睿最初的设想，顶多也就是想让老皇冠黑洪东旭一把，不让洪东旭顺利抵达森林公园，至于撞车之后发生的一系列的事情，就不在陈星睿善良的考虑之中了，也大大出乎了他的意料，只能说是上天对洪东旭多行不义的正义的惩罚。

至于付白中的遭遇，就更让陈星睿笑掉了大牙。实际上他只让江流支开付白中，最好骗付白中说肖振东和崔忠强没在森林公园，以他和江流的关系，他相信江流肯定帮他。

没想到江流确实帮了他，不过她却还夹带了私货，故意指使付白中去天字一号房，结果让付白中撞破了艾美国和万人红的好事。究竟江流是想坑付白中，还是想让艾美国、万人红丢人就不得而知了，反正江流已经移民美国了，这一次飞美国，也不知何年何月才会回来。

“什么？艾美国和万人红滚床单被付白中撞个正着？”倪流吃了一惊，随即开心地大笑，“事情越来越有意思了，王亚内、吴来，现在又加上一个艾美国一个万人红，我还没有正式进军石门，石门的大戏就已经敲锣打鼓上场了，到底是省会，热闹哇。”

“欢迎远思来石门落户。”陈星睿郑重其事地表示了欢迎，和倪流握了握手，“倪董什么时候回襄都？我去送送你。”

陈星睿可不是为了送他，是为了履行承诺，兑现三亿的拆借资金。倪流也没客气：“明天不走后天走，走之前，我给你打电话。”

“好嘞。”陈星睿挥了挥手，转身走了。

陈星睿一走，只剩下了两男两女。倪流看了黄文旭一眼：“文旭，我和小舞去办事处住下，你去哪里？”

“我去……什么叫我去哪里？我当然也跟你去办事处了。”黄文旭本来和肖米站在一起，倪流一说，他意识到了什么，急忙跳到一边，和肖米保持了距离，“我和肖姐是纯洁的同事关系，倪头儿，你别瞎想。”

“我瞎想什么了？”黄文旭也有怕女人的时候，真是稀罕，倪流哈哈一笑，“我是说你晚上是不是要找郭丽丽，你想哪里去了？真有你的，就算你想，肖姐也不会喜欢你。”

“咯咯，还是倪流会说话，黄文旭，你太花心了，不是我的菜。”肖米大咧咧地一拍黄文旭的肩膀，“先这么着了，我回家了，明天再去办事处看看。”

倪流想了想：“对了肖姐，我在市政公司的工作关系还没有办好，这样，明天我们一起去一趟市政公司，办好停职手续。”

肖米走后，黄文旭才暗暗擦了一把汗，大冬天的，他居然吓得一头汗，也真难为他了。

“倪头儿，我可事先声明，如果你非要撮合我和肖米，我宁愿喝酒自杀。”

“行了，别胡思乱想了，你愿意，肖米还未必愿意呢。”倪流一推黄文旭，“放心吧，肖米想找一个男人，容易得很，她是不想找。以她的姿色和水平，有几个男人能逃出她的手掌心？我是为了让肖振东安心，才答应了下来。肖米心里有数。”

“这我就放心了。”黄文旭总算露出了笑脸，“倪头儿，你和小舞去办事处吧，我去找郭丽丽。”

“黄文旭，你……”吴小舞无法形容黄文旭了。

“吴小舞，你又想哪里去了？你现在的思想也非常不纯洁不健康，我找郭丽丽，是为了交给她一项光荣而伟大的使命，让她负责调查万人红和艾美国的暧昧关系，再让她负责把消息传送出来，让艾美国误以为是付白中在传播他的风流韵事……”黄文旭深刻地摇了摇头，一脸惋惜，“好好的一个姑娘，自从跟了倪头儿之后，满脑子想的都是什么乱七八糟的事情。”

“好你个黄文旭。”吴小舞恼了，伸手要打黄文旭，黄文旭哈哈一笑，跳上汽车，一溜烟跑了。

倪流驱车和吴小舞来到办事处，简单说了几句话后，就各自睡下了。今天虽然收获不小，不过也很累人，谁也没有力气了。

次日一早，倪流让吴小舞留在办事处，他接上肖米到了市政公司，不再像上次一样将奔驰停在对面的停车场，而是直接开进了公司大院。

不少人对倪流和肖米同时出现在市政公司，指指点点，更对倪流开着价值百万的奔驰，羡慕嫉妒恨。

或许是倪流今非昔比，气势高人一等，或许是肖米出面，尹小花畏惧三分，总之，倪流和肖米办理停职手续的过程，十分顺利，尹小花不但没有半分刁难，还亲自出面陪同办理。

“倪流，以后你发达了，别忘了我呀。”尹小花赔着笑，态度十分谦恭，不过他不敢多看肖米，还故意和肖米保持了距离，每当目光落到肖米身上，神色就有几分不自然。

“以后说不定还有麻烦尹头儿的地方。”倪流客气地应付几句。虽说他不齿尹小花的为人，不过尹小花在市政公司多年，还是积累了不少人脉，也许以后真有用得着他的地方也不一定。他的原则是，只要没有深仇大恨，能成为朋友最好不要成为敌人。

从市政公司出来，肖米紧绷的表情才稍微缓和了几分，她长长地出了一口气：“总算逃离这个地方了，我现在一分钟也不想待在这里了。”

“怎么了？”倪流感觉肖米和尹小花之间肯定出了什么问题，她的表现有些反常。

“算了，不提了。”肖米摆了摆手，又无谓地笑了，“怨天尤人要不得，人生是好是坏都是自己的选择，要怪，只能怪自己走错了一步。人生没有回头路，所以过去的事情就放下吧，大步向前走才是正确的决定。”

一转眼肖米变哲学家了？倪流笑了笑，没再多说，开车和肖米一起返回了办事处。

办事处里，已经热闹起来了，除了黄文旭和郭丽丽的到来之外，还多了一个不速之客——吴来。

吴来此人倒也有意思，昨天刚和倪流发生了冲突，甚至还被倪流打了一拳，现在却没事儿人一样坐在办事处的椅子上，和黄文旭、郭丽丽谈笑风生。

吴小舞躲在自己的办公室不肯出来，她实在不愿意再见到吴来无耻的嘴脸。

倪流一进门，吴来就起身相迎：“倪董，我等你半天了。”

在远思内忧外患生死存亡之际，吴来过于积极主动的出现，必定有内情，倪流笑脸相迎：“吴总，有何指教？”

“我想和你谈合作。”吴来脸上的伤痕隐隐可见，他脸上的笑容看不出来对倪流有丝毫怨恨，也不知是他演技过于高明还是他真的宽宏大量，“现在的远思急需资金注入，吴氏控股是风险投资公司，有意投资远思，不知道倪董有没有引进资金的意向？”

风投公司的投资，都会有许多苛刻的附加条款，风投不是慈善家，每一笔投资都会精心计算得失，并且希望从投资中获取高额回报。

倪流微微一笑：“有意向，当然有意向，送上门的钱不要白不要。吴总，说说你的条件。”

“三亿，百分之四十的股份。”吴来开门见山，直接给了条件，“同时，我进入远思董事会。”

如果投资额达到一定程度，持股超过一定比例，风投公司都会派一个代表进入投资公司的董事会，代表风投公司参与公司的管理，同时也是为了监管投资资金的流向。如果以吴来的条件，三亿换取百分之四十的股份，直接就是远思的第二大股东，完全有资格在董事会有一席之地。

黄文旭、郭丽丽和肖米在一旁围观倪流和吴来的交锋，都不说话。不过听到吴来的报价后，黄文旭露出了一丝轻蔑的笑容。

“三亿，百分之四十的股份……”倪流摇了摇头，“以远思目前的估值计算，三亿的投资，顶多百分之十五的股份。”

“什么？”吴来睁大了眼睛，难以置信的表情十分夸张，“倪董，现在的远思陷在产业园亏损的泥潭中，能不能渡过危机还要两说，远思估值早就跌到了五亿以下，三亿我只要百分之四十的股份，已经是高估了，没要百分之六十算是给你面子，远思百分之十五的股份你想卖三亿，就算远思最鼎盛的时期，这个价也溢价太多了。”

远思鼎盛时，估值有十亿以上，三亿是百分是三十的股份，倪流现在百分之十五就想卖到三亿，确实是坐地起价。

“一口价，不二价。”倪流淡淡地笑了笑，“吴总，有一句话你肯定也听过，福兮祸所伏，祸兮福所倚，祸福互为因果，互相转化，现在的远思是跌入了谷底，但我有信心，远思会从谷底起飞，然后一飞冲天，不但会恢复到以前的鼎盛时期，而且还会更上一层楼。”

“乐观是好事，过度乐观就是盲目了。”吴来轻蔑地摇了摇头，“本来我以为倪董是一个审时度势的人物，没想到，到底年轻不经事，算了，当我白来了。”

倪流也不勉强，更不挽留：“不好意思让吴总白跑一趟，我送你。”

送吴来到门外，倪流和吴来握手告别：“吴总，向你打听个事儿。”

“什么事？”

“你认不认识一个叫万人红的女人？”倪流笑眯眯的表情，似乎对万人红的风流韵事很感兴趣一样。

“不认识。”吴来面无表情，“我不是石门人，石门的许多事情不太清楚。”

送走吴来，黄文旭有几分不解：“倪头儿，你怎么连应付吴来几句的耐心都没有？是不是受吴小舞的影响？不要被个人情绪左右了判断，吴来为人是不怎么样，可是他身后有一个大财团，或许以后真有用得着他的地方。”

“来，你们都过来，下面我系统地分析一下远思目前的处境和下一步的安排。”倪流没有正面回答黄文旭的疑问，招呼众人围在一起，“不出意外，你们就是远思在石门总部的第一拨班底，换句话说，你们是新远思的元老。”

“我不算。”郭丽丽主动举手，“我是外人，还是不要听你们远思的商业机密了。”

倪流笑道：“没关系，丽丽，以我和你爸的关系，以你和文旭的关系，你不是远思的外人。”其实他不避讳郭丽丽在场，倒不是他真的完全信任郭丽丽，而是郭丽丽不是一个聪明到可以充当商业间谍的人，而且他还有意借郭丽丽之口向郭容天传话，要让郭容天充分意识到远思现在虽有危机，却在危机之中，充满了借势起飞的希望。

“表面上远思内忧外患，内有洪东旭的牵制和老管理层僵化的思路阻碍远思成功转型，外有产业园的巨额亏损将远思拖入了泥潭，似乎远思距离破产倒闭只有一步之遥了。许多人都不看好远思，有人想趁火打劫，有人想吸干远思最后一滴血，而我仓促上任远思的董事长，立足不稳，根基不深，既没有管理大型企业的经验，又没有人脉和根基，相信不少人都不看好在我掌管之下的远思的前景……”

倪流的开场白，三分真情流露五分烘托气氛。

“事实真是这样吗？”倪流的问题不需要回答，他只是抛出问题，随即他就给出了答案，“当然不是！内忧外患，先说内部，洪东旭洪副总本来在襄都养病，也不知道怎么回事，他突然出现在了石门。好吧，就当洪副总来石门是为了看病或是探亲好了，也算是好事，是不是？却不知道为什么他接二连三地出了两次车祸，第一次车祸还好，轻伤。顽强的洪副总轻伤不下火线，继续坐车投入了无限的革命事业中，不料祸不单行，第二次车祸又很不幸地降临到了洪副总头上，结果可怜的洪副总现在躺在了石门的医院。洪副总到底年纪大了，这一次车祸，断了鼻梁和肋骨，伤筋动骨一百天，现在医疗条件好了，洪副总想要恢复以前的活蹦乱跳，最少也要过年后了。”

倪流的话引发了一阵笑声，不过在笑声中都明白了倪流的意思，在一个月之内，洪东旭别想再到处折腾事情了。也许还真是多行不义必自毙，洪东旭连年都得在医院过了，谁让他不遗余力地想拿远思当赌注来对付倪流？

内忧外患，内忧主要是洪东旭，现在洪东旭暂时消停了，等于是说内忧暂时解除了，至少争取到了一个月的缓冲期。

“再者，远思和远思大厦的租赁合同即将到期，远思大厦下一年度租给了中羽集团，嗯，先不管付白中到石门租下远思大厦是为了借远思的风水，还是为了讨好哪一个女人，或是为了拿整栋远思大厦包养小三，都不管他了，反正这件事情打了远思一个措手不及，也给了我们一个极好的绝地反击的机会。”

黄文旭几人又笑了，联想到昨天付白中急赤白脸的形象，倪流对付白中的嘲讽还真的很贴切，这一下付白中偷鸡不成反而蚀把米，也不知道他租下远思大厦是不是真有商业上的考虑？

“远思虽是襄都的企业，但现在爱情都不分国界了，经济更是不分国界，借远思被赶出远思大厦办公的机会，正好将远思一分为二，老旧落后的一半留在襄都，开拓创新的一半迁来石门，从此远思结束偏安襄都一隅的历史，正式迈出襄都走向全省，历史会记住这一个值得纪念的时刻，远思迈出襄都的一刻起，是远思凤凰涅槃一样的新生。远思的两大内忧，洪叔和没有立足之地，一个得以缓解和推迟，一个得以彻底解决，等于是说，现在的远思，正是重新洗牌的大好时机。”

每一次重新洗牌都意味着旧势力被清洗而新势力正式走向历史舞台，倪流话音刚落，吴小舞带头鼓掌。

吴小舞一鼓掌，黄文旭、肖米和郭丽丽也都鼓掌叫好。

倪流哈哈一笑：“虽然听众不多，掌声不热烈，不过我已经心满意足了，哈哈。”

“内忧既然无忧了，下面说说外患。和内忧相比，外患才是远思的致命伤。如果说内忧只是走路摔了一跤，外患就是被人在背后射了一支冷箭。摔一跤顶多摔到门牙，沾一身土，有点尴尬，而后背被人射上一箭，有可能会要命。各位，你们现在有没有感觉如芒在背？”倪流脸色凝重了几分，“产业园项目本来是一个利润超过百分之三十的好项目，却突然成了亏损十亿的滑铁卢，到底是由于宋国文当初上马产业园项目时太仓促以至于埋下了隐患，还是因为我上任远思董事长之后管理不善经营失误导致了失败？但不管是哪一个原因，都不重要了，重要的是怎样才能解决问题。”

第二十一章

一手妙棋

“产业园的亏损，其实不是亏损在预算和施工质量上，而是亏损在政策上，准确地讲，是亏损在用人不当上。产业园项目的地皮是东南村的地皮，是王树斌牵头从东南村谈下的工业用地，产业园项目的性质是住宅用地，两者之间存在偏差，工业用地年限是五十年，商业用地是七十年。到底这个用地性质问题当初是宋国文被王树斌隐瞒了真相，还是他过于信任王树斌，王树斌说什么他相信什么，就无从查明了，只管抓住问题的最关键点就行了。产业园的亏损，是由土地性质的变更引起的，而土地性质的症结点，是在王树斌身上！”

倪流似乎是绕了一个大弯子才抛出王树斌是罪魁祸首的结论，其实不然，他之所以不厌其烦地强调地皮问题的根源，是在向几人宣告——尤其是让郭丽丽听得明白，好让她转身将话传到郭容天耳中——其实远思亏损十亿的天大的外患，原因不在远思身上，亏损也不应该由远思承担！

“所以，我将远思一分为二，让远思的精英管理层来石门办公的一个重要的出发点，就是解决产业园的亏损问题。表面上，产业园的亏损高达十亿，其实如果解决得当，产业园项目不但没有一分钱的亏损，还会成为远思成立以来最盈利的项目！”

此话一出，在座几个人顿时面面相觑，惊呆了。

不是不相信倪流的话，是没有跟上倪流的思路。好吧，作为最信任倪流能力的吴小舞，一开始也只是震惊，震惊之后，还是不免怀疑倪流的话是自我安慰的谎言，还是稳定军心的大话？从管理者的角度考虑，倪流确实有必要鼓吹美好的前景以便鼓舞追随者的斗志。

黄文旭也微有震惊，倪头儿的话听上去怎么这么像是传销的语言，从亏损十亿转眼变成盈利前景大好，好吧，就算盈利不多，只有三亿，这一进一出相当于十三亿，倪头儿怎么化腐朽为神奇冲老天要业绩扭转局面？

吹牛是不上税，也不犯法，可是在生死攸关的问题上吹牛，吹不好，牛没事，人是会死的。

肖米和郭丽丽只是睁大眼睛一直在笑，也不知是傻笑还是真笑，反正笑得很不知所谓，显然，二人不是不相信倪流的豪言壮语，而是根本就没有听懂。

倪流将众人的表情尽收眼底，哈哈一笑："就知道你们不信的不信，不懂的不懂，其实这个问题简单得很，只需要算一笔账就行了。首先，十亿的亏损，一半是土地转让金，五亿。当初东南村的地皮转让金是三百多万，外加附加条件是为东南村提供三栋三十层共计七百二十户的高层住宅，东南村不再向远思索要任何土地转让费用，现在三栋三十层的高层住宅已经完工，还没有交付给东南村。如果东南村不负责解决土地转让金问题，好，远思自己解决，三百万的转让金退还东南村，三栋高层也不再交付东南村，直接出售。按每平方米七千元的单价出售，三栋高层的价值在六个多亿左右。六个多亿，交了五亿的转让金，还有一亿多剩余。"

"三亿的政府罚款是建立在土地转让金的基础之上，三年大变样是政府工程，当年是政府允许简化手续的准入制度，才让开发商纷纷加入三年大变样的洪流之中，现在说变就变，还讲不讲道理了？开发商不是案板上的鱼肉，想割就割。开发商遵守市场规律，政府也得按规章办事，不能诱骗开发商上钩的是政府，拿起屠刀说罚几亿就是几亿的也是政府，政府也要讲信用！"倪流慷慨激昂，猛然一拍桌子，"我认为，三亿的罚款不但不合理，还违法，远思坚决不交！"

黄文旭睁大了一双难以置信的眼睛，不是吧，倪头儿要和政府作对？他太没有商人气质了，商人从来是为了利益不择手段，从来是没有气节没有原则，从来不会和政府作对——当然也不是作对，而是据理力争，是为了维护自身权益而不让政府朝令夕改。倪头儿是怎么了？

"当然，不交也不是抗拒，而是要采取合理合法的手段维护自身权益，要摆事实讲道理嘛。"倪流冷峻的脸色一变，又嘻嘻哈哈地笑了，"如果东南村协调不成，必须要交土地转让金的话，我的意思是，土地转让金可以交，罚款有待商榷。不要以为政府说罚三亿，远思就得乖乖地交上三亿，事情完全可以商量着来，退一万步讲，罚款也必须要交，估计讨价还价到一亿问题不大。五亿的转让金加一亿的罚款，一共六亿，三栋高层住宅出售所得的资金，就正好填平了这个缺口。"

"还有两亿的赔偿金是因工程延期而向卓氏支付的赔偿，我已经得到了卓董的亲口承诺，交付时间延后两个月，卓氏不会向远思提出赔偿要求。这么一来，十亿的巨额亏损全部抹平了。”倪流一脸胜利的笑容，还伸手做了一个胜利的手势，“接下来的事情，就不用我再给你们计算了，产业园的项目，除去三栋高层之外，剩余的全部是商铺和办公大楼，卓氏会一次性买进一半以上的商铺和办公大楼，这样，产业园项目的成本就收回了，而剩下的商铺和办公大楼出售之后，就是利润。你们可以算一算，剩下的商铺和办公大楼，能不能卖四亿左右？所以我说如果运作得当，可以赚到三亿的利润，还是保守的数字。”

黄文旭已经震撼得说不出话了，倪流太精明了，太能算账了，不，是算计，不但算计了王树斌和东南村，也算计了政府罚款，还算计了卓达。也别说，如果一切真如他所说的一样进展顺利的话，产业园亏损十亿的危机，确实可以顺利解除，而且还有不少的盈余。

不过……倪流的想法能否成功，难点有三：一是现在王树斌躲在背后不肯出面协调地皮问题，摆明了是赖账，二是东南村方面的态度也是模棱两可，可能背后和王树斌、洪东旭达成了什么共识，就是想利用地皮问题卡远思（准确地讲是倪流）的脖子，三是政府罚款的减免。

三个难点之中，最难的是第一点，只要王树斌出面，地皮问题不管是不交转让金解决还是交了转让金解决，总会解决，而政府减免罚款难度不大，走通关系再求情的话，基本上不成问题。

不得不说，倪流确实不简单，能从纷乱的局势中抓住要点，思路清晰地理顺所有凌乱的线索，轻易不服人的黄文旭不得不暗暗佩服，人才呀，真是人才，换了他，不可能这么快就找到解决问题的途径。

“倪头儿，拍马屁夸你是天才的废话就不说了，你的话成功地鼓舞了我，让我对远思的前景充满了希望，不过我想问的是，如果地皮问题东南村既想要三栋高层，又不愿意出面解决五亿的转让金，怎么办？”黄文旭问到了倪流解决方案的症结点。

“就是呀，我也想到了这一点，东南村如果要赖，死活不肯让步，钱让我们出，房子他们还照收无误，该怎么办？”吴小舞问得比黄文旭晚了一步，不过她也是同时想到了解决方案的症结点，不比黄文旭慢一分，她又朝黄文旭点了点头，“不简单，黄文旭，你也能想到这一点，算你有点头脑。”

“切。”黄文旭一挥手，“我一般情况深藏不露，我的优点太多了，多得你用一辈子的时间也发现不完。”

“一边儿去，别打岔，说正事呢。”吴小舞立刻奉送了黄文旭一个大大的白眼。

“我们都没有和东南村打过交道，怎样让东南村让步，关键的人物是王树斌。”倪流微微一笑，目光投向了肖米，“只不过王树斌老奸巨猾，一直躲在幕后，不肯露面，就是想躲上两三个月，拖也能把我们拖死。如果我和文旭上门和王树斌理论，肯定不会有什么收获，但如果有她出手，肯定可以手到擒来马到成功，让王树斌乖乖地听话……她是谁呢？”

“我！”肖米昂首挺胸，站了起来，似乎有意显示她挺拔的双峰一样，站立的姿势颇有几分魅惑之意，“我一上任就担任了远思公关部的经理，肯定有人不服气，好吧，我就勉为其难地拿出看家本领小试牛刀一次，第一刀，就斩向王树斌了。”

高，实在是高，黄文旭几乎要拍案叫绝了，让肖米出马拿下王树斌，绝对是一手妙棋。

王树斌是老色鬼，肖米长相俏丽，她一出现，王树斌肯定会垂涎三尺。以肖米的手腕，不把王树斌耍得团团转，她就不是肖米了。

吴小舞张了张嘴，想说什么，又咽了回去，心想倪流七分好之外，原来也有三分坏，利用肖米来色诱王树斌，手法不太光明正大，本想讽刺倪流几句的，转念又一想，以其人之道还治其人之身，对付坏人，有时也有必要采取一些不太光明的方法。生活是一面镜子，好人看到的是好事，坏人看到的是坏事，好坏全在自己选择，怪不得别人。

如果王树斌不是一味地使坏，倪流也不会非要对付他，对，他是活该，是自食其果。

“好，我安排一下分工。”倪流对肖米主动请缨的表现很满意，笑着招手让众人凑到一起，“肖姐负责引蛇出洞，让王树斌现出原形，好让我们找到他的七寸，打蛇必须打七寸，否则容易打蛇不成反被蛇咬。文旭负责继续调查王亚内、洪方和宋国武这一条线，一定要查到确凿的证据，争取等洪叔出院的时候，让洪叔看到我们彻查远思内贼的诚意和决心。小舞和兰姣顺着吴来的线查下去，也许曲径通幽，从吴来和王亚内的密切关系中，发现一些什么对我们有利的好消息……”

“倪头儿，我……”吴小舞不想和吴来再有任何往来，就想拒绝。

倪流伸手制止了吴小舞继续说下去：“小舞，我知道你恨吴来，你可以把调查他的事情当成一次复仇，如果你查出了他对远思什么企图，说不定可以利用他对远思的企图，拖他下水。现在许多人都想趁远思病要远思命，我们就将计就计，让远思变成一个巨大的旋涡，不管谁跳进来，都别想轻松地出去。”

“啊……”黄文旭想明白了什么，浑身汗毛直立，后背发麻，“倪、倪头儿，你是想借势借力，让所有打远思主意的人成为远思一飞冲天的跳板？”

“不是跳板。”倪流胸有成竹地一笑，“准确地讲，是垫脚石。”

“说了半天，倪头儿你自己似乎什么事情都不用做？”肖米见别人都称呼倪流为倪头儿，她也不好意思再直呼倪流其名，也从善如流了。

“我呀，我是——南阳诸葛亮，稳坐中军帐。摆起八卦阵，专捉飞来将。哈哈。”

倪流嘴上说得轻松，其实他早就为自己安排好了事情，他和沈学良、孟岩一起，要精心挑选一部分远思的管理层来石门组建新远思，新远思以后能不能在石门立足，能不能打开局面，管理层的素质和能力至关重要，他现在迫切地需要一个精干并且能够坚决地执行他的命令的管理层。

另外，应付来自林道首、卓达以及方方面面的压力，再有建立关系网打通人脉，包括弄清宋国文借账的人员名单，等等，他身上的事情只比别人多，不比别人少。

至于如何处理好和吴小舞、林凝欢的感情，也是不容忽视的一件事情。

“原来你是蜘蛛。”肖米大笑。

“喂，倪流，我也想帮忙，能不能给我也安排一件事情做？”郭丽丽从头听到尾，沉默了半天，终于也说话了。

“好呀。”倪流等的就是郭丽丽这句话，他呵呵一笑，“你有两件事情要做，第一，看好黄文旭，别让他再祸害别的良家妇女。第二，别把今天的会议内容告诉郭董，这可是我们的商业机密。”

倪流话一说完，众人都笑了，尤其是黄文旭笑得最开心。倪流交代郭丽丽的事情，第一件是虚晃一枪，是为了迷惑郭丽丽，第二件是反话，是故意设置了一个陷阱，为的就是激起郭丽丽的好奇心，引导她主动告诉郭容天今天的会议内容。

否则以郭丽丽的性格，说不定转眼就忘了这件事情，不一定什么时候才会想起再告诉郭容天，到时就起不到应有的作用了。只有趁热打铁，让郭容天对远思对倪流重新树立信心，等倪流需要郭容天的时候，才好向郭容天要到高价。

至于是不是真需要求到郭容天门上，先不说，总之先铺好路总没有错。

郭丽丽哪里会想这么多，她掩嘴一笑：“请倪头儿放心，两件事情，保证都完成任务。”说到了郭容天，她才想起了另外一件事情，“对了，爸爸听从了你的建议，开始建造半亩宅院了，好像效果还不错，建成没几天，就接连卖出了几套别墅，爸爸信心大增，这几天正忙着在钓鱼台测量规划，要建造几百个半亩宅院。半亩宅院的正式名叫——半日闲。”

半日闲的名字不错，城里人在忙忙碌碌之余，抽出半日的时间打理一片池塘或是草地，放松一下心情放飞一次心灵，也算是难得的休息。

“还有……”郭丽丽一打开话匣子，就滔滔不绝说个没完，“钓鱼台对面的碧海蓝天别墅开始破土动工了，看样子是想在年前开槽。”

应该不是开槽，而是为入场做准备，现在是冬天，土层还没有解冻，没有办法破土动工。按说一般都会在年后入场然后开槽施工，为什么王树斌要提前？

没错，在钓鱼台别墅对面，王树斌的中远集团购买了几百亩山地，也准备开发一处别墅区，命名为碧海蓝天，原定计划是明年春暖花开时动工，突然提前了几个月，说明了一点，事情有变，王树斌坐不住了。

提前动工会不会和远思目前的处境有一定关联呢？倪流心中莫名一动。

中午，倪流一行数人在郭丽丽的邀请下，去了钓鱼台别墅，参观了钓鱼台别墅正在建造的半日闲宅院，又在钓鱼台吃了一顿便饭，遗憾的是，没有见到郭容天。

下午，倪流又和陈星睿见了一面。

第二十二章

各有算盘

陈星睿说话算话，告诉倪流，三亿元的资金正在筹备中，大概一周之内可以筹齐，到时欢迎倪流随时来取。由于拿下了三角村开发权，陈星睿兴致颇高，又说付白中还不甘心，又打电话给他，希望和他联合开发，被他拒绝了。

“听说付白中要到襄都发展了？”陈星睿不无嘲讽之意，“租下了整栋远思大厦，少说也得花大几百万，付董为了三角村的地皮，下的力气真不小，可惜，所托非人，他居然相信洪东旭？我就不明白了，他怎么就敢在洪东旭身上下这么大的赌注？这下可好了，鸡飞蛋打了不说，还没法去找洪东旭的麻烦，洪东旭一把年纪了，鼻梁断了肋骨断了，大过年的还得住院，付白中再生气，也不好意思追到医院去和洪东旭算账不是？这么说来，洪东旭还得感谢我才对，要是他现在好好的，付白中肯定不会让他过年。”

倪流忍住笑，陈星睿也挺损：“这事儿，肯定没完，远思大厦的租金，付白中估计还没付，事情没成，他肯定赖账不会再租远思大厦，远思大厦这一下一脚踩空了，有人要跳脚了。”

最后，陈星睿和倪流紧紧握手：“欢迎倪董来石门，我和你挺对脾气，以后有合适的项目，我愿意和你联合开发。”

“没问题。”倪流爽快地答应，“陈董认识吴来吗？”

“认识倒是认识，不太熟，怎么了？”

“没什么，他想拿三亿兑换远思百分之四十的股份，被我拒绝了。听说他和王亚内关系不错？”

“风投公司就和一有血腥就想咬上一口的狼一样，资本控制欲很强。你有了我的三亿资金，如果还需要风投的三亿才能渡过难关，倪董，你就太让我失望了。”

陈星睿相信倪流的能力，“远思现在的困难乍一看很吓人，其实仔细分析，渡过难关并不难。如果你在石门需要打开政府方面的人脉，可以来找我，大忙帮不了，小忙问题不大……吴来和王亚内本来关系就一直十分不错，他们两个再加上洪方，在京城圈子里还算小有名气，叫三人组合。”

原来吴来、王亚内和洪方是三人组合。是了，吴来是京城人，洪方一直在京城经商，而王亚内是在京城上的大学，这么说来，吴来、王亚内和洪方三人是一条线，吴氏控股、王树斌和洪东旭又是一条线，父子齐上阵，证明竞争到了白热化的程度了。

当然，以现在远思的分量还不足惊动吴氏的掌门人吴博栋。如果真到了吴博栋出面的时候，恐怕倪流执掌之下的远思已经成了中省排名前二十的大型集团公司。

告别陈星睿，倪流决定马上返回襄都，黄文旭、吴小舞一同启程，肖米留下。

“不去医院看望洪叔了？”黄文旭故意发坏。

“我一直以为洪叔在襄都，从来不知道他来了石门。”倪流笑道，“现在正是远思空虚之时，此时不回远思收权，更待何时？”

“哈哈，对头，同志们，杀呀。”黄文旭热情高涨，大呼小叫。

石门距离襄都一百二十公里左右，高速一个多小时就到了。到了远思大厦，虽是临近春节，本该是即将放假的前夕，远思上下却一片繁忙景象。

远思即将一分为二的消息已经传开，远思上下人心惶惶，乱成一团，许多人都在考虑何去何从，是该留下跟随洪东旭，还是追随倪流的脚步去开拓疆土？远思大部分员工都是襄都人，虽说石门距离襄都很近，不过怎么着也算离家了，一些人还要考虑到安家的问题。

如此一来，人人心思浮动，一方面考虑到留在襄都跟随洪东旭，一是安稳二是保险，毕竟和洪总关系不错，有洪总在，肯定会照应一二。另一方面也要考虑到留在襄都的管理层基本上等于是留下养老了，只负责后勤，而追随倪流前往石门的管理层，会是远思以后的主力，不管待遇还是前景，肯定比留在襄都强太多。

到底是走是留？是一个艰难的选择。

当然，也不是说想走就能走，能不能走，自己说了不算，得倪董点名才行。于是，许多想走的人都在努力表现自己，期望能入了倪流之眼。不想走的人，提前进入了退休生活，每天上班点名之后，就喝茶看报，一晃荡一天就过去了。

倪流和洪东旭都不在远思，又因为要收拾东西搬家，现在远思真是乱得可以。

倪流回来的消息，最先由沈学良散发，几分钟后，整个远思都安静了下来，人人都知道，决定命运的历史时刻来临了。

对于倪流，远思人感情复杂，先是在得知倪流意外继承了宋国文的股份之时，远思上下就对倪流的资料研究了一个透彻，最后全体远思人形成的共识是，完了，宋董疯了，让一个无名小卒继承远思，以后的远思，肯定没什么发展前景了。

不过倪流没让众人担心多久，他过五关斩六将，成功击败洪东旭阻击他继承股份的阴谋，顺利上任远思董事长，让不少人大跌眼镜的同时，又让许多人对倪流信心大增，认为倪流的上任说不定会为远思注入全新的活力，让远思脱胎换骨。

果然，倪流还真没有让对他有所期待的人失望，成功上任之后的倪流，面对产业园的亏损以及洪东旭的步步紧逼，沉着应对，见招拆招，不但挡住了洪东旭来势汹汹的致命一击，还成功地反制一招，顺水推舟要将远思拆分。

明眼人都看出来，拆分远思之举，表面上是倪流被动应战，其实在倪流内心深处，早有此意，早就想将远思一分为二，准备轻装上阵了。很不幸或者说很幸运，倪流正愁找不到切入点时，洪东旭主动送给了他一个可以高高举起屠刀的机会。

所有人都睁大了眼睛，想看清倪流到底会点名哪些人跟随他到石门开辟疆土。正好现在洪东旭不在远思，大好良机倪流肯定不会错过，说不定会拿出破釜沉舟的勇气，一举定乾坤。

倪流从出现在远思大厦，到进入办公室的一段不长的路程，无数人的目光追随他的身影，想从他的表情中发现什么，可惜的是，和以前倪流必向每个人都点头示意不同的是，这一次，倪流目光沉静，面沉如水，谁也没有理会，快步如飞和黄文旭、吴小舞一起进入了办公室。

随后不久，沈学良、兰姣和孟岩一行三人，也陆续进入了董事长办公室，气氛，陡然紧张起来。

又过不久，徐德泉、王骏群也进入了倪流的办公室，而倪流的办公室始终大门紧闭，从外面听不到一丝声响，里面到底在谈些什么，外面不得而知，不少人都翘首以待，想第一时间知道最新进展。

又过了一小时左右，倪流办公室的大门，终于缓缓打开了，倪流为首，身后跟着一大群人，出现在了众人的面前。

“各位同事，远思目前的处境，相信你们都已经听说了，刚才，我和几位管理层召开了一个内部会议，达成了共识，远思董事会，洪东旭和唐简水，留在襄都，我和徐德泉、王骏群，去石门负责成立远思总部事宜。远思管理层，除了黄文旭、沈学良、孟岩主动请缨要求到石门之外，还有行政部门的兰姣、吴小舞也会一起到石门办公。”倪流朗声宣布了会议决定，强调说道，“剩下的管理层和员工，根据工作需要先草拟了一个名单，凡是被点名的同事，都做好随时调往石门办公的准备。下面，由沈学良宣布第一批前往石门办公的人员名单。”

沈学良向前一步，手中拿着一份长长的名单：“点到名字的，半小时后到我的办公室报到。我强调一下，如果不想去石门办公，可以提出，公司会充分考虑你们的个人情况。不过我事先声明，选择，只有一次，如果以后发现在襄都的待遇不如在石门的待遇好，还想再去石门，对不起，没有机会了。”

如果说倪流的话是公事公办的口气，那么沈学良的话，强势而直接，冷冰冰而没有人情味，在场众人无不心中一惊。果然，趁你病要你命，在洪东旭住院之时，倪流开始着手收权大计，要借远思一分为二之际，来一场顺我者昌逆我者亡的大清洗了。

清洗的力度，远比众人想象中还要大上许多。沈学良宣布完毕，孟岩上前一步，推了推眼镜，慢条斯理地又宣布了一则更让人震惊的消息：“鉴于襄都和石门的办公场所都不大，只能容纳远思四分之三的员工，所以将会有四分之一的员工被裁员。当然，办公场所不够只是其中的一个原因，最主要的原因是产业园的亏损导致远思必须缩减开支。被裁员的员工，稍后你们会收到我的邮件通知，请务必于今天办好离职手续，否则规定的工资补偿可能不会落实。”

“嗡……”现场顿时乱成一团，所有人都惊呆了。

倪流太狠了，不但要将远思一分为二，还要裁掉四分之一的员工，还真是手起刀落，下手毫不留情。想都不用想，倪流带走的远思高层都将会是他的班底，留下的远思高层，是洪东旭的坚定追随者，而被裁掉的员工，肯定也是洪东旭的随从。

洪副总呀洪副总，你病得太不是时候了，赶紧出院吧，倪流趁你不在大刀阔斧清洗远思，远思上下血流成河，洪副总的嫡系，眼见就要彻底沦陷了。

不甘归不甘，洪东旭的嫡系和亲信们却无计可施，不提倪流是远思最大的股东和董事长的事实，就是洪东旭现在在场，恐怕他也阻止不了倪流的计划。毕竟倪流不管是分裂远思的理由还是裁员的借口，都让人无话可说无可辩驳，而且倪流还是借洪东旭制造的麻烦将计就计打开了分裂并清洗远思的大门，还将裁员的原因归结为办公场所不够大以及产业园亏损之上。知情人谁不清楚，远思被赶出远思大厦以及产业园的巨额亏损，都是洪东旭逼迫倪流的阴谋诡计。

倪流在洪东旭的步步紧逼下，既没有被逼上梁山，也没有犯错，反而因势利导，借了洪东旭的东风。现在好了，被裁员的员工固然痛恨倪流的无情，也会怨恨洪东旭的瞎折腾。如果没有洪东旭惹是生非在先，哪里有倪流借机生事在后？归根结底，罪魁祸首还是洪东旭。

一些人现在再也不敢小瞧倪流半分了。谁说倪流年轻没有经验？谁说倪流处处被动被洪东旭牵着鼻子走？看看现在，洪东旭刚住院远思就变天了，显而易见，变天之后的远思，洪东旭将会逐渐失势。

下午，被沈学良点名前往石门办公的中层及普通员工，绝大多数当即表示愿意前去石门，也有百分之十左右的人选择留下。沈学良也没勉强，立刻表示了同意。不过随后他就将拒绝的人员列入了黑名单。基本上可以说，这些人在远思的前途到头了。

而被孟岩点名裁员的员工，有些又吵又闹，有些默默认命，不管哪种人，在孟岩专业而冷峻的法律术语之下，都老老实实地签署了离职书。

仅仅一天时间，远思经过了激烈的动荡之后，重新归于平静。只不过动荡之后的远思，由从前笼罩在洪东旭的阴影之下变为被倪流一手掌控了。

当然，想要彻底整合资源并且完全将远思掌控在自己手中，倪流还至少需要半年时间甚至更多，而且重新打造一个全新的远思，让远思脱离襄都的痕迹而融入石门，则需要更长的时间，一年甚至三年都有可能。

不过不管耗时多长，倪流都有信心让远思在他手中发扬光大。

下午下班时，倪流想去姐姐家吃饭，顺便再说一说宋国文向外借款的事情。一千多万的款项，又是私人款项，全部要回来交给姐姐，至少可以保证姐姐和宋家斌今后的生活了。

不料他刚收拾好东西要出门的时候，听到外面有人喧哗。

“你不能进去，没有预约，倪董不会见你……”是兰姣的声音。

“我还用预约？你也不看看我是谁？兰姣，让开，别以为你跟了倪流就敢拦我了，再不让开，别怪我不客气了。”是宋国武气势汹汹的声音。

宋国武来了？倪流正想和宋国武好好谈谈，不想他主动送上门了，好吧，先不和姐姐见面了，先和宋国武聊聊，宋国武身上有不少他想要的东西。

倪流推门出去，制止了兰姣：“兰姣，让国武进来。”

兰姣恨恨地瞪了宋国武一眼：“宋国武，你对我不客气试试？别以为别人都怕你，我才不怕你，你不过是一个寄生在宋董身上的寄生虫，如果没有宋董，你在襄都狗屁不是。”

这一番话很有威力，直接打击得宋国武体无完肤。也是，不管宋国武承不承认，没有宋国文的光芒，哪里有他宋国武的闪亮？他气急之下，扬手要打兰姣。

“国武，如果你来谈事，就请进来。如果你敢在远思动手打人，我保证你会躺着出去。”倪流绝不允许有人在远思公然殴打远思的员工。

倪流的声音低沉威严，他话一出口，办公区几个年轻有力的远思员工立刻站了起来，对宋国武怒目而视。

宋国武立刻软了，他可是清楚倪流一旦发怒，真敢收拾他，他忙呵呵一笑：“倪流，不，倪董，我就是和兰姣开个玩笑，别当真。”

进了办公室，宋国武也没坐：“倪流，我在福往庄园备下了酒席，请你赴会，赏不赏脸？”

福往庄园？林凝欢的地方，宋国武什么时候也这么有品位了？倪流笑了笑：“好好的，怎么请我吃饭了，先说说有什么事情吧？”

“去了不就知道了，走吧，我又不会害你。”宋国武假装亲热地一拉倪流，“叫上文旭、小舞，一起去。”

也好，看看宋国武到底打的什么算盘，倪流点头同意了。

一行人随宋国武来到福往庄园，倪流惊喜地发现，福往庄园变化不小，门口竖立了一个醒目的庄园地图，地图上清晰显示出整个庄园划分成四个功能区，一进门，东侧是桃花源，西侧是杏林坊，北面是屋檐下，南面是风雨亭，而且地图以山水画的形式显示，平添了许多人文气息。

一进庄园，倪流立刻明显地感觉布局比上次来的时候合理了许多，放眼望去，几个功能区历历在目，让人一眼就可以挑选到喜欢的位置。如果春天到了，万物复苏百花盛开，整个庄园郁郁葱葱满目绿树花海，必定让人心旷神怡。

不错，林凝欢听从了他的建议，按照他的设想改造了庄园，效果立竿见影，就连三观不正没有什么正当爱好的宋国武也选择在福往庄园吃饭了，可见福往庄园正在成为襄都高端消费者心目中的首选之地。

第二十三章

狠手

宋国武领倪流几人来到一处雅间，雅间的名字叫夏莱，挺有意境的一个名字。阿尔卑斯山中鳞次栉比的小木屋有一个充满罗曼蒂克色彩的名字——夏莱，林凝欢起这样的一个名字，应该是为了纪念或向往阿尔卑斯山中的小木屋。

门上还有一副对联，上联是，桃李春风一杯酒，下联是，江湖夜雨十年灯。看到这副对联，倪流哑然失笑，以一个罗曼蒂克的欧式名字命名雅间，却又以一首古人的诗作作为对联，用一句服装界的术语形容就是——混搭。

没见到林凝欢出现，想必她也不知道他和宋国武的聚会，倪流也没有和林凝欢联系，也不用麻烦她了，他和宋国武会面，估计少不了交手，她还是不要参与进来为好。

推门进去，没想到房间中还有一人，不是别人，正是滕悦。

人生真是风水轮流转，滕悦趾高气扬在倪流面前让远思搬出远思大厦的一幕还历历在目，现在的滕悦站在倪流面前，恭谨而谦逊，脸上赔着三分小心七分笑意。

“倪董来了，快请上座。”

原来宋国武请他是为了替滕悦当说客，倪流心中迅速闪过一丝疑问，宋国武和滕悦是什么关系？

得知滕悦是远思大厦的所有者之后，倪流立刻让兰姣调查了滕悦的资料。资料显示，滕悦是地道的襄都人，现年三十二岁，早年在石门经商，后来生意失败回到襄都，沉寂了数年之后，出手买下了远思大厦的地皮，建造了腾飞大厦。后腾飞大厦租给远思之后，改名为远思大厦。

远思集团租住远思大厦近十年间向滕悦支付的租金费用高达一亿，只凭远思集团的租金，滕悦早就收回了当初的投资。现在的远思大厦如果全盘卖出，至少也值几亿，也就是说，滕悦是不折不扣的亿万富婆。

当然，远思大厦是挂在滕悦名下，到底是不是真是滕悦的房产还未可知。

倪流也没客气，冲滕悦微一点头，就坐在了上首。他一落座，几人也依次落座，黄文旭和吴小舞分别坐在了他的左右。

“倪流，今天请你来，我是为你和滕悦牵线……”宋国武一边招呼上菜，一边说明了主题，“我也不绕弯了，明说了吧，上次滕悦和你说过远思大厦要租给中羽集团的事情，她是一时冲动，考虑欠周详，现在后悔了，想继续租借远思大厦给远思。倪流，看在我的面子上，别搬家了，就留在远思大厦办公吧，你省事滕悦省心，两全其美，怎么样？”

倪流没说话，只是沉默地端起眼前的昆仑雪菊茶，轻轻抿了一口。

冬天气候干冷，容易上火，喝昆仑雪菊可以败肝火去心火。不过一个人若是肝火心火两旺，再喝雪菊，也败不下去。

贪心过多易引发心火，嗔心过重易引发肝火，只有心平气和才会四大调和，不会阴阳失调。同理，一个人如果总想左右逢源，最终的结果往往会一脚踩空，摔一个鼻青脸肿。

一杯茶下肚，倪流看了出来，滕悦只是代言人的角色，她并非远思大厦真正的主人。

“国武，听说福往庄园有几道特色菜，不知道你品尝过没有？”倪流沉默了片刻，没接宋国武的话，岔开了话题，“听说是从云南空运过来的野生毒蘑菇，味道特别鲜美。毒花最美，烈酒最香，毒蘑菇也最有鲜美味道。”

宋国武有点摸不着头脑，不过和以前相比，他还算有了几分耐心。也是，今非昔比，现在倪流大权在握，一言九鼎，可以决定许多人的命运了。

“毒蘑菇怎么吃？吃了中毒怎么办？”宋国武耐着性子顺着倪流的话往下说。

“这就要讲究火候了，普通蘑菇，煮上几分钟就可以吃了，这个毒蘑菇不行，最少要煮十五分钟以上，而且不能低于十五分钟，否则，毒性散发不出去，真有可能吃死人。”倪流此时化身为美食家，似乎在向宋国武讲怎么吃毒蘑菇，其实他话里话外的含义却是在暗示一个道理，不管是吃饭还是谈话，火候不到就开始，不但达不到效果，也许还会收到适得其反的结果。

宋国武不傻，总算明白了倪流的意思，是现在不想谈远思大厦的问题。他心中虽有不快，却也无可奈何，只好唤过服务员，要了一份蘑菇宴。

很快蘑菇宴上来了，点上火，服务员再三叮嘱必须十五分钟后才能开吃。果然毒蘑菇和普通蘑菇略有不同，稍微鲜艳几分，形状也怪异一些，不过看上去还算正常，估计是毒性不强的菌类，否则一些剧毒蘑菇别说煮十五分钟可以去除毒性了，恐怕越煮越毒。

黄文旭很聪明地插嘴了，好像是有意引开话题，其实还是围绕远思大厦事件的外围打转：“这一次去石门，见到付白中了。付白中想拿下三角村地皮的开发权，结果在最后关头晚了一步，被陈星睿抢先了。国武，你和付白中是不是关系不错？”

宋国武也没否认：“关系还可以，他想租下远思大厦，就是我为他引荐了滕悦。”

“洪总去了哪里？怎么在公司没有见到他，问谁，都说没有见到他，难道洪总出国了？”黄文旭半开玩笑半是试探，“快过年了，洪总也不在家置办年货，还挺能跑。”

“我也不知道洪总去了哪里，不过听说有人在石门见到了他，也不知道真假。”宋国武当然知道洪东旭的动向，却也假装不是十分清楚，“应该确实是去了石门，他的司机翟于辉在石门出了车祸，住进了医院，不过开的不是洪总的专车，是一辆奥迪。”

为了赢得倪流的好感，宋国武有限度地出卖了洪东旭，不过还好，没有完全出卖，还保留了百分之三十的节操，对他来说，也算不容易了。当然，他不是为了节操才没有完全出卖洪东旭，而是他还有用得着洪东旭的地方，不想和洪东旭彻底闹翻。

“洪叔也真是，不管去哪里，总要说一声才好，省得让人牵念。正好遇到远思调整的大事，他又不在，我想请他坐镇指挥都找不到人，结果只好我一个人扛了，忙得我晕头转向团团转……”倪流也够意思，不说他趁洪东旭病要洪东旭命乘机大刀阔斧调整远思，反而埋怨洪东旭在最需要的时候不在远思坐镇，不得不说，他无赖时的风范，还真有洪东旭无耻时的风采。

宋国武听了，讪讪一笑，心想倪流越来越难对付了，都学会反咬一口了，如果洪东旭在场，听了倪流的话，肯定会气得吐血。

“哎，是不是可以吃了，过了十五分钟了。”火锅中的毒蘑菇热气升腾，翻腾起了白沫，吴小舞拿起勺子盛了一口汤，品尝了一口，赞不绝口，“香，鲜，可口，果然是好东西。不过你们都先别吃，过几分钟如果我没事的话，你们再吃。我敢为天下先，以身试毒，万一我死了，你们都要记得怀念我呀。”

倪流呵呵一笑："怀念你什么？难道要沉痛悼念因为嘴馋吃毒蘑菇被毒死的吴小舞？吃死的人怎么宣传都不是光荣。"

"没有同情心，好歹我也是为了你们的安全才冒险尝试。"吴小舞忍不住又尝了一口蘑菇汤，"我觉得火候差不多了，可以开吃了。"

"吃，吃。"倪流夹起一大块蘑菇，"现在火候正好，再煮下去就老了。"

宋国武被倪流晾了二十多分钟了，哪里还有心思吃东西，他见倪流终于说火候到了，忙不迭说道："倪董，你看远思大厦的事情……"

"倪董，都怪我没有看清形势，轻信了付白中的话，现在付白中闪了我，不肯再租远思大厦了，我只能厚着脸皮请倪董继续留在远思大厦办公。"滕悦双手平端一杯酒，高高举起，"我先干为敬。"

滕悦的态度很端正，语气很恭敬，不过倪流不为所动。他端起酒杯轻轻和滕悦碰了一碰，只沾了沾嘴唇就又放了回去："不好意思，最近劳累过度，医生说，不宜饮酒。"

滕悦微显尴尬，抬手拢了拢头发："倪董……"

倪流抬手打断她的话，用手一指吴小舞："小舞，你向滕总通报一下远思今天的内部调整。"

"好的，倪董。"吴小舞端正地坐好，摆出了一个秘书应有的姿态，她口齿和思路都十分清晰，"今天，远思正式一分为二……"

随着吴小舞的叙述，滕悦的脸色凝固了，宋国武的神情惊呆了，显然二人只知其一不知其二，以为倪流只是为了负气才要将远思拆分搬到石门，原来倪流还借机裁掉了四分之一的员工！

滕悦和宋国武都不是太愚笨的人，立刻听出了倪流大刀阔斧调整远思的背后想要达到什么目的，与倪流全面掌控远思并且让远思去襄都化去洪东旭化的大局相比，远思是不是租借远思大厦作为办公大楼不过是无足轻重的小事。

滕悦脸色黯淡了下去，宋国武惊呆，半天说不出一句话。

"好吃，以前还真没吃过毒蘑菇，没想到，毒蘑菇还真是别有一番风味。"黄文旭似乎很不合时宜地大快朵颐，边吃还边赞不绝口，"其实有时候勇于尝试是好事，不过在尝试之前，一定要弄清后果。如果今天不是听了服务员的话，一煮上就吃，恐怕不但享受不到现在的美味，还白白丢了小命。为了一顿美味丢掉了性命，说好点儿叫鸟为食亡，说难听点儿叫傻瓜。"

“黄文旭，你别指桑骂槐。”宋国武火了，一拍桌子站了起来，“我还没和你算账呢？你的一千万理财什么时候连本带息还我？”

上一次宋国武向黄文旭催过还款，还声称让黄文旭现在还款还按三个月的期限支付利息，黄文旭当时只是含糊答应，敷衍说随时都可以还款，现在宋国武当面提起，黄文旭若无其事地笑了笑：“什么时候？宋国武，你是贵人多忘事呀，当时我们明明签署了协议，你自己回家看看协议上是怎么说的，好不好？”

“黄文旭，少跟我打哈哈，马上还钱。”宋国武被彻底激怒了，冲动之下，就要和黄文旭动粗。

平常宋国武四肢虽不发达但头脑一样简单，不过也并非不分场合就露出下限，今天一是被倪流傲慢的姿态激怒在先，又因远思大厦重新被远思租住的希望破灭，他既追悔莫及又羞愧难当，终于发作了。

“宋国武，动手，你不是我的对手。打官司，你肯定输。协议上白纸黑字写得清清楚楚，期限不到，投资不会还你。如果你非要强行收回投资，可以，扣除百分之二十的运营费用。”黄文旭才不怕宋国武，他坐在座位上动也没动一下，脸上甚至还挂着嘲讽的笑，“你现在想要钱是不是？好，还你八百万。”

“你！”宋国武现在才明白他和黄文旭打交道无异于与虎谋皮，他控制不住胸中熊熊的怒火，就要动手时，倪流发话了。

“国武，你要动手了，只能是一个结果，你倒在地上，钱拿不到，远思也不会租住远思大厦。”倪流的声音很淡定，淡定之中，有一股不容置疑的决绝。

宋国武不敢再往前迈出一步了，他愣了愣：“倪流，你的意思是，远思还可以重新考虑租住远思大厦？”

“可以。”倪流看了吴小舞一眼，示意吴小舞替他说下去。

吴小舞会意，虽说事先没有得到倪流的指示，不过以她对倪流的了解，一个眼神就明白了倪流的所思所想，她就说道：“远思以前租住远思大厦的三到十五层，年租金一千万。现在远思裁员了四分之一，剩下的四分之三一半搬到石门办公，也就是说，只剩下原来人数的四分之一多一些继续留在襄都办公。既然宋总出面了，总要给宋总几分面子，远思可以继续租住在远思大厦，不过，由于剩下了只有四分之一的人手，大概只需要原来办公面积的三分之一就可以了，从三层到七层，估计就够用了。”

倪流接话说道：“由于远思业务萎缩，预算开支缩减，本来远思打算租借永旺大厦办公，也谈好了租金，一年三百万……”

“三百万？”宋国武差点没气笑，“从一千万到三百万，差距也太大了。”

倪流笑了：“人穷志短不是？三百万我还嫌贵，最后和永旺大厦谈到了二百五十万。”

宋国武算是明白了，吴小舞点火，倪流放炮，只肯出到二百五十万，租住远思大厦三到七层，和原先相比，面积缩水三分之二，租金却缩水四分之三。

亏大了，拿远思大厦当赌注，本以为可以卡倪流脖子一次，让倪流难受，让远思声誉受损，结果倪流将远思直接拆分，将精英带往石门，才不管远思是不是在襄都信誉受损。

失算了，失误了，没能让倪流难受，反倒被倪流摆了一道，宋国武气得真想甩门走人。

可是又不能走，如果倪流不租，远思大厦不一定会闲置多久，放眼襄都能当冤大头租下远思大厦的公司，还真没有几家。原以为还可以继续让远思当冤大头以高价租住远思大厦，不料倪流拿出菜市场买菜砍价的无赖手段，竟然只肯出到二百五十万。

以前每年可以凭借远思大厦收取高达一千万的租金，谁承想，转眼间落到了这种地步，二百五十万，几个人分，每个人还不到一百万。这个跟头，摔得真是又痛又丢人。

怪只怪付白中言而无信，明明付白中信誓旦旦说要在襄都开办事处，总要找一处合适的办公地点，而且还签署了初步意向，没想到，三角村地皮开发权没有到手，付白中立马翻脸，单方面撕毁了协议，他怎么能这么没有节操不讲信用这么无耻呢？

短短时间内，宋国武大脑飞速运转，将所有的利害关系都理顺了一遍，然后他又和滕悦交换了一个眼神，做出了决定：“二百五十万也太少了，倪董，多少涨一些。”

倪流摆了摆手：“涨不了了，远思没钱了。何况远思以后还会逐步削减在襄都的开支，早晚襄都的公司会降格成办事处。每年二百五十万的租金养一个办事处，我还觉得太贵了。对了文旭，志强大厦是不是报价二百万？”

“二百万肯定可以拿下，再多谈几次的话，一百八十万也差不多。”黄文旭闻弦歌而知雅意，立刻明白了倪流的意思，马上推波助澜。其实他心里清楚得很，远思压根就没有和志强大厦接触过。

“滕悦，要不，你再考虑一下？”宋国武心一横，租了，不租也是闲置，闲置就是扔钱。

滕悦看出了宋国武的暗示，假装勉为其难地说道：“和远思合作时间也长了，还是想继续合作下去，虽然倪董的价格让人不太满意，不过本着长远合作的精神，我还是愿意把远思大厦租给远思，毕竟能配得远思大厦名字的公司，就远思一家。”

第二十四章

成功拉拢

“好。”倪流见好就收，当即拍板，“我会让法务孟经理和滕总详细谈一下合同细节……来，为了今天的合作，干杯。”

能不搬家当然再好不过，不搬家可以省一笔搬家费用，而且又乘机压低了价格，又省一笔，两相结合之下，远思又节省一笔不小的开支，倪流现在要开源节流，最乐见省钱了。

几人举杯相庆，欢笑声中，这一次的毒蘑菇宴总算没有白吃。

饭后，宋国武要和滕悦一起离开，倪流见状叫住了宋国武：“国武，有件事情我想和你私下谈一谈。”

宋国武喝了大概半斤酒的样子，有了三分醉意，他摆了摆手：“今天不行了，今天我醉了，下次吧。”

“下次恐怕就没有机会了。”倪流不放过宋国武，抛出了诱饵，“远思准备引入私募资金，吴氏风投也有意向远思注资三亿。也就是说，如果现在以一千万的资金换取远思百分之一的股份，说不定一个月的时间就会坐地升值一点五倍。”

宋国武立刻酒醒了：“真的？”

“如假包换。”

半小时后，黄文旭、吴小舞、滕悦等人离开了福往庄园，倪流和宋国武重新找了一间喝茶的静室，开始了一对一的对话。

“倪流，你说实话，你真愿意让我参股远思？”宋国武还是不相信倪流的好意，在他看来，倪流太狡猾了，处处透露出精明和算计。

“当然了，你是我亲姐夫的亲弟弟，你参股远思，总比别人参股强，是不是？肥水不流外人田，宋家斌是你唯一的侄子，也是我唯一的外甥。”倪流先是动之以情。

宋国武动容了，微叹一声："是呀，说到底，我们还是实打实的亲戚来着，怎么总觉得还没有和外人近呢？"

"国武，你自己好好想想，造成现在的局面都怪谁？"倪流见宋国武有所意动，继续加大了攻势，"是谁在背后鼓动滕悦在关键时刻要赶远思搬出远思大厦？又是谁在背后推动产业园的亏损，要拿远思当赌注，逼我稀释股份？"

许多事情确实都心知肚明，不说，不代表不知道，宋国武低下了头，面有愧色，半天才说："倪流，你要理解我，有时候我也身不由己……"

倪流完全理解宋国武，宋国武有时简单得一根筋，他就是一个很容易被别人牵了鼻子的人，所以倪流决定完全收服宋国武，不能让他再为洪东旭所用。否则，宋国武虽然武力值不高，不过在洪东旭的操纵下，冷不丁也会制造一些麻烦出来，让人防不胜防。

"国武，我非常欢迎你加入远思，不过我想问你一句实话，远思大厦，你占多少股份？"倪流突然话题一转，单刀直入，直指宋国武最大的隐私。

宋国武吓了一跳："你怎么知道我在远思大厦有股份？是不是洪东旭告诉你的？"话一出口他才意识到他不打自招了，不好，一下没防住，还是被倪流诈了。

倪流说假话也是面不改色张口就来："实话告诉你，我回襄都之前，到医院看望了洪东旭。洪叔在昏迷状态，一不小心说了几句实话，国武，如果你还不对我说实话，你想参股远思，绝对没有可能。"

宋国文在世的时候，宋国武就一直想入股远思，还想进入远思的董事会，宋国文坚决不同意，宁肯每年租住远思大厦花费一千万的高额租金，暗中送钱给宋国武堵宋国武的嘴，也不让宋国武进入远思。宋国文究竟是基于什么考虑，倪流也不好猜测他的心思，不过他却清楚一点，许多事情，宋国文心知肚明，不过睁一只眼闭一只眼罢了。

尤其是在远思大厦的事情上，宋国文的纵容力度之大，让人难以理解。所以倪流在搬家事件出现之后，经过调查并深入推测之后得出了结论，远思大厦的幕后主人是宋国武、洪东旭等人。

不过猜测归猜测，他没有直接证据，现在有一个难得的和宋国武一对一交谈的机会，不诈宋国武说出真话，岂不可惜？

宋国武迟疑了，倪流如果想阻止他参股远思，绝对可能。作为最大的股东，倪流在远思一言九鼎，除非他想改革远思，否则即使洪东旭联合所有股东造倪流的反，也无济于事。入股远思一直是他的梦想，他不想永远被远思排除在外，不想被人指着他的后背说他没本事，是一个比富二代还不如的富一点五代。

宋国文在世的时候，笼罩在宋国文的阴影之下他也认了，现在宋国文不在了，他还要笼罩在倪流或洪东旭的阴影之下，永远没有出头之日？他不甘心！他想出人头地，想走到台前成为呼风唤雨的人物。

那么最近的一条路就是入股远思，成为远思举足轻重的人物，借远思的威名成就他的盛名。

只思忖了片刻，宋国武就有了决定："远思大厦，我占百分之三十的股份，洪东旭占百分之三十，王树斌百分之三十，唐简水和滕悦，各占百分之五。"

有时宋国武也有可爱的一面嘛，倪流点点头，心中豁然明亮了，远思大厦就是一个利益共同体，将洪东旭、宋国武和王树斌等人牢牢地捆绑在一起，即使宋国武和洪东旭之间有时会发生矛盾和分歧，但由于有远思大厦这个利益共同体的存在，总能言归于好。

要想将宋国武彻底和洪东旭划清界限，不再反复，必须让他从洪东旭的利益共同体之中剥离出来。倪流心生一计："国武，既然你坦诚相待，我也实话实说，我下一步的打算是扩大远思董事会，稀释我名下的股份，由百分之七十降低到百分之五十一，如果谁购买了我名下百分之十九的股份，谁就会成为董事会第二大股东，仅次于洪东旭。如果再从唐简水、王骏群和徐德泉手中收购百分之二的股份，就会以持股百分之二十一成为远思第二大股东，位于洪东旭之上！"

一句话说得宋国武热血沸腾，一人之下万人之上的感觉谁都想拥有，如果他能一步登天，成功位列远思董事会的第二号人物，将是他一生之中最大的荣耀。

不过……宋国武随即冷静下来："我有两个问题，第一个是远思能不能渡过眼下的难关？十亿的亏损不是小事，弄不好远思都要破产倒闭了。如果远思前景不妙，我现在入股远思，不是自寻死路吗？第二个问题是，远思百分之十九的股份，就按每股一千万算，也要一点九亿，我手中可没有那么多钱。"

倪流笑道："远思的前景问题，你不用担心，吴氏控股找到我，想向远思注资三亿，如果远思马上就要倒闭了，吴氏会拿钱打水漂玩？以吴氏多年风投的经验和眼光，他们现在主动提出向远思注资，肯定是认为远思不但可以渡过难关，而且前景也会大好。同时也说明，远思现在虽然正处在谷底，但肯定低潮过后，会一飞冲天，现在投资，是最佳时期。至于你手中钱不够的问题嘛，呵呵，也好解决……"

“怎么解决？”宋国武相信了倪流的话，吴来主动提出要入股远思的事情，他也听说了，不过他手中别说有一亿九千万了，连一亿都没有，这个问题是硬伤，没法解决。

“你手中的资金大概有多少？”

“黄文旭有我一千万，我其他方面的投资可以一两个月内回收的，也有三千万左右。再加上一些不动产和零星的钱，顶多还有两三百万，加在一起，四千多万，绝对不到五千万。”宋国武说了实话，现在他已经完全被倪流牵了鼻子。

好家伙，宋国武这些年来背靠远思这棵大树，原来捞了这么多钱，连宋国武都能从远思的资源之中大发横财，以洪东旭的精明，不一定掏空了远思多少宝藏，往少里说，几亿也是有的。洪东旭不除，远思难兴。倪流越想越是气愤，更加坚定要彻底根除洪东旭之心。

不但要根除了洪东旭，还要让洪东旭乖乖吐出几年来的非法所得。

“五千万，是有点少……”倪流低头想了一想，“远思大厦现在估价能有多少？”

远思大厦建成于十年前，当年投资多少，倪流懒得去问，十年间，房价翻了十倍有余，远思大厦又坐落在黄金地段，现在的价值估计在三亿以上。

“三亿总是有的，再高了，不好说。”宋国武也算实在，没有虚报。

“好，就按三亿算，你占百分之三十的股份，合下来差不多是九千万，加上你现有的五千万，就是一亿四千万了……”倪流微微一笑，伸手一拍宋国武的肩膀，“国武，没看出来，你这么低调，却也是实打实的亿万富翁。”

对于亿万富翁的名头，宋国武似乎并不感冒，他感兴趣的是倪流为他算的一笔账：“远思大厦我只是占了百分之三十的股份，没有办法变现，只有变现了才能购进远思的股份。变现的话，难度太大了。”

“谁说一定要变现？”倪流见宋国武成功被他引进了陷阱，知道离成功只有一步之遥了，“直接以股份入股，也不是不可以。”

“以股份换股份？”宋国武迷惑了，“这怎么算？”

“该怎么算就怎么算，也简单呀，远思持有远思大厦百分之三十的股份，不也是很正常的商业行为？”倪流笑了笑，“而且远思下一步在石门注册成立的公司会是远思控股集团公司，以后远思的发展方向以混合控股开始，逐渐转向纯粹控股公司。”

混合控股公司除通过控股进行资本营运外，也从事一些生产经营业务。而纯粹控股公司不直接从事生产经营业务，只是凭借持有其他公司的股份，进行资本营运，等于是说，纯粹控股公司凭借控股的权力，指挥旗下的公司进行生产经营业务。

更形象的形容就是，混合控股公司一边理论一边实战，纯粹控股公司脱离了实战的范畴，完全纸上谈兵经营公司。

宋国武也多少了解一些公司的结构，他大吃一惊："远思以后不打算做实体了？"

"也许吧，只是一个长远设想，不过为了远思有更好的发展前景，远思必须要做出一些必要的改变。如果国武也加入远思，我希望和国武一起讨论远思的发展规划。"倪流见谈得差不多了，该见好就收了，就站了起来，"基本上该说的我都说了，国武，怎么办你自己拿主意。"

宋国武没有站起来，显然他还不想结束谈话："就算我以远思大厦的股份入股，还是差了几千万呀……"

倪流见宋国武心情迫切，知道他真正动心了，呵呵一笑："滕悦名下不是还有百分之五的股份？以你和滕悦的关系，和她联合入股，也是一个好办法。"

宋国武嘿嘿一笑："我和她商量一下。"

"哈哈。"倪流一笑而过，他现在更关心的是宋国武从宋国文身上拿走的小本子，"国武，入股的事情，不急，你慢慢考虑，马上要过年了，年后再敲定也行。另外有一件小事，我想问你一下。"

宋国武现在感觉和倪流是前所未有的亲近，对倪流不设防，忙说："什么事，你说。"

"你是不是从宋国文的身上拿走一个小本子？"倪流直接问出了口，以宋国武的为人，绕来绕去反而舍近求远，而且还有一点，宋国武拿了宋国文的小本子却没有出面要账，就说明一点，要么宋国武拿了小本子后随手扔了，要么他压根没看。

"是呀，是有一个小本子，我放在家里了。"宋国武不解，"你怎么知道他身上有一个小本子？"

倪流长出一口气，没扔就好："姐夫临死前交代我说，他有一个小本子记录了他一些想法，可能对我有用。后来一忙乱，就忘了，现在才想起来。"

"上面什么也没有，就写着一些姓，后面有乱七八糟的数字，不是手机号也不是电话号码，不知道是什么，一点儿用处都没有，我差点扔了。你要的话，给你好了。"宋国武倒也干脆，"走，跟我一起去家里取。"

从宋国武家中出来，手中拿着失而复得的小本子——就是一个再普通不过的记事本，黑皮，巴掌大小，一指来厚，使用时间显然不短了，已经磨损了不少。

果然如宋国武所说一样，里面的字飘逸如飞，不仔细看还真看不出来是什么字，后面的数字有长有短，乍一看像是电话号码，一对比又明显不是，而且又没有规律可言。

宋国文留的是什么天书？还好，倪流亲耳听过宋国文的遗言，知道小本子上面记录的是什么，他翻了半天，终于在龙飞凤舞的字中找到了一个王字，王字的后面是一个数字一千二百三十五，一千二百三十五后面又有一个减号，减号后面又是一个数字……

五百！

倪流心中豁然开朗，王指的是王树斌，一千二百三十五指的是王树斌欠宋国文一千二百三十五万元，减去五百显然是指王树斌还了五百万，正好对应宋国文死后遗留的五百万现金支票。

如果不是宋国文临死之前交代过王树斌欠他一千二百三十五万元，如果没有发现王树斌还款的五百万现金支票，倪流就算第一时间拿到宋国文的小本子，他也不知道上面记录的是什么。也幸亏宋国文简略记录，否则，小本子上的内容就被宋国武破解了。

有了小本子，倪流心中大定，当即一路开车来到姐姐家，将小本子交给姐姐保管，嘱托她一定要保管好，不要遗失，而且还交代姐姐，不要出面去要账，虽有记录，却没有借据，估计大多数人会抱着人死账空的心态赖账。等他有空儿了，他会一个个去当面要账。

从姐姐家出来，倪流准备回远思大厦，才走到半路上，电话忽然响了。

看看时间，晚上九点多了，还有谁会在寒冷而孤单的冬夜打电话给他？一看来电，居然是石门的号码。

号码有些陌生，会是谁呢？

想了一想，倪流还是停车到路边，接听了电话。

“倪董，你不够意思呀，来石门了也不通知我一声，我是听别人说起才知道你来石门热闹了一番，这么好玩的事情没叫我一起近距离围观，我真的对你有意见。”盛夏的声音在寒冷漆黑的冬夜之中，却有盛夏一般的热烈，怪不得她叫盛夏，原来确实也热情似夏。

解决产业园危机，倪流需要借助外力，他最先想的是陈星睿，其次林道首，再次卓达。也需要利用外力，利用的外力中，王树斌首当其冲排在第一位，其次郭容天，再次盛夏，之所以将盛夏排在可以利用的外力的最后，倒不是他对盛夏有偏见，而是他压根就不想让盛夏的触角伸到远思。

第二十五章

转折

原因在于倪流研究过盛世药业的发家史之后，对盛夏的为人有了系统的了解，决定对盛夏采取敬而远之的态度。

盛世药业从一家小药店起家，十几年来鲸吞了石门的医药市场不算，还席卷了整个中省，盛世药业的发家史就是一部攻城略地的兼并史。

很难想象盛世药业的创始人盛夏的母亲盛平作为一个女人，骨子里会充满侵略和吞并一切的狼性，让许多男人都甘拜下风，就连被称为中省商界第一人的卓达，也曾经和盛平交过一次手，生平未尝一败的卓达平生唯一的一次失败，就是败给了盛平。

据说卓达在惜败之后，仰天长叹，说了一句意味深长的话："可惜了盛平，生不逢时。"许多人不解卓达此话何解，是说盛平出生的年代不对？怎么可能，盛平生逢盛世，正当其时，才缔造了盛世药业的帝国，怎么会是生不逢时？

就有人解读卓达的话其实是暗示盛平和他错过了在人生最美好时光相遇的机遇，他和她只能成为商业上的竞争对手，而不能成为生活中的伴侣……其实生不逢时一说，是卓达对盛平的示爱，是卓达对盛平和他恨不相逢未嫁时的呐喊。

倪流却并不认为卓达生不逢时的说法有感情因素在内，以卓达的经历，盛平再有才干，他也不可能为她倾倒。所谓生不逢时，应该是说盛平一开始选错了行业，如果盛平最早涉足的是房地产生意，现在的她说不定已经是中省首富了。

以她的狼性和侵略本性，最适合在竞争激烈的房地产行业搏杀。

虽说盛平现在退居了幕后，盛世药业由盛夏掌舵了，不过有其母必有其女，何况倪流又清楚盛夏现在对房地产行业的热心，他是担心一旦招惹了盛夏，早晚会被盛夏盯死，到时远思就成了盛世药业打开房地产行业大门的跳板了。

“热闹什么了？我怎么不知道。”倪流装傻，他不知道盛夏知道了多少关于洪东旭出车祸和付白中撞大运的内情，所以就含糊其词地说道，“我是去了一趟石门，是为了远思搬到石门选办公地点，来去匆匆，都是小事，没有什么值得惊动盛董的大事，就没好意思打扰盛董。”

“看，还是当我是外人，你好意思打扰陈星睿，也好意思打扰付白中，甚至还好意思让洪东旭享受了一次高规格的VIP专场大戏，却连一个电话也不打给我，倪流，你太让我失望了。”盛夏的话，半是埋怨半是玩笑，却也是有意向倪流透露强大的信息量。

好嘛，倪流一下就听明白了，敢情他的一举一动全在盛夏的眼皮底下，盛夏在石门的人脉也太广了。

不过一想也是，陈星睿和付白中争夺三角村地皮开发权的事情，石门商圈内，基本上人人皆知，而且付白中撞破艾美国和万人红的好事，肯定会迅速传开。不要小瞧商界人士的八卦精神，是人都有娱乐细胞，况且艾美国和万人红都是名人。

至于洪东旭的事情，也不难打听到，综合下来，盛夏第一时间得知了一系列的事件背后有他的影子，也不足为奇。倪流只能呵呵一笑：“主要是盛董太光彩照人，每次和盛董在一起，我都备感压力，通常情况下，除非绕不开盛董，否则轻易不会也不敢惊动盛董。”

“口是心非。”盛夏娇笑一声，嗔怪说道，“别嘴贫，我知道你的心思，怕我吞并远思是不是？你不用担心，我现在暂时对远思没有兴趣了，因为，盛世刚刚注册成立了一家房地产公司，而且还拿下来了一块地皮，准备正式进军房地产业。”

这么快？倪流吃惊不小，盛世悄无声息就拿到了房地产大舞台的门票，果然高明，果然有本事，他呵呵一笑：“恭喜盛董，这一下可以在更广阔的舞台上，大展手脚了。”

“先别忙着说虚伪的客气话。”盛夏很不客气地反驳了倪流并非发自真心的祝福，“我要的是你的实际行动。”

倪流算是被盛夏弄迷糊了：“盛董有什么最新指示，我一定努力落实。”

“少打官腔，哈哈。”盛夏开心一笑，“是这样，盛世房地产的第一个房地产项目是在山前大道的别墅山上，在钓鱼台的斜对面，紧邻碧海蓝天……”

山前大道是石门的重点项目，旨在打通市区和西部山区的快速经济通道。本来政府的意图是想建设一条景观大道，谁知各大房地产开发商看中了山前大道两侧山清水秀的风景，争相推出了别墅项目，其中又以郭容天的容天集团的钓鱼台别墅最为出名。

除了钓鱼台别墅之外，山前大道沿线两侧陆续开发了十余家别墅群，其中大多数别墅群集中在钓鱼台别墅的附近，原因在于钓鱼台别墅所处的山头名叫龙头山，而别墅群的集中地正好处在龙头山的山脚下，形似龙穴。在风水学上，龙穴之地是大富大贵之所。

于是，开发商一窝蜂在龙头山开发别墅，久而久之龙头山被人称为了别墅山。

盛世房地产第一个项目就出手别墅，看来，盛夏要走高端大气上档次的路线了。倪流笑道："好地方，如果设计新颖一些，卖点明确一些，应该可以大卖。"

"你说得对，问题是，现在我对房地产的行情不太了解，不知道该怎么定位，你是房地产行业的资深人士，能不能帮帮我？"盛夏顺势接过倪流的话，为倪流下了一个套。

"……"倪流无语了，他也是房地产业界新人好不好，准确地讲，他还是商界新人，比起盛夏还要新了几百倍……盛夏这句话的意思可不是反讽，而是有伏笔，他顿时为之一振，"盛董的意思是？"

"我的意思是什么，你难道还不明白？"盛夏故意逗倪流，"好好想想。"

倪流乐了："你是想和我合作？"

"真聪明！"盛夏大声笑了，"准确地讲，是盛世房地产和远思合作开发盛世别墅，怎么样，有没有兴趣？"

兴趣当然有，不过要看怎么合作了，倪流直接说道："先声明两点：其一，远思现在深陷产业园危机之中，自顾不暇，没有太多精力，更没有资金；其二，如果你想以合作之名行吞并远思之实，就不要再说了。"

"我本将心托明月，谁知明月照沟渠……倪董，在你眼里，我真有这么坏吗？"盛夏似乎真有满腹委屈一般，声音婉转低沉，"倪流，你太伤我心了。"

得了，怕了她了，一会儿倪董一会儿倪流，情绪转化太快，倪流认输了："好吧好吧，盛董，你赢了。"

"其实是你赢了才对。"盛夏的声音马上高亢了，"我的合作条款对远思有利，是想借这一次的合作，助远思一臂之力，希望远思走出困境，同时，也算是我送你的一个礼物，为你的新远思来石门打响第一炮。"

不得不承认，盛夏不但能说会道，而且语言还极富感染力，他差点被她绕得晕头转向，还好，从小到大他都是一个有自制力的好孩子，从来不觉得女同学向他微笑是因为他长得帅，而是女同学要他帮她写作业或是干力气活儿。

“好吧，先谢谢盛董的一片好意，到底是怎么个合作方式呢？”倪流耐着性子听盛夏绕弯，有时候耐心也是成功必备的素质之一。

“盛世投资，远思承建，不过对外不打远思的旗号。远思躲在盛世的背后，当无名英雄，怎么样，同不同意？”

远思是房地产开发商，不是承建商，不过也可以承建项目，比如产业园项目就相当于远思承建而卓氏投资，因为一落成卓氏就承诺购买一半以上商铺和办公楼。

卓氏规避了风险，不过相对的是，落成的项目，价格也会比开盘之初投资高一些。

现在盛世提出盛世投资而远思承建的合作方式，等于是远思没有任何风险，只负责项目的整体规划和施工，前期资金和后期销售都不用管，全由盛世承担。远思从中赚取的是规划和施工费用，假设盛世投资十亿，远思大概可以赚到百分之十即一亿左右的利润。

百分之十的利润率当然不高，但如果是在没有任何风险的前提下，还是值得试上一试。倪流明白了盛夏的心思，盛世没有从事房地产行业的经验，和别家合作，她又不放心，更担心最后被出卖，导致盛世的第一个房地产项目失利就得不偿失了。

而和远思合作最保险，一是远思初到石门，根基不稳，和盛世没有直接的利益冲突，二是远思现在深陷困境，需要资金周转，和盛世合作，虽然是替他人做嫁衣裳，好在有实惠可得，远思不会也不应该计较什么。

换了以前，倪流或许不会答应盛夏的条件，毕竟如果传了出去，远思成了盛世的承建商，会很伤名声。公司和人一样，名声关乎荣誉和生命。不过现在……确实顾不了那么多了，何况和盛世合作，对远思来说也是一次实战的大好时机，远思还没有操盘过大型别墅项目的先例，用盛世的项目练手，既赚钱又增长经验，而且还不担风险，是一桩合算的生意。

“这个合作方式，有点苛刻呀。”倪流心动归心动，必要的姿态必须拿出来，而且他还要再争取更大的利益，“盛董，我想问一句，我是不是既不能拒绝，又没有权利提条件？”

盛夏是张良计，倪流也有过墙梯，他示弱的水平也不低，盛夏哈哈大笑：“我真有这么霸道？既然是合作，当然要双方情投意合才行，你说吧，有什么想法尽管说，我能满足就尽量满足，不能满足，你也别骂我小气。”

倪流嘿嘿一笑：“其实我的要求很简单，既然盛世想交由远思承建盛世别墅，那么就索性从规划设计到整个格局，以及销售思路，都由远思一手代劳，盛世只管当甩手掌柜，如何？”

盛夏是何许人也，立刻猜到了倪流的心思：“倪董好心机，是想拿盛世的项目增长经验值，又赚钱又练手，人生赢家左右通吃，这算盘，打得真是精明。”

倪流嘿嘿一笑，也不藏着掖着了，直截了当：“彼此彼此，盛董的算盘也打得啪啪响，拿蝇头小利让远思为盛世做牛做马，还可以乘机学到远思操盘一个项目的全部手法，一举两得，不，一举数得，还为盛世打开房地产业界的大门奠定了基础。”

“咯咯……”盛夏开心地笑了起来，“和聪明人谈事情就是容易，一点就透，倪董既然是明白人，我也不多说了，我答应你的条件，从头到尾，盛世别墅由远思全盘操作，不管是规划设计还是格局、销售思路，都由远思出方案，不过有一点，方案的最终采用权在盛世。还有，盛世可不是拿什么蝇头小利来让远思做牛做马，盛世别墅投资超过二十亿，保守估计，远思的利润在三亿以上。对了，你一定要好好干，当成自己的项目操作，别有私心杂念留一手。听说郭容天听从了你的建议，让滞销的钓鱼台别墅现在又大卖了，证明你还是很有创意的。再有，如果盛世别墅大获成功，可以重创王树斌的碧海蓝天别墅。”

盛夏的电话断了，倪流手拿电话呆坐在车上，半天没有动上一动。不是三亿的利润让他震惊，而是盛世一出手就是二十亿元的巨额投资让他目瞪口呆。早就听说盛世药业财大气粗，没想到居然财大气粗到了豪掷二十亿的地步。

二十亿，可以买下两个远思！可以买下二十个中型公司，或者二百个小型公司。

盛夏真有魄力，第一次涉足房地产行业，就敢豪赌二十亿，而且上马的还是豪华别墅，这份气度这般勇气，非常人所能及，即使在房地产行业内操盘过多家楼盘的老牌房地产开发商，也不敢有如此豪赌。

更让倪流兴奋的是，盛世的盛世别墅正好位于中远的碧海蓝天旁边，而且开盘日期和碧海蓝天也相近，正好对碧海蓝天形成正面狙击之势。

好事，天大的好事，倪流心中的兴奋之意越来越高，盛夏有意思，利用盛世别墅项目拉他入伙，从此，远思就和盛世成了合作伙伴。没想到，远思还没有正式进军石门，就已经有了盟军，盟军既不是陈星睿的东方集团，也不是卓达的卓氏集团，而是一直想敬而远之的盛世。

不过，一个值得警惕的隐患是，一旦远思和盛世越走越近，必然会引起卓氏的疏远和反感，以卓氏和盛世的不和，卓达对他肯定会大有意见。

不管那么多了，先借盛世的势让远思在石门打开局面再说，倪流一瞬间下定了决心。

回到远思，吴小舞居然还没有睡下，房间里还亮着灯。倪流犹豫一下，还是没敲响吴小舞的房门，在他关上房门的一刻，吴小舞房间的灯也熄灭了。

几天后，又一场雪不期而至，在雪花飘飘中，春节到了。

瑞雪兆丰年，在喜庆的鞭炮声中，家家户户贴春联挂灯笼，作为对传统习俗保留得比较好的襄都，过年是一件有意思的事情。吴小舞留在了倪流家中过年，她从小没有见过过年还有这么多的花样以及这么多有意思的习俗，开心极了。

倪春雨和木锦兰越看吴小舞越喜欢，眉开眼笑。尤其是木锦兰，几次拉着倪流的手问他吴小舞是不是他女朋友。倪流每次都摇头否认，惹得木锦兰嗔怪倪流不说真话，连老妈都骗，让倪流好不无奈，只好说，林凝欢和吴小舞，他还拿不准主意到底更喜欢哪一个。

“小欢好。”大年初一的早上，林凝欢一早过来拜年，拜过年后，她拉着吴小舞出去玩，二人刚一出门，倪春雨就开口说道，“小欢活泼懂事，热情开朗，她家世又好，就她了。”

木锦兰表示反对：“我还是喜欢小舞。小欢人是不错，不过她家里的情况太复杂了，尤其是林道首，那个人心机太深，当了他的女婿，小流早晚吃亏。听说林道首一直想打远思的主意？小流娶了小欢，最后说不定远思也被林家拿走了。”

“你懂什么？”倪春雨一瞪眼睛，“林家就一个闺女，首远早晚是小欢的，一看小欢就不是斤斤计较的丫头，她嫁给小流，肯定事事听小流的话，首远就是小欢的嫁妆，以后姓倪不姓林。林道首再有心机又怎么着？他就一个闺女，连儿子都没有，家财万贯也要绝户了。”

“什么绝户了？多难听，现在女儿儿子都一样了，就你老顽固老死板。”木锦兰白了倪春雨一眼，对倪春雨的话颇不以为然，“林道首就一个女儿怎么了？现在男女平等了，小欢嫁过来，林道首要是提出小欢生两个孩子，其中一个必须姓林，你答应还是不答应？”

第二十六章

家事国事天下事

“当然不答应了，哪有孩子姓母亲姓的道理？胡闹！”倪春雨急了，站了起来，激动地双手挥舞。

倪流举双手投降：“老爸、老妈，我现在还不想讨论这个问题，不管是小欢还是小舞，我和她们相处的时间都还很短，现在说要我娶谁，我也不知道谁更合适。等相处一段时间，也许我觉得她们都合适，她们却都觉得我不合适，婚姻是两个人的事情，是情投意合你情我愿，是顺其自然水到渠成，现在距离谈婚论嫁还差了十万八千里，请二老不要操心了，什么时候时机成熟了，你们的儿媳妇自然而然就娶进家门了。”

“说得也是，说得也是。”倪芳在一旁看了半天老爸老妈的争论大戏，一直不说话，现在才发表了意见，“爸妈，你们就别操心了，小流本事大着呢，能管好这么大的一个远思，还找不到一个称心如意的媳妇儿？你们就等着晚年享福吧。”

“小流的婚姻大事不着急，小芳，你以后怎么办，想好没有？”老爸问到了倪芳，倪芳还年轻，总不能一直单身下去。

倪芳摇了摇头：“我什么也不想了，以后就把家斌带好就心满意足了。爸妈不嫌弃，我就守着爸妈过了。”

倪春雨和木锦兰叹了一口气，对视一眼，摇了摇头。

襄都还有大年初一早起的习俗，一家人聊了半天，天光才亮，不多时，拜年的人络绎不绝地登门了。

和往年不一样的是，拜年的人一下多了数倍有余。往年初一拜年的人，多半是倪春雨和木锦兰的学生，二老教书一辈子，桃李满天下，学生中成才者不计其数，还有一名襄都的副市长也是倪春雨的学生，也年年登门拜年，可见倪春雨教书育人确实做到了学为人师的行为示范。

今年拜年的人群之中，多了许多商界人士，都是冲倪流而来。有人和倪流攀交情，说起小时候的事情。也有人和倪流论亲戚，说是倪流七大姑八大姨的外甥女女婿的孙子的儿子，如是等等，让倪流疲于应付却又不得不碍于人情世故应付一二。

一直闹腾到了中午时分，才算消停下来。倪春雨不堪其苦，拍着倪流的肩膀说道："小流，你搬到石门办公是好事，以后过年就在石门过年，别回来了。人情往来是好事，过犹不及就不好了。"

倪流从内心深处感谢老爸的开明。老爸为人虽然稍有几分固执，却通情达理，对世俗的一些俗不可耐的人情世故，很是反感。他深受儒家思想的影响，秉承独善其身的理念，喜欢清静的岁月。

午饭的时候，吴小舞打来电话："倪流，我不回去吃饭了，不用管我，我在凝欢家里做客。"

林道首家中人丁不太兴旺，亲戚也少，过年的时候比较冷清，有吴小舞做客，多了人气和热闹，也是好事，倪流笑道："好吧，玩得高兴些。不过记住一点，别和林道首谈远思的事情。"

"切，我有那么傻吗？"吴小舞对倪流的话嗤之以鼻，"我真这么容易被套了话，你还会用我当你的秘书？"

倪流笑了："也是，如果你很傻的话，证明我也不够聪明。傻秘书的背后必定有一个不聪明的领导。"

吴小舞哈哈一笑："倪头儿，你知道林凝欢为什么非要拉着我一起吗？"

倪流心知肚明，却假装不知道："还真不知道，为什么呀？"

"呸，虚伪。"吴小舞佯怒，"你都答应当林凝欢的男朋友了，为什么还要招惹我？我可告诉你，我生平最讨厌男人脚踏两只船了。虽然你是我的老板，不过我还是要明确地告诉你，哪怕你开除我，我也不会答应你！"

这话就是气话了，倪流忙说："我是在林道首和林凝欢父女二人的连番攻势下，以退为进不得不采取的缓兵之计，而且我和林凝欢只是约定先相处一段时间，看看双方是不是合适。再者说了，我和你不也正是在试探阶段？万一以后我们不合适，我不是一脚踩空了？"

"好呀，你的意思是说，你先一下摘花两朵，分别把玩一番，看最后哪一朵花最喜欢就收了哪一朵，是不是？这对我对林凝欢都不公平。"

“不是摘花，是赏花。不是把玩，是鉴赏。小舞，你的思想太不健康了，我只是抱着审美的态度欣赏你和林凝欢，是试恋，尝试恋爱，和脚踩两只船的区别很大，就好比我要从盛世和卓氏两家之中选择一家作为合作方，是正常的商业思维。”

“商业思维不适用于感情！”吴小舞挂断了电话。

倪流摇头笑了笑，他现在多少也算了解了一点儿吴小舞，吴小舞看上去是生气了，其实没有真生气。如果她真生气了，就不会和林凝欢还在一起。她是气不过，觉得他欺骗了她。怎么说呢，他真的不想欺骗她，也没觉得他欺骗了吴小舞。

下午没什么事，倪流和倪芳聊了聊远思的下一步规划，以及宋国文留下的小本子。

对于倪流准备将远思搬到石门，并且要逐渐改变远思的发展方向，倪芳没什么意见，她本不太懂经商，对远思的发展也没有什么概念，既然现在倪流正在掌控大局，就一切由倪流决定好了。

“我的想法是，姐，你以后就接爸妈去和你一起住，你一个人住一个大房子，不太好。”倪流说出了他对姐姐未来生活的安排，“姐夫留下的小本子里面，有不少欠账人的名字和欠账金额，我大概算了算，不到两千万。不过他只留下了姓，没写名字，需要去猜，有些人能猜到，有些猜不到。有些会赖账，有些会还钱，有些可能只还一部分，总之，不能太乐观，也不能太悲观了。”

倪芳点点头，想要埋怨宋国文几句，又觉得没有必要，人死为大，还是算了。

“乐观估计，能要回一千万。悲观一点的话，也许只能要回大几百万。”倪流没有隐瞒，说出了另外一个实情，“姐夫临死时，留了一张五百万的现金支票，前段时间需要用钱，就用了一部分，这五百万虽是姐夫的个人财产，应该归姐姐所有，不过由于涉及了王树斌，以后需要和王树斌对峙，而且现阶段远思资金状况不好，也许可以用来救急，就先不给姐姐了，以后一定会还给姐姐。这件事情，姐姐先不要说出去，要保密。”

一直以来，倪芳对钱没有什么概念，家里从来不缺钱，钱的事情从来不用她操心，宋国文死后，家里还有一百多万，她又不是大手大脚花钱的人，百十万足够她花几年了。

“没事，你先拿去用，姐的就是你的，姐也相信，你以后不会不管姐。”倪芳现在对倪流一百个放心。

“嗯，姐，我这里有五百万，姐夫的外债也许还能要回大几百万，加在一起最少也有一千来万，以后我每年为斌斌存二十万的上学基金，为你和爸妈存一百万的生活基金。”家人的生活不求多奢华，一定要够用，倪流早就想好了，要让家人生活得富足而美好。

随后，倪流又研究了一番小本子上记录的秘密，发现了一个吴姓后面写着一串数字——三百，这么说，吴来或是吴氏的某一个人，欠了宋国文三百万？想起吴来见到他的面之后只字不提欠账的事情，他不由摇头，无商不奸，果然如此，欠了别人钱还能装作若无其事，看来，吴来无赖的本领，也不一般。

不过也不能仅凭一个吴姓就确定欠账者是吴来……本子上，除了王姓确定是王树斌之外，其他姓氏，只能凭猜测和摸索，其中还有卓姓、陈姓以及郭姓，卓姓难道是卓达？应该不是，卓达不可能私人向宋国文借钱。

那么陈姓难道是陈星睿？而郭姓会是郭容天？

原以为拿到了小本子，一切问题都迎刃而解了，不料拿到了之后倪流才发现，难题才刚刚开始，他不可能只凭推测就找到陈星睿，开口就问陈星睿是不是借了宋国文的钱。如果是而陈星睿不想赖账还好，如果不是或是陈星睿想赖账，当场翻脸他也没有办法，因为他没有直接的证据证明陈星睿借钱。

当然，陈星睿只是一个举例，以倪流的推测，陈姓欠账者应该不是陈星睿，以前陈星睿和宋国文几乎没有交集，而且以他对陈星睿的了解以及陈星睿豪爽的性格，他如果真的借了宋国文的钱，应该会主动承认。

越想越头疼，倪流索性将小本子扔到一边，不去想了，等机会到了，或许许多谜底会慢慢解开，现在还是不要自寻烦恼了。

晚上，倪流想和以前的亲朋好友走动走动，不料却接到了林凝欢的电话，林凝欢异常开心：“倪流，快来我家，爸妈要请你吃饭。”

“吃饭？吃什么饭？”倪流顿时心生警惕。

“能吃什么饭？家常饭！”林凝欢才不会多想，她永远简单而快乐，“爸爸妈妈说家里不热闹，想请你过来热闹热闹，过年了，人多了才喜庆。”

“还有谁？”

“没别人，就你和小舞。如果你想带人，多带几个朋友过来也无所谓。”

黄文旭回京城过年了，兰姣也回老家了，肖米在石门，至于孟岩、沈学良等人，只有工作关系，没有私人来往，再者年龄上也差距过大，玩不到一块儿。

算了，自己去吧，想必以林道首的想法，是想让他一个人去。不过想想也有意思，他和吴小舞同时做客林家，算是什么事儿？林道首唱的是哪一出戏？

又一想林凝欢也真是简单，肯定不会想到林道首邀请他到家做客的背后，隐藏着不为人所知的心思。倪流摇了摇头，也不知道林凝欢的简单是好事还是坏事。遇到好人，她会有一个好归宿，遇到别有用心的坏人，她陷了进去，或许就是万劫不复。也难怪林道首会为林凝欢操心那么多，身为父亲，他肯定非常了解自己女儿的性格。

到了林家，夜色刚刚降临，远处近处的鞭炮声开始此起彼伏地响起，平添了许多欢乐的气氛。年年岁岁花相似，岁岁年年人不同，忽然想起宋国文的去世，倪流莫名一阵心伤。

也许第一代第二代乃至第三代的企业家中，在创业的过程中，都多多少少有不法的手段，资本生来就具有掠夺和侵占性，尤其是在法制还不健全的今天，难免会有许多见不得光的手段。即使如此，宋国文在众多第三代企业家中，也算是比较干净的，起码他有敬畏之心，尊重法律敬畏道德并且行慈善之事。

可是为什么他就突然猝死了？

猝死还算好听，说是暴毙也不过分，大凡暴毙，换句话说是多义不行必自毙，要么德不配位，突然死亡，要么福分享尽，世间难容，只能一死。宋国文生前并没有做过太多坏事，也意外猝死，到底是上天不公，还是他自作自受？

倪流摇了摇头，怎么胡思乱想了？宋国文之死，还是死于自作自受，如果他不是嗜酒如命，也不会酒精中毒而死。人啊，如果不知道自己爱惜自己的身体，死是容易，自己一死一走了之，死后遗留的问题以及为家人带来的痛楚，才是洪水滔天。爱惜自己的身体，是对自己负责，也是对家人负责的表现。

第二十七章

做客林家

宋国文也幸亏有他这样一个小舅子，如果没有他，远思不管落到倪芳手中还是宋国武手中，早晚会被洪东旭抢走。甚至有可能在抢夺的过程中，倪芳也好宋国武也好，会受到伤害。匹夫无罪怀璧其罪的故事，总是在重复地上演。

其实宋国武应该感谢他才对，如果不是他继承了股份而是宋国武接手，现在的宋国武或许早被洪东旭玩弄得生不如死了。

一时思绪纷飞，想了许多，停好车，推门下车，他不由愣住了——在林家别墅的门口，有微黄的路灯下，有几片雪花飘然飘落，飞雪飘飘中，有一女子淡然而立，秀发覆额，一身红色的飘逸风衣，在灯光和雪花的映衬下，如梦如幻，飘然若仙。

原来林凝欢文静的时候，还真是好看，倪流一时看呆了。

“怎么样，我好看吧？”林凝欢上前挽住倪流的胳膊，“这身打扮，是小舞教我的，她说我的外表其实挺适合走文静、清新路线，就帮我设计了一下，结果还真是不错，连爸爸都说这么一打扮，我瞬间变成淑女了。”

吴小舞是故意气他，同时，也是为了显示她心思剔透的一面，她知道他的品位，是借林凝欢形象的改变变相告诉他，在她和林凝欢之间，他只能选择一个，不能左右逢源。现在她打扮好了林凝欢，如果他为林凝欢怦然心动，那么她也会悄然退出。

倪流暗中一笑，吴小舞心思玲珑，解开了吴来的心结后，她会慢慢在他面前露出最真实可爱的一面。

林家居住在市郊月光别墅，和倪芳所住的阳光别墅并列为襄都最豪华的两大别墅。阳光别墅位于市区之内，而月光别墅则稍微偏远一些，在市郊。

住在市郊的好处就是安静，空气清新，不过也有不足之处，人气不旺。

林家打开了全部灯光，映照得四下一片亮堂，只是周围几栋别墅漆黑一片，还是无形中增加了冷清之意。

进了大门，吴小舞在别墅门口相迎。

见倪流和林凝欢成双入对，吴小舞嫣然一笑：“恭喜倪董，恭喜小欢，终于要修成正果了。”

“别乱用词语，修成正果形容的是世外高人，不是我等俗人。”倪流反驳了吴小舞，又悄然朝她使了一个很是不满的眼色，“你还挺有爱心，为凝欢设计的形象，应该有你内心的写照。”

“没有，你别乱猜。”吴小舞回敬了倪流一个不服气的眼神，“倪董，林伯伯说了，他会无条件帮助远思渡过危机。”

好嘛，林道首又改变策略了？倪流心领神会地冲吴小舞眨了眨眼，和林凝欢一起迈进了林家。

林道首和从远远起身相迎。

“倪流来了，欢迎，欢迎。”林道首脸上洋溢着热情和喜悦。

“倪流，来，坐，坐。”和林道首的热情相比，从远远的热情就淡了许多，她的目光落在林凝欢挽着倪流胳膊的手上，眼中闪过一丝不快，“小欢，快去给客人倒茶。”

“倪流才不是什么客人，再说怎么用得着我倒茶？阿姨，上茶。”林凝欢不解从远远之意，不松开倪流的胳膊。

“你倒茶才显出对客人的尊重。”从远远瞪了林凝欢一眼，“听话，快去。”

林凝欢只好放开倪流，转身倒茶去了。

上了茶，寒暄几句，林凝欢又想坐到倪流的身边，从远远却向吴小舞使了一个眼色：“小舞，你和小欢到楼上看一会儿电视吧。”

“我不看电视，我要和倪流说话。”林凝欢立刻反对，“妈，你怎么总是不想让我和倪流在一起？”

倪流只是一脸淡笑，不说话，他看出来了，从远远对他颇有成见，不想让林凝欢和他来往过密。

从远远微露尴尬之色：“小欢，你怎么乱说话？妈妈爸爸想和倪流说几句话，是让你回避一下。”

林凝欢哼了一声：“我知道你反对我和倪流在一起，不管怎么样，我的爱情我做主，你别想干涉我的恋爱自由。”话虽这么说，她话一说完，还是拉上吴小舞就上楼而去。

吴小舞悄然回首，向倪流投去了意味深长的一瞥，她和倪流四目相对的一刻，正好被林道首尽收眼底。

“倪流，听说你要将远思搬到石门，这个决定，是不是太仓促了？”林凝欢和吴小舞一走，林道首开门见山就直奔主题了，没有再讲究起承转合。

远思的决定是不是仓促，不应该由林道首下结论，也不关林道首什么事情，向来沉稳有度的林道首不但不讲究谈话技巧，而且上来就是否定倪流做法的直白开场，就说明了一点，倪流分裂远思以退为进的做法，让林道首着急了。

倪流不慌不忙地笑了笑：“林伯伯的话，我不太明白，怎么就仓促了？”

“远思的根基在襄都，你把远思一分为二，把远思的精英全部带到石门，等于是远思放弃了在襄都的优势，去石门从零开始。”林道首说话过快，一下咳嗽了起来。

其实，林道首早想和倪流坐下好好谈一谈了，只是一直没有找到合适的理由。在远思刚刚传出倪流大刀阔斧分裂并且裁员的消息之后，他就震惊得不知所以，差点没有当即打电话质问倪流为何冒险行事，为什么不事先和他商量一二？

不过随后他又冷静下来，仔细一想倪流的分裂并分化远思的做法，固然有因势利导借洪东旭之力打洪东旭之脸的出发点，也有让远思脱离襄都从此在石门落地生根的长远考虑，或许其中还有一个不为人所知的想法，就是为了摆脱他的影响。

他的影响力仅限于襄都，一出襄都，就无限接近零。远思一旦迁往石门，等于是从此远思不但摆脱了襄都远思的局限，而且也摆脱了宋国文和洪东旭在远思经营多年的影响力，石门远思将会是一个全新的远思，远思将进入一个全新的时期，并且完全成了倪流的远思。

好心机，好手段，林道首不得不佩服倪流的铁腕和无情，铁腕是毫不留情地裁员四分之一，无情是趁洪东旭病要洪东旭命，完全无视洪东旭的权威，视洪东旭这个第二大股东如无物，强行通过了决议，让洪东旭想要阻止也没有机会！

倪流成长起来了，不但成长的速度极快，而且他比宋国文更坚决果断，更有魄力，林道首由以前视倪流是可以被他玩弄于股掌之间的毛头小伙子转为视倪流为平生劲敌！

在得知倪流对远思采取的一系列手法之后，林道首无奈地接受了一个事实：他想借机吞并远思的计划，以彻底失败而告终，在倪流决定远思迁往石门的一刻起，首远和远思的合并之路，完全堵死。

只是，林道首还是不甘心，不甘心就此失败，不甘心嘴边的肥肉会长了翅膀飞走，远思不是要迁往石门？好，姑且就算在倪流的铁腕之下，远思解决了内忧外患之中的内忧，但外患还在，产业园亏损的十亿仍然是一座不可逾越的高山，挡在远思前进的道路之上，不解决产业园的巨额亏损，远思别说迁往石门，就是迁往京城迁往美国也得破产倒闭。

倪流可以将远思一分为二，也可以行使董事长的权力让远思完全置于他的权威之下，但倪流不可能凭空变出十亿解决产业园的危机，林道首倒要看看，倪流下一步该怎么办？

正是想通了此节，林道首才按捺住了内心的冲动，一直等到了过年，才让林凝欢邀请倪流来家中做客，他希望能好好和倪流谈一谈，一来了解倪流的真实想法，二来他想告诉倪流，他是真心想帮远思渡过难关。

当然，真心之中，也包含私心，他又不是圣人，帮助远思的眼前是为了首远的长远。

倪流虽然不知道林道首的真正心思，不过多少也能猜到一二，他对林道首始终是防范多过亲近："林伯伯，有句话说得好，不破不立，远思从襄都迁往石门，确实是丢掉了在襄都辛辛苦苦打下的根基，但话又说回来，在全球化、IT化的今天，地球已经缩小成了一个村落，何必在意襄都和石门一百多公里的距离？况且远思现在的发展到了一个'瓶颈'，想要有所突破，必须要有所取舍。另外，还有一句话我也欣赏——置之死地而后生。"

倪流的话，有几分道理，不过林道首并不相信是真心话，他摇了摇头："置之死地而后生是在无路可走的情况，而不是放弃现在的优势非要去冒险。你看多少跨国集团都有失败的投资案例？你去石门，就一定能成功？这么做，太天真了……"

倪流呵呵一笑："谢谢林伯伯的关心和指点，我已经决定了，趁年轻，拼一把，胜了，固然可喜，输了，也无怨无悔。我也征求了洪叔的意见，洪叔也支持我的决定，他还说，当时他不在公司，如果他在，一定会和我并肩作战。"

之前，在大刀阔斧调整了远思之后，一切尘埃落定无可更改了，倪流拨通了洪东旭的电话，向洪东旭通报了远思的巨变。

洪东旭接到倪流的电话时，正在医院躺在病床上吃橘子，正好一瓣橘子含在嘴里，咽不下去吐不出来，呛得他咳嗽半天，差点没有背过气去。

按说这么大的人了，不应该被一瓣橘子呛着，洪东旭的咳嗽不是因橘子引起，而是肝火上升心火失控，再加上血气上涌，导致呼吸不畅。

其实在倪流刚刚动手清洗远思的时候，洪东旭就得知了消息，唐简水第一时间向他通风报信，征求他的指示，他却让唐简水按兵不动，静观其变。

因为洪东旭不相信倪流真会分裂远思并且裁员四分之一，他以为倪流是虚张声势，是为了逼他现身，是为了逼他让步，他偏不现身偏不让步，让倪流骑虎难下，他就不信了，倪流真敢冒着远思一头栽倒的危险把远思迁往石门？他不敢！倪流真敢冒天下之大不韪裁员四分之一？他也不敢！

洪东旭抱定了倪流不过是跳梁小丑，想演戏给他看的想法，他接连出了两次车祸，正气不顺，索性一狠心，看倪流到底能闹到什么地步，随便他闹，闹到不可收场的时候，他再出面收拾残局，一举奠定非他莫属的崇高威望。

正是基于这种想法，洪东旭先是美美地睡了一觉，醒来后悠闲地在病房吃橘子，不料才吃了一个橘子，感觉味道不错，在吃第二个时，倪流的电话就打了进来。

结果就接到了一个晴天霹雳的消息。

这个电话导致的严重后果就是，从此以后，洪东旭再也不吃一口橘子，一见到橘子就恶心反胃。

在最初的震惊和难以置信之后，洪东旭到底久经风浪，很快平静了下来，坚定地表示了对倪流的支持，既然事已至此，不如坦然接受，反正坏人是倪流做了，和他无关，他还要感谢倪流在他不在远思的时候裁员。而倪流做出远思迁往石门的决定，对他也是有益无害。

首先，倪流一走，襄都的远思他将一言九鼎，更利于他暗中进行的计划，没有倪流在眼皮底下碍手碍脚，他就可以为所欲为了。其次，远思迁往石门，如果成功了，他作为第二大股东，可以受益。如果失败了，也无妨，反正他打算退休了，到时候从远思得到的利益也足够他养老了，将远思带入毁灭的罪名由倪流承担，他光荣退休，名利双收。

在表态之后，洪东旭再次表示他愿意留在襄都，为远思开拓石门的市场提供强有力的后勤保障。总之，他的态度之好，无可挑剔，几乎要让倪流感动了。

最后，倪流和洪东旭都心照不宣地没提洪东旭身在何处，似乎倪流忘记了问洪东旭怎么不在襄都，而洪东旭也不必向倪流汇报一下为什么不在远思上班一样。

洪东旭的态度，多少出乎倪流的意外，倪流以为洪东旭总要质问他一番，不料洪东旭恢复镇静的反应之快，让他暗暗佩服洪东旭这头老狐狸历练得越来越滴水不漏。不过洪东旭的态度也说明了一个事实，洪东旭是铁了心要从远思赚够足够的养老钱，然后就会拍屁股走人。身为第二大股东不想一心发展壮大远思，只想谋取私利，让人不知道该说他什么好。

好在既然倪流已经决定要除去洪东旭，不管洪东旭是什么态度，都阻止不了他前进的脚步了。

如果说洪东旭是想将远思当成自家花园，想怎样采摘就怎样采摘，那么林道首是想让远思成为首远的后花园，为首远提供源源不断的劳力、物力和财力，再联想到林道首有意让首远上市的想法，倪流清楚了一点，他想将远思发展成控股公司，林道首其实也有意将首远发展成控股公司。

那么远思就是首远控股公司第一个要控股的目标。

“洪东旭真这么说？”林道首不太相信倪流的话，不过话一问出口，他又后悔了，洪东旭的心思早就不在远思的发展上了，倪流爱怎么折腾就怎么折腾，只要不影响他从远思搬运资源就行，倪流离开襄都，不是正合他之意？

“洪叔人不错，我接管远思以来，他一直很配合我的工作。”倪流说谎的时候，眼睛不眨脸不红，心跳也不加快，还一脸温和的微笑，似乎他对洪东旭真的很感谢一样。

林道首忽然发现他似乎不认识倪流了一样，以前他总认为倪流即使不会被他玩弄于股掌之间，也难逃他精心布置的连环局，现在却蓦然发现，倪流成长的速度就如雨后春笋一般，转眼间就长到了和他等高的高度，再长下去，他需要仰视才见了。

当然，林道首才不会认为倪流现在真有和他不相上下的智力，他还是想试一试倪流的高低深浅：“倪流，远思迁往石门，你想好了下一步怎么开局没有？还有，产业园的危机，想到解决的办法没有？”

似乎林道首很关心他，倪流笑了笑：“远思迁往石门，就是为了全力以赴解决产业园的危机，现在有了一个初步的思路，不过局势还没有明朗化，等远思到了石门后，估计一切都迎刃而解了。”

这不是胡闹吗？林道首险些没气笑，倪流显然没说实话，如果真如他所说一样双眼一抹黑就去石门，远思必死。而以他所了解的倪流，不是一个打无准备之仗的人。既然倪流不肯说实话，他就逼他说实话。

“远思迁往石门，或许内忧外患之中的内忧可以暂时缓解，不过外患还在。”林道首咳嗽一声，清了清嗓子，试图让他的声音更清晰一些，“倪流，你还年轻，失败了可以从头再来，远思不行，远思是几千人的寄托，关系到几千人的生活，你不能拿远思的未来当赌注，不能胡来。”

第二十八章

只凭实力

“道首，你这话就过分了，倪流怎么会拿远思的未来当赌注，怎么可能胡来？”一直在旁边拿眼睛斜视倪流的丛远远突然插话了，一说话，就是咄咄逼人的口气，“倪流多聪明的人，他肯定早有对策了，用不着你关心。现在的年轻人，本事大着呢。”

从第一次见面，倪流就发现丛远远对他看不惯，也不知道为什么，她看他的时候，总是戴着有色眼镜，而且时不时流露出轻蔑的眼神，或许是眼缘不合吧，反正他早已习惯了她居高临下的态度，不会和她计较什么，毕竟她是林凝欢的妈妈，也算是他的长辈。

倪流呵呵一笑，对丛远远的冷嘲热讽不以为意：“伯母是夸我还是骂我呢？我再聪明，也比不上林伯伯算无遗漏的人生智慧。”

林道首嘴角动了一动，闪过一个微有尴尬的笑容，算无遗漏的人生智慧可不是什么好话，倪流是在嘲讽他事事过于精明算计。

丛远远却没有听出来倪流的言外之意，她还以为倪流是在真心称赞林道首，得意地一笑：“你还别说，你林伯伯这些年纵横商场表现出来的人生智慧，在我眼里，确实无人可及。远思别看有襄都第一的称号，其实从去年开始，首远不管是总资产还是年利润，都已经超过了远思……”

“远远！”林道首制止了丛远远继续说下去，他不想让倪流暗笑丛远远领悟力跟不上他的思路，“茶凉了，帮我和倪流换一壶热茶。”

丛远远还不知道哪里说得不对，还想说些什么，林道首没再给她机会，他直接向倪流点明了主题：“倪流，如果远思有需要，首远可以无条件帮助远思渡过危机。作为同时从襄都走出来的公司，首远不忍心看着远思因为内斗而走向末路。”

“末路？这话从何说起？”倪流一脸不解，“远思现在虽然暂时遇到了一些困难，不过各项进展还算顺利，迁往石门，也是规划中的大远思迈出襄都走向全省的第一步，远思上下现在一片欣欣向荣的气象，怎么会是走向末路？林伯伯开玩笑了。”

林道首快被倪流的油盐不进气得拍案而起了，他是诚心想帮倪流，倪流倒好，不但处处提防他，还不说一句真话，这个年轻人，怎么这么油滑？

“这么说，远思十亿的亏损，你想到解决的方法了？”林道首压下胸中翻腾的怒气，心平气和地一笑，“年轻人果然能干，这么快就想到了解决之道，比我当年强多了。”

倪流也不是故意要气林道首，他才不相信林道首真会无条件帮助远思度过危机。林道首是何许人也？在襄都商界不少人背后都叫林道首为林神仙，神仙一说，不是盛赞林道首满头白发飘飘欲仙，而是形容他躲在丛远远的背后，假装一个不问世事的神仙，其实不过是道貌岸然的伪神仙罢了。

“不可能一下找到解决十亿亏损的方法，先解决一两亿也是一大进步。”倪流有意试探林道首一下，正好丛远远倒茶未归，“林伯伯，既然你说愿意无条件帮助远思，那我就冒昧问一句，首远能不能拆借三亿给远思？当然，拆借是人情，远思还款时，会按照正常的银行利息还款。”

上次从陈星睿手中拆借的三亿，倪流已经拿到了手中，陈星睿十分大方，约定的还款期限是半年，同时约定，如果三个月之内还款，不需要远思支付一分利息。

这一份人情看似不小，其实陈星睿也有私心，他就是想让倪流欠他一份人情，好让他在三角村地皮的开发过程中，如果遇到村民刁难等常见的难题，倪流不会坐视不理，只要倪流发话，肖米出面，肯定可以摆平一切麻烦。

倪流现在三亿在手，暂时无忧，不过他拆借陈星睿三亿，并不打算使用，只想以备不时之需，万一关键时刻需要一两亿摆平一个天大的难题时，他也好大手一挥就砸下巨款。实际上按照他的设想，这三亿到最后最好原封不动地还给陈星睿，不动用一分钱渡过眼前的难关，才是他的终极目标。

“三亿？”林道首先是一愣，似乎不相信倪流真向他开口了，随后马上又一脸喜色，“三亿，没问题，够不够？”

够大方，倪流真有点高看林道首了，三亿说借就借，不附加任何条件，也太伟光正了一些，他不好意思地笑道：“够了，够了，就是不知道林伯伯想要多高的利息？”

民间高利贷在襄都也不少见，倪流有此一问，也是想问个明白。

“什么利息？”林道首脸色蓦然一变，“你以为我拆借三亿给你是为了放你高利贷？倪流，你不要污辱林伯伯的人格！”

好吧，看来真得当林神仙是活雷锋了，倪流忙认错：“对不起林伯伯，我误会您了，万分感谢您的好意。我心里有数了，真要到了需要借钱的时候，我会向您开口的。”

林道首呵呵一笑，摆了摆手：“没关系，没关系，你对我还是不够了解，可以原谅。说句良心话，倪流，你周围的朋友，没有一个人和我一样是全心全意帮助远思。”

这一句话肯定不是良心话，而且林道首所谓的良心，也不知道是他自己的良心还是天地良心，反正倪流不喜欢他打着良心话的旗号加强语气，不过话又说回来，林道首这一句话还算是实话。

林道首不希望远思倒闭是真心，不过他不是为了远思的利益而不希望远思倒闭，而是为了首远。林道首野心很大，他想让首远上市，想让首远成为商业帝国，想让首远兼并许多公司，远思是离他最近也是最容易得手的第一家。

如果首远兼并远思成功，首远的商业帝国之路就算迈出了扎实的第一步，而且兼并远思，风险最小利益最大，因为远思现在是最虚弱的时期，因为远思目前的掌门人是倪流，借远思的虚弱和倪流的经验不足，林道首如果运作得当，可以以最小的代价将远思纳入麾下。

林道首之所以愿意主动帮助远思，而且还不提任何附加条件大方地同意拆借三亿，是他看清了形势，想以林凝欢和倪流联姻的形式来直接控制远思的方法行不通，他改变了战术，由以前的直截了当，改成了现在的曲径通幽。

如果倪流接受了林道首的三亿，表面上，林道首不提任何附加条件，实际上，三亿是木马计，如果到时万一远思还不上首远的三亿，人情债得肉偿，只能拿股份还债了。如此，林道首就达到了参股远思的目的。

三亿，足足可以置换远思百分之三十的股份，从而让首远一跃成为远思的第二大股东。以林道首的精明和老到，一旦首远进入了远思的董事会，首远必定会想尽一切办法成为远思的第一大股东，从而达到完全控制远思的最终目的。

而且说实话——实话而不是什么所谓的良心话——远思现在正处在低谷期，三亿如果只算百分之三十的股份，林道首良心上肯定过不去，在他的良心的层面上，三亿资金恐怕要值远思百分之四十甚至五十的股份。

以前倪流不想和首远有任何瓜葛，以免被林道首算计，让远思成为首远的附庸，现在他改变了主意，既然林道首始终对远思不死心，他何不以其人之道还治其人之身，反向思维，首远想吞并远思是正常的商业行为，那么远思为什么不能在合法的情况下，兼并了首远呢？

远思以后的发展方向是控股公司，如果首远成为远思第一家控股的公司，也是远思的莫大胜利，等于是远思的控股公司之路，有了一个良好的开局。

不过以林道首的精明和老谋深算，远思想要入股首远并且达到最终控股首远的终极目标，难度极高。倪流自认他是一个很有控制欲的人，同样，林道首也是一个控制欲极强的人，两强交手，不是勇者胜，是智者胜。林道首想要控制他控股远思，他想反制林道首，想控制林道首控股首远，那么他就必须在智慧上高林道首一等，在眼光上高林道首一筹，在计策上高林道首一招。

向林道首提出拆借三亿，倪流不是随口一说，也不是只为试探而试探，而是埋下了深深的伏笔。

"林伯伯……"拆借三亿，只是倪流试探和伏笔的第一步，现在是该抛出第二步诱饵的时候了，"关于远思未来的发展，我有一个想法，想参考一下您的意见。"

"什么想法，你说。"林道首立即表现出了莫大的兴趣，正好从远远的茶水到了，他亲手倒上一杯，递给了倪流。

倪流一脸受宠若惊，忙接过茶杯，轻轻喝了一口："远思现在到了一个关键的转折期，为了远思今后的长远着想，我想稀释我的股份。"

"啊？"林道首的茶杯刚送到嘴边，一听倪流的话，茶也顾不上喝了，放下了茶杯，"你想出让远思股份？"

"出让也行，置换也行，只要价位合理。"倪流将林道首的表情尽收眼底，心中愈加肯定自己的判断，林道首再老谋深算，在突如其来的巨大利益面前，也难免失态。

林道首沉吟片刻："说句良心话，倪流，你出让股份的做法非常英明，早先我劝你和首远置换股份，你还不听，现在怎么想通了？"

"当时太年轻，不太了解一些商业的运作，现在成熟了一点点，所以想通了，又觉得周围的人中，只有林伯伯是真心帮我，我就想，如果置换股份的话，我还是愿意和首远置换。"

幸福来得太突然，林道首一时猝不及防，他早就想以置换股份的方式入股远思，一直苦求不得的好事意外降临头上，他几乎不敢相信自己的耳朵。

倪流是真想通了，还是想诈他？林道首到底是林神仙，一瞬间又冷静下来，怀疑倪流的真正用心。深入一想，又释然了，倪流已经山穷水尽到了需要向他拆借三亿的地步，三亿还远远填补不了远思十亿的亏损，而和首远置换股份，可以让远思增加抵抗风险的能力，应该说，倪流不是想诈他，他没那个本事，也不是想通了，而是被逼无奈。

不过，既然是倪流主动送上门来，他就不能客气了，必须狠狠地砍远思一刀，趁你病要你命："和首远置换股份，我原则上不反对，不过置换的比例，不能和上次商定的百分之三十置换百分之三十的对等置换了。"

之前林道首首次提出置换股份时，是以林凝欢和倪流的婚姻为附加条件，而且当时林道首声称林凝欢名下有首远百分之三十的股份，借以让倪流动心。后来倪流才从林凝欢口中得知实情，她手中持股只有百分之十，另外的百分之二十要等她结婚时才会转到她的名下。

"林伯伯的意思是？"倪流的态度再恭敬不过，摆出洗耳恭听的姿态。

"首远百分之二十的股份置换远思百分之三十的股份。"该下手时就下手，不能心软，林道首微微一笑，"以远思目前的处境，首远和远思置换股份，风险很大。"

倪流点了点头，很诚恳地说道："林伯伯说得也对，确实现在远思陷在产业园的泥潭之中，前景不明，既然这样，我还是和陈星睿、吴来做交易算了，不能让远思的风险拖首远下水。林伯伯对我一向照顾，我得知恩图报，风险就让外人担了吧。"

林道首完全摸不着头脑了，被倪流绕得晕头转向，多年的经验和老谋深算似乎全然不管用了，倪流怎么这么善变，他到底是真傻还是聪明过头了？

"陈星睿和吴来？"林道首还是听到过倪流和陈星睿关系密切的传闻，也对倪流帮陈星睿拿下三角村地皮开发权一事略知一二，心中当下就相信了七分，"陈星睿和吴来也想和远思置换股份？"

"不是置换，是收购。"倪流注意到了林道首眼神中的慌乱和迷惑，心中暗暗一笑，"陈星睿提出出资三亿收购远思百分之三十的股份，吴来一开始想以三亿收购远思百分之四十的股份，后来听说陈星睿的三亿百分之三十的条件后，他也主动改为三亿百分之三十，并且承诺如果远思还缺资金，吴氏愿意继续向远思注资……"

这……怎么可能？林道首说什么也不相信倪流的话，可是见倪流一脸坦诚并且貌似忠厚的笑容，他又不得不相信倪流的话，但……为什么陈星睿和吴来都争相投资远思，难道都看中了远思未来的前景？

林道首比谁都清楚现在远思的困境只是假象，如果运作得当，远思的十亿亏损摇身一变就会变成数亿的收入，只不过许多人不愿意将真相告诉倪流罢了。有人是想借机让倪流放权，并且逼倪流手忙脚乱，好从中渔利；有人是故意让倪流判断失误，好乘人之危乘机低价入股远思；也有人是想隔岸观火，希望远思就此沦陷，少一个强有力的竞争对手；等等。不管各自出于什么目的，总之他相信，倪流对目前远思的困境认识不足，所以他才会迫不及待地拆借资金并且出售股份。

不过越多的人主动向远思注资，就越会让倪流及早看清远思的困境只是假象，林道首深吸了一口气："会不会是陈星睿和吴来和你开玩笑？"

倪流差点笑出声，林道首现在已经心绪不平了，这一句话问得极没水平，大失水准，完全愧对他林神仙的称号，还好，他没笑，还是一脸平静地说道："吴来可能是想试探我，陈星睿绝对没有开玩笑，三亿的支票他都开了出来，只要我点头，随时可以转账到远思名下。"说话间，他低头翻看手中的提包，"支票已经交到我手里了，我带过来了……好像在车上，要不要取来？"

林道首完全相信倪流的话了，无力地摆了摆手："不用了，不用了。"

"陈星睿到底年轻，远思现在能不能渡过难关还要两说，他就敢拿三亿砸进去，富二代就是富二代，目光短浅。"从远远上茶之后，半天没有开口，现在又忍不住了，出言讥讽，"他也不怕他的三亿打了水漂？"

倪流本不想和丛远远发生正面冲突，不过丛远远的话实在太难听，他呵呵一笑："伯母的话也有道理，不过星睿的东方集团现在市值在二十亿左右的规模，先不管东方集团是不是他自己一手缔造的成功，至少三亿在他眼里，不算大数目。"

一句话呛得丛远远无话可说了，首远现在也能拿出三亿，但很吃力，在实力为尊的商界，富二代也好富一代也罢，不以出身论英雄，只凭实力见高低。

第二十九章

用心深远

林道首向从远远使了一个眼色，显然他对从远远的发言很不满，沉思了片刻，他终于下定了决心：“倪流，林伯伯的实力和陈星睿、吴来确实比不了，但林伯伯对你是百分之百的爱护，这一点谁也比不了。所以在同等条件下，你是和林伯伯合作，还是愿意和陈星睿、吴来合作？”

“同等条件下，我当然愿意让林伯伯帮我了。”见林道首终于上钩，倪流见好就收，在老谋深算的林道首面前，必须时刻保持谦虚谨慎戒骄戒躁的作风，“不过陈星睿说了，他愿意拿东方集团百分之十的股份置换远思百分之二十的股份，同时再出三亿收购远思百分之三十的股份……”

“啊？”林道首一下站了起来，倪流抛出的炸弹一个接一个，一个比一个威力大，先是炸得他晕头转向，现在又炸得他惊慌失措，陈星睿要干什么？他哪里是入股远思，完全是要吞并远思，如果倪流答应陈星睿的条件，陈星睿直接就控股远思了。

陈星睿一旦控股远思，他对远思的所有心思只能熄灭了，远思也就没他什么事儿了，以东方集团的实力，他的首远绝对无力抗衡。

林道首终于焦虑了：“倪流，陈星睿是想兼并远思呀，他哪里是想帮你渡过难关，完全就是趁火打劫。”

陈星睿见林道首完全被他绕了进来，也假装一脸忧虑：“是呀，我也想到了这一点，所以才头疼，想请林伯伯帮我想个办法，怎么样才能既拒绝了陈星睿，又不至于让他感觉难堪？毕竟以后也许还有用得着他的地方，买卖不成仁义在。”

林道首慢慢坐了回来：“你是怎么想的？”

“我想，如果我手里有三亿的流动资金，又和首远置换了百分之二十的股份，底气就足了，既有了首远当同盟，又有了渡过危机的资本，回绝陈星睿的时候，理由也更充分一些。”倪流似乎很没信心地说出了他的想法，眼神躲闪，表情十分有趣。

原来倪流是想既置换股份又拆借三亿，林道首的眼睛亮了，百分之二十的首远股份置换百分之二十的远思股份，首远并不吃亏，拆借给倪流三亿，不但卖了一份天大的人情给倪流，而且还留了后手在远思，一旦倪流还不起三亿，可以以远思的百分之三十的股份偿还。百分之二十加上百分之三十，如果一切顺利，等于是远思一半的股份将落入他的手中，控股远思，指日可待。

林道首几乎要欢呼雀跃了，倪流呀倪流，以前是挖坑让你跳，你不跳。现在你是自己挖坑自己跳，以后远思毁在你的手中，可不要怪别人。

假装犹豫了片刻，林道首知道机不可失时不再来，当即说道：“说句良心话，我和国文情同手足，你和小欢又互相爱恋，我不帮你谁帮你？行，你的条件我都答应了，不过有一点……”

“什么条件，林伯伯尽管提。”倪流现在表现出来的迫切和不安，和一个商场新手无异。

“以后你一有什么困难，要最先想到林伯伯，别再找外人帮忙了。”林道首一脸慈爱地责怪倪流，“别让外人觉得襄都的公司好欺负，也别让外人认为林伯伯对你不够爱护，听到没有？”

“听到了。”倪流现在老实得像一个小学生，林道首说什么，他听什么，好像完全没有了主见。

“哈哈，好，好，林伯伯和你终于达成一致了，好事，难得的好事。远远，饭准备好了没有？我要和倪流喝上几杯。”林道首开怀大笑，兴致大起。

“少喝点，别一高兴就忘了自己三高了。”从远远很不满地回敬了林道首一个犀利的眼神，“你都戒酒一年了，怎么又要破戒？”

倪流忙说：“我也准备戒酒了，林伯伯，今天就不喝酒了，喝茶，酒伤肝，茶养生。”

“好，喝茶，喝茶。”林道首从善如流，手放在倪流的后背上，“走，小流，和林伯伯好好聊聊你对远思和你个人的规划。”

吃饭的时候，倪流坐在吴小舞和林凝欢中间，林凝欢不停地夹菜给倪流，吴小舞假装看不见，眼角却有会心而俏皮的笑意流露。

从远远却热情地招呼吴小舞，不时夹菜给吴小舞，还如长辈一样关心吴小舞的私事：“小舞，有男朋友了没有？”

吴小舞笑着摇了摇头："还没有，不急，先以事业为重。"

"现在好男人不好找，可靠的男人不会花言巧语，花言巧语的男人太花心，老实的男人不会赚钱，会赚钱的男人不顾家又容易跑掉，所以只要你发现身边有一个既可靠又会赚钱的男人，一定要抓住了，否则错过了就是一辈子的遗憾。"从远远一边说，目光一边落在倪流身上，用意再明显不过，是提醒吴小舞她身边的倪流就是一个又可靠又会赚钱的男人。

吴小舞心知肚明从远远的用心，嘻嘻一笑："谢谢伯母的关心，又可靠又会赚钱的男人虽然少了点，不过也不是没有，我身边就有一个。不过这样的男人可是抢手货，我不是白富美，又不会讨巧和哄人开心，竞争不过别人。"

"谁说的？小舞是个难得的好姑娘，又漂亮又温柔，比小欢懂事多了，谁娶了你，是他三辈子修来的福分。"从远远又夹了一块蛋糕给吴小舞，"小舞，你是不是喜欢倪流？"

"远远！"林道首不快地向从远远使了一个眼神，警告从远远不要再说下去。

林道首知道从远远一直不太喜欢倪流，也坚决反对林凝欢和倪流的事情，他多次试图说服从远远却没有成功。女人就是没有长远的目光，倪流有什么不好，哪里配不上小欢？况且倪流的人品比一些世家子弟强太多了，起码小欢嫁给他，不会不幸福。最难得的是，小欢也喜欢倪流。只是他没想到的是，从远远不喜欢倪流也就算了，还当着他和小欢的面撮合倪流和吴小舞，太过分了。

吴小舞喜欢倪流，倪流对吴小舞也有好感，林道首也看了出来，所以他才着急。倪流是他视线之内最优秀的年轻人，也是他心目中最理想的女婿，如果倪流爱上了吴小舞，他想借和倪流联姻巩固首远和远思合二为一的大计就会告吹。

从一个父亲的角度出发，他希望女儿婚姻美满生活富足，从一个商人的角度考虑，他希望首远以后有一个合理而规范的董事会，在法律的框架内保障女儿拥有首远最大股东的地位不变，两相结合之下，为女儿找一个人品可靠有上进心有经商才能的丈夫是至关重要的前提，而倪流，几乎符合他的所有要求。

林道首一心希望女儿嫁给倪流，考虑到了首远和女儿未来的全部利益，基本上没有遗漏。

而从远远只从主观出发，一心认定倪流不会带给女儿幸福，她也总是看倪流不顺眼，就让林道首颇为头疼。女人，不管多大年纪做到多高位置，情绪化永远是最大的缺点，也是致命缺点，一个人不能理智地分析问题，不能客观地审视问题，就会做出错误的判断。

由从远远又想到林凝欢，林道首更是头疼加剧，想他一生精于算计，算无遗漏，却偏偏只生了一个女儿，女儿也就算了，更没想到女儿不但对经商毫无兴趣，而且还天真单纯，毫无防人之心，让他操碎了心。好吧，天真单纯的女儿无忧无虑，也当是福分了，可是为什么他要为女儿找一个可以照顾她爱护她一辈子的女婿就这么难呢？从远远到底在想些什么？难道非要女儿嫁给毫无责任心只知道花天酒地的富二代才好？

林道首越想越生气，猛然一拍桌子："拿酒来。"

从远远吓了一跳，一看林道首的脸色就知道他生气了，她忙不迭说道："喝什么酒？不许喝酒。"

"今天高兴，非喝不可。"林道首用手一指林凝欢，"小欢，拿酒来。"

林凝欢索性说开了："爸，不喝酒，成不成？妈，你少说几句，别惹爸不高兴，行不行？我知道你不喜欢倪流，不想我和他在一起，你有你的想法，我有我的选择，你别干涉我的自由，可以吗？我的自由你不要干涉，小舞的自由你更不能干涉了，她想选择倪流，也是她的自由，倪流最后是选择小舞还是我，也是他的权利，我这么说，你明白了吗？"

从远远微微愠怒，林道首冲她发火也就算了，连女儿也敢对她指手画脚，让她顿感颜面扫地："小欢，你要自由？世界上哪里有没有限制的自由？没有限制的自由就是自私！你是自由了，却不顾妈妈的感受，你这不叫自由，这叫不懂事。"

眼见一场家宴就要变成家庭教育课，林凝欢起身就走，一拉吴小舞："小舞，走，陪我出去兜兜风。"

"你回来！"从远远怒吼。

回答她的是林凝欢毅然决然的后背。

林凝欢和吴小舞一走，家宴也就不成宴席了，林道首一推筷子："小流，到我书房说说话。"

转眼间人走得一干二净，只留下从远远一个人坐在偌大的餐桌前，一脸落寞而无所适从。

在林道首的书房内，倪流又和林道首敲定了合作细节，一小时后，他离开了林家。

倪流一走，从远远就走进了林道首的书房，见林道首又关闭了所有灯光，一个人沉浸在黑暗中，知道他又在思索问题。平常这个时候，她不会打扰他，不过今天她有话要说。

“道首，我觉得倪流不靠谱，他心眼太多，明傻暗奸，在你面前装出一副老实忠厚的样子，实际上他心机深沉得很。”从远远不知何故，就是不喜欢倪流，怎么看都不喜欢，越看越觉得倪流让人生厌。

“没有心机，他能摆布得洪东旭团团转？没有心机，他能让陈星睿和他合作，还能让付白中一败涂地？你以为我没看出来倪流的本事？哼，他本事不是一般的大。”林道首的脸色隐没在黑暗中，如同夜幕之下的雕像，黑暗而面无表情。

“那你还想让小欢嫁给他？还想和他合作？”从远远见林道首没有被倪流的假象迷惑，就更加不解了，“你到底是什么打算？”

“倪流有心机不假，不过归根结底，他还是一个本性善良有担当有作为的年轻人，值得小欢托付终身，至少他有诚实、勇于承担责任的优点，就凭这一点，我就认可他这个人。他人在商场，没有心机怎么活得下去？没有心机怎么把远思发扬光大？心机不是错，用到邪路上才是错。”林道首摆了摆手，“远远，你最大的缺点就是不改你的情绪化，情绪化影响一个人正确的判断，情绪不可靠，理智才可靠。”

“你就这么肯定和远思置换股份又拆借三亿给倪流，一定会是一步好棋？”从远远不愿意和林道首讨论她的情绪化的问题，情绪化是每个人都有的缺点，又不是她一个人独有。

“当然了，倪流再有心机，也没有我看得长远，何况他现在内忧外患，正是焦头烂额之际，哪里会事事想得周全？就和你在饥寒交迫的时候，有人给你一碗粥一件衣服，你已经感激不尽了，怎么还会去想这粥是不是干净这衣服是不是洗过了？”林道首自满十足。

“万一到时候倪流反客为主，最后控股了首远，你不是引狼入室吗？”

“你不是一向看不上倪流，怎么这时候又过于高估倪流的智商了？倪流是有心机，不过你别忘了，他才多大，才经历过多少事情，他怎么可能比得过经历过无数大风大浪的我？”林道首哈哈一笑，“现在的倪流差不多是病急乱投医了，等着吧，总有一天，或许用不了多久，首远即将成为远思最大的股东，到时倪流不听话也得听话了。”

“可是，我总是隐隐担心，总觉得其中有诈……”

“怕什么，兵不厌诈，倪流现在要资金没资金，要人脉没人脉，而且远思一摊子乱七八糟的事情还没有理顺，他翻不了天。别看洪东旭现在住院了，出院之后，他还能折腾出风浪让倪流难受。一个洪东旭就足够倪流应付了，最后他和洪东旭斗争的结果就是——鹬蚌相争，渔翁得利。我这个渔翁，做定了。”

“小心鹬蚌相争渔翁得利。”吴小舞靠在副驾驶座位上，微眯着眼睛，显然是累了，“倪头儿，你在玩火呀，和林道首做交易不是与虎谋皮吗？林道首比洪东旭还难对付。”

陪林凝欢兜风一圈之后，林凝欢开车送吴小舞，正好和倪流碰头了，吴小舞坐上了倪流的车，和倪流一起回远思大厦。回去的路上，她按捺不住心头的疑问，想问个明白。她也清楚目前远思的处境，对倪流采取的一系列措施，也很赞成，唯独对和林道首合作，她心中不安。

吴小舞虽不是阅人无数，也算跟着宋国文见识了不少形形色色的商界人士，自认可以看透洪东旭，却总是无法看清林道首的为人，在她眼中，林道首高深莫测，就如一个躲藏在山高云深之处的神仙。

“越难对付，才越有挑战性。”倪流笑了笑，也不过多解释，不是他信不过吴小舞，而是他解释不清，许多事情只能走一步看一步，谁也做不到算无遗漏，就是林神仙也不能。

“万一到最后远思被林道首拿住了命门，林道首要控股远思，怎么办？”吴小舞说出了她最担心的事情，“现在远思也没必要非要拆借首远三亿，这三亿虽说林道首大方地不要利息，但毕竟是一份天大的人情，除非你真的想娶林凝欢了。”

“娶不娶林凝欢和这个三亿，没有关系，商业运作和爱情婚姻，不能混为一谈，知道不小舞？”倪流嘿嘿一笑，一边开车一边腾出右手去抱吴小舞的肩膀，“你要是真心喜欢我，就告诉我，我不喜欢去猜别人的心思，怕猜错了，又尴尬又浪费时间。”

“倪董，请注意你的形象，你是有身份的人，别犯和秘书勾搭成奸的低级庸俗错误，传了出去，有损你伟光正的形象。”说话时，吴小舞拿开了倪流的手。

倪流哈哈一笑：“你这么一说倒是提醒了我，该给你换个工作了，不能总让你当我的秘书，委屈了你，也让我不好下手，这样，你去公关部担任副经理吧，肖米负责冲锋陷阵，你负责管理公关部，怎么样？”

“是嫌我在身边碍事了吧？好，我是你的一块砖，你愿意往哪儿搬就往哪儿搬，我没意见。”吴小舞其实挺乐意离开倪流，倒不是她嫌担任秘书容易惹人非议，而是她想有更大的发展空间。

一个人不能总原地踏步，许多女人就是因为跟不上男人前进的步伐而最终被男人抛弃，还自怨自艾。其实谁也别怪，要怪只怪自己跟不上时代。

“好，我就当你高高兴兴地同意了。”倪流太了解吴小舞了，一听她的口气就知道她其实并不反对他的安排。

春节转眼过去了，一上班，远思上下热火朝天，交接的交接，收拾东西的收拾东西，为正式迁往石门做前期准备。

倪流和黄文旭先后奔波在石门和襄都数次之后，总算完全敲定了和三杰大厦的租赁合同，并且腾空了办公场地购置了办公家具。作为董事长，倪流事必躬亲，不是他谦虚谨慎，而是现在远思经费不足，处处要省钱办事，他不出马不行，别人花钱，他还真不放心。

第三十章

许之以利

倒不是他小气，以前远思在财务管理上比较混乱，正是因此，才让洪东旭钻了漏洞，既然要打造一个新远思，要从开始就做出榜样，倪流事必躬亲就是要让众人看到，以后的远思，事事都要认真严谨，不能有丝毫马虎。

半个月后，远思在石门的办公地点准备完毕，随时可以入驻办公了。

与此同时，倪流和宋国武也达成了秘密协议，远思以二百五十万的价格租住远思大厦三到七层，一年到期后，远思原则上继续租住远思大厦办公。宋国武还和倪流签订了入股远思的意向书，其中包括以现金收购和以远思大厦百分之三十五的股份入股。意向书签订后，倪流要求宋国武暂时保密，不要向洪东旭透露半分。

现在倪流和宋国武越走越近，下一步，他准备从宋国武身上打开突破口，找到洪东旭和王树斌勾结并和洪方串通搬空远思资源的证据。现在时机不到，只是才和宋国武草签了意向书，等签订了正式合同之后，宋国武和他绑死在一起，才能让宋国武彻底背叛洪东旭。

现在如果向宋国武开口，说不定会打草惊蛇，以宋国武没有长性的性格，他指不定一激动就转身告诉了洪东旭。保险起见，而且时机不成熟，倪流就先按兵不动。

一切准备就绪，远思即将启航，在选好了黄道吉日后，倪流在襄都主持召开了远思分裂之前最后一次董事会。

过年后，洪东旭就上班了，他只字未提前一段时间不知所终的事情，倪流也没问，心照不宣是为人处世的基本素质，必须学会。

“这应该是远思在襄都召开的最后一次董事会了，下一次董事会，就会在石门召开了。”倪流的开场白明确了远思以后会以石门远思为主的发展方向，“感谢各位董事对我的工作的支持，以后虽然分别在两地办公，不过远思还是一个远思，不会因为距离的分开而分裂。”

这一次的董事会，人员全数到齐，徐德泉也专程从石门赶来参加了会议。坐在洪东旭的下首，他不再和往常一样神游物外，而是打起了十二分的精神。

和徐德泉精神百倍相比，唐简水就和霜打的茄子一样，无精打采，只差一点头都要低到桌子上了，神情要有多沮丧就有多沮丧。一想也是，昔日风光无限的唐副总，现在虽然还是董事兼副总，但留在襄都的都是老弱病残，精兵强将几乎全部被抽调到了石门，他这个副总名不副实，再也没有了呼风唤雨的权力，而且财政大权也随同倪流一起转移到了石门，襄都远思，成了一个空架子，怎不让他痛心疾首？

说实话，唐简水也想跟着倪流到石门征战天下，他还不算老，还不想和洪东旭一起退休养老，最主要的是，他还没有赚够养老钱，只不过他不敢开口说出实情，一开口，倪流肯定拒绝，洪东旭肯定不放他走。

可惜了……唐简水心中那叫一个郁闷，偷眼一看，除了徐德泉精神百倍之外，王骏群也是一脸春风得意，只差一点就露出春天般的微笑了，他几乎气得要拍案而起了——王骏群，你这个无耻的叛徒，不就是跟着倪流去石门，至于这么得意吗？真不是东西！

相比唐简水的气急败坏，老神在在的洪东旭的表现就气定神闲多了，他端坐不动，一副云淡风轻的表情，似乎一切都还尽在掌控之中。

“以后襄都这边的事务，就由洪叔全权处理，石门方面的事务，我负责。如果是同时涉及两边的大事，召开董事会讨论。”倪流继续发言，他的目光从众人脸上一一扫过，“远思迁往石门办公，是远思发展史上的一件大事，也是远思新的征程的开始，我希望远思人齐心协力，共渡难关。接下来，有几件事情我要宣布一下。”

洪东旭的眼皮突然跳了几下，心中闪过一丝慌乱，怎么回事，不是说这一次董事会不会有其他的事情吗？倪流怎么突然又额外增加了议题，他是什么意思？

对于倪流针对远思内忧外患而采取的一系列反制手法，洪东旭表面上逆来顺受，并无反对意见，其实内心也是窝了一团火，只不过一来事情本是由他引起，如果他跳将出来不但会显露他的浅薄和气急败坏，也会让他显得很被动很无能，二来倪流的顺水推舟之计从另一方面而言对他的计划也有利，再者经过两次车祸之后，他争权夺利之心也淡了许多，现在一心只想达到他的最终目的就行了，最后远思由谁说了算他不再在意，他只管利用产业园危机搬空远思最后的资源就可以含笑退休了。

虽说远思迁往石门，业务和财政部门都随同前去，襄都只剩下了后勤和部分行政人员，基本上就是一个空架子，但再是空架子，远思在襄都的根基还在，人脉还有，资源还在，根基、人脉和资源搬不走，他才不管远思去了石门是死是活，他只要远思留在襄都的人脉和资源全部归他所用即可。

倪流走了也好，襄都远思他就可以一手遮天了，正好趁倪流不在，他要彻底掏空远思留在襄都的最后的家底。虽然相信倪流也会逐步将远思遗留襄都的根基和资源陆续迁往石门，不过不是一朝一夕的事情，在过渡期内，他完全可以从容不迫地完成他的计划。

两次车祸，虽然受伤不重，不过对他心理上的伤害不小，尤其是最后一次，让他都有了坐车后遗症，甚至出院的时候他都不敢坐在汽车后座了。正是因此，洪东旭才深深地意识到，他确实老了，再和年轻人斗下去，智商跟得上体力也跟不上了。何况倪流进步的速度远超他的想象，而且倪流在石门也有了同盟军，他在石门遭遇的两次车祸，第一次肯定是人为的事故，背后的黑手绝对是陈星睿。

而陈星睿在倪流的帮助下，顺利拿到了三角村地皮的开发权，直接导致了付白中竞争失败，让付白中恼羞成怒，不但拒绝履行租借远思大厦的合同，还冲他咆哮发火，声称要和他断交，气得他差点心脏病发作。

付白中真不是东西，一次失败至于这么没有涵养地大吼大叫，好歹他也是有头有脸的人物，总要为自己保留一点尊严，别弄得跟小商小贩一个档次。

也正是由于付白中毫不犹豫地撤手，才让远思大厦逼走远思的计策落空，不但落空，还被倪流顺水推舟分裂了远思，并且成功地压缩了开支，又以原来四分之一的价格重新租下了远思大厦，这一手就连洪东旭也不得不承认玩得真是高明，完全就是一起无懈可击的反败为胜的经典实战案例。

洪东旭也由此看清了一点，现在他已经压制不住倪流崛起的势头了，尽管有不少被裁的员工找他哭诉，希望他能主持公道，他虽然气愤，虽然恼火裁员的员工都是他的嫡系，却也无可奈何，谁让他当时住院？谁让他只是第二股东？还有一件事情让他心里后怕的是，听说倪流已经从陈星睿手中拆借了三亿的资金，难道说倪流已经想到了解决产业园危机的办法？

尽管洪东旭不愿意承认，但也不得不正视现实，远思的内忧外患之中的内忧，基本上被倪流化解了。当然，只是表面的内忧，深层次的内忧还在，倪流应该还没有发现。他就是远思深层次的内忧，他暗中所做的一切说什么也不能让倪流发现，否则，倪流非得置他于死地不可。

、

产业园的危机，表面上是为倪流制造麻烦，让倪流手忙脚乱之下使出昏招，好让远思最终落到他的掌控之中，实际上洪东旭现在最大的愿望已经不是掌控远思了，对于远思，他已经没有了雄心，他现在只想将远思搬空，然后和儿子一起移民国外，安度晚年。

眼下事情既然已经走到了这一步，倪流去石门之后，肯定会把解决产业园危机之事放在重中之重。产业园危机是为他争取宝贵时间的筹码，如果说以前他还希望利用产业园危机来试探倪流到底有没有掌控远思的本事，那么现在他才不管倪流和远思能不能渡过危机，倪流的生死和远思的洪水滔天，从车祸事件后他就完全抛到了脑后，现在他只一心在乎他的个人利益能不能得到兑现。

正是因此，洪东旭才不再计较倪流对远思所做出的一切调整，只要不影响他留在襄都继续掏空远思最后的家底就成，其他事情，诸如远思的发展前景，远思要逐步以石门为总部，要重新任命新的管理层，等等，都和他无关了……

但让洪东旭震惊得无与伦比的是，倪流意外宣布的几件事情，让他如坠深渊！

“第一件事情是……”倪流一脸严肃，郑重其事地说道，“经过我的慎重考虑，为了让远思渡过目前的难关，为了缓解资金紧张的压力，我认为有必要转让部分远思的股份以换取流动资金。经初步接触，目前有意收购远思股份的企业和个人是，首远集团和宋国武……”

洪东旭手一抖，茶杯盖一下掉在了地上，摔得粉碎：“什么？要出让远思的股份？我不同意！”他一时激动，站了起来，“倪董，这件事情必须经董事会讨论批准才行，否则，我拒绝出让我的股份。”

以前，洪东旭一直希望倪流的股份被稀释到百分之五十以下，这样他才好联合其他董事控制董事会，现在他的心思不在远思了，才不想让外人入股远思以免节外生枝，影响他的大计。

“当然要经董事会批准了，我现在只是初步有一个意向。”倪流微微一笑，“洪叔先不要激动，也不要着急，我是先征求一下意见。如果都不同意，就只出让我名下的股份也行。”

“什么？”洪东旭听了出来，倪流是铁了心要以股份换资金了，又一想，居然是首远和宋国武，首远一旦入股远思，以林道首的老谋深算，他想掏空远思家底的计划必定会被林道首发现，哪怕退而求其次是宋国武入股远思，以宋国武的德行，不搅得远思鸡犬不宁他肯定不会消停。

不对，倪流哪里是要用股份换资金，分明是要引狼入室，让林道首或宋国武成为他的噩梦，好一个倪流，终于要正面对他出手了。难道说，倪流已经察觉到他搬运远思资源为洪方谋利的秘密了？

就算倪流有所察觉，他也没有证据，在他查到证据之前，他应该已经出国逍遥了。不过，洪东旭清楚一点，千万不能让林道首或是宋国武入股远思，二人之中不管哪一个进入远思的董事会，对别人或许没有太大的影响，对他而言绝对是一场灾难。

“第二件事情，为了应对产业园的亏损，从即日起，远思各项开支，一律缩减，五万以下的金额，洪叔审批。五万以上，由我审批。凡是没有洪叔和我签字的财务报表或账目，一律不予报销。”倪流不回答洪东旭的疑问，他只负责提出问题，不负责解答问题，何况他要的就是为洪东旭制造麻烦，让洪东旭自乱阵脚。

“什么？”洪东旭无语了，远思这么大的集团公司，五万元以下的账目都要他过目，他还不要忙死？关键是，他的权限一下被限制在了五万元以内，以后想在账目上做什么手脚，几乎没有可能了。倪流要审批五万以上的全部账目，相当于完全收回了财权。

够狠，够绝，比起宋国文担任董事长时对几十万以下账目不闻不问的作风，倪流的作风不但霸道强势，而且事无巨细大权独揽。洪东旭几乎要仰天长叹了，倪流是要把他赶尽杀绝呀。

“第三件事情……”倪流还是不回答洪东旭的疑问，一是没必要，二是越不回答，越能对洪东旭造成心理上的莫大压力，“许多人以为远思迁往石门是仓促之举，其实不是，在决定迁往石门发展之前，我已经为远思铺好了道路——远思一到石门，就会承接一处造价超过二十亿的别墅项目，虽说不是远思开发，但远思是承建商，负责前期规划、设计和中期施工、建设以及后期的销售策划，也就是说，这个项目远思不但可以从中学习到宝贵的别墅开发的实战经验，而且保守估计，最少有三亿的利润……”

“什么？！”洪东旭几乎惊掉了下巴。如果说前两个消息让他头大并且恼火的话，那么第三个消息让他简直不敢相信他的耳朵，倪流还没有将远思迁往石门办公，就已经打开了石门的市场……怎么可能？他怎么这么好运？怎么这么有本事，居然承接了一个二十亿的项目，岂不是说，如果倪流渡过了产业园的危机，再加上承建的二十亿的项目，远思一出襄都就真要一飞冲天了？

洪东旭坐不住了，如果远思真如倪流所说，一入石门就如鱼得水，那么远思解除了产业园的危机之后，再一切顺利的话，真有可能成为市值二十亿甚至五十亿的大型集团公司，他百分之二十的股份也会翻倍成为十亿的巨额财富。

而他现在费尽心机，也不过从远思拿走几亿，为了眼前的几亿就放弃几年后的十几亿，太亏了。洪东旭极度震惊之后是心思大动，好不容易下定的决心再次动摇——现在退出远思是不是太不合算了？

不过，倪流的话到底是真的还是他在夸大其词？远思还没有真正迈进石门，怎么可能接下这么大的一个项目？洪东旭当即提出了他的疑问："倪董，出让股份的问题以后再说，石门的别墅项目的事情，是只有意向还是签订了合同？"

如果签订了合同，洪东旭作为第二大股东不可能不知情，他之所以这么一问，还是想逼倪流说真话。不签订合同的项目，都有随时变卦的可能。

"合同在两周内签订，我可以明确地告诉洪叔和各位，这个项目十拿九稳，不会出现意外。"倪流微微一笑，见洪东旭震惊唐简水瞠目结舌，而徐德泉和王骏群喜形于色并且跃跃欲试，他知道他已经成功地调动了众人的激情，"另外需要强调的是，出让股份的资金会投入别墅项目中去，凡是不出让股份的股东，别墅项目的利润，不参与分红。如果各位都不出让股份，我个人会出让名下的股份以换取资金用来投资别墅项目，到时别墅项目的全部利润，也会归我一人所有。"

洪东旭张大了嘴巴，久久无语，才知道倪流出让股份换取资金的提议，原来是为了别墅项目而埋下的伏笔。这下好了，二十亿的别墅项目，超过三亿的利润，如果倪流出让名下百分之二十的股份换取两亿资金投资，最后获得超过四亿的话，就是百分之两百的利润……他再也按捺不住了，这么好的机会如果错过，岂不是太可惜了？

第三十一章

变局

他名下只有百分之二十的股份，按照比例分摊的话，出让远思百分之二十的股份，他需要出让百分之四，折合资金为四千万，百分之二百的利润就是八千万！

正当洪东旭心中暗自计算得失时，徐德泉已经迫不及待地表态了：“倪董，我愿意出让股份。我名下的股份就算稀释一倍，但远思的水池如果大上三倍，算起来还是身家翻番了。做人不能目光太短浅了，风物长宜放眼量嘛。”

徐德泉话音未落，王骏群也附议了：“倪董，我也愿意平摊股份。”

“我也愿意。”在利益面前，唐简水不再看洪东旭脸色行事了，也急不可耐地表示了同意。

五人董事会，倪流同意，另外有三名董事附和，等于是四人同意了，不管是按照股份的比例还是按照人数比例，不管洪东旭是不是赞成，这个提议已经正式通过了董事会的批准。

“这是好事，我怎么会不同意呢？这事儿，经董事会讨论一致同意，算是批准了。”洪东旭想通了，决定放手一搏，现在放手太吃亏了，二十亿的大项目，他要是错过，岂不太便宜了倪流？他辛辛苦苦为远思卖力了一辈子，眼见远思有一飞冲天的机会，有望成为几十亿的大型集团公司时，他拱手将大好局面交与倪流独享，他岂不是比雷锋还雷锋？

“好。”倪流心满意足地笑了，这一次董事会开得相当成功，比起上一次被洪东旭将了一军的半途而废，这一次他准备充足，自始至终掌握了节奏，一步步拉洪东旭下水，让洪东旭想赚一笔养老钱就跑人的想法暂时搁置。

只要洪东旭不准备随时跑路，只要让他认为还有利可图，他就会老老实实地待在远思，就会乖乖等着倪流布下天罗地网将他和他的同党一网打尽。

同时，倪流巧妙地将盛世别墅项目和与首远置换股份以及宋国武入股远思挂钩，一举解决了全部难题，可谓一举数得。

“那就这么定了，具体细节，等稍后文旭拿出方案后，再在会上讨论。”倪流站了起来，“洪叔，襄都这边就交给你和唐副总了，我和徐叔、王总监到石门开拓疆土，让我们共同努力，创造一个全新的大远思。”

会后，倪流又和洪东旭交换了一下两地远思的管理交接等细节，随后，倪流一行就踏上了前往石门的征程。

“盛世别墅的事情，现在还处在保密阶段，洪叔，千万别对外透露。”倪流又给洪东旭吃了一颗定心丸。盛世药业的实力毋庸置疑，相信洪东旭听到投资方是盛世药业，肯定不会再有任何怀疑。

“放心好了，洪叔是分不清轻重的人？”洪东旭满脸堆笑，忽然间他觉得倪流也没那么面目可憎了，相反，倪流年轻而充满朝气的脸庞，莫名让人有了亲切之感。小伙子不错呀，为远思承接了一个二十亿的大工程，才出襄都就打开了石门大门。要知道当年为了打开石门的市场，为了一个产业园项目，宋国文费尽千辛万苦，甚至不惜私下借钱给王树斌，才终于收买了王树斌，得以运作成功。

然而最终，宋国文为了解决产业园的隐患——其实在宋国文临死之前就得知了政府要重新整顿房地产市场的风声，产业园的地皮正在整顿之内——再赴石门和王树斌面谈，希望王树斌出面摆平地皮问题，王树斌当时答应了宋国文，不料宋国文返回襄都途中意外猝死，说到底，宋国文其实还是因产业园项目而死……

洪东旭暗中叹了一口气，这些内情倪流估计还不知道，让倪流自己去和王树斌短兵相接吧，如果他能说服王树斌，让王树斌出面的话，产业园地皮问题引发的五亿土地转让金和三亿罚款，或许可以解决。如果倪流无法摆平王树斌，请动王树斌出面，产业园项目的亏损，只能再想别的办法解决了。反正不到最后关头，他不会出头。

走一步看一步吧，盛世别墅的项目确实有利可图，但如果产业园项目的亏损问题解决不了，从盛世赚取的利润还不够产业园的亏损，到时如果势头不妙，他还是三十六计跑为上策，直接退股跑路。

倪流的队伍，一行浩浩荡荡十几辆车，直奔石门而去，洪东旭亲自送到高速口，目送倪流等人上了高速，他和唐简水才返回公司。

刚到公司楼下，一抬头，有人已经等在了楼下。

“洪总，我们快成一家人了，你是不是欢迎我加入远思？”宋国武满面春风迎了上来，“走，到你的办公室，我有绝对的商业机密。”

洪东旭皱了皱眉，勉强一笑：“欢迎，当然欢迎。”

到了办公室，唐简水关上房门，倒了一杯茶给宋国武：“国武，听说你最近和倪流走得很近，是不是被他忽悠了？”

“忽悠？简水，你太小瞧我的智商了，哈哈。”宋国武开怀大笑，自信满满，“你不要忘了一个事实，我和倪流是正宗的亲戚，他的亲姐姐是我的亲嫂子，说到底，你才是外人。再说倪流就算想忽悠我，他也得有那智商才行。”

一番话说得唐简水哑口无言，不是无话可说，而是什么都懒得说了。和宋国文相比，宋国武简直就是一个没脑子的二货，变脸比三岁的小孩还快，前几天还骂倪流是混账王八蛋，现在又说倪流是他的亲戚是天大的好人，真为他的智商着急。

唐简水不说话了，洪东旭却开口了：“国武，找我什么事儿？”

“也没什么大事，就是有几个小事，要向洪总通报一下。”宋国武站了起来，背着手，一副一切尽在掌握的姿态，仿佛他现在已经是大权在握的远思高层了，“我呢，早晚会入股远思，不出意外，股份会在百分之二十以上，差不多和洪总的股份相当，我来，是想和洪总商量一下，如果你想转让手中股份，尽管开价，我全收了。对了，简水也在，如果你想转让股份，我也收。”

洪东旭和唐简水对视一眼，宋国武病了，病得不轻，还说没被倪流忽悠，他现在完全成了倪流的马前卒，还自以为多有本事，真是可怜。世事往往如此，越是可怜的人越不知道自己智商低到可怜的程度，还对别人的劝告哈哈大笑，正应了老子的一句话——上士闻道，勤而行之；中士闻道，若存若亡；下士闻道，大笑之，不笑不足以为道。

不过……洪东旭忽然想到了一个关键点：“国武，倪流给了你什么承诺？”

“没什么承诺，我说我想入股远思，不想一直是远思的局外人，他同意了，还说如果他的股份出让计划通不过董事会批准的话，他会个人出让股份给我。他还说，现在远思资金紧缺，他想套现后投资别墅项目或入股到别的公司，不把鸡蛋放到一个篮子里。”宋国武一边说，一边示意唐简水为他续水，俨然以远思的高层自居了。

唐简水不无鄙夷地回敬了宋国武一个不满的眼神，不过还是为他倒满了水。也得承认，宋国武刚才的一番话，说得很中肯，应该不是假话，和倪流在董事会上的发言十分接近。

以宋国武的为人，他刚才的一番话应该不是倪流所教。唐简水心动了，现在远思深陷产业园的泥潭，能不能渡过危机还不一定，现在出手手中的股份，不管是套现还是投资别处，都正当时。这么一想，唐简水再看宋国武时的目光就热切了许多，又主动为宋国武倒了一杯茶水。

“你想收购我手中的股份？”洪东旭饶有兴趣地盯着宋国武，“出什么价，想收购多少？”

“还按一股一千万的价格收购，不会让你吃亏。”宋国武大手一挥，豪气冲天，“不过我手中没多少钱，只能收购大约百分之五的股份，先到先得，不管是洪总的还是简水的股份，我一视同仁。”

好嘛，现在宋国武摆出了高高在上的姿态，利诱洪东旭和唐简水，这一手倒是高明，让洪东旭顿时心中一动。

倪流说过，要么首远，要么宋国武，反正两者之一会入股远思，与其让首远入股，还不如让宋国武入股，和林道首相比，宋国武的威胁小多了。

按照远思公司章程规定，股东向股东以外的人转让股权，须经公司董事会过半股东同意，这个规定现在已经不是障碍了，在刚刚召开的董事会上，全体股东已经同意了倪流的提议，也就是说，不管是洪东旭还是唐简水任何一人向宋国武转让股权，只需直接到工商部门办理变更手续即可。

“国武，你能拿出五千万的现金？”洪东旭不相信宋国武手中有五千万，不过从私心的角度出发，让宋国武入股远思，对他而言也未必不是好事，或许宋国武会成为他在董事会的助力之一。

“拿不出来，我就不会坐在这里了。”宋国武得意扬扬，“洪总，你想转让多少？简水，你呢？”

洪东旭本来想私下和宋国武交流，见宋国武当面提了出来，他转念一想，算了，还是需要适当拉拢一下唐简水，就故作大方地一挥手：“让简水先，我跟进。”

唐简水名下一共才百分之三的股份，他不可能转让太多，除非他想彻底跳出远思，他想了一想，也没客气，直接说出了心里话：“我名下股份本来不多，只能转让百分之一。”

“好吧，剩下的百分之四，我接下了。”洪东旭也不绕弯了，直截了当地说道，“国武，你什么时候有空儿，一起去办理一下交接手续？”

“好，痛快。”宋国武一拍大腿站了起来，“现在就有空儿，要不，现在就去？”

“现在？”洪东旭一愣，“钱都准备好了？”

“当然了，我从来不打无准备之仗。”宋国武一拍胸膛，“五千万，妥妥的，随时可以转账。”

真是人傻钱多，现在远思的前景还不太明朗，就敢直接拍出五千万买进百分之五的股份，宋国武被倪流忽悠得不轻，真一心认定远思的市值会大涨？算了，不去操心遥远的事情了，还是先套现了四千万再说，反正钱在自己口袋里，是投资盛世别墅项目，还是拿钱走人，他可以自由决定，这么一想，洪东旭当即决定：“那好，这就走。”

“走。”唐简水也没想到这么快就谈妥了，他还想再考虑一下，毕竟他的股份再减少的话，有可能会失去董事的资格，又一想，反正他被闲置在了襄都，在远思也失去了发言权，算了，与其拿着前景不明的远思股份，不如套现最实惠。一经想通，他也不再犹豫了。

宋国武哈哈大笑，前头带路，和洪东旭、唐简水一起下楼。一边下楼，他一边心里美开了花，五千万买入远思百分之五的股份，再加上远思大厦百分之三十五的股份可以置换远思百分之十的股份，他持有的远思股份将会达到百分之十五，而他没有从倪流手中收购股份，而是从洪东旭和唐简水手中收购，此消彼长，洪东旭的股份一举降低到了百分之十六，他只需要再前进一步，就可以将洪东旭踩在脚下，成为远思第二大股东了。

想想努力多年，终于可以成为远思的主人，宋国武对自己智商的迷恋上升到了盲目的程度，利用远思的动荡和分裂，再利用洪东旭和倪流的对抗，他成功地撬开了远思的大门，以正常的市场价格收购了远思股份，而接下来远思渡过产业园危机，再承建了盛世别墅后，市值肯定会大涨，到时他的股份会大幅升值。

一想到他不但入股了远思，还会身家大涨，宋国武几乎要喜形于色了。

“宋国武从洪东旭和唐简水手中收购了百分之五的股份。”倪流一行刚到石门，就收到了从襄都传来的消息，黄文旭最先接到了消息，他一边乐得合不拢嘴一边对倪流说，“倪头儿，宋国武入局了。”

“入局了好哇，远思是个大泥潭，也是一个金矿，谁现在冒着染一身泥浆的勇气跳进来，然后才会发现，原来泥潭的下面，埋着厚厚的一层黄金。”倪流下了车，抬头仰望三杰大厦，“总有一天，远思会在石门拥有自己的办公大楼。”

“也别说，宋国武傻归傻，也有傻得可爱的一面。他主动找洪东旭收购股份，固然有他想削减洪东旭持股比例的私心，不过也间接帮了我们的大忙，省了我们再想方设法让洪东旭减持股份的难题。宋国武入股远思，是远思董事会重新洗牌的开始。”黄文旭分析了形势，然后不好意思地嘿嘿一笑，“倪头儿，我为远思也算立下了汗马功劳，我的百分之一的股份，是不是该兑现了？”

倪流答应过黄文旭要给他百分之一的股份，当然，这百分之一要从他自己的股份中出，不过一直没有兑现，不是倪流想赖账，而是时候不到。

“行，没问题。不过我建议你再准备几千万，乘机再吃进几股远思的股份，持股超过百分之五，对你有好处。”倪流一拍黄文旭的肩膀，“别再花天酒地地造钱了，该为未来做储备了。”

黄文旭讪讪一笑：“倪头儿批评得是，不过我认识倪头儿晚了一点，以前赚的钱，都花得差不多了，现在手里杂七杂八还真拿不出几千万，我算算，估计连一千万都没有了。”

倪流深刻地一拍黄文旭：“这样我就放心了，你就老老实实地当我的跟班吧。以后有钱就花，别攒着，记住没有？”

黄文旭一脸黑线：“倪头儿，你这是什么意思？是想让我一辈子当你的跟班，是鄙视我一辈子当不上远思的大股东？”

“我鄙视你什么？当不当得上，全在你自己，你有本事，我不拦着。你没本事，我也不扶你上位。”倪流哈哈一笑，“别愣着了，干活儿。”

折腾了将近一天，远思才算正式入驻了三杰大厦。三杰大厦的名字到底是什么来历，没人清楚，三杰是指刘关张还是另有所指，也无人得知，反正不管三杰是谁了，暂时三杰大厦就是远思在石门的桥头堡了。

一切安顿好后，众人都累得人仰马翻，早早就睡下了。次日一早，各就各位，开始分座位，安排分工，一连忙碌了三天，总算安定下来，算是初步步入了正轨。

现在已是三月的光景，春回大地，万物复苏。在春光明媚时，远思将总部从立足十年的襄都搬来石门，这一步的迈出，风险着实不小，不过风险总是伴随着机遇，况且倪流也坚信，远思在襄都十年，积攒的陈旧气息以及落后的管理方式，还有大量的人浮于事、懒散成习惯的员工，不彻底改变现状，远思就和老旧的国企一样，早晚会被自身僵化的体制拖死。

破釜沉舟正当时，倪流坐在办公室里，一边喝茶一边深思，值此产业园亏损之际，又有盛世别墅项目的上马，远思的石门之行，必定可以一炮打响……

第三十二章

无路可走

刚想到炮，忽然听到外面传来了惊天动地的鞭炮声，倪流一惊，出什么事情了？他忙起身向窗外一看，不由愣了，窗外烟雾弥漫，数千挂鞭炮闪个不停，场面十分壮观，在鞭炮声中，一条大红条幅挂了起来，上书——祝贺远思集团落户石门，落款是盛世药业。

倪流又会心地笑了。也是，远思好歹也是襄都有名望的企业，来到石门悄无声息，也太寒酸了，还是盛夏有情趣，又放鞭炮又送条幅，有爱心。

盛夏不但送了条幅祝贺，还亲临了三杰大厦。在四五名随从人员的前呼后拥下，盛夏盛气凌人地迈入了三杰大厦。

听说盛世药业的夏大小姐亲临三杰大厦，三杰大厦的经理许停惊得差点掉了下巴。以盛夏的威名和威风，她轻易不会来三杰大厦这样不入流的地方，莫非盛大小姐看中了三杰大厦，想大手一挥买下三杰大厦？抱着美好幻想的许停急巴巴冲出来想见盛夏一面，却被盛夏的保镖挡在外面。他急得跳脚大喊："盛董，盛总，盛大小姐，我是许停……"

盛夏却头也没回，只给了许停一个浮想联翩的背影。

"盛董大驾光临，未及远迎，抱歉，抱歉。"倪流打了个哈哈，说的一口官样文章，"不知盛董有什么指示精神？"

"倪董，学会跟我打官腔了？好吧，你继续打官腔，我先走了。"盛夏说走就走，丝毫不给倪流面子。

倪流哈哈一笑："盛董，留步，留步，我一句话玩笑话你就当真，这不是你盛大小姐的风格呀，说说看，谁惹你不高兴了，我拼了这条老命也要帮你讨回公道。"

"咯咯，老命？你才几岁，还敢在我面前卖老。"盛夏立刻笑逐颜开了，回身坐在了倪流的对面，打量了一下倪流的办公室，轻轻摇了摇头，“倪流，你的办公条件和办公室，也太不上档次了，怎么着，准备艰苦创业呀？实在不行，我的盛世大厦还有闲置的几层，你们索性搬过来算了。不收你们租金，无偿奉献，爱的奉献。”

“免了，谢了，受之有愧，不敢。”倪流连忙推辞。盛夏似乎是好心好意，也很慷慨大方，实际上如果远思真的搬到了盛世大厦办公，等于是在盛夏的眼皮底下工作，一举一动都被盛夏尽收眼底，相当于羊入虎口，早晚会被盛夏一口吞并。

比起林道首以置换股份的形式控股远思的图谋，盛夏将远思置于眼皮底下伺机而噬的手段更直接更暴力，不过也更有意思。

“真没胆，一点儿冒险精神都没有。”盛夏拍了拍倪流的肩膀，笑眯眯的表情似乎隐藏着无数的秘密，“倪流，你难道就没有兼并盛世房地产的雄心壮志？”

比起林道首的老谋深算和洪东旭的老奸巨猾，倪流更喜欢盛夏的直来直去，真小人比伪君子更可爱，当然，盛夏不算真小人，她是真真假假假假真真让人分不清的风格。

雄心壮志谁都有，别说兼并盛世房地产，就连推倒盛夏娶了她连带将整个盛世药业纳入自己名下的雄心倪流也不是没有想过，当然只是一想而过，不切实际的雄心壮志不是雄心，而是梦想，甚至连梦想都不算，是幻想。

远思现在别说兼并盛世房地产了，连兼并首远的实力都没有，而且内忧外患，在没有解决产业园项目危机之前，埋头苦干为第一，苦练内功才是正道，其他的，诸如兼并，诸如控股公司，等等，都是远景规划。

“有，当然有了。”倪流嘿嘿一笑，“不过不是雄心壮志，只能算是梦想。梦想是前进的动力，不过在做梦的同时，脚踏实地做好眼前的每一件事情，才是正理。盛董，来杯普洱还是金骏眉？”

“金骏眉吧，普洱炒得过热了，不太喜欢，一喝普洱，总能闻到一股浓浓的铜臭味道。”盛夏皱眉的样子三分可爱七分纯真，“我不喜欢过于炒作的事物，茶是，翡翠也是。”

她这么一说，倪流才注意到盛夏浑身上下果然没有一块翡翠饰品。近年来翡翠涨势颇高，和普洱茶一样，成为云南经济的支柱产业，价格一路暴涨。暴涨的背后，到底谁是幕后推手就不好猜测了。

乱世金银盛世翡翠，翡翠价格的上涨，也证明现在正是太平盛世。翡翠具有不可再生性，而且玉石都有独一无二的收藏价值，价格上涨也情有可原，可是普洱茶不过是中国无数名茶中的一类，而且还不在十大名茶之内，价格上涨速度之快，令人瞠目结舌，价格之高甚至一度超过了黄金。这就是市场不理性被人为操纵的结果了。

操纵市场的人，早晚会被市场抛弃，这是铁律，连盛夏也厌烦普洱茶的过热了。倪流又想到了房地产，现在房地产热固然有炒作的原因在内，不过房子和普洱茶不同，不喝普洱茶，可以喝别的茶或者干脆不喝茶，房子却是必须要住，是刚需，而且中国最不缺的恰恰是人，人多，房子的需求量就大。

倪流亲自动手泡了一杯金骏眉，送到盛夏手中："盛董的意思是，盛世别墅上马之后，会定一个合理的价位了？"

盛夏嫣然一笑："倪流，怪不得许多女人都喜欢你，你还真是懂女人心，一句话就说到点儿上了。没错，我确实有这个意思，不是说想和王树斌打价格战，而是我听说王树斌在得知盛世别墅即将上马的消息后，连夜召开会议，要将碧海蓝天别墅的开盘价格每平方米下降五百元，好呀，中远多大的斤两也想和盛世比拼价格，我就陪他玩玩了。"

原来如此，王树斌的动作够快，居然想以价格取胜。一平方米降五百元，以建筑面积十万平方米计算，等于让利五千万，也算是大手笔。只凭盛世即将上马盛世别墅的一个消息就让王树斌让利五千万，也间接说明盛世的名头之响，确实引起了王树斌的恐慌。

要知道，盛世别墅是盛世房地产的第一个项目，盛世集团虽然在石门名声极响，不过在房地产业还算是新手。初入房地产业就能让开发过几家楼盘的中远集团如临大敌，不知道是不是因为盛夏在石门商界的狼性传闻太过骇人之故？

"碧海蓝天的开盘价是一万一千五一平方米，降价后，正好是一万一，盛董的意思是，盛世别墅的开盘价控制在一万左右？"倪流暗暗算了一笔账，西部山区的别墅由于地皮便宜，整体房价不高，最大的缺点就是距离市区较远，一般购买者都是第二第三套房子，用来度假之用。一万一平方米的开盘价格，等后期会涨到一万三四左右，以每平方米五千元的成本核算，利润依然十分可观。

当然，房地产开发的最大问题在于在开发期间，不可预期的追加费用太多，所以最后核算下来，纯利润可能会比最开始核算的毛利润低很多。

"9999元起，怎么样？"盛夏咬着嘴唇，哧哧一笑，"差一块不到一万，也算万元以内的高档别墅，在石门这个二线中等城市，这个价格也算很有诚意了，如果你再在设计和规划上多用用心，想出一两个和钓鱼台别墅的半日闲庄园类似的卖点的话，盛世别墅不愁不大卖。”

半日闲庄园的卖点，现在倪流回想起来也是神来之笔，可遇不可求。当然，盛世别墅的创意和卖点，他现在也差不多有了大概想法，等实地考察后，应该还会更具体更详细，力求完美而一鸣惊人。

“创意和卖点都有了，万事俱备，只欠东风。”倪流卖了个关子，“东风一来，春天就来了。”

盛夏知道倪流所说的东风指的是什么，她一伸手拿出一份合同：“合同我都带来了，你看看没有问题的话，现在就签，我要马上上马项目，不能落到王树斌后面。听说王树斌的碧海蓝天项目，卓达很看好，卓达还专程到项目现场参观了一次，还提出要和王树斌合作。倪流，你不用担心我说话不算话，你可以打听打听，在石门，不，在中省的商界内，有人说盛夏强势，也有人说盛夏太狠，但没有一个人说盛夏出尔反尔。既然我答应了要给你这个项目，绝对不会变卦。”

倪流要的就是正式合同，没有签订合同之前，他不会对盛夏透露半点他关于盛世别墅项目的设想，毕竟，创意就是金钱，卖点就是财富。当然，盛夏关于盛世别墅的创意和卖点也会有自己的想法，她想先听听他的想法，也是对他的考验。不过盛夏先签合同的做法，是对他的绝对信任，他多少有几分感动。

怪不得盛夏在石门所向披靡，战无不胜，任何一个成功者都自有他的成功之处，都有他让人敬佩的优点。

倪流当下也没客气，翻开合同就看了起来，合同条款还算公正，没有陷阱，没有太苛刻的条款，看完合同，他对盛夏的印象再次大为改观，盛夏做事，坦荡磊落，让人无可挑剔。

“盛董，没的说，和你合作，我一定会当成自己的事情来做，付出百分之一百二的努力，不会让你失望。”

盛夏满意地笑了：“我认准的人，从来不会让我失望，而且我还要告诉你的是，盛世别墅只是盛世房地产的第一个项目，如果合作愉快了，以后盛世房地产的项目，还会继续选择和远思合作。”

“那么，现在就签了合同？”倪流呵呵一笑，“合同一签，石门房地产市场，再起硝烟。”

“签！”盛夏一挥手，让法务部经理和远思法务部对接，正式签订了合作框架合同。

合同验证无误后，再由盛夏和倪流分别签字，完成了最后一个步骤。

一笔涉及二十亿金额的大笔合同，没有新闻媒体的聚焦，没有香槟酒会的助兴，甚至没有鲜花和掌声，只在倪流的办公室内简单地几笔签下，恐怕在中省商界史上是最简单的一次签署仪式。

“要不要庆祝一下？”倪流见合同已经正式生效，心情大好。

“庆祝？刚才外面的鞭炮和条幅，就已经提前庆祝过了。”盛夏摆了摆手，“我就是怕这些繁文缛节，所以才提前放了鞭炮，如果倪董不介意的话，下面我们就进入主题？”

好嘛，盛夏也太迫不及待了，不过也好，倪流早也想跃跃欲试在石门大展身手了。他一挥手：“兰姣，没我的吩咐，谁也不许进来，谁的电话也不接。”

吴小舞正式调任公关部任副经理，兰姣就接替了吴小舞成为倪流的助理兼秘书。和吴小舞的精练相比，兰姣稍显动作迟缓一些，不过胜在细心。

“门一关，现在只是我们两个人了，盛董，盛世别墅想要达到什么轰动效果，你大可以对我说明了。”倪流打开天窗说亮话，“盛世别墅，关系到盛世房地产的开局是不是顺利，也关系到远思能不能在石门站稳脚跟，现在的盛世和远思，在同一条船上，一荣俱荣，一损却只有远思一家损。”

“这话我爱听，证明你意识到了盛世别墅对远思的重要性。”盛夏轻轻一敲桌子，“这么说吧，盛世别墅就算全砸进去了，也拖不死盛世集团，不过也会让盛世元气大伤，并且成为卓达的笑柄，所以，盛世别墅许胜不许败。如果败了，倪董，别怪我丑话说到前头，我会拉远思一起陪葬。当然，胜了我也不会亏待远思，从创意、规划到营销，全权交由远思负责，等于是说，表面上是盛世别墅，实际上，是远思别墅，是远思具体操盘的项目。但远思不用出资，等于是一点风险也没有。我的许诺是，别墅大卖，保证远思从项目中获利不少于五亿。项目惨败，远思也别想在石门混下去了……”

倪流明白了，盛夏上马盛世别墅项目，不仅仅是为了盛世集团的多元化发展，也是为了争一口气，想要打败王树斌，更是要让卓达刮目相看。盛世和卓氏之间到底有什么过节，以至于用二十亿的项目暗中较劲，不是他关心的重点，他只需要记住一点，表面上远思一入石门就拿下了盛世别墅项目，似乎是旗开得胜，实际上在巨大的利益背后必定会隐藏着巨大的风险，远思此举等于是和盛世的利益紧紧捆绑在了一起，也相当于远思将未来的赌注全部压在了盛世别墅身上。

人生从生到死就是一场豪赌，谁也不知道明天会发生什么，远思已经被产业园的危机拖入了泥潭，从襄都来石门，要的就是背水一战，加入盛世别墅的豪赌，不过在背水一战的同时，又破釜沉舟了。怕什么？怕就不是男子汉。

干了，拼了！

“远思会赌上身家性命来拼盛世别墅。”倪流表了决心。

“算你聪明。”盛夏脸色冷峻，没有了一丝笑意，“不过，远思的身家性命，现在还真不值几个钱了，产业园的危机怎么解决，你想好没有？”

别说，盛夏冷峻的时候和她平常笑容可掬的形象，判若两人。冷峻时，冷若冰霜，让人望之生畏，笑容可掬时，妩媚动人，让人如沐春风，说她是百变女郎也不足以形容她的前后反差之大。

“想好了一半，还有一半的不确定性。”倪流实话实说，呵呵一笑，“要不，盛董帮我想想办法？”

“产业园的事情，和我无关，我不会过问。如果你连产业园的危机也解决不了，你也干不好盛世别墅项目。从现在起，给你三个月时间，如果三个月内产业园的危机还没解决，盛世会单方面撕毁合同，远思会从盛世别墅项目中被清理出去。到时，远思如果不想彻底破产倒闭，盛世房地产愿意收购远思。”盛夏冷冷一笑，“我的意思，倪董听明白没有？”

倪流当然听明白了，产业园的危机他必须自己解决，别想仰仗盛夏的力量，而且如果他在三个月没有解决产业园的危机，不管盛世别墅项目进展到哪一步，也不管远思做得多好，盛夏都会翻脸不认人，朝被产业园危机即将拖死的远思身上再扔下最后一根稻草，到时，垂死挣扎的远思除了卖给盛世之外，无路可走。

够狠，够有个性，怪不得她给他的条件那么优惠，也难怪她主动上门签合同，原来她的算盘也打得如此精明，佩服。

远思现在完全被逼到了悬崖峭壁之上，后面是万丈深渊，前面是绝壁高山，向后，绝对是死路一条，跳进万丈深渊肯定没有生还的道理，向前，攀岩而上，征服了绝壁高山，或许还有一线生机。

如果登上了险峻的高峰，也许还会有会当凌绝顶一览众山小的豪迈之时。

“明白了。”

“后悔没有？”

“亦余心之所善兮……”倪流卖弄了一下学问，说了一句《离骚》里面的一句话。

第三十三章

步步惊心

盛夏没听懂："什么意思？"

"亦余心之所善兮，虽九死其犹未悔。"倪流只好补充了全句，他本来以为盛夏能领悟他的含蓄，不过一想也是，现在还有几人能够背诵《离骚》？

别说遥远的《离骚》了，就是唐诗宋词也没有几人可以张口引用了。

"还是没听懂，能不能说白话文？"盛夏眨了眨眼睛，似笑非笑。

"只要合乎我心中美好的理想，纵然死掉九回我也不会后悔。"好吧，倪流又将文言文翻译成了现代语言，"这下应该听得明明白白了吧？"

"哈哈，逗你玩呢。"盛夏忽然就大笑起来，"要是你引用别的古文的话我或许还真不知道，可偏偏是《离骚》，我从小就会背《离骚》，倪流，你太好玩了，认真的样子，很帅。"

"帅吗？"倪流无语了，盛夏还真是一个喜怒无常的女人。不过虽然她喜怒无常，却思路清晰，事事分得清清楚楚，确实是一个让人又爱又恨的合作对手。

"帅有什么用，又不能当饭吃。"盛夏白了倪流一眼，"况且我和你合作的是生意，又不是在谈恋爱。就这么着了，走了，你现在有两件事情，一是做好盛世别墅开工的前期工作，二是想好彻底解决产业园危机的办法。"

盛夏说走就走，也不让倪流送，转身下楼，转眼走了。

倪流站在窗前，出了半天神，直到兰姣为他端了一杯咖啡进来，他才回过神来。像是忽然想起了什么，他问道："兰姣，最近和洪方有联系没有？"

兰姣摇了摇头："没有，他以前是追求过我，后来我拒绝他后，他人常在京城，就很少联系了。"

"和刘小花呢？"刘小花是王树斌的秘书，兰姣上次说，她和刘小花关系不错，是故倪流有此一问。

“和小花倒是常联系，就是最近忙，没见面。”兰姣想通了什么，悄然一笑，“倪董的意思是……”

“你懂的。”倪流点头一笑，“联系洪方，让他来石门见你，你该和他谈些什么，就不用我说了。再联系刘小花，和她多见面多交心。”

“是，倪董，保证完成任务。”兰姣一听她有重任在肩，开心地跳了起来，装模作样地敬了一个礼，“一定从洪方和刘小花身上打开缺口。”

“什么叫打开缺口？兰姣，要本着关心爱护洪方和刘小花的出发点和他们交往，要当他们是无话不谈的好朋友。”倪流谆谆教导。

兰姣吐了吐舌头，心领神会地笑了。

下午，倪流接到了林道首的电话。

“倪流，股份置换的事情，首远准备就绪了，远思方面，是不是也随时可以启动了？”

好嘛，林道首倒是心情迫切，好吧，如他所愿，拉他跳入远思的大坑，倪流反正也准备好了：“我已经委托律师准备好了手续，随时可以置换，就等林伯伯吩咐了。”

“那好，就明天吧，如果你忙，就不必过来了。”林道首密切关注远思的动向，对远思和盛世签订了高达二十亿的合作合同一事也略有耳闻，急欲入股远思的心情一刻也等不下去了，唯恐夜长梦多。他也听说了宋国武现在已持股百分之五成为远思股东，知道倪流正在大举调整远思股权结构，此时正是入股远思的良机，不能错过。

“好，我让孟岩代我办理。”倪流直接将他名下百分之二十的远思股份和林道首名下百分之二十的首远股份置换，等于是他个人持股百分之二十的首远股份，同时他的远思股份减持为百分之五十——准确地讲是百分之四十九，其中百分之一早晚兑现给黄文旭——而林道首也将会以持股百分之二十的身份入股远思，成为远思目前的第二大股东。

当然，倪流在首远持股达到百分之二十，也是首远的第二大股东。

不知不觉中，倪流在危机重重中，一步步完成了心中的蓝图，并且交叉持股，触手伸出了远思，进入了首远，尽管是以首远也将触手伸到远思为代价，但首远的介入，分担了远思在产业园项目上的风险，而且林道首进入远思的董事会，对洪东旭是极大的牵制。

“林伯伯……”是时候点明一些事情了，倪流斟酌了一下语言，“我在石门开拓市场，襄都的事情肯定顾不上，您现在是远思的第二大股东，襄都的事情，您就多费心了。另外，洪叔最近的心思可能有些活跃，他年纪大了，在远思资格又老，我不好当面说破他，有些事情，您该怎么做就怎么做，一切以远思的大局为重。不方便出面的时候，就让宋国武出面。”

林道首见倪流终于当他不是外人，心中也微微激动，毕竟他获得倪流的认可来之不易。对于洪东旭背后的所作所为，他比倪流更清楚，只是和倪流一样的是，他也没有确凿证据，不过，他既然成了远思第二大股东，就不会再让洪东旭为所欲为了。

“襄都这边，就交给我了。”只说一句话，一切尽在不言中。

一天后，倪流和林道首的股份置换正式交接完成。听到消息后，洪东旭坐在他的办公室中，久久无语，眼中闪过一丝怨恨和无奈。

倪流和林道首的股份置换，事先向洪东旭和唐简水做了通报，如果二人反对，可以同价收购倪流名下百分之二十的股份，如果不收购，则倪流和林道首的置换交易，自动生效。开玩笑，洪东旭和唐简水谁有能力收购远思百分之二十的股份？只能眼睁睁看着倪流和林道首成功交易。

原以为倪流引来了宋国武，就不会再让林道首也入股远思了，没想到，倪流真下了决心，不惜背水一战，真的引狼入室了。

倪流到底是为了专门对付他而让林道首入股远思，还是另有所图？洪东旭怎么也想不通，不过不管倪流是为了什么，他在远思的日子是越来越难过了。

正想得头疼时，电话猛然响了。

“爸，我刚接了一个工程，需要资质。”是洪方的电话，洪方的声音有几分迫切，“除了资质外，还需要远思出面几个工程师充充门面，对方不但要看证书，还要看人。现在拿证书骗人的事情太多了，对方不放心。还有，远思的仓库里不是还有几吨钢材和报废的机器？都给我，我都能派上用场。”

以前洪东旭总觉得儿子能干，点子多，现在不知为什么，一听洪方狮子大张口又要利用和搬运远思的资源，他就心里没底：“洪方，急不急？不急的话，过了这阵风头再说，现在远思不比从前了，多了两个股东，尤其是林道首现在是远思第二大股东了，万一事情让他察觉了，就不好办了。”

“林道首？林神仙？”洪方哪里知道远思现在局势大变，早已不是以前洪东旭一手遮天的远思了，他还当洪东旭可以为所欲为，对洪东旭的话丝毫没有放在心上，反而嘿嘿一笑，“他还以为他真是神仙？嘿嘿，他是不是神仙先不说，他的闺女长得还真不错，跟仙女一样。爸，他要敢多管闲事，我就从他闺女下手！”

“浑蛋！”洪东旭怒了，“再敢胡说八道，别想让我帮你。连我都敬林道首三分，你可以不敬重他的为人，也要敬重他的本事。还有，不要去招惹林凝欢，惹怒了林道首，他要玩死你，我都保不了你。”

“知道了。”洪方不满地嘟囔了一句，“爸，你这一辈子吃亏就吃亏在了胆子太小脸皮太薄上。宋国文哪里比你强？不过是比你胆大。林道首又哪里比你强？无非是脸皮比你厚。要是你和宋国文一样胆大又和林道首一样厚颜无耻，现在的襄都就是你的天下，哪里还有宋国文和林道首的威风？好了，我不说了，工程师和钢材、机器，越快越好。这笔生意做成了，赚一千万都不成问题。”

“你……”洪东旭还想再说几句什么，洪方却挂断了电话。

能赚一千万？洪东旭心动了，想了一想，叫来了唐简水，交代了洪方的要求，又强调说道：“简水，小心一点，现在不比以前，有林神仙和宋浑蛋虎视眈眈，你千万别露出了马脚。”

“放心吧洪总，这事轻车熟路了，这么多年都没有出过问题，这次也一样不会有事。”唐简水信心十足，“现在就办？”

“越快越好，记住，动静要小。”洪东旭看了一眼这个跟随了他多年的最忠实的部下，心中蓦然闪过一丝感慨，他拍了拍唐简水的肩膀，“简水呀，干完这个事情，我会向倪流说一说，让你调往石门。现在远思在石门的业务开展得还不错，你还年轻，应该有更广阔的舞台。”

唐简水感动了：“洪总，我……”

“不要说了，就这么定了。”洪东旭摆了摆手，“我是该退下来养老了，你最少还能再干十年八年，跟我耗在襄都，委屈了。”

唐简水一走，洪东旭随即打出了一个电话，几分钟后，行政部经理连强出现在了洪东旭的办公室。

“洪总……”连强长得矮小而黝黑，双眼始终眯着，眼神跳跃极快，一看就是极有心机之人。

“唐简水这些年倒买倒卖公司资产，利用公司资源谋取私利，一桩桩一件件事情，你都记下了？”洪东旭眼中闪过一丝寒光。

“记得清清楚楚，没有一件遗漏。”连强阴阴地一笑，“所有事情都是唐简水一个人干的，除他之外，没有别人参与。”

“好，好。”洪东旭满意地点了点头，“这样，唐简水正在搬运公司仓库的钢材和废旧机器，你暗中拍下来，留好证据。”

“知道了，洪总。”连强小眼睛闪了闪，转身出去了。

是该为自己布好后路了，洪东旭敲了敲额头，对不起了简水，万一到了需要过河拆桥的最后关头，能拆的桥也只有你了。你就安心地背下所有黑锅吧，相信倪流也不会真的下狠手非要置你于死地。只要我能保住，不会亏待你的，会让你有一个安稳的晚年。但如果我被拉了下来，你还是一样会被连累下水，到时候，你我都掉在水里，只能抱在一起淹死了。现在的选择，是没有办法的选择，也是最好的选择。

想了想，洪东旭又拿起电话，打给了洪方：“洪方，事情交给唐简水去办了。万一以后出现什么差错，被人发现了，你就一口咬定是唐简水主动贱卖远思资源给你，你也蒙在鼓里，记住没有？”

“记住了，不是早就说过这件事情了？好了，我还忙，先不说了。”洪方浑不在意，匆忙放下了电话。

刚放下电话，电话又响了，洪方皱了皱眉，老头子怎么越老越事多，难道真是应了一句话，江湖越老胆子越小？他本不想再接电话，一看来电顿时愣住了，揉了揉眼睛，确认他没有看错，忙又接听了：“哎呀，兰大小姐怎么又想起我了？太让人感动了。”

“少贫嘴，在哪儿，洪大少？”在办公室里，兰姣坐在椅子上，一边玩笔，一边打电话引诱洪方上钩。她的声音动听而诱人，脸上却是不以为然的表情。

“能在哪儿，当然在公司了。”洪方的公司位于京城的五环边上，三层，面积不大，也不起眼，是小得不能再小的一家公司，但每年的盈利让无数表面上比他高端大气上档次的公司羡慕嫉妒恨。

闷声发大财，正是洪方的真实写照。

“我现在在石门了，人生地不熟，一个人挺寂寞。”兰姣开始抛出诱饵了，“想找一个知心人陪陪我，可惜的是，找不到合适的人。”

“怎么着，想让哥陪陪你？”洪方最喜欢兰姣千娇百媚的妩媚和姣好身材，几次求之不得，心痒难抑，现在美人主动暗示要给他一个机会，他要是错过就太傻了，“只要你一句话，我立马杀到。”

“算了吧，你在京城，我在石门，快三百公里了。”兰姣不无幽怨地说道，

“还是别勉强了。”

“不勉强，绝对不勉强。等着我，兰妹妹，晚上必到。”洪方放下电话，迅速下楼，发动汽车就奔石门而去。

“男人嘛，其实真的很可怜。”兰姣开心地笑了，轻轻地捏起一块蛋糕放到嘴里，“洪方，你是自投罗网，等你发现被坑了后，千万别怪我，要怪，就怪你自己太自恋了。”

从京城到石门，再从石门到襄都，三地联动，伴随着春天越来越逼近的脚步，许多事情也在揭开最后一层遮羞布，逐渐明朗化了。

襄都，首远大厦，林道首办公室。

“林伯伯，洪东旭又动手了。”收起电话，坐在林道首对面的宋国武阴险地一笑，“果然不出倪流所料，他还是贼心不改。”

宋国武当了远思的内贼多年，他从远思非法获取的财富不比洪东旭少，如果洪东旭听到他被宋国武说成贼心不改，应该会气得冷笑宋国武贼喊捉贼。

宋国武虽然也是远思的内贼，不过他从远思偷走的财富，现在都转变成了远思的股份，等于又回到了远思，而洪东旭从远思窃取的财富，都源源不断地流入了洪方的口袋之中，而且还有一部分转移到了国外。相比之下，宋国武比洪东旭还是好多了。

至少宋国武没有准备拿着远思的钱去国外享福。

“贼永远是贼，一个人有过不劳而获的经历后，就很难去踏实地做一件正事了。”林道首似乎很惋惜洪东旭的所作所为，“东旭，可惜了，他和国文这么多年的交情，居然做出吃里爬外的事情，国文泉下有知，也会后悔当初看错了他。”

“接下来怎么办？倪流说了，让我听林伯伯的安排。”宋国武跃跃欲试，似乎很想当场拿下洪东旭，让洪东旭丢人现眼。

“先不急，倪流想要的不是捉贼捉赃，而是要拿住洪东旭的把柄，让洪东旭为我们所用。”林道首既然成了远思的第二大股东，自然要和倪流统一战线，不允许远思有任何人乱挖远思的墙脚。

“要是我，才不管那么多，直接拿下洪东旭，让他认罪服法。”宋国武气不过，一拳砸在沙发上。

怪不得宋国武被倪流摆布得团团转，这份心性这份定力，比倪流差了太多，林道首暗中摇了摇头。宋国文生前说什么也不让宋国武进入远思，死后也不把远思留给他，性格即命运，以他的性格，远思在他手里，早晚被人吞并。

不过，倪流如果仅仅是为了对付洪东旭而拉宋国武入远思，会不会引狼入室？宋国武可不是省油的灯，也不是有原则的人，他能成为倪流的枪对付洪东旭，也能在利益的驱使下掉转枪口对付倪流，倪流真有把握完全将宋国武控制在自己手心？万一宋国武一不小心成了倪流的噩梦，岂不是弄巧成拙了？

倪流到底年轻，考虑事情不够周全，怎么想出了用宋国武对付洪东旭的以坏制恶的办法？

第三十四章

再交一手

这么一想，林道首不免隐隐有几分担心。只不过他现在太入戏了，俨然以远思第二大股东自居，却浑然忘了一点，宋国武可以对付洪东旭，也可以背叛倪流，还有另一种可能却是在洪东旭的威胁解除之后，宋国武的枪口会坚定地对准他的额头！

一周后，盛世别墅项目正式破土动工。

盛世别墅项目和王树斌的碧海蓝天项目，相距不超过五百米，由于是山地地形，地势起伏，盛世别墅项目地势略低，抬头望去，碧海蓝天售楼部的几个大字居高临下如在眼前。

倪流、黄文旭和吴小舞、兰姣参加了开工仪式，兰姣在简单停留了片刻之后，就悄然溜走，和王树斌的秘书刘小花见面去了。

开工仪式热闹非凡，盛夏请了不少工商界的名流，以及主管的政府官员，在例行的讲话过场之后，再象征性地铲上一锨土，然后鞭炮齐鸣，鼓乐喧天。

随后，倪流一声令下，在数十辆推土机的轰鸣声中，一座土山在短短一小时内拔地而起，高度超越了碧海蓝天售楼部。如果从山前大道路过，土山正好把碧海蓝天几个大字遮挡得严严实实。

送走政府官员和工商界名流，盛夏要回项目现场的时候，一转身愣住了，她站在山前大道之上，眼前盛世别墅的土山正在缓缓升高，而碧海蓝天因地势稍高，似乎力压盛世一头的景象因为土山的出现而瞬间逆转，成了盛世风生水起而将碧海蓝天狠狠地踩在脚下的态势。

盛夏愣了片刻，忽然开心地笑了。一直以来地势问题让她心里有一个大大的疙瘩，但地势是依山而起，她不可能拿出愚公移山的精神搬山，没想到，才一开工，倪流就以人造土山的神来之笔化解了她心中的郁积之气，怎不让她喜出望外？

行，倪流真行，她没看错人，盛夏一扬手："告诉倪流，再在土山上面立一座石碑，上面写上盛世别墅……"

手下答应着，还没有来得及打出电话，不远处的土山上，一座吊车吊起一块大大的石碑，稳稳地落在了土山的山头上，石碑上"盛世别墅"四个闪亮的大字，在阳光下神采飞扬，闪亮了盛夏的眼睛。

如果说土山的杰作让盛夏惊讶之外还有惊喜的话，那么在她刚想到石碑之时，倪流的石碑就从天而降，让她深信不疑地相信了一点，和倪流合作，绝对是她近年来做出的所有决定中，最英明的一次。

"知我者，倪流也。"盛夏双手抱肩，对比了一下盛世别墅四个大字和碧海蓝天四个大字的高度以及字体大小，最后得出结论，不管从哪个角度来看，盛世别墅四个大字无论高度还是字体、颜色以及气势，都超过了碧海蓝天。

盛夏心满意足地哈哈大笑："王树斌，等着吃灰吧。"

王树斌此时正站在碧海蓝天销售部的五楼，俯视盛世别墅的开工仪式，一开始他还面露轻蔑的笑容，嘴角甚至流露出一丝讥讽，等土山突起石碑从天而降之时，他终于脸色大变，怒气冲冲地一拍窗户："明摆着欺负人。"

"当然是要欺负人了，就是要压你一头，老爸。"王亚内站在王树斌身后，歪着头，嘴里叼着一根烟，烟没点着，吊儿郎当的样子很欠揍。他的目光一扫，落在了倪流身上，哇地惊叫一声："老爸，我说是谁想了这么一个损招，原来是倪流。"

"倪流？"王树斌顺着王亚内的手指一看，果然，人群之中有一个再熟悉不过的身影正在坐镇指挥，他在阳光之下的身影十分矫健，充满了勃勃生机，不是倪流又能是谁？

"还真是他！"王树斌顿时双眼冒火，"我还以为远思承建盛世别墅的消息是传闻，没想到是真事，倪流真和盛夏同流合污了？这小子，真是阴魂不散，怎么处处和我作对？"

"和你作对就对了。老爸，这小子还敢直接打我的脸，现在更是蹬鼻子上脸，又来打你脸了。我猜他和盛夏合作，就算不赚钱也干。为什么呀？为的就是拿盛世的钱砸死你呀。"王亚内添油加醋外加煽风点火，"我看呀，碧海蓝天别墅肯定要赔钱了，倪流会不要命一样往盛世别墅里面砸钱，反正不是他的钱，砸到最后，砸得碧海蓝天一套房子也卖不出去为止。老爸，你退休之前最后一个重点项目，就要被倪流搞砸了。"

尽管知道王亚内的话是胡说八道，做生意没有赌气砸钱的道理，倪流也是生意人，赔本生意绝对不会做，更不会为了打败碧海蓝天而胡闹一气，但王树斌还是越想越气：“好呀，倪流有本事就放马过来，我看他能上蹿下跳几天？他的产业园项目还在停工之中，什么时候开工还不一定，超过了交工日期，他光是违约金就要赔偿两亿，他赔得起？他都自身难保了，还想借盛世的手对付我？别做春秋大梦了。倪流还想让我替他出面摆平产业园的地皮问题，哈哈，他敢和盛夏合作对付我，就得想到后果。”

“老爸，不帮倪流出面摆平产业园的地皮，只是被动防守，现在的情况是应该主动出击。”王亚内扔了烟，吃了一个口香糖，一边咀嚼一边说，“现在远思一分为二，石门一半襄都一半，留在襄都的股东有洪东旭、唐简水、宋国武，还有林道首。林道首就算了，老奸巨猾，估计很难为我所用，剩下的三个人，都可以成为反制倪流的棋子。”

“嗯？”王树斌一时惊讶，什么时候他不学无术的儿子变得这么聪明了，难道说在计谋方面，王亚内有天赋？

当然，王树斌不会将王亚内天生一肚子坏水说成在整人方面有天赋，他还是愿意将其整人天赋形容为计谋，甚至连阴谋这样的字眼都不愿意贴在王亚内额头上。

可惜的是，王亚内并不理解王树斌的良苦用心，他嘿嘿一笑：“要说比心眼要阴谋，我不比倪流差，在学校里我就是整人专家，最会诬人清白了。老爸，吴来说了，如果你出面说服洪东旭、唐简水和宋国武几人转让他们名下的远思股份，他会出资收购几人名下的全部股份。你可以看看，洪东旭现在持股百分之十四，唐简水持股百分之二，宋国武持股百分之五，据说远思大厦宋国武名下百分之三十五股份要置换远思百分之十的股份，那么宋国武持股就会是百分之十五了，三个人加起来总数是百分之二十二！吴来全部收购后，就是远思第二大股东了。这样一来，倪流背后被捅上一刀，肯定会生不如死。”

远思股权结构大变，倪流重新调整了远思的股权比例一事，王树斌当然清楚，宋国武名下远思大厦的股份和远思股份置换的事情，他也略有耳闻，只是没想到吴来会对远思这么感兴趣，如果真如王亚内所说，吴来愿意现在蹚远思这摊浑水，倒还真是一个不错的主意。

“这事儿……有谱？”出于对自己儿子不信任的惯性，王树斌还是将信将疑，“吴来就这么看好远思的前景？”

“当然了，吴来说了，现在收购了远思的股份，以后肯定可以升值。他还说，你和远思作对是好事，给了他低价买进远思股份的机会，不过你早晚会一败涂地，然后远思会一飞冲天。对了老爸，吴来还说你是萧何，是什么意思呀？”王亚内在整人上面表现出了灵光一闪的天赋之后，又回到了愚笨的状态。

“滚蛋！”王树斌勃然大怒。敢情说来说去，吴来是想借他的力低价买进远思的股份，然后再踩着他失败的尸体等远思反弹，还讽刺他成也萧何败也萧何，没想到他的笨儿子连这话都没听出来，还当好话了，太笨蛋了。

王亚内翻了翻白眼：“没涵养，动不动就发火骂人，怪不得你一直没多大出息，最主要原因就是控制不了自己的情绪。”

“你……”王树斌差点没气得跳脚，被自己儿子形容没出息，他真火了，再加上本来就被盛世别墅开工仪式弄得火烧火燎，他终于暴怒了，“你给我滚远点儿。”

“滚就滚，要不是你叫我来碧海蓝天，我才不来这荒郊野外。”王亚内转身就走，“别说我没告诉你吴来的主意，你要想通了，就给我打电话，我让吴来出手。”

真是猪呀，吴来真要成功收购了远思的股份，为了让手中的股份升值，他肯定会帮助远思渡过难关，这么一来，他帮吴来收购远思股份的举动不成了自己挖坑埋了自己？他真有这么傻？想他王树斌这么聪明的一个人，怎么就生了这么一个蠢儿子？

王亚内走后，王树斌又生了半天气，还是没有忍住，拿出手机拨通了倪流的电话。

“倪流，你是什么意思？和盛夏合作也就算了，为什么要处处针对碧海蓝天？”王树斌也不客气，上来就是直截了当的质问。

“王董，你的话是什么意思，我怎么没听明白？”倪流前一段时间一直想请王树斌出面解决产业园的地皮问题而不可得，现在终于等到了王树斌的主动来电，一来电就是满腹怨气，他就笑了，他还有怨气没地方出，王树斌冲他横，是自讨苦吃。

“听不明白？倪流，你别装腔作势！”王树斌火气越积越大，要冲倪流猛烈发作了。

倪流此时正在盛世别墅项目的办公室，和王树斌的办公室隔空相望，不过距离有些远，看不到王树斌的身影，他相信王树斌正在碧海蓝天项目部办公室和他通话。

“我怎么装腔作势了，王董？你没头没脑地上来就对我指手画脚，我想请问王董，你是我的长辈还是我的上司？请自重！”倪流现在也不必和王树斌客气了，虽说不至于撕破脸皮，但有些事情也该摆到明面上了，“不要以为你暗地里做的一些事情没人知道，我只是不愿意揭穿你而已。”

“你知道什么？”王树斌一阵心惊，难道倪流真知道了什么？转念又一想，肯定是倪流诈他，倪流在襄都没有人脉，何况在石门？他一个后生小辈，还想和他斗智，真是自不量力，“你胡说八道什么？”

“我和盛世合作，是我的自由，轮不到你摆出一副居高临下的口气说三道四。产业园的危机，本来有你的责任，你却故意躲在背后不肯出面，从男人的角度来说，没有担当。从一个企业家的角度来说，没有责任心也没有胸襟。”倪流将胸中对王树斌的全部不满发泄出来，“从宋国文朋友的身份出发，远思深陷危机之中，你不主动出手相助，就已经对不起宋国文的在天之灵，你不但袖手旁观，还在暗中推波助澜，恨不得置远思于死地，想想你还欠宋国文的七百多万没还，王树斌，你拍拍良心，你还是人吗？”

“如果再算上你在背后算计远思的阴谋诡计，还有你背后见不得阳光的一些龌龊事情，王树斌，你别说有资格对我指手画脚了，你连和我说话的资格都没有。限你三天之内，偿还借宋国文的七百三十五万元。限你一周之内，主动出面解决产业园的地皮问题。限你一个月之内，和东南村达成最终协议，彻底解决产业园的地皮纠纷，否则的话，后果自负！”

一口气说完心中所想，倪流顿感浑身舒坦，原来，破口大骂一顿坏人这么有利于身心健康。

“倪流，你，你，你……”王树斌心惊肉跳，倪流知道他还欠宋国文七百多万不足为奇，知道他是产业园危机的幕后推手之一也不足为奇，但倪流话里话外透露的意思似乎还知道他的一些隐私，就真正让他双腿发抖浑身冒汗了。

“我什么我？我没有一个万人之中一抹红的小姨子，也没有一个不学无术的衙内儿子，更不会昧着良心想赖死人的账不还，王树斌，我警告你一句，别以为什么事情都天衣无缝，一旦曝光了你才会后悔为什么当初没有听人劝吃饱饭呢！”倪流继续对王树斌施压，“别怪我没有提醒你，也别怪我得理不饶人，王董，如果你不去做你该做的事情，会有三件你不愿意看到的事情发生。一、产业园答应东南村的三栋高层，全部面向市场销售，至于你怎么给东南村一个满意的答复，是你的事情，远思概不负责。二、盛世别墅会不惜一切代价砸死碧海蓝天，在你董事长任上中远集团最大的投资项目碧海蓝天别墅，肯定会以惨败而收场。三、你欠宋国文七百多万不还的事情会传遍石门商界，当然，和你赖账不还的消息同时传出的还有你的风流韵事，你在背后干下的所有龌龊事、贪污事……”

“倪流，你胡说八道，你血口喷人，你造谣，我要告你诽谤。”王树斌血气上涌，暴跳如雷。

“好呀，欢迎告我，我还巴不得你告我，一告，你就出名了。”倪流哈哈大笑，“王树斌，你说我血口喷人，好，我问你，你是不是欠了宋国文七百多万元没还？”

“我……”王树斌被逼到了墙角，气急之下，没有否认，“是，我是欠宋国文七百多万没还，这个是事实，别的事情，都是你诬蔑。”

“那你什么时候还钱？非得等宋国文在阎王爷面前告你一状你才还？”倪流要的就是抓住王树斌的话柄，别的事情需要从长计议，还钱的事情，越快越好。

“你又不是宋国文的直系亲属，我和宋国文的债务是私人债务，你没有资格代表他要账。”王树斌不肯退步。

“不好意思王董，我受我姐姐全权委托，现在负责宋国文名下所有私人债务的处理，刚才你的话我已经录音了，一周之内还不上账，会有律师直接和你联系。”倪流见目的达到，十分干脆地结束了谈话，“再见。”

“倪流，你……”王树斌还想说些什么，回答他的是电话的嘟嘟声。

“真他妈的……”王树斌气急败坏之下，骂出了一句脏话，颓然坐到座位上，以手支头，半天说不出一句话来。

怎么办？倪流的威胁看似荒诞，实则句句击中他的要害，不由他不慎重对待。如果他当倪流的话是耳旁风，万一倪流真的掌握了他一些见不得光的事情，一旦曝光，他不但前程尽毁，而且还有可能有牢狱之灾。

但如果真被倪流唬住了，被倪流牵了鼻子走，也太丢人了，而且说不定还正好中了倪流的圈套，怎么办？左不是右不是，到底怎么办才好？王树斌纵横商场几十年，第一次左右为难，居然没有了主意。

足足想了有半小时，王树斌猛然下定了决心，估计倪流就是想要钱，好，先还他七百多万的欠款，反正是欠宋国文的，还了是物归原主，也不吃亏，然后再看倪流还有没有下文。如果倪流敢再折腾，他不惜动用他在石门几十年的关系让倪流知难而退，如果倪流拿到钱之后消停了，算他识趣。

第三十五章

请君入瓮

至于倪流所说的让他出面解决产业园危机，王树斌冷冷一笑，当他是三岁小孩，一哄就听话？产业园危机是压制倪流的最大的撒手锏，如果危机解除了，倪流就真的不受控制了。

王树斌想了一想，拿起电话打给了倪芳，先是言辞恳切地表达了对宋国文的怀念，然后又话锋一转，说到他一共还欠宋国文七百多万的私人债务没有偿还，本来约定好一年之后才到还款期，但为了告慰宋国文的在天之灵，为了让倪芳和宋家斌安心生活，他决定提前还款。

倪芳对王树斌表示了感谢，说是宋国文的私人债务也全权委托倪流处理，请他将现金支票转交到倪流手中即可。

王树斌答应着挂断电话，脸色阴沉，又迅速拨出一个电话，让手下开出了七百多万的现金支票，正要打电话给倪流，让倪流随时来取时，才拿起电话，电话却又响了。

是洪东旭来电。

"树斌，吴来刚才和我谈了谈，他说是你介绍他来襄都，想和我商量一下收购股份事宜，你知道这个事情吗？"

"……"王树斌又差点骂娘，他怎么这么不幸生了一个这么蠢的儿子，前脚告诉他吴来打着他的名义去收购远思股份，后脚吴来就到襄都了。不对，王亚内应该是先斩后奏，和他说话的时候，吴来人应该已经在襄都了。

这小子，学会耍他了。

"你是什么想法？"王树斌强压胸中怒火，今天诸事不顺，他不想发表意见了，想先听听洪东旭的想法。

"我感觉越来越摸不透倪流的路数了，似乎倪流设了一个局让我向里跳一样，总是心里没底。本来我还想远思承建了盛世别墅，应该可以大赚一笔，我现在退休就太吃亏了，可是倪流却让宋国武和林道首先后入股远思，我就怀疑，倪流是想利用林道首和宋国武盯死我，然后从洪方的事情上向我开刀，让我无路可退。”洪东旭再一次心生退意，最近他被倪流天马行空的手段弄得七上八下，不知道倪流到底想干什么，想到自身的一些问题，不如以退为进，也许还可以保全。

“这么说，你想转让股份功成身退了？”王树斌听出了洪东旭话中的凄凉和无奈，也叹了一口气，“产业园的危机还没有过去，怎么就想撤退了？难道你也认为倪流一定能解决产业园的危机？”

“我估计他已经想好了对策，如果不是我们主动退让，主动出面解决产业园的危机，他就会强行推进了。”洪东旭确实有些心灰意冷了，之前倪流在远思持股高达百分之七十，一家独大，他目标明确，只对付倪流一人就行了，现在倪流将股份稀释，让宋国武和林道首先后入股，以至于远思的格局大变，他正面对付倪流，后面又有宋国武和林道首虎视眈眈，力不从心了。

“怎么强行推进？收回东南村的三栋高层？他敢！不要忘了产业园就建在东南村的地皮上，不给东南村一点好处，村民还不闹翻天？”王树斌冷笑声声，“倪流还是太年轻，想得太简单了。”

洪东旭心中一阵无奈，一向精明过人的王树斌怎么也判断失误了？他当然不知道刚才倪流劈头盖脸地大骂了王树斌一顿，现在的王树斌一提及倪流就咬牙切齿，哪里还会冷静分析？

“东南村的地皮，是你拿下的，给东南村三栋高层住宅，是你承诺的。产业园项目，是你和宋国文联手促成的，问题是，现在远思是倪流当家。而且东南村的地皮出现了变故，政府要收取土地出让金。倪流手中没钱怎么办？只能出售原本准备给东南村的三栋高层。

“三栋高层为什么要免费给东南村？就是为了交换东南村的地皮，树斌，这么一个简单的因果关系你会想不明白？既然地皮要交土地出让金，而且是交给政府，就没东南村什么事情了。换了你，你地皮要花五亿罚款要交三亿，难道你还要再拱手免费送房子给东南村？谁傻呀。再说一句大实话，你当初和宋国文的许多协议都是口头协议，你可以赖账不去出面调解地皮纠纷问题，倪流也完全可以赖账不承认三栋高层归东南村所有的承诺。”

说完，洪东旭无可奈何地长叹一声：“一开始我也以为产业园完全可以困住倪流，后来见倪流不慌不忙，一边忙着分裂远思，一边还和盛世合作，根本就不去顾及产业园的亏损，我还以为他没招了，故意逃避，现在才想明白，他是胸有成竹，他是在布局，是在拖，拖到一定时候，你和我都没有耐心了，就会乱，一乱，他就有机可乘了。其实想想，产业园危机的解决，主动权还是掌握在倪流手里。别说倪流心里清楚产业园的危机不算什么，肯定可以解决，就连外人也看好远思的前景，林道首、吴来，争先恐后要入股远思，他们会不知道远思现在深陷产业园的危机之中？当然知道，但还是想入股，还不是认定远思必定可以挺过难关，现在入股，正是低价买进的大好时机。”

王树斌越听越是气愤，越听越是心惊，气愤的是，洪东旭太没用了，倪流才掌权多久，他就举双手投降了，倪流虽然掌权了，但还没有掌控全局，洪东旭真是窝囊废。心惊的是，洪东旭根据现在局势得出的结论，还真是一针见血，似乎胜利的天平正在朝倪流倾斜。

难道说，吴来、洪东旭都看清了形势，只有他一个人估计错了形势？

“东旭，照你这么说，产业园的危机，就这么算了？”王树斌不肯就此善罢甘休，倪流刚才的一番话还在耳中，犹如万箭穿心，他现在还气愤不平，几乎吐血，“真要这么算了，前期的努力不是白费了？不行，不能便宜了倪流。”

“我是要退休了，树斌，你想怎么着是你的事情了，既然有人愿意收购我手中的股份，我也不管远思的死活了，也不用等着产业园的危机解除了。只要吴来再适当加一加价格，我也许真卖了远思的股份，出国养老了。”洪东旭现在还没有完全下定决心转让股份，是还觉得远思的股份可能会大幅升值，万一亏大了到时后悔死了。所以他想如果吴来能按一股一千五百万的价格收购他名下股份，他也不想那么长远了，直接卖了就是。

只不过吴来一口咬定一股一千万的价位，让他举棋不定，不卖，他在远思基本上没有发言权了，而且倪流明显是想查他，他再留在远思，不是让倪流当靶子吗？卖吧，这个价格不上不下，让他很难受，当然他也清楚，吴来抓住了他的软肋，猜透了他的心思，出价才既准又狠。

“东旭，你再好好考虑考虑，现在就撤退，不是功亏一篑了？眼见就要成功了。”王树斌愈加气愤了，怎么事情发展到现在不受控制了，到底是倪流的手腕高，还是哪里出了差错？

“我考虑好了，退是一定了，就看是哪一种退法了。要么是全退，从远思净身出门，要么是保留股份，退出董事会，只当远思的闲人。树斌，你我交情一场，我也不多说了，只想劝你一句，得放手时须放手，差不多就行了，江山代有才人出，长江后浪推前浪，年轻人要出头的时候，就让年轻人出头，别不服老。”

放下洪东旭的电话，王树斌只觉胸口发闷，身上好像压了一块大石头一样喘不过气来，他在房间内来回走了十几圈，忽然想起了什么，拿起了电话打给了王亚内：“你就是一个浑蛋，我的事情都被你搞砸了，你好好的为什么要介绍吴来去见洪东旭？你有没有长脑子？”

“老爸，我还以为是什么大不了的事情，你嚷什么？有理不在声高，小心喊破了喉咙住院了没人去医院照顾你。”王亚内正在开车，对老爸的怒吼他才不当一回事儿，“吴来说了，我牵线搭桥介绍他去襄都，如果他收购远思成功，会给我两百万的好处费。两百万，老爸，举手之劳就赚两百万，你像我这么大的时候，有这么聪明的头脑吗？”

“我……”王树斌气得已经内出血，“你知不知道你赚两百万，会害我损失至少两亿，你这个蠢猪。”

“其实猪并不蠢，老爸，你被你的惯性思维误导了。据科学家研究，猪是最聪明的动物之一，比狗还聪明。”王亚内以为王树斌损失两亿的一说只是夸大其词的表述，才没有当真，嘿嘿一笑，“不和你说了，老爸，开车打电话，不安全，为了你儿子的安全起见，请挂断电话。”

“你……”王树斌再也说不出话了。

眼见天色将晚，王树斌在办公室一个人安静了足足一小时后，才平息了心情。平息是平息了，心中对倪流的怨恨之意还没有消除。他下楼，打开车门——半小时前他让司机先回来了，留下了车给他，他想自己开车去散散心——坐上驾驶座，心情稍微缓和了几分，想起洪东旭接连遭遇的两起车祸，也多少理解了洪东旭的选择。

人老了，怕出事，两起车祸对洪东旭造成的心理创伤肯定不小，再加上他现在前有林道首后有宋国武，腹背受敌，确实压力过大。

算了，不勉强洪东旭了，不信他一个人单枪匹马还对付不了一个嘴上没毛办事不牢的小毛孩倪流？想通此节，王树斌拿起电话打给了倪流：“倪流，明天到中远集团我的办公室拿支票。”

只说了一句话，他没等倪流回话就挂断了电话。

驱车行驶在黑暗中的山前大道之上，四下一片寂静，王树斌心绪不定，胸中的怒火还在熊熊燃烧，倪流的话不时在耳边回响，敲击得他的心口隐隐作痛。不行，还宋国文的欠账是一回事儿，必须在倪流面前扳回一局是另外一回事儿。

一路驱车到了大宅门，刚一进门，就和一人结结实实地撞在了一起。

“你瞎了狗眼……”王树斌正在气头上，当即大怒，抬头一看，又顿时愣住了，和他撞满怀的是一个身材纤细的弱女子。

王树斌阅女无数，如眼前女子一般媚如丝娇入骨者，还从未见过，又听到对方娇滴滴地娇呼一声：“谁这么凶，吓死个人了……”他的骨头都酥了。

“不好意思，刚才不小心撞了你一下，不知道有没有撞疼你……”王树斌心中的怒火一下熄灭了，摆了摆手。

“没事，没事，我还担心会不会撞疼你。”女子嘻嘻一笑，脚下一个踉跄差点摔倒，“不过我鞋跟实在太高了，刚刚好像崴到了脚。”

王树斌忙上前一步，扶住女子：“小心点，别摔倒了。你在哪个房间，我送你上去。”

“我在601。”女子对王树斌毫不设防，“不好意思，麻烦你了。”

“不麻烦，不麻烦。”王树斌喜出望外，虽然他年纪一大把了，不过看来魅力还是挺大的。这么一想，他自恋地挺直了腰杆，暗暗回忆了一下：出来的时候梳理了头发，头发应该不乱，脸也洗干净了，总体而言，估计面相会比实际年龄小上十岁。

扶女子上楼，到了601房间，见房间布置得雅致温馨，王树斌在心中暗暗赞叹女子的心灵手巧。

“帮我倒口水，好不好？”女子一进房间就斜斜地靠在沙发上，揉着自己的脚踝。

“好，好。”王树斌连连点头。

王树斌倒了水，递到女子手中，女子接过后歪头想了想，又笑眯眯地将杯子还给王树斌：“你先喝吧，送我上来，辛苦了。”

王树斌刚好有些口渴，而且人家都把杯子递到自己手上了，也不好拒绝，于是当即毫不犹豫地一口喝干……

女子见状，开心地笑了：“王总好厉害哟。”

王树斌哈哈一笑：“当然，我怕过谁？等等，你叫我什么？你知道我是谁？”

女子依然媚眼如丝，不过眼神却多了戏谑之色：“鼎鼎大名的王树斌王总，我如果不知道，就太孤陋寡闻了。”

“你是谁？”王树斌顿时大起警惕之心，“你想怎样？”

“我不想怎样，就想请王总好好地睡上一觉。一睡解千愁，好好睡吧。”女子咯咯直笑。

“睡？”王树斌忽然感觉眼皮无比沉重，意识开始模糊，“你让我喝了什么？”

“你……”王树斌还想说什么，只觉眼前一花，一头栽倒在了沙发上，不省人事了。

是夜，三杰大厦，远思石门总部，董事长办公室。

倪流坐在首位，围绕他而坐的是黄文旭、吴小舞和兰姣，沈学良和孟岩在开完会议之后就离开了，只剩下倪流的几个亲信商量一些只能是少数人知道的机密。

虽说沈学良和孟岩现在也是倪流的嫡系，但嫡系还是不如亲信和倪流关系密切。嫡系是倪流在远思最得力的干将，而亲信则除了是得力干将之外，还必须是可以托付重任的身边人，显然，沈学良和孟岩还不足以被倪流百分之百信任成为身边人。

倪流开会有一个硬性规定——不许抽烟，而他平常在办公室也几乎不抽烟，用他的话说，抽烟容易让大脑缺氧，缺氧久了，人的智商就降低了。清清爽爽的开会气氛，是在宋国文时代看不到的气象，吴小舞非常喜欢这一点。

“兰姣，说说你和洪方的进展，到底到哪一步了，是不是有了实质性接触？”黄文旭替倪流问话。他最近忙着和盛世方面对接，还负责产业园项目的跟进工作，忙得团团转。不过即使再忙，他也不改对兰姣的热切。尤其是当他知道兰姣出面色诱洪方，吓了一大跳，唯恐兰姣羊入虎口。

“一边儿去，没正经。”兰姣白了黄文旭一眼，“也不想想我是什么人，会让洪方近了我的身？就他那点儿水平，算了吧，我还是不背后说他坏话了。”

“别呀，该说坏话还得说，都是为了革命工作嘛。”黄文旭笑得很暧昧，眼睛眯成了一条缝。

第三十六章

关键转折

“洪方确实有一家离岸公司，负责转移他在国内的资产，据他说，他现在已经向国外转移了大概五亿以上的资产，等什么时候够十亿了，他就收手去国外养老了。”兰姣不再理会黄文旭的胡言乱语，说出了她从洪方口中打听到的消息，“另外，他也承认他这些年之所以赚钱赚得又快又容易，都是借用了远思的资源的原因。”

洪方迫不及待地赶到石门和兰姣见面后，兰姣半推半就陪洪方喝酒，几个回合之后，洪方就醉了。洪方人品不怎么样，酒品更差，醉后胡言乱语胡说八道，除了吹嘘他多有钱之外，就是夸口他身边美女如云，但他万花丛中过寸草不沾衣，就是为兰姣守身如玉。

兰姣差点儿没有被洪方自称守身如玉笑岔气儿。如果说洪方是一个守身如玉的人，就和说狗不会吃屎一样可笑。不过她没有当面说破洪方的谎言，而是一步步诱敌深入，让洪方从浅水区不知不觉就下到了深水区。

“洪方也承认，洪东旭想放手了，如果价钱合适，洪东旭会抛售手中全部的远思股份，一退到底。主要是洪东旭觉得他被架空了，前有林道首后有宋国武，他想留在襄都当远思的襄都王的梦想破灭了，而且他还认为倪头儿让林道首和宋国武入股远思是为了监视他的一举一动。”兰姣说起正事的时候，很有几分肃然之意，“洪方却不想洪东旭退下，他很看好远思的前景，虽然他很不喜欢倪头儿，认为倪头儿肯定使了什么奸计才继承了宋国文的股份，但他却认可倪头儿的本事，认为在倪头儿的带领下，远思气象大变，有从三线集团向二线一线集团突进的可能，现在转让了股份，就太可惜了。他还想说服洪东旭留在远思，不过他认为希望不大，洪东旭已经决定了，而且吴来已经经王亚内介绍，和洪东旭开始接触了……”

“喂，兰姣，说了半天，好像没有太多干货，洪方没告诉你他是怎么从远思搬走了资源，又通过什么渠道转变成了他的利润？”黄文旭打断了兰姣的话，“看来，你的女人魅力值也没有想象中分数高，都怪我把你幻想得太美好了。”

“黄文旭，你不要求爱不成反成恨行不行？最看不惯你色眯眯的嘴脸和阴阳怪气的腔调。”吴小舞看不惯，挺身而出，替兰姣打抱不平。

“小舞，别理他，他最近更年期。我会很宽宏大量地原谅他的所作所为，病人都是弱者，值得同情。文旭，该吃药了。说过了别停药，你非要停，看，一停就犯病。”兰姣更狠，直接将黄文旭当成了病人大加嘲讽了一番。

“倪头儿，吴小舞联合兰姣欺负我。”黄文旭向倪流告状。

“别捣乱，继续说。”倪流才不管几人之间的互相攻击，早就习惯了黄文旭的无赖和吴小舞的眼里揉不得沙子的倔强。

“就是，黄文旭，别捣乱。”兰姣哈哈一笑，冲黄文旭示威地扬了扬胳膊，又说，“洪方有一个想法，就是他希望接手洪东旭的股份，可是洪东旭既不会将股份赠予他，也不会让他收购。”

倪流的眼睛亮了：“兰姣，你继续联系洪方，打听出来他想拿下远思多少股份，然后告诉他，你可以帮他从远思收购股份，而且价格还不会太高。”

“啊？不是吧倪头儿，你又要转让你名下的股份？再转让，你就不是最大股东了。”兰姣不解倪流之意，一时惊讶。

倪流名下的股份，现在是百分之五十，还是远思当之无愧的最大股东。不过远思最近风起云涌，股份之争刀光剑影，说不定风云变幻之间，最大股东就易人了。比如说如果吴来成功收购了洪东旭和唐简水名下的股份，就持股百分之十七了。再如果吴来又说服了宋国武转让名下股份，那么吴来持股就会超过百分之二十……

再如果吴来连林道首的主意也打，铁了心要吞并远思，出了一个林道首无法拒绝的高价，林道首名下百分之二十的远思股份再转让到吴来名下，吴来持股的比例将直逼倪流！

也就是说，吴来如果想让远思变天，只要他肯大出血，未尝没有可能。

表面上看，倪流名下还有百分之五十的股份，如果算上欠黄文旭的百分之一，以及答应要以百分之十的远思股份和宋国武交换百分之三十五的远思大厦股份，兑现之后，他名下的股份就只剩下百分之三十九了。

以眼下的形势来看，吴来咄咄逼人，摆明是想绕开倪流收购远思，虽然在他收购股份的过程中，必须经倪流同意，但如果倪流反对，必须以同样价格收购远思股份才能阻止吴来。问题是，倪流哪里有钱再去收购远思百分之二十到四十的股份？

想来想去，兰姣忽然想通了一个环节：“啊，倪头儿，你手中不是有六亿的资金？难道说，你拿着六亿不花，就是要反收购远思？”

倪流笑了笑：“我拆借的六亿到底有什么用途，现在先不透露，你们也别乱猜测了。兰姣，我让你拉洪方下水，不是真为了让洪方收购远思的股份，而是为了……”

“是为了让洪方将转移到国外的资产再转移回来，然后倪头儿将洪东旭和洪方一网打尽，人赃并获。”黄文旭憋了半天，终于找到了一个卖弄的机会，忙迫不及待地跳了出来，“兰姣，要说最能领会倪头儿意图紧跟倪头儿脚步的唯一一人，非我莫属，你以后别总是卖弄风骚以色诱人，要学会多用智慧战胜对手。以色侍人，色衰而爱弛……懂不懂什么意思？不懂的话，我好好为你讲解讲解，免费。”

“滚，滚得远远的。”兰姣怒了，“我哪里以色侍人了？女人长得漂亮不是错，色不迷人人自迷才是错。”

“……”黄文旭顿时哑口无言，张大了嘴巴，目瞪口呆，样子要有多滑稽就有多滑稽。

“呵呵，自讨苦吃。”倪流也笑了，笑过之后又问，“兰姣，除了从刘小花嘴里知道了王树斌平常的爱好和动向之外，还有没有什么别的机密？”

之前倪流打电话给王树斌，对王树斌一顿义正词严的批判，句句诛心，字字如实，除了他从别的渠道得知的王树斌的一些秘密之外，还有兰姣从刘小花之处套出的王树斌隐私。可以说，兰姣在他一步步逼近王树斌的道路上，功不可没。

“小花知道得也不多，我也不能问得太直接了，她和我关系再好，毕竟也是王树斌的秘书，必要的职业操守还要遵守。”兰姣想了想，想起了什么，“对了，小花说，以前王树斌和东南村的支书、村主任虽然来往密切，不过也差不多半个月才见一面，最近见面频繁，每周都见上一两次，似乎在密谋什么事情。”

东南村的支书曹肖张和村主任杨自立，在支书和村主任的位置上干了十来年了，而石门土生土长的王树斌正是东南村人，他和曹肖张、杨自立的关系比肖米和肖振东的关系还密切，据说是一起扛过枪的战友，属于一起扛过枪一起下过乡一起同过窗的三铁关系之一。

对于曹肖张此人的历史，倪流并不熟悉，他只知道，曹肖张在东南村绝对是说一不二的存在，其霸道和强横，无人敢惹。

王树斌和曹肖张、杨自立来往密切不足为奇，奇怪的是，近期频繁了许多，显然是和产业园的危机有关。由此也更加证明，产业园危机的解除，非王树斌出面不可。

当然，如果王树斌铁了心不出面，倪流就只有使出最后一招了——出售三栋高层。不过他也清楚，一旦出售三栋高层，他和东南村的关系彻底撕破脸皮，从此进入全面对抗局面。从根本上讲，产业园位于东南村的环抱之中，和气生财，他也不想和东南村的关系闹僵，除非东南村非要和王树斌同流合污，非要置远思于死地。在生死面前，哪里还顾得上许多？

倪流从内心深处还是希望王树斌出面摆平此事，这样对大家都好。他也清楚，王树斌既然拿东南村的地皮大做文章，就不会轻易放手。好，不放手没问题，他会逼王树斌放手。

说到底，解决产业园危机的症结点在东南村，而说服东南村出面和市里就地皮问题讨价还价的关键点在王树斌身上，王树斌又和洪东旭同流合污几次要置倪流于死地，所以王树斌是倪流现阶段必须摆平的最大劲敌。

倪流对洪东旭和王树斌的态度，不尽相同。对洪东旭，他必须要让洪东旭吐出从远思侵吞的全部资产，再将洪东旭和洪方绳之以法。而对王树斌，他需要王树斌出面摆平东南村地皮的问题，从根本上解决产业园危机。至于王树斌贪污受贿以及以权谋私等事，是政府监管部门的事情，和他就无关了。

也就是说，其实倪流对王树斌网开一面，并不想赶尽杀绝，而最终王树斌的命运如何，全在王树斌自己的选择了，是从善如流还是死硬到底，将会决定他能不能善始善终有一个安稳的晚年。

“今天的会就这样了。”倪流站起身来，结束了会议，“明天还有许多事情要忙，小舞，你继续负责盛世别墅项目，兰姣，你除了履行你的秘书职责之外，还要保持和洪方、刘小花的密切联系，文旭，你的任务是回襄都一趟，和林道首、宋国武面谈……”

继续加强与林道首的合作力度以及保持对宋国武的拉拢力度，是接下来获胜局的关键一战。远思马上就要到了最关键的转折点了，生死存亡是非成败，一战定乾坤，之前种种努力种种付出，全看最后一战的胜负。

“好嘞，保证拳打林道首脚踢宋国武……”黄文旭嘿嘿一笑，“倪头儿，我能不能顺便帮你看望一下林凝欢？”

林凝欢最近和倪流反而疏远了关系，倒不是她对倪流没有兴趣了，而是她的心思放到了福往庄园上。福往庄园按照倪流的思路改造，生意大好，好到出乎她的意料。她初尝事业的成功，欢欣鼓舞，一门心思要将福往庄园做大做好。

本来林凝欢一直对经商不感兴趣，福往庄园也是她无聊之时的练手之作，不想在倪流无心插柳的点拨下，她仿佛开窍了，变得似乎十分热衷生意了……至少现阶段是如此。

倪流扬手给了黄文旭肩膀一拳："能不能正经点儿？都什么时候了，还天天想着把妹。"

"把妹？"黄文旭揉着肩膀，一脸委屈，"倪头儿，林凝欢和吴小舞是你钦定的妹子，我别说敢去上手了，连想都不敢想。我去看望林凝欢，哪里是去把妹，分明是替你打前站，替你做你不愿意做的坏事，坏人我做，好处你得，你冤枉好人也就罢了，还打人，太蛮不讲理了。"

倪流呵呵一笑："好，我错怪你了，向你道歉。你见了凝欢，记得要含蓄，不要直白，我不想让她误会我只是在利用她……"

"我知道，放心吧倪头儿，你现在的真实状态是骑驴找马，至于林凝欢和吴小舞谁是驴谁是马，就只有你自己心里有数了，是不是？"黄文旭挤眉弄眼，又朝吴小舞挑衅似的飞了一个媚眼。

吴小舞和兰姣惊讶地张大了嘴巴，还是第一次听到倪流向黄文旭道歉。倪流虽然平常和他们打成一片，但一向也嘴硬得很，就算他错了，也会想方设法蒙混过关，想听他亲口道歉，没门。

倪流道歉倒还不是让吴小舞和兰姣最惊讶的地方，她们实在想不通倪流到底在打林凝欢什么主意，为什么似乎既是想利用林凝欢，又怕林凝欢误会？

吴小舞气不过黄文旭总是故意气她，总拿她和林凝欢对比，她拿过桌子上的一盒纸巾，扬手砸向黄文旭："黄文旭，再敢说我的坏话，我打死你。"

"哎，小舞妹子，我是为你好，你不识好人心也就罢了，别反咬一口行不行？从远近亲疏上讲，我当然愿意倪头儿娶了你，这叫肥水不流外人田！"

兰姣也终于气不过了，一扬手一件东西飞向了黄文旭，正中黄文旭脑袋，黄文旭"哎哟"一声，捂头做痛苦状。倪流和吴小舞定睛一看，顿时大吃一惊，原来兰姣用手机砸中了黄文旭。

"你想杀人啊？"黄文旭怒了，"万一砸死了怎么办？万一没砸死，砸中风了，下半生生活不能自理了，怎么办？"

兰姣不以为然地笑了笑："砸死了，我给你陪葬。砸中风了，我照顾你一辈子。”

“这个好，烈女。”黄文旭又嘻嘻哈哈地笑了，“哎呀，真走不动了，姣妹，快来扶住我。”

“别装蒜。”兰姣白了黄文旭一眼，“黄文旭，你说倪头儿在林凝欢和小舞之间不好选择，要是我问你，如果我和郭丽丽都喜欢你，你会娶哪一个？”

“我……”黄文旭一下噎住了，喉咙里似乎塞满了东西，“我，这个，那个，别开玩笑了，我哪里有这么好的福气？这种幸福的痛苦，不要也罢。”

第三十七章

非常计划

“别顾左右而言他。”兰姣不放过黄文旭，“你说实话，你是要爱情还是要面包？”

“面包是爱情的基础……”黄文旭正要发表一番长篇大论时，倪流的电话响了。

黄文旭只好悻悻地闭了嘴，不甘心地看了兰姣一眼，心想兰姣是故意逗他还是真心喜欢他，这个问题一定得弄明白，否则他晚上得失眠。

是肖米来电。

“倪头儿，大功告成。”肖米的声音三分兴奋七分踊跃，“老王八的录像到手了。”

“录像？什么录像？”倪流一时摸不到头脑，“老王八是谁？王树斌？”

肖米负责接近王树斌，想法从王树斌口中套出有用的信息，至于肖米怎么做，倪流没过问，也没有暗示什么，他相信肖米自有分寸，也不会做什么出格的事情，没想到，肖米做出的事情，还是让他大吃一惊。

“到底是怎么回事儿？”

“没怎么他，也就是让他喝了一点迷魂汤，然后他就神魂颠倒了，露出了他的老王八本质。我特意拍下了录像，现在上传到了网上，就等一点发布了。”肖米到底作风大胆，什么都敢说。

倪流擦了擦额头上的汗，事情既然发生了，再责怪肖米玩得太大了也没有意义，得好好想想怎么善后才是正经。倪流沉思片刻，马上有了决定：“这样，录像先不要发布，你现在马上来公司，见面再谈。”

“我已经到公司楼下了。”肖米格外兴奋，“五分钟就上去了。”

“怎么了？”

“出什么事情了？”

“出事了？”

倪流刚放下电话，黄文旭、吴小舞和兰姣都争先恐后地问道。

“还是等肖米自己说吧。”倪流一脸无奈，“说句良心话，我不忍心说。”这一次，他确实是真的拍着良心说的话，他真的没有想到肖米会这么折腾王树斌。

肖米到了。

一进屋，众人都吓了一跳，深色的眼影、爆炸式的头发、暴露的衣服以及诱人的眼神，完全换了一个人一样，第一眼谁也没有认出来她就是肖米。

“渴死我了，文旭，赶紧拿水给我喝。”肖米伸手抢过黄文旭的杯子，一口喝干。

“我喝过了，里面有我的口水……”黄文旭翻了翻白眼，无奈地看着杯子上的口红，又深深地看了兰姣一眼，很外国人似的耸了耸肩膀，言外之意是人受欢迎，没办法，不怪他太多情，只怪身边蜜蜂嗡嗡嗡。

“我敢说，你们谁也没有见过老王八恶心的丑态，来，有录像为证，要不要欣赏一下？”肖米喝完水，拿出一个SD卡，就要往倪流的电脑读卡器里面插，“记住，要抱着批判和鞭挞的眼光欣赏，千万别流俗。”

“免了，免了。”倪流忙制止了肖米，“说正事，正事要紧，录像什么的，以后留给某些心理扭曲和阴暗的人欣赏去吧。”

肖米清了清嗓子，开始说起了她和王树斌的一场由碰撞引起的风花雪月的故事，一连滔滔不绝地说了不下半小时，她才对目瞪口呆的几人说道，“怎么样，是不是感觉意犹未尽？对不起，故事真的结束了，没有未完待续了。在最精彩的时候结束，也是一种遗憾美，是不是？就和烟花总是在最美的一瞬凋落一样，残缺才是生命的主题，对不对？”

肖米肯定喝多了，几人从肖米的故事中清醒过来，又被肖米的哲理和诗意打击了，她是肖米吗？她是诗人还是哲学家，或者是某一个看破红尘的隐世高人？

不过再想到肖米对王树斌的所作所为，几人又都否定了对肖米的歌颂，肖米就是一个彻头彻尾的坏人，坏得无与伦比。

“好了，事情的经过就是这样的，我的任务完成了，下一步怎么办，请领导指示。”肖米一屁股坐在了黄文旭的旁边，一拍黄文旭的肩膀，“文旭，服了没有？等下陪我去吃消夜。”

“肖姐，服了，服了。”黄文旭连连点头，又急忙摇头，“消夜就免了，我拉肚子，不能再吃东西了。”

“怪了，你不是最喜欢吃消夜了？”肖米哪里知道黄文旭现在畏她如虎，还以为黄文旭真拉肚子了，“我记得你以前几乎夜夜消夜，不吃就睡不着。”

“改了，改了。”黄文旭忙不迭摆手，“我听到一个说法，晚上吃得多，死得快。从科学的角度讲，晚上吃的东西全部聚集在了体内，消化不了，会转化为脂肪和湿毒，久而久之会损害胃、肝和心脏功能，至少少活十年。从神秘学的角度来说，晚上是饿鬼吃饭的时间，所有吃消夜的人群周围，全是饿得双眼冒绿光的饿鬼，都想抢你手中的东西吃。但鬼道众生和人道不一样，他们看得见摸不到，你想呀，饿了七天八夜没饭，见到有饭了，又吃不到嘴里，他们肯定会生气，一生气，就会吸食你的精气影响你的运气，久而久之，你就被鬼缠身了……”

“哎呀妈呀，吃一个消夜你给我讲了这么一大堆道理，还弄一个鬼故事出来，黄文旭，你想作死呀？”肖米吓着了，扬手打了黄文旭一巴掌，“你赢了，以后我不吃消夜了。”

“嘿嘿，嘿嘿。”黄文旭见成功地转移了肖米对他的兴趣，暗中做了一个胜利的手势。

“下一步，这样……文旭、小舞和兰姣，继续你们的事情，肖姐想办法和万人红认识一下，最好能接近万人红。”倪流心中又有了新的计划。

“录像怎么办？”肖米最关心王树斌的录像了。

“录像先交给我，等时机成熟时，再请王树斌鉴赏。”倪流微微一笑，虽说肖米的做法很黄很暴力，不过话又说回来，对付一些浑蛋，有时还真得采用一些非常手段。

“倪头儿，你是不是想自己偷偷欣赏？”黄文旭一脸坏笑。

“肖姐呀，文旭饿了，想让你陪他吃消夜。”黄文旭敢捣乱，倪流就有治他的方法。

“啊，倪头儿饶命，肖姐饶命。”黄文旭大惊失色，夺门而出。

吴小舞、兰姣和肖米几人一起哈哈大笑。

第二天一早，兰姣继续联系洪方，编织罗网等洪方上钩，而黄文旭一早就开着宝马直奔襄都而去，倪流和吴小舞则一起驱车前往中远大厦，和王树斌再一次正面交锋。

沈学良在远思本来是办公室主任，来到石门后，被倪流委以重任，同时负责了盛世别墅的对接工作。他现在天天泡在盛世别墅项目上，别说回家了，连公司都很少回。不过他是痛并快乐着，不但工资翻了一番，最主要的是他看到了美好的前景，如同焕发了第二春，勤勤恳恳，任劳任怨。

孟岩现在主要负责远思石门的行政工作，他心细，有耐心，倪流可以放心地将远思的日常事务交由他负责。不出意外的话，以后沈学良和孟岩都会是远思的副总，一个是业务副总，一个是行政副总。

徐德泉以前只担任董事没有担任职务，现在在石门远思也挂上了副总的头衔，他和王骏群一起主要负责产业园项目的对接，也是重任在肩。

几人之中，王骏群算是最受冷落的一个，不过他心里也清楚，想要完全赢得倪流的信任，需要时间。他也不多说什么，埋头苦干，做得好永远比说得好更有说服力。虽然倪流又安排了一个财务副总监，名义上是替他分担工作，实际上是削弱了他的权力，他也没什么可抱怨的，将心比心，换了他是倪流，他也不会短时间内接受一个跟随了洪东旭十几年的老人。

王骏群现在在石门远思就一个心思，老实做人踏实做事，期望有朝一日可以有拿得出手的成绩让倪流认可他。

对于现在远思的局势以及各人的动向，倪流心如明镜，而远思的下一步该怎么走，他也早就有了计划。

“小舞，现在远思最大的隐患和最关键的突破点，分别是什么？”车到中华大街，向右一拐，倪流开口了，他有意考一考吴小舞。

吴小舞不再是倪流的秘书，对倪流习惯性出门带她，颇为欣慰，一个女人最大的幸福就是让她喜欢的男人对她养成依赖的习惯。这么一想，她不禁心跳加快，这么说，她不知不觉中真的喜欢上了倪流。

一想也是，倪流是一个彻头彻尾的好男人，烟很少抽，酒偶尔喝，通常不醉，即使醉了，酒品也很好。他有上进心，有正义感，能力出众，虽然不是特别帅，但很阳光很健康很耐看，这年头，帅的男人不少，耐看的就不多了。

要说倪流有什么缺点的话，就是他在感情上太不坚决果断了，到底他是喜欢林凝欢多一些，还是喜欢她多一些？男人呀，就该事事拿得起放得下，喜欢谁就是喜欢谁，怎么可能会不清楚自己到底更喜欢哪一个呢？

吴小舞斜斜地靠在座椅上，她慵懒的姿态最迷人，颇有一种午后阳光的悠闲和散淡，给人一种扑面而来的柔和和从容，仿佛生活就是云卷云舒，闲听落花忙看飞雪。

“嗯，我想想……”她并不着急回答倪流的问题，头扭向了窗外，“可是，我现在不想想这个问题，想问你一个问题。”

“什么问题？”倪流大概猜到了吴小舞想问什么，无奈地摇了摇头。

“就和兰姣问黄文旭的问题一样。”吴小舞咬着嘴唇，目光大胆而热烈地看着倪流，“论长相，小欢不比我差。论出身，她比我强了一百倍。论对你的好，她也许没有陪你走过一段风雪兼程的人生路，不过她对你的心意也是百分之百，这么一对比，你选择她也许是最正确最理智的选择。”

“爱情如果全是理智就好了，问题是，爱情根本就不是理智，理智的爱情不叫爱情，叫婚配。”倪流笑了笑，伸手抚摸吴小舞光洁而浮现青春光泽的脸庞，“小舞，不是我非要逃避这个问题，而是我真的不能现在给你一个承诺，你当我不男人也好，当我没担当也罢，我都认了，我只想告诉你，时机成熟的时候，一切就会水落石出。”

“时机成熟？到底要等到什么时候呢？”吴小舞隐隐流露出失望之色，“你不会告诉我要等到花儿也谢了吧？”

“你这么聪明，不会猜不到我刚才为什么要问你远思最大的隐患和最关键的突破点是什么，远思解除了隐患以及从困境中突围而出的时候，就是时机成熟一切水落石出的时候。”倪流不想吴小舞失望，他很怜惜这个女孩，也很敬佩她以前的坚守。

“这样呀，我明白了。你对林凝欢也多少有几分好感，所以你保留对她的感情，就是想万一山穷水尽进退无路的时候，好牺牲自己嫁入林家借以拯救远思，是不是这个意思？”吴小舞又露出了一丝笑容，用心想了一想，“远思目前最大的隐患，是产业园的危机，具体落到个别人身上的话，隐患和突破点都是洪东旭和王树斌，现在由林道首和宋国武对付洪东旭，你亲自出面对付王树斌，那么我是不是可以说，远思脱困的日子，为期不远了？”

“我也想尽快摆脱眼下的困境，只是事情往往有不可预料的转机，现在我也不敢说远思到底什么时候可以脱困……”倪流摇了摇头，对吴小舞关于他嫁入林家的分析不置可否，直接忽略了过去，“只能说尽人事听天命。”

“你也信命？”吴小舞一时惊讶。

“信不信有什么关系？总有一些事情非人力可以改变，以前曾有人豪言壮语说什么人定胜天，结果呢？盲目开采山林的结果就是沙尘暴，盲目开采矿山的结果就是地震、山体滑坡，人只有和自然和谐相处，顺应自然规律，顺应天地秩序，才能长治久安。要不怎么说，上善若水，水善利万物而不争，天地之所以能长且久者，以其不自生也，故能长生，是说天与地为什么能够永远存在而不衰灭，那是因为天地都不会为了自己而有所作为。”倪流一时有感而发，“心中无私天地才宽，自私自利的人，永远不会得天下。”

“哇，倪头儿，我好崇拜你，要是在古代，你肯定可以封王拜侯了。”吴小舞做崇拜状，仰视着倪流。

“行了，别给我戴高帽了，到中远了，和王树斌决战的第一战，即将上演。”倪流弹了吴小舞一个脑瓜嘣，哈哈一笑，停好了车。

吴小舞捂着头噘着嘴，冲倪流的背影恨恨地翻了一个大大的白眼。

第三十八章

失足

王树斌的办公室在十四楼。

一般生意人都很忌讳四这个数字，主要是南方方言的四和死发音接近，因避讳死字而连带让四很受伤，如果普通话标准的话，四和死还是可以区分清楚的。不过习惯成自然，南风北渐，连北方也深受南方忌讳的影响，尤其是商人，不用带四的手机号码也不住带四的楼层，没想到，王树斌倒是大度，居然将办公室落在了十四层。

而且他的办公室的房间号还是1414……倪流微微感慨，王树斌虽然为人老奸巨猾，却没想到，他也有脱俗的一面。

倪流是第一次来到王树斌的办公室。

王树斌的董事长办公室十分奢华，是倪流见过的最高端大气上档次的董事长办公室，民营企业还是比不了国企的气派，到底花的不是自己的钱。

见倪流和吴小舞进来，王树斌连站都没有站起来，只是微微欠了欠身子算是有所表示了。他脸色铁青，紧盯着倪流年轻而充满朝气的脸庞，似乎恨不得吃了倪流一样。

等他的目光一转，落到了吴小舞的身上时，眼睛亮了一亮，闪过一丝贪婪的目光。

不过当他想起昨天晚上发生的事情时，心中因吴小舞姣好的相貌和玲珑的身材而引发的邪念，一闪就熄灭了，昨晚丢人丢大发了，是为平生的奇耻大辱！

这事儿，一定有倪流的影子，说不定就是倪流故意设下的局。王树斌越想越生气，倪流先是劈头盖脸骂他一通，又设局害他，完全就是病得不轻的疯子，不能停药。

“倪流，想要钱是不是？”这年头，欠钱的是大爷，王树斌居高临下地看着倪流，“现金支票我已经开好了，只要你开口求我，让我心情好了，我就给你。”

不得不说，王树斌这个要求挺变态，倪流并不恼，呵呵一笑：“王董，怎么又不高兴了，谁惹你了？”

“昨天晚上喝酒，喝多了，一不小心踩了一堆臭狗屎，现在心里还在恶心。”王树斌冷冷一笑，“倪流，不会是你养的狗没有公德心，随地大小便正好让我踩上了吧？”

“不好意思王董，我从不养狗。”倪流礼貌地回应了王树斌的挑衅，“我也没有晚上喝酒的习惯，听说晚上在外面大吃大喝，身边容易有恶鬼饿鬼围绕，不管是哪一种鬼，反正鬼挺多，想想看，如果知道身边有一群鬼在流着口水陪你一起吃饭，你还能吃得下吗？”

“没想到你年纪轻轻，还深受封建迷信的毒害，居然大白天说鬼话。”王树斌哈哈大笑，对倪流冷嘲热讽，“真是活见鬼了。”

“王董又忘了，鬼白天不出来，你现在见到的是堂堂正正的人。鬼只在夜间活动，所以鬼是鬼鬼祟祟的。一个人常走夜路，难免遇到鬼。常走邪路，踩到狗屎就是早晚的事情。”倪流以鬼喻人，绕了一圈，又落到了王树斌身上，“所以说，我只白天活动，晚上老实待在家里，王董遇到鬼也好，踩到狗屎也好，和我真的没有关系。”

这句话分明暗讽王树斌鬼鬼祟祟常走夜路和邪路，吴小舞见王树斌被倪流绕得团团转，再也忍不住“扑哧”一声乐了。

“我从来没有见过鬼，也不信有鬼，倪流，都是圈内的精英，你就别说什么聊斋了，要么你说服我，让我相信有鬼。要么你让我高兴起来，否则支票你今天就拿不走了。”王树斌心情极差，就是要拿倪流开涮。

“王董，你为什么不相信有鬼？”倪流也不急，他也清楚和王树斌这样老奸巨猾的前辈高手过招，耐心是第一关，连耐心关都过不了，必败无疑。

“我相信我的眼睛，我可从未见过鬼！况且，就算是有一只鬼在我面前，我也看不到，这叫心中没鬼就眼里没鬼。不像有些人，天天说鬼，恐怕是心里有很多鬼吧？”王树斌哈哈大笑，“你只要证明了眼睛不可靠，我就会把支票给你。都说耳听为虚眼见为实，我不信亲眼见到的事情还有假。”

“王董，你的灯是不是有问题，怎么一直闪？”倪流突然转移了话题，用手一指屋顶的灯泡。

“哪里有问题了，一直在亮，是你眼睛有问题吧？”王树斌越看倪流越乐，倪流今天大失水准，错误不断，估计是吃错药了。

“看，这就是你的眼睛欺骗了你，王董，根据发电的频率，其实你看到的常亮的灯光是一直在一亮一暗中交替……”

“哪里一亮一暗了？倪流，你先是装神弄鬼，现在又胡言乱语，你到底怎么回事儿？”王树斌睁大眼睛看着灯泡，灯光常亮，一刻也没有熄灭。

吴小舞学过相关的物理知识，知道王树斌上当了，嘴角忍不住露出了会心的微笑。倪流还是她认识的那个犀利、聪明并且善于布局的倪流，一开始她还以为倪流被王树斌掌握了主动，只有招架之功没有还手之力了，没想到，绕来绕去，还是将王树斌拉进了陷阱。

“你眼睛确实没有看到灯泡一亮一暗，但实际上，灯泡确确实实是在一亮一暗，只不过速度太快了，你的肉眼分辨不出来而已。电流的频率是五十赫兹，意思就是灯泡一秒钟一亮一暗五十次，一秒二十四次的定格画面，就会被人眼误认为是连续动作，这是电影的原理。人眼连二十四格的电影都分辨不出来真假，何况每秒五十次的电流频率了？”倪流成功地引王树斌入坑，然后毫不犹豫地埋了他，“如果王董不相信，现在就赶紧百度一下。人是肉眼凡胎，能力实在有限，偏偏许多人还非要相信眼见为实。一个人天生是瞎子，从来没见过阳光和世界，他就认为阳光和世界不存在。王董，阳光和世界真的不存在吗？有些人不相信鬼，不是因为他心里没鬼，而是做了太多的亏心事，怕鬼怕得要命，所以拼命地掩耳盗铃，认为捂上眼睛，向他讨债的恶鬼就不存在了一样。”

王树斌哑口无言，张大嘴巴紧盯着倪流，仿佛倪流就是向他讨还公道的索命鬼一样。

倪流不是鬼，是堂堂正正的人，不做亏心事，不怕鬼敲门，他说完之后，伸出右手在王树斌惊呆的面孔之前晃了一晃：“王董，支票给我。”

王树斌好歹也算有头有脸的人物，而且年纪一大把了，居然出尔反尔，甚至还要起了无赖：“除非你抓一只鬼给我，否则，支票你别想拿走。”

“王树斌，你欺负人！”吴小舞看不过了，挺身而出，“堂堂的中远集团的董事长，说话不算话，王董，你不觉得害臊吗？”

王树斌一瞪眼：“我和倪流说话，没你什么事儿，一边去，别胡乱插嘴，没大没小。”

吴小舞被王树斌呛得翻了翻白眼，怒了：“王董，既然你这么说，我就闭嘴好了，不过如果我一转身就在外面说一些不该说出的话，你可别怪我多嘴。我现在不插嘴，在外面肯定会多嘴。”

“你知道什么？”王树斌顿时一脸紧张，“吴小舞，你是不是听到了关于我的一些传闻？”

一些口口声声不相信鬼的人，其实最怕鬼，因为他身上鬼鬼祟祟的事情太多，相反，一些相信鬼神的人，因为敬畏鬼神，反而少干伤天害理的事情。心中有敬畏，心头才会有明灯。

“没有，我什么都没听说，什么都不知道，你别问我，我现在闭嘴了。”吴小舞够坏，挑起了王树斌的疑心，却又什么都不肯说。

王树斌心里不只一只鬼，而是有太多鬼，远的不说，就说昨晚的一只鬼，一直压在他的心头如一座大山一样让他喘不过气来。想起昨晚清醒之后，有人便告诉他，刚才的一幕被人录了像，录像的人已经走了，他当时惊吓出了一身的白毛汗，才知道自己“失足”了。

现在网络之发达，一块手表可以打倒一片贪官，一段录像可以毁掉一群董事长，何况他是国企的董事长。如果是竞争对手下的套，他必死无疑。而且这事儿又不能报案，只能吃哑巴亏。

吃哑巴亏就吃哑巴亏了，可是也要吃得明白才行。到底是谁在背后黑他，他总要看清对手是谁才好想好应对之策，总不能对着空气打拳吧？本来他一开始就怀疑是倪流，思来想去想不起来害他喝了口水就意乱情迷的女子是谁，没见过倪流身边有这个人——王树斌并不认识肖米，也没见过肖米，被肖米骗到也就不足为奇了。

现在吴小舞突然冒出一句让他严重怀疑录像外泄的话，一想起他一身松树皮一样的皮肉被吴小舞欣赏过，顿时心中的悲哀如惊雷一般滚滚而过，差一点老泪纵横痛哭流涕了。

“王董，别听小舞乱说，她这个丫头，就爱胡闹。”倪流嘿嘿一笑，“继续说我们的正事，我今天来，取支票是私事，另外还有公事。”

“我突然有点头疼，什么都不想谈了，请你下次再来吧。”王树斌不耐烦地挥了挥手，下了逐客令，“下次来之前，先和我秘书预约一下。”

“好。”王树斌以为倪流会赔着笑脸求他，不料倪流二话不说转身就走，走到门口，拉开一半房门，又回身说道，“对了王总，我善意地提醒你一件事情，今天有人给我打电话，要价一百万出售你做好人好事的录像，我回绝了对方，感觉对方似乎不怀好意。”

什么？王树斌血压升高心跳加快双眼发直喉咙发干，倪流的话是什么意思？难道说……

王树斌不敢再深入想下去了，忙叫住了倪流：“倪董，等等，我取支票给你。”

从倪流到倪董，王树斌转变得非常自然，仿佛他刚才叫倪流是应该现在叫倪董也很正常一样，让人不得不佩服他除了老奸巨猾之外，厚颜无耻的水平也是非同一般。

拿出支票，王树斌亲自送到倪流手中，紧紧握住倪流的手：“倪董，国文去世后，我一直忙着家里和公司的事情，忙得不可开交，对你、对远思都关心得不够，我对不起国文的在天之灵。”

装，继续装，倪流心里直笑，谁说只有演员才会演戏，真正的影帝一直都在民间，王树斌态度转变之快，脸皮之厚，角色转变之自然，至少在倪流的视线之中，什么薄道明什么陈志文，拍马都赶不上王董演技的一半。

王董不去好莱坞发展，真是太可惜了。

人呀，最好别做亏心事。亏心事做多了，每天提心吊胆，吃不香睡不好，就算有一座金山银山又有何用？还要提防半夜鬼敲门，整天鬼鬼祟祟人不人鬼不鬼，太可怜了。就如王树斌，好歹也是有一定级别并且手握十几亿资产的高高在上的董事长，现在小辫子落在别人手中，别人一抖辫子，他就得赶紧跟一头驴一样跑得团团转。

接过支票，倪流见数额正确，一分不多一分不少，心中又暗暗鄙夷王树斌的小气，连正常的利息都不支付，还说对不起宋国文的在天之灵，真虚伪。他转手将支票交给吴小舞，呵呵一笑：“难得王董有情有义，我替姐夫谢谢王董了。既然王董一直记得和姐夫的情义，而且产业园又是远思和中远联合开发的项目，产业园危机，说什么也得请王董出面协调一下。”

王树斌松开了倪流的手：“这就是你要和我说的公事？”

“是呀。”倪流感慨万千，故意示弱，“我在石门没有根底，现在远思有难了，只能求到王叔门上了，希望王叔看在姐夫的面子上，帮远思一帮。”

“这个……”要是往常，王树斌早就一口回绝了，现在倪流先提到了录像又提到了宋国文，等于是双管齐下将了他的军，他必须先掂量掂量轻重再回答，就算宋国文的面子在他眼里没有分量了，录像问题是他的心头大患，不得不慎重对待，“要我怎么帮？”

见王树斌口气稍软，倪流心中更加确定王树斌对录像极为忌惮，录像成了悬在他头上的达摩克利斯之剑。说句良心话，倪流真不想拿录像要挟王树斌，毕竟，德高望重的王董怎么着也是石门商界的头面人物。

可问题是，产业园危机本来就是王树斌在背后所做的手脚，他的手法太狠了，分明要置远思于死地，在远思的生死面前，倪流也顾不上尊重王树斌王大董事长的德高望重了，远思的利益才是首要大事。

“远思已经准备好了七八九三栋高层的相关资料，准备一次性打包出售给东方集团和首远集团，共筹集资金六亿。东方和首远分别准备好了三亿的资金，现在支票都交到我手里了，只要合同一签，支票就可以兑现了。”倪流示意吴小舞准备好，吴小舞会意，从倪流的手包中拿出两张支票递了过去。

第三十九章

旗开得胜

倪流接过支票，顺手向前一递：“王董，支票在这里。”

王树斌本不相信倪流的话，陈星睿又不傻，林道首更是老谋深算，二人怎么可能出资三亿购买产业园的高层？产业园现在五证不全，属于非法建筑，在远思没有补齐手续之前，谁会蹚产业园的浑水？不想不等他对倪流信口开河的说法嗤之以鼻，倪流却主动拿出了支票，不由他不暗暗心惊。

商场之上，兵不厌诈，真话假话往往不好分辨，但支票造假比说假话难多了，而且还要负法律责任，相信倪流不会拿假支票骗他。王树斌只看了一眼就确定了一个事实——倪流手中的东方和首远集团的两张共计六亿的转账支票，真实无疑。

因为，王树斌认出了陈星睿和丛远远的签名！

六亿，三栋高层，倪流真有本事……王树斌顿时倒吸了一口凉气，他原本以为倪流绝对没有办法渡过产业园危机，最后只能任由他和洪东旭摆布，不想倪流居然真的说动了陈星睿和林道首，这简直是不可能的奇迹。

倪流怎么这么有本事？他到底怎么办到的？王树斌眯起眼睛，支票刺痛了他的眼睛，也击碎了他的希望，让他明白了一个事实，如果他再不出面协调，产业园的危机真有可能被倪流一手解决，到时，土地转让金上交市里，东南村又没有落到房子，等于两头踩空，曹肖张岂能和他善罢甘休？

吴小舞在一旁目不转睛地盯着王树斌的表情，见王树斌表情变幻不定，在看到支票的一刻，双眼发直神情发呆，傻了一样，她差点忍俊不禁——倪流真坏，坏得有个性，坏得可爱，原先一直猜不透他冲陈星睿和林道首各拆借三亿有什么用，原来伏笔在这里，是为了扯虎皮拉大旗，用来当挡箭牌来糊弄王树斌。

高，太高了，倪流真聪明，六亿的支票在谁面前晃上一晃，谁都不会怀疑他的话有假。假话好编，六亿的支票可不是谁都能拿得出来的，吴小舞一瞬间对倪流的好感又上升了二十五个百分点。这样一个时而阳光帅气时而老成持重时而又变化多端的男人，确实太少了，如果不抓住，一旦错过，后悔都没地方哭去……怎么办？吴小舞的目光又落到了倪流身上，咬了咬牙，不管那么多了，自己的幸福要自己争取，她就要和林凝欢争一争，胜了，是好事，败了，也不后悔，至少自己努力过了。

倪流哪里会知道吴小舞这个时候还会胡思乱想，居然联想到了感情问题上面。他收回支票，交给吴小舞，对一脸灰白和难以置信的王树斌说道："我还没有下定决心要不要和东方、首远签合同，因为这样一来，东南村就落空了，什么也得不到，而王董和东南村的关系很好，东南村的地皮又是王董牵线才拿到的，三栋高层出售之后，会让王董不好向东南村交代。从我的本心来说，我还是希望能由王董和东南村出面和市里协调，土地转让金五亿和罚款三亿如果能取消或减免，三栋高层宁愿不卖，也要按照原先的约定转交给东南村使用。当然，话又说回来，如果东南村不作为，政府非要征收土地转让金和罚款，我也只能兑现了手中的支票了……"

土地转让金加罚款，一共是八亿，三栋高层出售的话，只有六亿，中间还有两亿的亏损要远思自己承担。倪流的账当然算得精明，三栋高层给东南村，可不是为了照顾王树斌的面子和东南村的情绪，而是从远思的基本利益为出发点。

倪流也清楚一点，如果只是东南村出面，罚款有可能会取消，毕竟罚款没有依据，只是惩罚性处罚，土地转让金会减少到三亿左右，那么算下来，还是出售高层划算。但如果王树斌再出面，以他国有控股企业董事长的身份，必然可以疏通许多关系，国有企业一向会得到政策上的倾斜，如此一来，土地转让金一亿之内就能拿下。

也就是说，远思将三栋高层交与王树斌和东南村，再支付一亿就可以将产业园的全部地皮转为合法用地，等于是十亿的亏损，减去卓达承诺的两亿违约金，再减去三亿罚款和四亿土地转让金，亏损降低到了一亿，最后折算下来，产业园项目还会有两到三亿的利润。

此为上策。

万一王树斌铁了心不出面摆平土地转让金和罚款问题，倪流就只能出售三栋高层以换取资金来支付转让金和罚款。手中的六亿的支票只是幌子，可不是真的售房款。三栋高层虽说市场价格在六亿以上，但销售和回笼资金都需要时间，而且无证房也卖不上高价，除非他拆借资金补交了罚款，又或者再次转让远思股份套现资金，此为中策。

下策当然也有，直接将远思拱手转让他人，他一拍屁股走人，不管身后是怎样的洪水滔天……不过，倪流不是有始无终的人，况且他现在自信可以让王树斌为他所用，哪怕王树斌极不情愿，也要想办法鞭策他让他听话。

有些人就是倔驴，牵着不走打着倒退。

王树斌不说话了，倪流的话深深地刺痛了他的心，精心设计的一个大坑，原本指望倪流一头栽进大坑摔个半死，然后被他和洪东旭活埋，不想倪流不但没有跳坑，反而又另外为他和洪东旭挖了一个小坑，得意扬扬地拿着鞭子要赶他下坑。

怎么办？洪东旭想退休了，估计指望不上了，倪流既和盛夏合作，开发了盛世别墅，又得到了陈星睿和林道首的相助，上升的势头越来越猛，他如果还看不清楚形势，万一最后洪东旭安享晚年去了，只有他一个人得罪了倪流，落一个里外不是人的下场，又没有得到什么好处，岂不是傻瓜？

再者，倪流手中万一真有他的好人好事的录像，他有把柄落在倪流手中，惹恼了倪流，倪流一公布，他身败名裂，更是得不偿失。况且再仔细一想，事态发展到现在，他还有的选择吗？也确实如倪流所说的一样，如果最后倪流强行将三栋高层卖给东方和道远，东南村什么好处都落不下，曹肖张非要和他拼命不可。

曹肖张早就预定了三栋高层之中的五套房子，他也有四套，杨自立有三套，一旦倪流出售，所有的房子都落空了。

不过，就这样被倪流牵了鼻子走，心里很不舒服。不行，他得提一个交换条件。王树斌背起双手，在房间中走了一圈：“倪董，和盛夏合作，小心被盛夏吃得连骨头渣都不会剩下。”

王树斌一开口，倪流就知道他要提条件了，不用说，王树斌是想让他在盛世别墅项目上面高抬贵手，别太处处针对碧海蓝天了。说实话，盛世别墅是盛世房地产的开局楼盘，也是远思第一次实地操盘高档别墅项目，盛世追求的是利润和一炮打响的成功，远思追求的是实战经验和利润，归根结底，都是为了市场，为了赚钱，而不是为了置气，更不是为了拼一个你死我活。

倪流顺水推舟，呵呵一笑：“王董的话，我明白了，盛夏不会吃了远思，盛世别墅也不是为了挤对碧海蓝天，都是为了生意，生意讲究的是和气生财。”

“那就好，那就好。”王树斌见倪流答应得挺爽快，话说得也中肯，心情稍微舒畅了几分，“关于那个录像……”

“录像呀？什么录像？”倪流选择性遗忘了，“现在每天都忙得焦头烂额，哪里有工夫去看录像？就算有人非要给我寄，我也不会签收。”

倪流的回答虽然没有让王树斌完全满意，不过也只能如此，他难道还非要点明他是被人陷害的？拉倒吧，说出去会笑掉人的大牙。

只是……王树斌还是不想痛快地答应倪流，总觉得太憋屈了。他原本今天是想好好借还钱的机会羞辱倪流一番，怎么说着说着，好像他一步步被倪流逼到了墙角？这可不行，他一世英明，被倪流一个初出茅庐的小年轻打得一败涂地，太丢人了。

倪流见王树斌还不肯缴械投降，也不急，颇有耐心地等王树斌投降。突然，他的电话及时响了。

是黄文旭来电。

黄文旭去了襄都，介入吴来试图收购洪东旭、宋国武股份一事。他才去不久，现在应该到襄都还不到一小时，这就打来了电话，莫非事情有变？

想了一想，倪流也没避讳王树斌在场，接听了电话：“文旭，什么情况？”

“林道首抢先一步和洪东旭达成了股份转让协议，吴来出局。”黄文旭的声音兴奋得有几分失真，“吴来和王亚内现在正在离开襄都，一无所获。”

好一个林道首，居然截和了，倪流心中暗暗叫好：“洪叔想转让名下多少股份？”他之所以点出洪东旭，是为了引起王树斌的注意。

果然，王树斌顿时瞪大了眼睛，心中猛然掀起惊涛骇浪，洪东旭这么快就有了决定，难道局势已经紧迫到了刻不容缓的地步？

“全部。”黄文旭很是兴奋。洪东旭在远思是仅次于宋国文的元老，他在远思一天，倪流就会一直笼罩在他的阴影之下，哪怕倪流以后的成就再高，远思许多老人也总会固执地认为洪东旭比倪流更能领导远思。现在好了，洪东旭将会彻底地告别远思，远思即将迎来真正的倪流时代。

“洪叔真的放手远思了？他抛售了全部股份，从此远思又少了一个开朝元老，这是远思的损失。”倪流的话，其实是说给王树斌听的。从本心上讲，洪东旭及时退出，是明智之举。一开始洪东旭差点被盛世别墅的巨额利润吸引，还想继续留在远思坐等股份升值，现在总算看清了形势，知道钱虽好，怕就怕有钱没命花，想要拍屁股走人了。

想法很美好，现实很残酷，洪东旭不管是继续留在远思还是现在抛售股份走人，他都改变不了他的最终命运了，倪流的布局已经完成，洪东旭别想带着他十几年来从远思非法窃取的巨额财富潇洒地离开，他必须为他的所作所为付出惨痛的代价！

在倪流的眼中，现在急于脱身的洪东旭已然是瓮中之鳖。

黄文旭一听就听出了倪流话里有话，一想，就明白了什么，嘿嘿一笑，顺着倪流的话向下说："是呀，我也很惋惜，如果洪叔留在远思该有多好，绝对是远思之幸。不过还好，我已经和林伯伯交流了一下看法，林伯伯的意思是，想什么时候交易就什么时候交易，早几天晚几天，主动权掌握在他手里。洪叔现在正做着出国安享晚年的美梦，至于什么时候梦醒，就看倪头儿什么时候收网了。"

"等我消息吧。先做好前期工作，关键时刻来临的时候，才好不手忙脚乱。"倪流现在不是不想收网，而是在等兰姣的消息，收网，就要一网打尽，不能有漏网之鱼。兰姣现在正在引鱼上钩。

不过倪流也并非没有担心，林道首在这一次的混战中，又成了赢家，一旦他成功收购了洪东旭的股份，他的持股比例将会高达百分之三十四，将会是远思名副其实的第二大股东。相比他准备反收购首远的计划，林道首兼并远思的计划正有条不紊地进行，抢先他一步，迈出了扎实的第二步。

当然，倪流也相信，在最后他和林道首的关键一战中，他还有在决胜局反败为胜的机会，到时一战定乾坤。眼下在洪东旭未除、产业园危机仍在的情况下，林道首还是他的同盟，等远思内忧外患全部清除之后，才是他和林道首谁主沉浮的决战之际。

刚放下黄文旭的电话，倪流还没有来得及和王树斌交流一下看法，手机又响了，他只好向王树斌歉意一笑。

王树斌浑不在意，他甚至还期待倪流在他面前接听电话，这样他也好听到倪流到底在布局什么，尽管他也知道或许倪流的电话根本就是在演戏给他看，他也想看个清楚，到底倪流还有多少手段。

是兰姣来电。

兰姣的电话，让倪流心中一跳，直觉告诉他，事情到了关键的转折点了。

果然，一接通兰姣的电话，兰姣兴奋的声音就传了过来："倪头儿，洪方还真听话，把国外的资金都转移回来了，准备大举收购远思的股份，他也不知道从哪里打听到的消息，对远思的前景十分看好，不但想接手洪东旭手中的股份，还想接手唐简水和王骏群的股份，不过好像洪东旭不愿意让他接手，他想让我帮他出面……"

洪方和洪东旭对远思股份的看法不一致，正是倪流得手的大好时机，最主要的是，洪方将资产转移回来，是自投罗网，这一下，别想跑了。时机正合适，大鱼小鱼正好一网打尽。

“好，等我电话。”倪流不便和兰姣多说，随即挂断了电话。

“小舞……”倪流转身吩咐吴小舞，“你到外面等我一下，另外，打电话给黄文旭，说是可以收网了，马上动手。”

“好。”吴小舞答应着，转身出去。

王树斌心头一紧，马上动手是什么意思，直觉告诉他，怕是要出事了，忙向前一步：“倪董，出什么事情了？”

“没事，没事。”倪流若无其事地摆了摆手，“远思的内部事务，小事一桩，发现了几个监守自盗的内贼，我已经让襄都方面全权处理了。”

“啊？怎么处理？”王树斌眼皮乱跳，知道坏事了。见倪流云淡风轻胜利在望的神情，他忽然感觉眼前一黑，仿佛天塌下来了一样。

“报警了，走法律程序。”倪流无所谓地摆了摆手，“不说这些了，倪董，东南村地皮的问题，你看……”

“我现在就去东南村一趟，和曹肖张见个面，商量一下怎么解决。”王树斌打了一个激灵，感觉倪流阳光帅气的笑容中，似乎隐藏着许多惊人的秘密。他现在已经可以肯定，洪东旭利用职务之便搬运远思资源的事情败露了，而且毫无疑问，倪流已经掌握了确凿的证据，直接要法办了洪东旭。

洪东旭的灰色产业链中，有洪方、有王亚内，还有他，他也有摆脱不了的干系，万一洪东旭咬出了他，不用录像曝光，只一个贪污受贿的罪名就足以让他身败名裂了。一想通此节，王树斌冷汗直冒，后背凉风阵阵。

太可怕了，倪流这才掌控远思多久，满打满算才一个多月，就一步步引洪东旭现出原形，然后手起刀落，一刀下去，洪东旭就人头落地了，真有手腕，真狠，真……让人佩服。这个小年轻，有胆识有勇气也有让人不得不服的谋略。

王树斌紧张之下，说话都结巴了：“倪、倪董，你等我消息，我一定会尽最大努力解决东南村的地皮问题，当然前提是我还在中远董事长的位子上。”

第四十章

局势已定

倪流当然听出了王树斌的言外之意，王树斌是怕洪东旭事件连累他下马，就呵呵一笑："王总中远董事长当得好好的，肯定不会有意外。我认为，王董肯定可以平平安安地功成身退。"

"呵呵，借倪董吉言。"

王树斌的心放了一半，忙当着倪流的面给曹肖张打了一个电话，约好了见面后，他客气地送倪流下楼，急匆匆直奔东南村而去。

"王树斌这一下惊慌失措了，倪头儿，你真行，一刀斩落一个，又杀鸡儆猴一个，洪东旭和王树斌这两只老狐狸，这一下可要抓瞎了。"吴小舞坐在车内，望着王树斌迅速消失在远处的车灯，不无得意地笑了。

"不是我行，是敌人漏洞太多。"倪流嘿嘿自谦几句，"要是他们都和我一样洁身自好，又有一身的正能量，我还真拿他们没办法。"

"切，自恋，臭美。"吴小舞赠送了倪流一个大大的白眼，娇憨之态，惹人爱怜。

倪流发动了汽车，才开出不远，电话就又响了，是黄文旭。

"倪头儿，襄都最厉害的经侦一大队出动了，林道首面子不小，他直接和主管经济犯罪的副局长通话，副局长听说案情重大，立刻成立了专案组，并亲自负责洪东旭经济犯罪一案。估计半小时后，洪东旭就会落网。石门方面，也该出动了，别让洪方闻风而逃了。"

"洪方逃不了。"倪流自得地一笑，"还有他从远思窃取的钱，一分也别想带到国外。文旭，替我转告对林伯伯的感谢。"

随后，倪流拨通了陈星睿的电话。

“陈董，有件事情得请你帮忙。”

“大事小事？要是小事就别开口了，我懒得帮你。”陈星睿上来就开了一句玩笑，最近他心情不错，事业顺利，爱情也有了突破，可谓双喜临门。

“当然是大事了，小事还值得惊动你？”倪流哈哈一笑，“听说你和石门经侦大队关系不错，现在石门有一桩涉案金额上亿的经济犯罪大案，想不想办了？”

“我靠，上亿，不是吧？市经侦大队大队长张延民是我哥们儿，最近石门没什么经济大案，他说都快生锈了，真有这么好的机会？赶紧的，报给我，我立马让张延民亲自出马，他要是再侦破一件涉案金额上亿的大案，保准可以升上去。”陈星睿喜出望外，妈呀，又是好事，最近运气太顺了，是不是倪流来石门的缘故？

没准还真是，说不定倪流旺运。

“这事儿就拜托你了，这事儿涉及远思的内部事务。”倪流也没隐瞒，大概说了说洪氏父子窃取远思资源和财富的事实，“襄都警方现在正在抓捕洪东旭，现在洪方正在石门……”

“没问题，既然证据确凿，立马抓他丫的。我最恨这种吃里爬外的东西了。”陈星睿打了包票，“你别管了，交给我了。办不麻利，我不要那三亿了。”

得，这话说得真豪气，真够朋友，倪流哈哈大笑。

半小时后，洪东旭在襄都落网。

一小时后，洪方在石门落网。

几乎在洪方落网的同时，吴来和王亚内返回了石门。在得知洪东旭和洪方落网的消息后，二人十分震惊，随后王亚内接到了王树斌的电话。放下电话，他就和吴来一刻没停一起离开石门，直奔京城而去，做好了随时跑路的准备。

据说洪东旭在襄都落网的时候，一脸灰白，连声说了十几个没想到，然后他想打电话，没被允许。而洪方在石门落网的时候，还发生了小小的意外，当时洪方一见警察出现，也不知道是做贼心虚还是心里的鬼太多了，二话不说拔腿就跑，警察追了他三条街才将他当场制伏。

当然，让警察受累了，洪方也吃了小小的苦头，胳膊被差点扭脱臼。事后警察问他为什么跑，他还振振有词地回答说，见到警察不跑难道要见到城管才跑？见到警察跑是做大生意的人，见到城管跑是小商小贩，弄得警察哭笑不得。

洪东旭、洪方父子被抓的消息传出，震惊了远思，也震惊了整个襄都商界，几小时后，消息在石门商界也传开了。

倪流的电话就此起彼伏地响了起来。

让倪流没想到的是，姐姐也打来了电话问是怎么回事。倪流安慰了姐姐几句，让她不用管太多，最终法律会有一个公正的判决。

倪芳到底于心不忍："倪流，要是你说话管用，向警察说一说，别太为难洪叔了。"

女人到底心软，现在不是心软的时候，倪流没多说什么，只说尽量。如果让姐姐知道了洪氏父子是如何疯狂地掏空远思家底，她或许也不会可怜洪东旭了。

随着洪东旭的倒台，远思真正进入了倪流时代……

洪东旭、洪方父子被抓，不只襄都的商界众说纷纭，有人指责倪流为了掌权，不惜拿远思的元老开刀，也有人对倪流大刀阔斧地破旧立新赞叹，就连石门商界也向洪东旭被抓事件投去了前所未有的关注的目光，远思借此事一举成名，一夜之间声名大振，成为石门商界人人皆知的公司。

一个月后。

春暖花开，今年春来早，才进三月，向阳的桃花就次第开放了。倪流站在三千亩产业园最高的高层之顶，俯视整个产业园项目，远处是林立的办公区，近处是商铺，脚下是商住两用高层，将整个产业园尽收眼底，初成气象的产业园正呈现勃勃生机，即将展翅腾飞。

如果再放眼远望，半个石门都映入眼帘之中，远思入驻石门以来，倪流第一次生发了会当凌绝顶一览众山小的感慨。

当然倪流也清楚，现在的他，只是万里长征迈出了第一步，离会当凌绝顶之时，还差得很远。

"倪头儿，借产业园项目和盛世别墅项目，远思总算在石门站稳了脚跟，下一步，该开拓疆土了。"站在倪流身后，头发被风吹动，黄文旭豪气陡生。

"产业园项目的利润，保守估计在两亿以上，如果有额外的推动力提升房价的话，利润达到三亿也不成问题。"王骏群恭恭敬敬地站在倪流的身后，手里拿着一份报表，此时他已是远思最得力的干将，也是倪流最倚重的副总。

王骏群半月前正式升任了副总。坐上了副总的宝座，意味着倪流对他的完全信任。或许也和洪东旭的完全倒台有关，不管怎样，他现在只有全心全意倒向倪流，才是长远之道。

"额外的推动力，倪董，我的意思是说如果能说服卓氏多吃进产业园的楼盘，对产业园品牌价值和价位的提升，绝对有立竿见影的效果。”王骏群小心翼翼地提出了建议。

“想法不错。”倪流对王骏群的提议给予了肯定，他转身对身后的众人说道，“产业园到今天为止，所有工程全部竣工，请你们来产业园最高的楼顶开会，目的有三个。一是庆祝一下初战告捷的成功，二是体会一下高处不胜寒的清冷，三是布置一下下一阶段的任务。”

倪流身后的楼顶上，站满了人，除了黄文旭和王骏群之外，吴小舞、兰姣、沈学良、孟岩、肖米以及徐德泉，全部到齐。

甚至还有宋国武和唐简水。

洪东旭被抓之后，因证据确凿，再加上唐简水的指证和连强的出卖——连强见风使舵，早就看出了洪东旭岌岌可危，暗中投诚了林道首——他招供了所有罪状，十几年间，他利用职务之便从远思非法谋取的利益高达三亿，为远思造成了五亿以上的经济损失。

洪方也对指控供认不讳。

不知何故，警方并没有掌握洪东旭和王树斌串通的证据，洪东旭也很识趣，没有供出王树斌和其他人，洪东旭父子经济犯罪案，就到洪氏父子为止，没有再牵连出其他人。

洪东旭的职务，在倪流主持召开的董事会上，被依法罢免，而他名下的股份——在入狱之前虽然和林道首达成了共识，却还没有来得及交易就被抓了——他虽然入狱，也依然有权处理。不过洪东旭由于痛恨林道首的背后一刀，改变了要将全部股份转让给林道首的主意，只将其中的百分之五转让给了林道首，剩下的百分之十交由倪流处理。

倪流自己拿了其中的百分之五，剩下的百分之五任由其他董事认领，徐德泉和孟岩乘机吃进，孟岩终于借机成了远思的股东。

由此，远思董事会重新洗牌，倪流持股百分之五十四，林道首正式成为远思第二大股东，持股比例百分之二十五。宋国武是第三大股东，持股百分之十五。

洪东旭倒台，林道首成了最大的受益者——之一。

当然，倪流也是最大的受益者。

洪氏父子近年来侵吞了远思许多公款，正好洪方转移到国外的资金全部转回，被封存处理。现在案件进入了公诉阶段，不出意外，洪氏父子十年的牢狱之灾跑不了了，虽说出狱之后，洪东旭转让股份所得的财产还在，但他和洪方从远思搬运的资产，还要原封不动地还给远思，总数在三亿上下。

三亿资金的注入，再加上产业园近三亿的利润，远思不但渡过了危机，而且跃马扬鞭，跑步进入了快车道。

如果再算上盛世别墅项目为远思带来的利润和深远的影响，远思市值大涨不再是梦想，而是触手可及的事实。

倪流的一句体会一下高处不胜寒的清冷的话，让众人都笑了。阳春三月的石门，春天虽近，冬天未远，气温还在五六摄氏度，站在楼顶之上，春风一吹，春寒料峭，还真有几分清冷。

召集远思所有的重要人物开会，倪流是为了传达他的最新想法。他等众人笑过之后，也笑了："是有点儿冷呀，我都冻出鼻涕了。要不，下去开会？"

"不用了，倪头儿，冷点好，冷能让人冷静。"黄文旭嘻嘻一笑，转身问王骏群，"是吧，王副总？"

"黄副总说得对。"黄文旭也升任了远思的副总，排名在王骏群之后，虽说黄文旭只有远思百分之一股份，论资历和地位，他在远思远不如王骏群，不过黄文旭作为倪流的跟前红人，王骏群对他一向十分客气。

"文旭说得对，站得高才能看得远，谁怕冷谁下去，反正我不冷。"宋国武粗门大嗓地嚷道。他现在是襄都远思的负责人，虽说他的股份没有林道首多，但林道首的精力主要放在首远上面，也没有担任远思的任何职务，掌管襄都远思的重任就当仁不让地落到了宋国武的肩上。

倪流曾经答应过以百分之十的远思股份交换远思大厦百分之三十五的股份，在洪东旭被捕之后不久，就兑现了承诺，不过不是稀释倪流一人的股份，而是董事会集体承担。按照比例，倪流承担了百分之五，现在倪流的股份已经稀释到了百分之四十九，而林道首承担了百分之二点五，他的股份稀释到了百分之二十二点五。

如果再算上倪流答应要赠予吴小舞百分之一的股份的话，现在他持股比例是百分之四十八了。不过即使如此，他依然是远思的最大股东。第二股东林道首是百分之二十二点五，第三股东宋国武是百分之十五。

自从洪东旭落马后，唐简水噤若寒蝉，吓得连自杀的心都有了。他在洪东旭经济犯罪的产业链中，也是不可或缺的一环，如果倪流追究他的责任，他也会锒铛入狱，而且最少也要判个八年，完了，一辈子都完了。

不料洪东旭被捕之后，宋国武找到了他，提出了戴罪立功的条件，指证洪东旭，揭发远思的内鬼，可以获得倪流的原谅。宋国武还拿出了洪东旭关键时刻准备出卖他的证据，唐简水一看，当即眼前一黑，气得差点没有吐血。他任劳任怨当牛做马为洪东旭当了十几年助手，没想到洪东旭一直当他是狗腿子，可以随便出卖随时牺牲。

唐简水又气又怒之下，当即答应和宋国武合作揭发洪东旭的全部罪行。

洪东旭虽然为人老奸巨猾，最后到头来还是做了一件让人敬佩的事情。他担下了全部的罪责，谁也没有咬出来，不但没咬王树斌，也没有咬出唐简水。

还好唐简水主要是帮凶，自身并没有挪用远思多少公款，洪东旭事发之后，他指证并揭发了洪东旭，又主动上缴了非法所得，最终免于刑事处罚。倪流也就宽宏大量，保留他在远思的职务，不过还是让他留在了襄都，辅助宋国武负责襄都远思的事务。

不出意外，唐简水也就在襄都终老了。尽管倪流原谅了他，但他也清楚，倪流永远不会将他划为嫡系了。不想，这一次倪流在石门召开楼顶大会，居然通知了他，让他喜出望外的同时，又看到了一丝曙光。

与会人员，要么是股东，要么是高层，要么是倪流的亲信，不管是哪一种，在场的人都心里明白，新远思，将会有他们的一席之地。

“我也不冷，如果连这点冷都扛不住，还怎么扛得起倪董的信任？”唐简水知道是该他表现的时候了，忙附和了宋国武的话，还连带不着痕迹地拍了倪流一记马屁，“人生就该顶天立地，男人就该站立潮头，倪董站在风口都没事，我们躲在倪董伟岸的身影后面，能冷到哪里去？”

“哧……”吴小舞在人群后面，没忍住，一下笑出声了。没看出来，唐副总拍马屁的水平挺高，绝对比他的业务水平高了不止一个层次，也难怪跟随了洪东旭这么多年，一直是洪东旭最信任的部下，原来是个弄臣。

还好人群嘈杂，楼顶风大，吴小舞的讥笑才没有传到唐简水耳中。笑完之后，她缩了缩脖子，暗中嘟囔了一句：“吹牛皮拍马屁，这么冷，我不信你们真不冷。真不冷，脱了上衣光膀子试试？”

肖米乐了，一拉吴小舞：“小舞，你可真逗。别埋怨了，倪头儿在楼顶开会，也是为了鼓舞斗志，是想告诉我们一个道理，别看现在远思走向了正轨，但不要忘了一件事情——生于忧患死于安乐。”

吴小舞其实从心底深处，一直不是很看得起肖米，觉得肖米一进远思就当上了公关部经理，月薪一万多，直逼七八年资历的中层管理收入，倪流太偏向她了，而且她也没什么本事，除了会卖弄风骚之外，还会什么？

成见再加上从根本上不喜欢招摇的女人，吴小舞虽然和肖米同一个部门，实际上关系一直一般。

不过肖米一向大大咧咧，也不知是没有察觉吴小舞对她的不冷不热，还是并不在意吴小舞对她的淡漠，她对吴小舞热情而友好，也让吴小舞慢慢改变了对肖米的成见。

“肖姐，你以前和倪头儿同事，你觉得他这个人怎么样？”吴小舞忽然想起肖米和倪流同事三年，她对倪流的了解肯定比她多，而且肖米为人八面玲珑，她的眼光一定独特。

肖米嘻嘻一笑，拉着吴小舞到了背人处：“小舞，我知道你喜欢倪流，你跟我说实话，是不是怕倪流被人抢走了？”

吴小舞脸一红：“谁喜欢他了？就是对他好奇罢了。”

“还不承认？”肖米打趣了吴小舞一句，又语重心长地说道，“小舞，你要真喜欢倪流，就主动去争取，爱情没有谦让，也不能等待，错过了一时，会后悔一生。”

吴小舞不说话，不知何故，忽然之间觉得肖米亲切了许多，一阵寒风袭来，她微微缩了身子，伸手抱住了肖米的胳膊，心中有了决定。

第四十一章

展望远景

“好了，清冷都切身体会了，下面具体说一下下一个阶段的工作安排。”倪流等众人喧闹过后，才又开始了发言。这一次开会不算是正式会议，主要的目的是增进了解、增加团队的凝聚力。

“目前远思有两个重点项目，产业园和盛世别墅，产业园虽然处于收尾阶段，但接下来的销售环节也非常重要，销售做得好，回款就会快，利润就会高。产业园的销售，就由徐德泉和王骏群具体负责。”

说话间，倪流极目四望，三千亩产业园就是远思的三千亩江山，虽然不大，虽然地处偏僻，却是宋国文的毕生心血，宋国文的猝死，从根本上是为了产业园呕心沥血而死，现在产业园的危机已然解除，大好江山在手，宋国文泉下有知，也当含笑了。

倪流也相信一点，产业园项目是宋国文有意让远思冲出襄都走向石门的关键点，只可惜，产业园项目没有失败，宋国文的生命却戛然而止。宋国文没有做到的事情，终于在他的手中得以实现，至少他可以欣慰地说，他没有辜负宋国文将整个远思托付给他的重任。

“盛世别墅项目，由我亲自牵头，由沈学良和黄文旭具体负责。如果说产业园项目是远思在石门打响的第一枪，那么盛世别墅项目就是远思能不能在石门一炮走红的关键一战，鉴于盛世别墅项目的重要性，再抽调吴小舞和肖米加入盛世项目。”

倪流的目光从每一个人的脸上扫过，每一个人的脸上都洋溢着激情和兴奋，他心中也有一股奋发的火焰在燃烧：“在接下来的两到三年时间内，远思的主要任务是做好产业园的销售，操盘好盛世别墅的楼盘，同时，规划好大远思的蓝图。相信我，三年之内，远思的市值将会超过三十亿！好，散会。”

大远思的蓝图到底是什么，倪流没说，与会人员都不明所以，不过倪流三年之内远思市值超三十亿的宏伟目标，如浩荡的春风吹进了每一个人的心田，众人无不心潮澎湃。

只有宋国武目光闪动，似乎对倪流描绘的远景并不动心，相反，眼中却流露出疑问和不解。

在楼顶会议之后不久，位于石门东南角的产业园，经过三年的建设，在宋国文去世之后的三个月，终于正式对外宣布全面落成。

相信不用多久，产业园就会成为石门又一处著名的商业区。

险些成为远思的泥潭和倪流的滑铁卢的产业园，在倪流的一手推动下，历尽艰辛，最终苦尽甘来，上演了一出惊天的逆转，终于一举跳出巨亏的大坑，实现了令人难以置信的一飞冲天！

事情的背后，到底发生了什么不为人所知的内幕？石门商界议论纷纷，都在谈论倪流初入商界初到石门，怎么就摆平了这么大的麻烦？倪流他……凭什么？

倪流不凭背景不靠金钱开道，他凭借的只有智慧和巧手推动局势的高明，以及他充分利用各方关系为他所用的巧妙。

王树斌在洪东旭被捕之后，如同变了一个人一样，由以前对产业园危机不管不问，变得如同对待自己的事情一样热心而迫切。经过一番运作，他和东南村联合出面，以中远集团的名义向市里申请地皮，最终中远集团凭借国企的优势，再加上东南村城中村改造的政策倾斜，以一亿的代价拿下地皮，随后又将地皮原价转让给远思集团，远思在支付了中远一亿的资金之后，中远从产业园项目退股，不再参与产业园项目的分红。

随后，远思将三栋高层交与东南村，兑现了当初的承诺。由此，远思取得了三千亩地的合法手续。

此事，震动了整个石门商界。谁都知道产业园的亏损高达十亿，没想到，在倪流的巧手推动下，损失直接降至一亿！远思作为外来者，能兵不血刃地解决产业园危机，而且还解决得无声无息并且滴水不漏，不得不让人十分佩服。

让许多业内人士想不通的一点是，为什么中远如此卖力地为远思做嫁衣裳，一亿到手的地皮一亿卖，不赚一分钱也就算了，还主动退股不参与产业园的分红？明眼人都能看得出来，产业园五证齐全后，肯定大卖，利润不会少。

许多人更不解的是，为什么王树斌俯首甘为倪流的孺子牛？

更让业内人士大跌眼镜的是，不久之后，卓氏就一次性购进产业园三分之二的办公楼和商铺，并且宣布，卓氏要将产业园打造成石门的商品集散地，以地产经济的理念，带动石门整个东南区域的经济发展。

卓氏的重大举措，一举带动了产业园的房子的附加值，让产业园的房价一夜之间上涨了百分之十左右，只此一项，有人估算远思新增利润就在五千万以上。

怪事，王树斌俯首甘为倪流的孺子牛已经让人看不懂了，堂堂的卓氏怎么也为远思摇旗呐喊了？到底是远思魅力太大还是倪流人品太好？

真正的内幕，自然不为外人所知了，远在襄都的林道首，却对内幕了如指掌。

林家。

"爸，福往庄园的桃花和杏花都开了，什么时候你也过去捧捧场？我还以为要明年才能盈利，没想到，今年春天就开始大赚了。"林凝欢双眼放光，手里拿着一份账目，兴奋莫名地对坐在沙发上沉思的林道首说道，"倪流真厉害，他有点石成金的本领。"

倪流为林凝欢福往庄园所出的点子，林道首也听说了，当时并没有放在心上，也不认为倪流的创意可行，不想倪流眼光独特，慧眼如炬，福往庄园眼下的火爆程度，远超预期。

再联想到钓鱼台别墅也因倪流的半亩宅园点子大卖，让容天集团枯木逢春，从半死不活的状态原地满血复活，林道首从对倪流的轻视到平等对视，再到现在远思在石门局面大开，倪流越来越快的成长速度，终于让他感受到真正的威胁。

从远远坐在林道首的身旁，一边削苹果，一边轻蔑地笑了笑："倪流不过是借了宋国文的东风，用一句伟人的话说，他是踩在了巨人的肩膀上，就凭他？别逗了，一个不到三十岁的小年轻，能有多大的本事？还点石成金，小欢，你是迷了眼，被倪流骗了。"

"骗了？骗我什么了？"林凝欢反唇相讥，"妈，你的青光眼越来越严重了，有病得赶紧治，有病不治，误人误己。是倪流让福往庄园起死回生，我还没有付他费用，应该是我骗了他才对。"

"你这个孩子！"从远远被气笑了，"女生外向，你再喜欢倪流再向着他也没用，他又不喜欢你，他喜欢的人是吴小舞。"

"谁说他喜欢吴小舞？"林凝欢哼了一声，"我有我的判断力，妈，你又不懂爱情，就不要乱点鸳鸯谱了。倪流很优秀，他有权利在我和小舞中间挑选一个。我相信，我会是最终胜出的一人。”

“林家的女儿，由他挑选？他算老几？”从远远嗤之以鼻，“我告诉你小欢，如果倪流保证只爱你一个，我也许还会勉为其难答应你和他的事情。如果他还想挑来挑去，对不起，我坚决反对你和他来往。”

“我也告诉你，妈，我的人生我做主，我和倪流的事情，你管不着！”林凝欢寸步不让。

“不要吵了。”林道首平常很乐见从远远和林凝欢母女的斗嘴，觉得母女斗嘴也是天伦之乐的一种，其乐也融融，只是今天不知道为什么，他心烦意乱，难以静心，越听越是心烦，终于发作了。

“谁愿意和她吵？是她多事。”林凝欢站了起来，转身就走，“我走好了，眼不见心不烦。”

“小欢，等等，吃了苹果再走。”从远远拿起削好的苹果，起身要追。

“不吃了，妈，你吃吧。苹果是智力果，你最该多吃了，别总吃一些臭不可闻的水果，吃多了除了上火之外，没什么好处。”林凝欢头也不回地走了。

“你……”从远远又坐了回去，她拿林凝欢没办法，只好将苹果递给林道首，“你也不管管你女儿，看看现在成什么样子了。”

“这样也挺好，率性，活得自在。”林道首在教育女儿的问题上，一向和从远远不合拍，他并不喜欢从远远管教式的教育，父母总是将自己的喜好和习惯强加到孩子身上，对孩子不公平，也不利于孩子更好的发展，不过他今天没心思和从远远讨论林凝欢的教育，“倪流比我想象中还有本事呀，他不但摆平了王树斌，还赢得了卓达的信任，又和盛夏合作，远思在他的掌控下，上升的势头很猛呀。以前我还觉得用首远百分之二十的股份和远思百分之二十的股份置换，是远思沾了首远的光，现在才明白，还是首远沾了远思的光。不过，我现在很是担心……”

“担心什么？”从远远不以为然地淡淡一笑，“担心倪流会为了利益娶了小欢，然后吞并了首远？算了吧，不管倪流用什么手腕让王树斌听话，也不管他怎么赢得了卓达的认可，他只要想打首远的主意，保管让他一头碰在铜墙铁壁上，轻，碰得头破血流，重，小命不保。何况你现在持有远思百分之二十二的股份，是远思第二大股东，怕什么？”

“话是这么说，不过你也不要忘了，倪流也持有首远百分之二十的股份，他也是首远的第二大股东，而我的首远股份经过稀释，也只有百分之二十二了。只要倪流拿下小欢手中百分之十的股份，再从另外三个股东之中任何一人手中收购百分之二的股份，他就是首远第一大股东了。”林道首忧心忡忡，从他创立首远以来，从来没有如今天一样对首远充满了担忧，“从倪流摆平王树斌赢得卓达认可的表现来看，他就是一个天生的商人，处乱不惊，遇事不慌，能够借势借力，化被动为主动，这个年轻人，给人太多惊喜太多震惊。你想想看，他在商场上的手段，从来杀伐果断，毫不拖泥带水，铲除洪东旭，拉拢王树斌，借力卓达，思路清晰，步步为营，但为什么在感情问题上，犹豫不决，举棋不定？”

“倪流哪有你说得这么厉害，你不要太抬举他了。”从远远不满林道首对倪流的盛赞，“他只不过是借宋国文打下的十年的根基，借远思的影响力罢了……谁知道他为什么在感情问题上拿不定主意，男人，不都是一个德行，想什么齐人之福？”

女人就是女人，很容易被自己的成见束缚，永远跳不出情绪的井口，甘心被情绪控制，成为坐在井底永远跳不出井口的青蛙。林道首摇了摇头，无奈地叹了一口气，一个男人再成功，如果身边有一个眼光不够的妻子和一个简单率真的女儿，他除了操心劳累一辈子，别无他法。

一瞬间林道首想起了倪流阳光灿烂的笑容，心中蓦然闪过一个念头，他有一个如倪流一样的儿子该有多好，何至于首远到今天还只是现在的规模？

“倪流想的不是什么左拥右抱，如果我没有猜错的话，他在等一个机会……”林道首不是十分肯定他的判断，但他严重怀疑他的结论距离真相很近，近到了触手可及，“倪流是想在机会来临时，借小欢的手，成功地吞并首远。”

倪流扳倒洪东旭的手法，林道首基本上清楚，从分化拉拢洪东旭身边的人开始，到小人许之以利君子欺之以方，个个击破，最后还借助了他的影响力，成功地将洪东旭彻底摧毁，整个过程步步推进，在实施中，没有犯过任何错误，而且他冷静异常，在担任了远思的董事长之后，没有和洪东旭有过一次正面冲突，让洪东旭放松了警惕才最后让其一败涂地。这个年轻人，城府太深了。

而倪流如何拉拢了王树斌，让王树斌甘心为他所用被他驱使，林道首就只知其一不知其二了。诚然，或许有洪东旭倒台而王树斌唯恐被洪东旭事件牵连，才有意主动出面解决产业园地皮问题以向倪流示好，争取倪流退让一步的原因在内，但他也知道，王树斌是国企董事长，洪东旭事件即使证据确凿直指王树斌也参与其中，想要调查王树斌，也要纪委出面才行，不但麻烦，而且还会上升到政治层面，非倪流的影响力所能达到。

所以可以想到的是，王树斌甘心情愿帮倪流解决难题，洪东旭事件的原因也有，但应该只是一部分，另一个重要的因素是什么，林道首不得而知。正是因为他百思不得其解，才愈加衬托出倪流的深不可测。他心里明白一个事实，和洪东旭相比，王树斌不但脸皮更厚手段更高，而且背景更深，他亲自出面也未必能让王树斌乖乖臣服，何况倪流？

但倪流偏偏就制住了王树斌，让王树斌俯首称臣，这就让林道首心中极度不安。倪流先摧毁洪东旭后制住王树斌，两个老谋深算的商界名流先后折损在倪流手中，他虽然自认论智谋高过洪东旭论手段超过王树斌，但和正在迅速成长并且日益成熟的倪流正面交锋，他到底还有几分胜算？

当然，仅仅是洪东旭和王树斌二人接连折损在倪流手中也就算了，却还有卓达也为倪流捧场，就不由林道首心中更加忐忑不安了。卓达的名声和威望，以及在省内的实力和影响力，远非倪流可比，他力捧倪流只有一个原因——他真心看好倪流，对倪流有好感，对远思的前景看好，愿意扶倪流一程。

就连卓达也看好倪流，说明倪流确实是一只潜力无限的绩优股，林道首不免犹豫，到底是要和倪流合作，还是继续他原来的计划，一步步兼并远思？和倪流合作，对首远有利而无害。兼并远思，必然会遭遇倪流的强烈反抗，也许会让他和倪流兵戎相见，甚至不死不休，让他和倪流好不容易建立的信任关系毁于一旦。

可问题是，就算他不想兼并远思，诚心和倪流合作，倪流会收起野心，对首远没有了侵吞之心？

不会！

倪流现在持有首远百分之二十的股份，已然是首远第二大股东，人心不足，再进一步就可以高坐第一股东的宝座，掌控全局，倪流会止步不前？肯定不会。如果是以前，林道首或许还真会认为倪流没有野心也不敢对首远有所企图，但现在，倪流所向披靡，接连打了几个胜仗，他又年轻，肯定有一统天下的雄心，首远，就是他统一大计的前进途中第一个要吃掉的地盘。

第四十二章

谁进谁退

想通了所有环节，林道首反倒心安了，他接过从远远的苹果，放到嘴里，感受苹果微甜的果肉，笑了：“我想吞并远思，倪流想吃掉首远，没想到，到最后，会是我和倪流的决战。如果首远成功地吞并了远思，首远就加紧上市的步伐，从此海阔天空，摆脱家族化企业的束缚，迈出成为大型集团公司的第一步。如果远思成功地吃掉了首远，远思也迈出了成为大型控股集团公司的第一步，吃了首远，远思实力大涨，再加上倪流的头脑，大远思在石门成为呼风唤雨的公司，指日可待。”

“倪流几斤几两，还想吃掉首远？”从远远摇了摇头，轻描淡写地笑道，“道首，你是不是太高看倪流了？别看他胜了两局，不过是巧合加好运气罢了，又不是凭真本事。我才不信他还能打败你，你听好了，好好收拾他，把远思拿过来，当首远腾飞的垫脚石。”

林道首笑了笑，商场之上，瞬息万变，他和倪流的最后一战，谁胜谁负，现在还真不好下一个结论，不过他现在信心十足，毕竟和他的布局即将完成相比，倪流明显还没有针对首远的布局：“接下来，我该和宋国武见个面。倪流利用宋国武打倒了洪东旭，我也可以让宋国武为我所用，让他成为倪流的绊马索。”

“对了，倪流不是还欠首远三亿？现在远思不缺资金了，也该还钱了。”从远远也是为了制衡倪流，不能拿首远的钱让远思坐大。

“不急，时间还不到，时间一到，倪流肯定主动还钱。”当初约定的还款期限是三个月，现在才过了不到两个月。出于对倪流的信任，也是为了让倪流对他有好感，当时借钱时，林道首没要利息。尽管倪流非要按银行正常利息给他，却被他坚决地拒绝了。

等于说，倪流可以白拿着他的三亿存进银行吃利息。当然，也不是说林道首吃亏了，正是因为倪流拆借了他三亿，在他收购洪东旭名下的股份时，倪流才顺利放行，没好意思阻挠。毕竟，他卖了一个天大的人情给倪流，算下来，他应该是赚了。

“打个电话给宋国武，约个时间见上一面。只要攻下了宋国武，兼并远思的计划就成功了一半。”林道首又自信地笑了，“就算倪流也想吞并首远，不过他现在深陷盛世别墅项目之中，暂时脱不了身，所以，他会比我晚上一步。就和下棋一样，哪怕我这边也兵临城下，危在旦夕，但只要我抢先一步将死倪流，我就赢了。”

倪流真的一直晚了林道首一步？

“倪头儿，现在盛世别墅项目步入了正轨，一切进展顺利，你完全可以抽出精力来布置远思的大局了，别被林道首抢占了先机。如果不出我所料的话，不用多久，林道首就会强行向远思求婚了。”石门，三杰大厦，远思总部的董事长办公室内，黄文旭很没形象地半躺在沙发上，酒气冲天。

虽然有了五分醉意，不过黄文旭思路还算清晰，他指出了远思目前面临的最大挑战——产业园项目的成功逆转以及在盛世别墅项目上的巨额利润，两项胜利果实硕果累累，很有可能一不留神就都被别人摘走了——林道首正虎视眈眈地紧盯远思，随时准备张开血盆大口要一口吞下远思。

办公室内，除了黄文旭之外，还有肖米，其余人等如吴小舞、兰姣，都没在。四月末的石门，春意盎然，空气中开始弥漫出春暖花开的气息。春天是欣欣向荣的季节，万物复苏，经过了一冬的寒冷，许多希望即将盛开美不胜收的花朵。

谁也不想自己经历了寒冬付出了艰辛，眼见就要收获鲜花时，却被别人横刀夺爱。

吴小舞和兰姣出去夜游了，年轻女孩，总有春心萌动的时刻，倪流也没有理由阻拦，况且他也知道，以吴小舞和兰姣的性子，顶多去逛逛商场，而不会去酒吧或歌厅。

按说黄文旭和肖米才是最喜欢在夜店流连忘返的人，难得的是，肖米最近一心扑在工作上，别说去夜店了，平常白天也很少走出办公室。黄文旭也是，似乎一下改邪归正了一样，不但不再挑逗兰姣，连郭丽丽也很少去找了。

不过今天他喝醉了，还是由于郭丽丽的缘故，因为郭丽丽向他求婚了。

没错，晚上黄文旭和郭丽丽一起吃饭，吃到一半的时候，郭丽丽突然拿出一枚硕大的钻石戒指，在大庭广众之下郑重其事地请求黄文旭娶她，黄文旭当时就哭了——不是感动哭了，而是吓哭了，这么大的一枚钻石，少说也得十万块，没想到他在郭丽丽的心目中还这么有分量。

黄文旭哭得很伤心，差不多是泪雨滂沱，引得周围不明真相的群众连声叫好，还有多愁善感的小女孩扑在男友怀中，也哭得一塌糊涂。郭丽丽也眼泪哗哗得如同自来水，以为黄文旭被她感动了。她哪里知道，黄文旭是伤心自己自认万花丛中过寸草不沾衣，不想到最后，还是被多情的花草牵绊了，他还是不够潇洒。

最后，黄文旭喝醉了，既没有接受郭丽丽的求婚，又没有拒绝，只是含糊其词地说他觉得钻戒太大了，戴在手上会影响正常的生理活动，会有安全隐患，建议郭丽丽换一个小一点的钻戒。

郭丽丽信以为真，当即收回了钻戒，并向黄文旭保证三天后她再重新向他求婚。

回到公司，黄文旭一见倪流，差点又哭了，好在肖米劝了他几句，他才又心开意解，释然了。然后他又想起了远思目前的处境和他是何其相似，如果说他就是远思，那么林道首就是郭丽丽，林道首挥舞着手中的巨额支票向远思求婚，远思到底是嫁还是不嫁？

倪流先没有回答黄文旭，而是起身打开了窗户，外面清冷而微带花香的空气涌入室里，让人精神为之一振，也冲淡了黄文旭身上的酒气。

“你说说看，远思该怎么反击林道首？”倪流有意考一考黄文旭。

黄文旭没说话，肖米先插嘴了：“这还不简单，反收购首远，拿出几亿收购首远百分之三十的股份，倪头儿持股的比例就超过了百分之五十，拥有了绝对的控股权。”

肖米的想法简单而暴力，如果商战都这么简单就好办了，世界上就全是大公司了，小公司会被一个个吃掉。可问题是，金钱不是万能钥匙，不是所有的问题只要有钱就能迎刃而解，想收购一家优质的公司，也要经对方董事会同意并且在法律的框架内进行才成。

倪流笑了笑，没有说话，他知道黄文旭肯定会反驳肖米。

果然，黄文旭躺不住了，一下坐了起来：“肖姐，你太黄太暴力了，可惜的是，公司收购和男女恋爱不一样，男女恋爱，你情我愿就行，公司收购，考虑的方方面面的问题很多，而且涉及的不是一个人的利益，每一个股东都有自己的考虑。还有一个最重要的问题是，虽然首远现在不如远思实力雄厚，但远思一下拿出几亿去收购首远的股份，既不现实又不可能，远思没那么多流动资金……”

“怎么没有？”肖米也反驳黄文旭，“倪头儿手中现在还有六亿的资金没处花呢……”

“哧……”黄文旭乐了，“那六亿是别人的钱，一半是借陈星睿的，一半是借林道首的，马上就到了还款期限了，有钱没地儿花？肖姐你太逗了，你什么时候见过用拆借的资金来收购公司的事情？”

“没见过怎么了？别人不会这么做，是因为他们没本事，倪头儿说不定就能另辟蹊径借鸡生蛋成功，你也不好好想想，从倪头儿接手远思到现在，他的每一步棋都是怪棋，却总能收到出其不意的效果。你再仔细想想，为什么倪头儿拆借的六亿，一直放在手里既不还款，也不投资，难道天天放着还能升值？资金要流动起来才是活水，不流动，就是死水一潭。”肖米也不简单，现在对商场上的许多门门道道无师自通，而且她自认对倪流的了解更胜过黄文旭，她才相信她的判断比黄文旭正确，“倪流手握六亿的巨款，肯定是在下一盘很大的棋。”

通常，黄文旭认为他在远思自称是第二了解倪流的人，没有人敢自称第一，现在他忽然意识到和肖米相比，他似乎还有一点儿差距。对呀，倪流拆借了一共六亿的巨资，一直没有动用，到底倪流想干什么？

六亿，就算什么都不干，存在银行三个月，利息也有不少，可是倪流就是拿在手中，似乎是做出了随时还款的准备，却一直没还。如果说之前利用六亿骗得王树斌一愣一愣，骗完王树斌后，六亿也该有用武之地了，但倪流守财奴一样又收藏了起来，拜托，资金不是古董，越珍藏越值钱。

这么一想，黄文旭似乎还真摸到一点门道，倪流手握六亿，说不定还真想上演一场绝地大反击。可问题是，拿拆借的钱去收购首远的股份，这和玩火没什么两样，更何况六亿中还有一半是林道首的钱，真这么玩的话，拿林道首的钱收购林道首公司的股份，林道首不气死才怪。

“倪头儿，是不是真想借林道首的刀杀了林道首？”黄文旭一想到这个可能性，激动得要手舞足蹈了，老天，真这么玩而且玩成功的话，倪流就是天才了。

倪流哈哈一笑：“你说呢？”

“我说什么我，我怎么知道？”黄文旭被倪流的卖弄气着了，“快说，倪头儿，要不晚上睡不着觉了。”

“现在远思虽然走出了困境，产业园扭亏为盈，卓氏几乎买下了整个产业园，缓解了销售压力，盛世别墅前景大好，未来两到三年内，远思的利润会超过五亿。但现实情况却是，卓氏购买产业园的房款，需要延后三个月才全额支付，而盛世别墅大好的前景，见到利润也要一年以后了，也就是说是，一个很严峻的现实是，远思现在名声在外，却还是没钱。”倪流双手一摊，“一文钱难倒英雄汉，文旭，你知道远思现在穷到了什么地步？在支付了一亿元的土地转让金后，远思的账上现在只剩下了三百万……三百万，连下个月的工资都不够支付了。”

“啊，远思这么穷了？”黄文旭大吃一惊，一下跳了起来，“怎么办才好？”

倪流双手插在兜里，在房间中来回走了几步，心绪不定。外界不知道为什么卓氏会如此大手笔帮助远思，一次性购进了产业园三分之二的楼盘，他却清楚得很，卓达虽然对他还算不错，但人情归人情，生意归生意，何况卓达延期两个月，最终没有向远思索取两亿的违约金，已经给足了他面子，他不可能得寸进尺再向卓达提出任何过分的要求。

卓氏原本是一次性购进一半以上的楼盘，但见产业园前景广阔，同时市政府又提出了大力发展东南区域的远景规划后，卓达当即决定再追加购进四分之一的楼盘，不过他也向倪流提出了一个条件，要求延期付款。

不提卓氏对远思的支持力度，就凭卓达和倪流的个人交情，这个要求也不算过分，倪流没有理由不答应，况且卓达的理由很合情合理——卓氏近期在沿海某市拿下了三千亩湿地，准备开发一处湿地别墅，资金暂时被占用，只能延期付款。

倪流没怎么犹豫就答应了，一是相信卓达的信誉；二是相信卓氏的实力；三是卓氏一次购进产业园三分之二的楼盘，对剩下的楼盘销售有极大的促进作用，不但可以提升产业园的档次，还可以提高房价；四是借此一事，他和卓达的交情更加深了一层，正好修补了他和盛夏合作盛世别墅项目而导致的和卓达之间的裂痕。

不过也正是因此，才让远思出现了暂时的资金链断裂的危机——洪东旭父子挪用的远思的公款，虽然会归还远思，但要等结案之后，估计最快也要半年时间，原本产业园的销售资金是远思眼下最早到账的款项，结果延期了三个月，等于是三个月内，远思有可能断炊。

断炊还是小事，相信以林道首的精明会立刻发现吞并远思的最佳时机来临了，趁你病要你命是每一个老谋深算的商场高手都会做出的决定，倪流敢肯定，林道首此时应该正在有条不紊地布局吞并远思的计划。

“从现在开始，未来三个月，是远思命运的关口。这一次，远思的内忧外患合二为一了，对手以远思第二大股东的身份吞并远思，这一仗，无比艰难。如果这一仗败了，远思就要改朝换代了。”倪流还能笑得出来，呵呵一笑，“以后我可能就是远思第二大股东了，拱手让出董事长的宝座，或许担任执行副总，和以前的洪东旭一样，听命于林道首了。”

“不行，倪头儿，你不能输，远思得在你的掌控下才有希望，我们也只跟着你走。要是林道首掌权了，远思就成了首远的附庸，我们也会坐冷板凳。”黄文旭急了，“到底该怎么办呢？远思连工资都开不出来了，怎么办？要不，先动用拆借的六亿？”

“不行，六亿是专项资金，我还有大用，一分也不能动。”倪流笑着拍了拍黄文旭的肩膀，“文旭，远思这三个月的工资就交给你了，相信你一出面，就能解决这个天大的难题。”

“我怎么解决？卖身？嫁给郭丽丽，从容天借钱？”黄文旭思路跳跃够快。

“哈哈，你要同意卖身，我也没意见。”倪流哈哈大笑，伸手拿过两张现金支票，一张四百万，一张七百多万，“没想到，关键时刻的救急，还得靠宋国文。宋国文生前借出去不少外债，总数在两千万左右，我已经要回了一千二百多万，先暂时用来救急吧。还有大几百万的外债，你去负责要回，怎么样？”

“我呀？”黄文旭连连摇头，“我要和倪头儿并肩战斗，联手对付林道首，至于要债的事情，还是让别人出面好了。”

“谁出面？”倪流故意有此一问。

黄文旭用手一指肖米：“当然是肖姐了，她要债最在行了，肯定手到擒来马到成功。”

“行呀，我就什么都不说了，债主名单拿来，我挨个去要债。虽然要债似乎比对付林道首要轻松一些，不过同样是拯救远思于水火之中，我也算是远思的大功臣了，对不？”

“何止大功臣，简直就是新远思的开朝元老。”倪流要的就是肖米主动请缨，“不过我可事先声明，要债这事儿，比想象中难度高多了，原因在于，一没有欠条，二没有欠债人的姓名，只有一个姓，所以到底是谁欠了宋国文的债，只能凭他的交际圈推测……”

第四十三章

开始出手

“啊？这个难度太大了，很多人是人死账空，抱定了欠账不还的心理。”肖米才知道上了倪流的当，好大的一个坑，她看也没看就跳了进去，不过既然跳了，就眼睛一闭，管它到底有多深。“不管了，你给我几个名单，我照常去要，不管他是不是真欠了宋国文的债，我就当他是欠债不还登门去要，不信他还能轰我出来？”

“女汉子者，肖姐也。”黄文旭服了。

“一边儿去。”肖米对黄文旭表示了强烈的不满，“我警告你黄文旭，如果我要债成功，你没有帮助倪头儿反击林道首成功，我和你没完。”

黄文旭“啪”地敬了一个礼：“我以生命保卫远思。”

倪流随后将几个名单交与了肖米，心中暗暗感慨，没想到最紧要的关头，又是靠宋国文的庇荫才得以渡过难关。

主要有三个姓，吴姓、郭姓和陈姓，吴姓不出意外应该就是吴来，郭姓也很有可能是郭容天，而陈姓也几乎可以确定不是陈星睿，那么到底是谁，倪流也不知道，就把难题交给了肖米：“你和兰姣、吴小舞碰个头，再让她们好好回忆一下，和宋国文关系密切的朋友中，有哪几个姓陈的比较可疑。”

“郭容天欠账三百万，这个钱好要，郭容天这个人，也许有赖账之心，但被人当面揭破的话，他磨不开这个脸面，区区三百万，肯定马上还。”肖米立刻心中有了计较，“吴来的钱估计不好要，这人名字就明确地宣布他是无赖了，估计会赖账，而且他欠了三百万，能赖掉，也不是一笔小数目。得想个办法让吴来主动跳坑才行……得了，你们都别管了，都交给我了。”

肖米喜滋滋地拿着名单走了，黄文旭此时也完全酒醒了，他张大嘴巴喘着粗气：“头儿，肖米出面摆平吴来……行不行啊？万一她被吴来潜规则了怎么办？你摆明了是让她往火坑里面跳呀。”

“哈哈，你还挺关心肖米，怎么，真对她有意思了？”倪流取笑黄文旭，“关心她你就替她去要债。”

“关心一下身边的女同事，是每个男人正常的行为，头儿，你不要联想太丰富了。”黄文旭急忙撇清自己，“我其实是为你好，你让肖姐羊入虎口，让人看了会觉得你身为领导太不近人情了。”

“行了，别掩饰自己了，你喜欢肖米就是喜欢，也没什么，肖米比你想象中更有能力，也更会保护自己。让她出面要账，绝对人尽其才。放心吧，她如果不能让吴来乖乖地还款，她就不是肖米了。我现在不担心肖米，主要是担心你，你刚被郭丽丽求婚，心里又有兰姣，现在又装下了肖米，文旭，你到底喜欢哪一个？闹下去，最后要怎么收场？”

“我……”黄文旭一下紧张了，心虚地眨了眨眼睛，“先别说我，还是说说你和小舞、凝欢怎么办吧。你什么时候决定娶哪一个，我就会决定到底喜欢哪一个。”

“和我有什么关系？不要扯上我，我是为了公司利益，你是见一个爱一个，两者的高度不可相提并论。”倪流哈哈一笑，一推黄文旭，“要我说，你还是娶了郭丽丽得了。虽然郭丽丽有点缺心眼，不过对你可是真心实意，这样的女孩子不好找了，全石门最朴实的富二代让你遇到了，你撞了大运了。”

“真的？”黄文旭不停地眨动眼睛，“她真有这么好？”

“当然是真的。”倪流开始收拾东西，准备下班了，“你也该收心了，成家后，你肯定会比现在更有成就。”

“不是，倪头儿，先别走呀，你好好帮我参谋参谋成家之事呗？”

“滚蛋。”倪流踢了黄文旭一脚，“我命令你，本着为公司发展的高度着想，你必须娶郭丽丽。”

一句话点醒了黄文旭，黄文旭张大了嘴巴：“啊，倪、倪、倪头儿，你不会告诉我说，我娶了郭丽丽，然后让我打入容天内部，然后远思一步步渗透到容天集团，最终完成控股容天的目的？倪头儿，你的胃口也太大了，连容天的主意也敢打，是不是下一步连盛世也想吞下？”

“我没打盛世的主意，也没想着控股容天，我现在最关心的是你的婚姻大事。”倪流装傻。

黄文旭明白了：“明白了，头儿，我明白了，卖身求荣的事情，我一向不干，不过为了远思的长远发展，我忍了！但我有一个前提条件，远思以后真成了商业帝国，我要在董事会有一席之地。”

“不用等远思发展成了商业帝国，等远思和首远的决战尘埃落定之后，败了就不说了，胜了，我会提议奖励你百分之二的股份，同时，你还可以收购一定比例的首远股份，进入董事会的日子，指日可待。”

“明白，明白。”黄文旭喜出望外，热血沸腾，急不可耐地拿出手机，“我现在就给郭丽丽打电话，告诉她，我会认真考虑她的求婚。”

“不用急，心急吃不了热豆腐。”倪流制止了黄文旭，“明天一早跟我去一趟襄都，再会一会宋国武。宋国武是林道首控股远思的关键人物，必须让他死心塌地地站在我们一方。”

次日一早，倪流、黄文旭和吴小舞、兰姣一行四人驱车前往襄都。到了襄都远思，吴小舞和兰姣没有停留，换了一辆车就去了福往庄园，她们和林凝欢约好在福往庄园会面。

倪流和黄文旭径直来到了宋国武的办公室。

“倪董来了。”宋国武笑容满面，起身相迎，“也不提前说一声，我好下楼迎接一下。”

宋国武进入远思管理层做了人事管理，经过一段时间的历练，他比以前说话办事沉稳多了，果然是环境改造人，想必在办公室人事复杂的环境之中，他也学会了冷静和妥协。

“国武哥，跟我还客气什么？”倪流亲切地称呼宋国武为哥。

“就是，国武哥，都是一家人，不用客气。”黄文旭见风使舵，立马就上，他知道今天倪流要在宋国武面前上演亲情戏，“不提我和倪头儿的关系，就是我以前和宋董的关系也是非常好，就凭宋董拿我当亲兄弟一样的交情，国武哥，一见到你我就想起了宋董，睹物思人，想起了和宋董在一起的时光，心里忽然觉得很难受……”

虽说黄文旭睹物思人的说法不太贴切，宋国武是人不是物，不过宋国武可听不出来黄文旭话中的语病，他被倪流和黄文旭连番的亲情炮弹击中，也想起了宋国文，想起以前宋国文对他的照顾和童年往事，忽然间感慨万千，眼圈竟然红了。

“倪流、文旭，都别说了，哥不在了，你们就是我的亲兄弟，一家人。”宋国武用力拉住倪流和黄文旭的手，动情地说道，“以后不管发生什么事情，我会先想到兄弟感情，再考虑别的利益。”

好，开场不错。倪流心中也有一股暖流涌动，宋国文生前不但对他关照有加，对宋国武其实也颇多照顾，只是他不明说罢了。对他，宋国文是言传身教，将许多商场上的门道和事例通过平常的对话暗中传授给他，实际上他之所以成长得如此之快，还是之前三年来宋国文不断熏陶的结果。

而对宋国武，宋国文放任自流之中，也有兄长对弟弟的溺爱在内。他明知道宋国武在暗中从远思赚取巨额利润，却并不制止，实际上还有意送钱给宋国武。归根结底，宋国文是性情中人，他只会拼命地压榨自己，宁愿让自己受苦受累，也不愿意指责别人半点。

就连洪东旭暗中利用远思的资源大发横财，他也睁一只眼闭一只眼。从为人上讲，宋国文很有人情味，为人仗义。但从公司管理的角度来说，他有失公允，而且过于感情用事，公私不分，这也是远思近年来一直原地踏步的关键原因。或许宋国文意识到了他的性格缺陷，他才想借产业园为跳板，将远思迁往石门，借以打破远思的沉疴痼疾，不料出师未捷身先死，最终累死在成功的曙光之前。

倪流既佩服宋国文的拼命能干，又不喜欢他性格中的过于好面子的一面，商场中人，人情和面子固然要讲，但在原则问题上，不能让步，必须严格按照规章制度办事，否则，一个集团公司没有章法，肯定不会长久。

也正是因此，倪流才痛下杀手，要彻底根除洪东旭，将宋国文遗留的许多陈旧问题连根拔起，远思才有了轻装上路的可能。

宋国武的一番话，引发了倪流一连串的感想，他用力一拍宋国武的肩膀：“国武哥，以后远思会越来越壮大，会迈向全国，成为全国性的大集团公司，不过千里之行始于足下，你先在襄都管好远思的大后方，等远思在石门站稳了脚跟打开了局面，还需要你过来挑大梁。”

宋国武郑重其事地点了点头：“我服从大局。”

难得宋国武有这么好的表现，倪流心中大定，悄然向黄文旭使了一个眼色。

黄文旭会意，切入了主题：“国武哥，最近凝欢来远思多不多？”

宋国武不解地摇了摇头：“林凝欢？她来远思做什么？倪流不在这里，她才不会来呢，倒是林道首常来。”

不错，宋国武还挺配合，黄文旭暗暗一笑，他问的就是林道首，不过，他随即又跳跃性转移了话题：“不出三五年，远思的市值就会翻番，谁现在买进远思的股份，谁就赚大发了。腾讯的股份从二〇〇四年到现在，十年间上涨了一百倍，国武哥，你说十年前转让腾讯股份的人，会不会肠子都悔青了？”

“一百倍？我去，太惊人了。”宋国武一拍大腿，“十年不到上涨了一百倍，好家伙，平均每年都上涨十倍，吓死人了。远思能不能成为第二个腾讯？”

远思能不能成为第二个腾讯，倪流先不妄下结论，但远思未来几年肯定会进入一个飞速发展的阶段，当然前提是远思还在他的掌控之下，没有被林道首吞并。远思如果落到了林道首手中，发展方向就不受他的控制了。

“能，当然能，肯定能。”黄文旭才不和倪流一样说话要经过深思熟虑，他张口就来，只要有利于他一步步让宋国武入局，不管吹多大都没问题，“不出意外，等明年这个时候，远思的市值就能突破五十亿。”

“啊？”宋国武手里端着一杯咖啡，手一抖，差点洒一身，“这么厉害？岂不是说，我名下的股份价值到明年就能乘以五了。”

“当然了，国武哥现在持股百分之十五，以现在的远思市值折合下来身家是一亿五千万，一年后，就是七亿五千万了。要是现在有人打你手中股份的主意，哪怕出一亿八千万，不，两亿，你也千万别卖，一卖，到时后悔都没地儿哭去。”黄文旭诱敌深入，终于抛出了深水炸弹，“昨天有人捎话给我，想打我名下百分之一的股份的主意，开价两千万我都没卖。切，我是目光短浅的人吗？想蒙我，没门！国武哥，有没有人打你的股份的主意？”

“这个……”宋国武心中腾地蹿出一股邪火，想起昨天林道首和他见面，先是和颜悦色地说一些家长里短的话，后来含蓄地提出要以一亿八千万收购他名下的股份，当时他还真的动心了，差一点答应了林道首，没想到，貌似亲切慈祥的林伯伯，在忠厚的外表之下，包藏一颗黑他没商量的深心。

这只老狐狸，原来是看到了远思升值的巨大潜力，想狠狠黑他一把，不行，绝不能让老狐狸得逞。股份一转让，他不但不能如倪流所说可以在远思挑大梁，而且还痛失资产翻番的机会，损失大了。

宋国武火大了：“林道首打我的股份的主意，这只老狐狸，假装说要帮我，还说鸡蛋不能放在一个篮子里，还说想用首远的股份和我交换，说是为了我好，我还以为他真是为我考虑……妈的，幸亏当时没有脑子一热答应他，要不，真被他坑死了。”

倪流和黄文旭对视一眼，露出了心领神会的笑容。

“国武哥，你有没有把话说死？”黄文旭凑了过来，和宋国武勾肩搭背，亲热得不行，“我有一个小忙儿，除了你，没人能帮得了。”

宋国武最喜欢被人高看一眼，当即一拍胸脯：“没说死，我说我再考虑考虑……文旭，什么事，尽管开口，只要在我能力范围之内，没二话。”

“还是国武哥敞亮，这话真带劲，让人一听就热血沸腾。”黄文旭拍马屁的水平一流，开玩笑，他以前一直是投资顾问，没有几手嘴皮子功夫，能做成生意？

“是这样，国武哥。”黄文旭点火，该倪流放炮了，倪流站在宋国武面前，“林道首肯定还会再和你谈收购股份的事情，他再和你面谈的时候，你告诉他，你愿意转让你名下的股份……”

“什么？”宋国武震惊了，“倪董，你这话是什么意思，我就不懂了。”

“别急，听我把话说完。”倪流笑着拍了拍宋国武的肩膀，“你提出你的股份只交换首远的股份，不卖，而且一股换三股首远的股份。”

“一股远思股份换三股首远股份？不不不，远思股份一年后就升值五倍了，以现在的市值计算，首远还不如远思，这样换，我太吃亏了。”宋国武中毒不轻，被黄文旭一句话忽悠得深信不疑，似乎远思马上就能成为腾讯第二了一样。

平心而论，现在远思不但恢复了以前鼎盛时期的实力，还向前迈进了一大步，如果估算市值的话，应该再次稳居襄都第一，比首远市值高出百分之五到百分之十问题不大。也就是说，远思一股股份置换首远一点一的股份，算是合理，一比三的话，就明显欺负人了。

不过，倪流要的就是欺负人，谁让林道首现在一心想要吞下远思，他呵呵一笑：“国武哥，我只是让你提出交换条件，你一口咬死你的条件，概不还价，看林道首怎么答复你。”

“这……”宋国武摸不着头脑了，“万一他真答应了怎么办？我可事先声明，我不会拿我的股份和他交换，我才不稀罕首远的股份，对首远也没兴趣。”

“如果林道首真的答应了，我用我的股份和他交换，到时只需要你假装出面就行了，怎么样？不会让你有任何损失。而且如果我的股份再次稀释的话，你在远思的持股比重就会上升。”倪流说出了他的真正想法，“只是让国武哥帮一个忙，一家人，我只信任你，别人替我出面，我心里没底。”

第四十四章

艰难抉择

一家人的说法又让宋国武感觉良好了不少，他想了想：“可是，我不太明白，你为什么要置换首远的股份，现在首远比远思差远了，一比三我也觉得不划算。”

“我也不想背首远这个包袱，只不过林道首总想吞并了远思，不想个办法反制他，他会没完没了地琢磨远思，与其被动应战，不如主动出击，让他知难而退。”倪流不想告诉宋国武真相，宋国武口风太松，很容易说漏嘴，“远思马上就要进入发展的快车道了，不能总被人拖后腿，是不是？”

“就是，就是。”宋国武连连赞同，“没问题，我一定照你说的去办。如果林道首真的答应了，倪董，你真愿意一比三和他交换？”

“等他答应了再说。”倪流也不敢肯定林道首会不会答应，他相信如果比例降至一比二，林道首肯定会动心。

不过也说不定林道首急切之下，真敢豪赌一番，先交换了再说。林道首名下既有首远的股份，又有远思的股份，只要他控股了远思，他就可以左手右手互搏，自己再重新交换自己名下的远思和首远的股份，这种可能性，倪流也想到了，他不会让林道首得逞。

“交换股份的事情，国武哥，就这么定了，如果林道首还价到一比一，你一口拒绝。如果他还价到一比二，你说考虑考虑。”

“行，没问题。”宋国武见倪流托付他重任，十分高兴，“一比二太便宜他了，应该要他一比十。”

倪流笑笑没接宋国武的话，一比十是漫天要价，会吓跑鱼儿，一比三也有可能让鱼儿犹豫不决，最终不会上钩，而一比二是恰到好处的诱饵，而且还让鱼儿感觉收获会大于付出，才有冒险一试的可能。他要的不是吓跑鱼儿，要的是以最小的代价钓到大鱼。

“还有一件事情，首远另外的三个股东，你认识哪一个？”倪流继续为林道首挖一个连环坑。

首远三个股东分别是刘勇、肖觅书和陈思斌，三人股份加在一起是百分之二十四。

“都认识，怎么了？”宋国武几十年来一直在襄都，在襄都人脉很广，首远的三个股东也都是襄都人，和宋国武也算有几分交情。

“这件事情，还得非你出面不可。”倪流呵呵一笑，他的任务已经完成，下面该黄文旭出面了，“让文旭和你说。”

“国武哥，你介绍刘勇、肖觅书和陈思斌和我认识，怎么样？”黄文旭顺势就上，又抱住了宋国武的肩膀，“京城有一家控股公司想收购首远的股份，委托我暗中操作这件事情，事成之后，我有百分之一的提成。咱们兄弟不是外人，是一家人，你帮我引荐，如果成功，我的提成分你一半。”

“我×，文旭，你当我是什么人？你这是打我脸！”宋国武勃然大怒，“再说分钱的事情，我不认你这个兄弟，更别说介绍你和刘勇几个人认识了。”

“我错了，我错了还不行吗，国武哥！”黄文旭连忙认错，态度诚恳，“我小瞧了国武哥的仗义，是我狗眼看人低了。”

宋国武又乐了：“好了，你也别道歉了，说了是一家人，还客气什么？说吧，想什么时候和他们见面？”

“越快越好。”黄文旭一拍手包，“支票都准备好了。”

“得了，走着。”宋国武说走就走，拉上黄文旭就出门，“倪董，我就不陪你了，先和文旭去办正事。”

谁说宋国武没用，用处简直太大了，倪流笑着挥挥手，送走了宋国武和黄文旭，又特意交代了一句：“文旭，收好包。”

黄文旭的包中有一张三亿的支票，可不是小数目。三亿的支票，正是首远拆借给倪流的三亿。倪流用从林道首手中拆借的三亿，让黄文旭出面去收购首远三名股东名下的股份，如果让林道首知道了，不知道他会不会气得吐血。

不过倪流有理由相信，黄文旭有办法说服三个股东在事情没有谈成之前严格保守秘密，不会对外透露半分。

黄文旭去忙了，他也不会闲着，随后拨通了林凝欢的电话。

“倪流，你在哪儿呢？快来福往庄园，我们都在等你。”林凝欢的声音如欢快的百灵。

“好，我马上。”倪流放下电话，一路驱车来到了福往庄园，刚停好车，一抬头，吴小舞袅袅婷婷迎了出来。

“猜猜我和兰姣、凝欢相处得怎么样？”吴小舞笑得很灿烂，在春风微动的春日阳光下，她人比花娇，光彩照人。

“猜不出来。”倪流大摇其头，“俗话说，女人心海底针，大海捞针是最吃力不讨好的事情，还不如拿一根铁杵磨成针来得现实。常言又道，三个女人一台戏，你们三人凑到一起，到底唱的是黄梅戏还是京剧，就不知道了。”

“去你的，就会贬低女人，大男子主义思想太严重。”吴小舞似乎从来没有怕过倪流，倪流的董事长权威在她面前毫无威力。也是，倪流从一个名不见经传的穷小子到一步步坐上远思董事长的宝座，一路上不但有吴小舞的时刻相伴，还有她的鼎力相助，她虽是他的秘书和下属，其实在倪流的心目中，一直没当她是手下。

倪流呵呵一笑，向前伸手一抱吴小舞：“怎么样，想明白没有，我到底是喜欢你多一些，还是喜欢凝欢多一些？”

吴小舞慌忙推倪流：“注意一下影响，小心被凝欢看见。你爱喜欢谁是你的权利，哪怕你两个都喜欢，也是你的自由，只要你有本事让两个人都喜欢就行。”

“什么意思，你不喜欢我了？”倪流被推到了一边，也不恼，反倒嘻嘻笑了。

“凝欢来了。”吴小舞没回答倪流的话，用手一指前方，林凝欢和兰姣如两只欢快的蝴蝶，从桃花林中跑了出来。

春天的福往庄园，美不胜收，桃花杏花次第开花，红艳艳白花花一片，如花海。桃花杏花正浓，而梨花和苹果花已经含苞待放，准备就绪，只等桃花杏花落尽，马上就会迎风怒放。从此时起，一直到冬雪飞舞时，福往庄园将会花开不断，美景常在。

良辰美景，人间仙境。

“倪流……”林凝欢飞奔而来，拉住了倪流的胳膊，眉飞色舞，“快来看看福往庄园是不是不再像以前一样杂乱无章了？”

确实，比起以前，福往庄园在自然天成之中隐隐流露出一种匠心独特的韵味，颇有文章本天成妙手偶得之的意境，倪流点头赞道：“方寸之间，气象万千。”

一句话让林凝欢眉开眼笑：“真的吗？太好了。”

人生的境界差距很大，有人活着，只为吃喝玩乐，一辈子到头了，才发现不知道生从何来死往何去，再多的财富和爱恨情仇，终究一分也带不走，稀里糊涂活一生，无尽遗憾撒手去。而有人活着，有人生追求，有理想和抱负，雁过留声人过留名，为世界留下精神财富和物质遗产，也不枉来人间一场。

做生意也是一样，有些商人只为赚钱而赚钱，从来不去考虑个人应该承担的社会责任，穷则奴颜婢膝，富则妻妾成群，只活在自己的喜怒哀乐之中，卑微而渺小。而有人将做生意当成了自身的责任，比如卓达，他致力于地产经济，以房地产推动区域经济，带动区域经济的腾飞，解决许多人的就业，是一个有强烈的社会责任感和使命感的企业家。

相比之下，监守自盗吃里爬外的洪东旭，在卓达这棵参天大树面前，猥琐得如同一棵下贱的狗尾巴草。

从福往庄园的名字到布局，再看到漫山遍野的鲜花和果树，衬托得眼前的林凝欢如春日阳光下最亮丽的一朵迎春花，欣欣然绽放最美丽最奔放的青春。倪流微微感叹，她是一个心思单纯心灵纯净如阳光的女孩，对别人从来没有坏心思，喜欢什么，就明白无误地表露在脸上。在她面前，人和人的真诚就如透明的阳光和空气，不需要半分掩饰，只管坦然面对就是。

只是……倪流心中暗自喟叹，如果不是他和林道首之间的战争，他或许可以明明白白地告诉她，他是喜欢她，他当初答应和她相处，一半是因为喜欢，另一半是因为想利用她深入了解首远的股份构成和内部情况……但现在说这些会不会太晚了？

跟随林凝欢穿过一片桃林，又越过一片杏林，来到了佳人居。

佳人居是林凝欢的办公室，不对外，在福往庄园的后院，闲人免进之处，是一处小院，出入的木门两侧还有一副对联。

上联，燕赵多佳丽，下联，美者颜如玉。

小院不小，种满了花草，犹如世外桃源。一间正房，三间偏房，空气清新，鸟鸣阵阵，一时让倪流心向往之，如果有一天累了倦了，有一处这样的小院修身养性，也不失人生一大乐趣。

房间布置得很简洁，颇有宜家风格。倪流坐在了主座，林凝欢上了茶，陪在了下首，先是絮絮叨叨说了一些福往庄园运营情况，又说起她和吴小舞、兰姣的趣事，笑过之后，她话题一转，直接说到了一个凝重的话题：“倪流，听说爸爸和你正在争夺远思的控股权？”

其实说句良心话——倪流一不小心又学林道首的口头禅了——倪流想要控股首远，并非是出于掌控一切的欲望，而是为了大局。一是被林道首一心想要控股远思所逼，他只有奋起反击才能保住远思，而进攻首远则是保住远思的最好方法。二是远思即将全面进入快车道，按照他的设想，想要实现远思成为控股集团公司的梦想，先从控股身边最容易得手的一家公司开始。

很不幸，首远是倪流名单上的首选。

不怪倪流，要怪也怪林道首。如果不是林道首千方百计想要吞并远思，并且非要提出和倪流置换百分之二十的股份以达到互相渗透的目的，倪流也不会第一战就向首远开炮。

“话不能这么说，凝欢，应该说是林伯伯想要吞并远思才对，因为远思本来就是倪流的。”吴小舞不等倪流开口，抢先说话了，一开口，就是反驳。

“爸爸也有远思百分之二十二的股份，他离控股已经很近了，想要再前进一步争取控股，也没什么不对。”林凝欢在关键问题上，又站回到了林道首的立场，“远思也不是说就是倪流的远思，如果倪流无德无能，远思人人可以得之，秦失其鹿，天下共逐之……”

“你的意思是说，倪流持有首远百分之二十的股份，倪流想要再前进一步争取控股首远，也没什么不对了？”兰姣很气愤，刚刚还和林凝欢有说有笑，以为林凝欢会站在倪流的立场上，没想到一转眼就翻脸了，她就愤愤不平了。

“对呀，我就是这个意思。”林凝欢眨了眨眼睛，忽然又意味深长地笑了，“如果把远思和首远比喻成两个美女，好吧，我当首远，小舞当远思，林家想追求小舞，倪流想追求我，多正常的事情……”

“不对，不对，你等会儿，你的比喻不恰当。”兰姣打断了林凝欢的话，“你当首远没问题，你本来就是首远的千金，可是小舞当远思就不恰当了。倪流已经拥有了远思，却没有拥有小舞，所以你这个比喻不成立。如果他娶了小舞，这个比喻才算贴切。”

吴小舞顿时脸红了，呸了兰姣一口：“兰姣，你瞎说什么呢？较真也别捎带我呀。”

林凝欢也不干了：“就是，兰姣，我就是一比喻，你至于较真吗？倪流为什么要娶小舞？他要娶的人是我才对。”

好嘛，兰姣无语了，她最担心的事情还是发生了，林凝欢再善良，也会向着林家，也会和吴小舞争夺倪流，这下惨了，她退出算了，难题交给倪流去解决。

“咳咳。”倪流尴尬地咳嗽几声，“说什么呢？说什么呢！怎么又扯到婚姻上了，现在谈论的是我和林伯伯争取远思控股权的正事。”

“我说的事儿，也是正事。娶我还是娶吴小舞，倪流，你给个准话。我可有言在先，娶我，我的股份就归你了。你现在有百分之二十的首远股份，再拿到我的百分之十，持股比例百分之三十，离控股只差一步了。如果你娶了吴小舞，我的股份随时就会变更到爸爸名下。爸爸现在持股百分之三十一，妈妈持股百分之十五，我们一家三口联合持股超过百分之五十六。”林凝欢仰着头，一脸骄傲，“我知道你对我有好感，也有几分喜欢我，但还没有下定决心是不是娶我。我还知道，你之所以一直没有下定决心，就是因为你知道我是你能不能控股首远的关键，你想利用我控股首远！”

谁也没有想到，林凝欢当面揭露了倪流的虚伪——好嘛，姑且称之为虚伪——让倪流无处藏身，只能正面面对林凝欢的最后通牒。

“好吧，既然我对你这么重要，既然我又那么喜欢你，那么你想得到我手中股份就只有一个办法——娶了我。”林凝欢一脸坚定，“哪怕你不是心甘情愿娶我，不是为了爱情娶我，我也认了，至少你心里不是完全没有我，至少你有那么一点点喜欢我！”

说到最后，林凝欢眼中泪花闪动，紧咬嘴唇看着倪流，等倪流的答复。

倪流震惊了。

兰姣和吴小舞也震惊了。

一时之间，气氛凝重，似乎空气都停止了流动，平常伶牙俐齿的吴小舞和机智多变的兰姣，都不知道该说什么才好，在林凝欢的真情流露面前，任何语言都苍白无力。

过了片刻，吴小舞默默地站起，一言不发推门出去，她用实际行动向倪流表明，在事关大局面前，在远思的利益面前，她愿意放弃对他的感情，选择退出。

吴小舞一走，兰姣也坐不住了，起身也走了出去。外面的阳光依然明媚而喜人，她追上吴小舞，抱住吴小舞的肩膀：“小舞，你真要委屈自己了？”

“否则呢？”吴小舞双手抱肩，无助而悲伤，“倪流有他的理想，他又是一个奋斗型的男人，如果事业和爱情只能选择一个，我相信他会选择事业。林凝欢说得对，她是倪流掌控首远的关键，她站在哪一方，哪一方就是最终的获胜方。远思和首远的一战，倪流输不起了……”

兰姣不说话，远思和首远的一战，不是生死之战，却是关系到谁主沉浮的一战，甚至比生死之战更惊心动魄。胜者，江山在手，天下我有。败者，俯首称臣，退居人后，或许从此再也没有机会执掌全局，永久地沦为附庸。不只是倪流输不起，远思也输不起。

第四十五章

春梦成空

何况现在的远思气象大开，蒸蒸日上，正是大展宏图之际，如果现在突然被人横刀夺爱，被别人控股，费尽千辛万苦才赢来如今局面的倪流确实于心不甘。别说倪流，换了她，如果一觉醒来发现董事长变成了林道首，她也会郁闷得吐血。

现在的问题是，倪流如果不娶林凝欢，想要控股首远，没门。远思控股不了首远，并不是说就是全盘皆输，却意味着隐患没有根除，林道首随时还有反扑的可能。只有控股了首远，林道首失去了根据地，没有了话语权，他对远思垂涎三尺的欲望之火才会彻底熄灭。

说来说去，除非倪流放弃控股首远的想法，改主动进攻的策略为被动防守，时刻提防林道首对远思的包抄和围剿，否则，他还真绕不过去林凝欢这座高耸的女儿山。

兰姣也理解林凝欢的决定，她如果得不到倪流婚姻的保证，凭什么和倪流一起站在父母的对立面？不管是从哪个角度来说，林凝欢的做法都没错。

吴小舞双眼迷离，一片花瓣无巧不巧落在了她的头上，她轻轻摘下，迎着阳光看到了花瓣中的脉络，朦胧如玉轻灵如梦，她喃喃自语："自在飞花轻似梦……"

"应该是——早知春梦终成空，莫如当初不相逢……"兰姣怜惜吴小舞的失落，从陪倪流一路风雪到现在倪流掌控远思，她应该是除了倪流之外，为新远思付出最多心血的一人，甚至连黄文旭也拿到了远思的百分之一，她却什么都没有，所期望的，还不是倪流的爱和一生一世的承诺？

如果倪流给不了她一生一世的承诺，她的所有努力和付出，都付诸东流了，她又该怎样面对失去一切的惨败？

"你说，倪流会怎么选择？"吴小舞一口气吹开花瓣，忽然又展颜一笑，"他一定会娶了林凝欢，因为……他没有选择。从一开始他的赌注就下在了林凝欢身上，也一直在等最后开盘的一刻。现在开盘了，林凝欢还是他手中最大的筹码，他想翻盘，想赢，只有拿起林凝欢这个筹码。”

兰姣微微叹了一口气：“小舞，你也别怪倪头儿了，他也是没有办法。”

“你真的相信他没有办法，只有娶了林凝欢一条路可走了？”吴小舞不知道想到了什么，又开心地笑了，“倪流有一个最大的优点，他做事情，向来喜欢双管齐下，尤其是重要的事情，他不会只下一注。”

“你真这么了解倪头儿？那你说，他还在哪里下注了？”

“黄文旭去了哪里，怎么没和倪头儿一起过来？”吴小舞眼睛转了一转，一脸狡黠。

“黄文旭？黄文旭能办成什么大事？我才不信倪头儿会把另外的赌注让黄文旭去下。”兰姣对黄文旭有成见。

“我信。”吴小舞看了看时间，“如果倪流十分钟内从房间出来，说明事情还有回旋的余地。如果超过了十分钟，他就真的没有选择了。”

“好吧，等他十分钟。”兰姣坐在了树下的藤椅上，“多好的春光明媚的天气，应该心情舒畅才对，却偏偏感觉度日如年。”

“是不是感觉度日如年？”房间内，林凝欢见倪流沉默了半天不说一句话，她倒了一杯龙井，递到倪流手中，“是不是很难做出决定？”

倪流接过茶，轻轻点了点头：“是呀，人生总有举棋不定的时候，不管是谁，伟人还是平凡人，在面临人生重要的抉择面前，都会左右为难。”

“你为难了，证明你心里有我的位置，我很开心。”林凝欢抱住了倪流的胳膊，头靠在他的肩膀上，“倪流，不管你最后怎么选择，我都会接受现实。我以前的人生一直一帆风顺，没遇到过什么挫折。没遇到你之前，我连恋爱都没有谈过，在我的世界里，全是简单而明媚的色调。自从你出现后，我才发现世界原来不是童话，有那么多的尔虞我诈，有那么多的欺骗和隐瞒，也有那么多的为了利益而不顾一切的疯狂。我虽然性子直爽了一些，但我也懂得一个道理，是你的跑不掉，不是你的抢不到。”

“你猜我会怎么办？”倪流喝了一口茶，茶温热宜口，不浓不淡，恰到好处，正如林凝欢一样，既简单得让人爱怜，又直爽得不让人厌烦，“或者说，你希望我怎么办？”

"当然是希望你能娶我了，因为我真的想和你在一起。"林凝欢温柔似水，"真要嫁给了你，首远是由爸爸控股还是由你控股，对我来说都一样。如果不能嫁给你，我还是要站在爸爸的一方。"

"给我一个月的时间考虑，好不好？"倪流一口喝完了杯中茶，"等夏天来临之前，一切都会尘埃落定。"

"一个月？"林凝欢想了想，"好吧，我不会逼你过急。就一个月，一个月后，如果你愿意娶我，今年我们就结婚。如果你选择了小舞，我也祝福你们。"

真是一个好女孩，倪流心中感动，用力抱了抱林凝欢："小欢，谢谢你。"是应该谢谢她，她给了他美好，给了他希望，却对他从未有过奢望，只希望和他共同走过人生的时光，若得妻如她，夫复何求？

只是……从来不是拿不起放不下的倪流，第一次在爱情的选择面前优柔寡断了，曾因酒醉鞭名马，生怕情多误美人，他本无心，但林凝欢和吴小舞，他注定要误一个了。

走出佳人居，抬头间，见兰姣和吴小舞在一株桃树之下，俏笑而立，人面桃花相映红，倪流忽然间轻松了许多。他大步来到吴小舞和兰姣面前："走，回公司。"

吴小舞开心地笑了，看了看时间，正好七分钟。

回到公司，黄文旭和宋国武还没有回来，也没有消息，倪流收心，开始处理工作，吴小舞和兰姣也当什么事情都没有发生一样，分别工作去了。

而在距离远思大厦几公里之外的首远大厦，林道首坐在办公室内，低头沉思，从远远坐在一旁，不敢打扰他，脸上微有焦虑之色。

"再联系一下宋国武。"沉思了也不知多久，林道首终于开口了，"宋国武是控股远思的最佳突破口。"

"非要控股远思不可？道首，会不会太冒进了？埋头一心发展首远，不也是挺好？"从远远虽然理解林道首迫切的建功立业的心理，但理解并不等于支持，她还是希望求稳。

"现在是千载难逢的时机，远思有三个月左右的虚弱期，三个月后，远思将会一飞冲天，到时别说控股远思了，不被远思吞并就不错了。"林道首越想越觉得机不可失时不再来，"况且现在控股远思，哪怕投入两亿，三个月最晚半年后，就会翻番。"

"好吧，既然你决定了，我也不多说了。"从远远摇了摇头，"我担心的是，宋国武这人太不靠谱了，从他手中收购股份，会不会让倪流利用宋国武反制我们一手？”

“不会，绝对不会。”林道首自信满满，笑着摆了摆手，“倪流不信任宋国武，宋国武也不信任倪流，他们之间因为当初股份的继承问题，积怨很深，虽然现在表面上和好了，裂痕还在。”

“我怎么觉得宋国武现在和倪流越走越近了？”从远远持不同看法，“如果真的是还有裂痕，为什么倪流要让宋国武入股远思？”

林道首坚持己见：“倪流当初拉拢宋国武，一是为了利用宋国武对付洪东旭，二是想入股远思大厦，现在洪东旭倒台，远思在石门站稳了脚跟，宋国武对倪流来说，不再是助力而是包袱了。”

“这么说，当初倪流同意让你入股远思，也是为了借你的力量对付洪东旭，现在你也成了倪流的包袱了？”从远远笑了。

“没错，倪流也是为了让我帮他除掉洪东旭，才同意让我入股远思，不过，请神容易送神难，现在我不但是他的包袱，还会成为他的噩梦。”林道首呵呵一笑，“倪流现在既不信任我，也不信任宋国武，不过，他肯定会想办法防范宋国武向我出售股份。只可惜，宋国武的为人，见利忘义见钱眼开，只要价格合适，他肯定会动心。”

“倪流会不会打小欢的主意？小欢名下可是持有首远百分之十的股份。”从远远提醒林道首。

“肯定会！不过他晚了一步，小欢名下的股份，我授权暂时冻结了，小欢无权转让。也就是说，现在的首远是一只刺猬，倪流无从下口，他想控股首远的想法，注定是一场春梦，哈哈。”想到妙处，林道首大笑出声。

“刘勇、肖觅书和陈思斌三个人，会不会成为倪流的突破口？”

“不会，不会。”林道首神采飞扬，仿佛胜利触手可及，“你不要忘了一件事情，倪流现在山穷水尽，远思的账面上几乎都没钱开工资了，他哪里还有钱收购首远的股份？刘勇三个人名下百分之二十四的首远股份，按照正常的价格也要两亿，倪流想一口吃下，三个人肯定要坐地起价，估计要两亿五千万才能拿下。两亿五千万？倪流连两千万也没有！这一仗，他输定了。要不我怎么会告诉你现在是千载难逢的机会？他现在只有招架之功，没有还手之力。而几个月后，一旦等他从产业园回款，从盛世别墅项目收取利润，他的翅膀就真正硬了。”

“可是，他手中不是还有你拆借他的三亿？”从远远对林道首拆借给倪流三亿的事情一直耿耿于怀，觉得林道首小题大做，何必非要用三亿抬举倪流？不过后来她也想通了，如果没有林道首的三亿，或许倪流还不会答应让林道首入股远思。

现在看来，还是林道首高瞻远瞩，如果没有当初提前谋划入股远思，现在机会来临，首远只能眼睁睁看着机会从眼前溜走。

“三亿的还款期限不到一个月了，倪流会拿着首远的三亿去收购首远的股份？别开玩笑了，倪流再想控股首远，他也做不出这种事情，何况他也清楚，三亿的资金，我有可能随时要求收回。说句良心话，倪流除非疯了才会动用首远的三亿，另外倪流手中的支票，还没有转账。如果我没猜错的话，他不会动用这笔钱。”林道首大概也猜到了倪流拆借他三亿的初衷是为了应对产业园的危机。现在产业园危机过去了，不出意外，支票快还回来了。

“这样算起来，倪流没招可使了，除了被动挨打，他想控股首远，肯定没戏了。”从远远一向对林道首言听计从，也认定林道首算无遗漏，是神仙，“这我就放心了，接下来只要摆平了宋国武，就大局落定了？”

“是呀，现在宋国武成了关键了，你再打个电话给宋国武，说我晚上请他吃饭，在春江花月。”

“这就打。”从远远起身去打电话，几分钟后她放下电话，一脸笑意，“宋国武一口答应了。”

春江花月是襄都最高档的饭店，一顿饭花费万元以上不成问题，林道首下了血本，他虽然身家数亿，也轻易不去春江花月吃饭。

傍晚时分，宋国武和黄文旭回到了远思大厦，一进门就看见倪流一脸期待的神情，黄文旭诚心捉弄倪流，假装愁眉苦脸地摇了摇头：“出师不利……”

不料他话未说完，宋国武哈哈一笑抢了话：“我的面子……刘勇、肖觅书和陈思斌还得给几分，初步达成了意向，三个人对转让股份有兴趣，并且原则上达成了在事成之前保密的共识，现在唯一的问题是……”

黄文旭深刻地摇了摇头：“国武哥，你也太沉不住气了，我是想戏弄一下倪头儿，让他也紧张一次，你看你，上来就有什么说什么。”

宋国武哈哈大笑：“打什么埋伏，现在是非常时期，刻不容缓，时间耽误不起。”说话间，他的电话忽然响了。

宋国武到一边去接听电话，黄文旭向倪流汇报事情进展。

一开始，刘勇三人一听黄文旭要收购他们名下的股份，当即一口拒绝。黄文旭是何许人也？做投资理财生意多年，他先是舌绽莲花，然后天花乱坠，最后再加上海阔天空，又有宋国武在一旁煽风点火，三人慢慢就动心了。

动心的原因有三，一是黄文旭以远思迁出襄都为例，信口开河下了一个结论，襄都不适合发展大型集团公司，首远的根基在襄都，以后的发展空间有限。二是首远在襄都的几个项目前景都不太明朗，有一个项目可能还要赔钱，而林道首一直没有迁出襄都的想法，首远的未来堪忧，现在抛售首远的股份，正是时候。等首远败象显露的时候再出手，既卖不出高价，又可能没人接手。三是他代表京城四时控股公司收购刘勇三人手中的股份，有宋国武的面子在内，可以适当溢价收购。

宋国武在一旁以远思在石门大展宏图的实例来证明黄文旭所说的正确性，劝刘勇三人不如套现了股份，到石门发展，襄都地方太小，水太浅。

在黄文旭和宋国武的连番轰炸下，本来就对林道首在首远说一不二的权威颇有不满的三人，被说动了。刘勇试探着问了一句，首远一股能卖到多少钱，黄文旭开出了一股一千万的高价。

首远现在的市值在十亿上下浮动，最近由于首远没有重大项目，进入了低谷期，十亿只下不上。

刘勇三人商议一番，答复黄文旭，说要考虑一下。黄文旭知道事情不可能一次谈成，只能徐徐图之，就和宋国武起身告辞了。临走时，宋国武用力握住刘勇的手，笑道："刘老哥，买卖不成情义在，我也是看在我们多年朋友的分儿上，觉得这是一件好事，才带着文旭来和你们谈谈。这事儿要是让林道首知道了，我就里外不是人了。你们同意不同意不要紧，要紧的是，要是这事儿没成却传了出去，不但面子上都不好看，说不定连朋友都做不成了。"

宋国武的话，半是警告半是威胁，含蓄地告诫刘勇几人，不同意不要紧，如果一转身就把事情告诉了林道首，到时别怪他翻脸不认人。

刘勇脸色微微一变，还没说话，肖觅书忙上前一步，一把握住宋国武的手："国武，你说这话就太小瞧你几个老哥了，我们为什么要告诉林道首？告诉了他，他除了会更加防范我们，难道还能给我们什么奖励？"

宋国武哈哈一笑："这话在理。三位老哥，考虑好了给我电话，这事儿是好事，股份毕竟不是现金，而且首远的前景越来越不乐观了。"

"事情的经过大概就是这样了。"黄文旭向倪流汇报完毕，说出了他的看法，"刘勇三个股东，有转让的意思，不过还在犹豫，应该是对价格还不太满意，同时，想再观察一下风向。"

第四十六章

箭在弦上

“这个可以理解，毕竟是大事。”倪流笑了笑，“不错嘛，国武哥的水平见涨，几句话说得滴水不漏，堵住了刘勇几个人的退路。你觉得，刘勇会向林道首透露风声吗？”

“不会，肯定不会。”黄文旭嘿嘿一笑，自信十足，“肖觅书比较圆滑，他说的话是实话，如果告诉林道首，他们不但落不到任何好处，林道首也不会奖励他们，反而更防范他们，而且还得罪了宋国武，得不偿失。”

“嗯。”倪流点点头，对这一点，他也持相同看法，不过他仍有不解，“据你观察，刘勇三个人转让股份的可能性有多大？”

“转让的可能性在百分之六十以上。”黄文旭好歹也在京城混迹多年，见多了形形色色的人物，从京城到石门，再到襄都，一级级向下走，越下面的人越好打交道，越容易被他从表情动作上看出真实想法，“事不过三，等我第二次出马，肯定可以马到成功。小地方的人，心思还是单纯一些，不难摆平。”

“小地方的人心思单纯？”倪流哈哈大笑，“要不你出面摆平林道首？”

黄文旭尴尬地一笑，挠了挠头：“林道首是个例，不具有代表性。”

刘勇三人即使同意转让名下股份，也必须经董事会同意，如果林道首不同意，他还要以同样价格收购刘勇三人名下股份才行。不过问题的症结点也正在此，现在距离还款期限还有不到一个月的时间，只要倪流不提前归还林道首的三亿，林道首想收购刘勇三人手中的股份也有心无力，因为他手中没钱了。

“林道首约我晚上在春江花月吃饭。”宋国武接完电话过来了，一脸春风得意，“林董真舍得下血本了，我非得狠狠宰他一刀不可，哈哈，没有一万块，别想走出春江花月。”

“一万块？太少了。”倪流心中大喜，林道首越下力气接近宋国武，越证明他迫不及待了，这是好事，他越主动，就越有可能孤注一掷。“国武哥，记住，一比三的比例，一口咬死，饭照吃，酒照喝，价格寸步不让。”

“我得准备两把刀了，一把小刀用来放林道首的血，一把大刀用来剐他的肉，争取让林道首血本无归。”宋国武摩拳擦掌，战意高涨。

黄文旭见状，乘机而上，煽风点火：“林道首一直想取代宋国文，宋董在世的时候，他没有成功，现在宋董不在了，他可能觉得国武哥好欺负。国武哥，宋董生前也多次想收购了首远，可惜的是没有赶对机会，现在机会来了，如果在国武哥的一手推动下，远思最终成功地控股了首远，宋董的在天之灵，一定会十分欣慰。”

一番话说得宋国武热血沸腾：“等着，我一定会完成我哥的遗志。”

倪流意味深长地看了黄文旭一眼，心满意足地笑了。

晚上，倪流和黄文旭反倒无事可做，二人叫上吴小舞和兰姣，一起去倪芳家中做客，宋国武一人前往春江花月赴宴。

宋国武原本开了一辆奥迪，后来入股远思担任了远思的副总之后，觉得奥迪不配他的身份，遂换了一辆路虎。他开起路虎，虎虎生风，刚在春江花月的停车场停好车，一下车，就看到林道首一脸微笑迎了过来。

好嘛，林道首亲自出面相迎，他的面子还真不小，放眼整个襄都商界，值得林道首亲自迎接的人不超过三个，其中还有一人是宋国文。这么一想，宋国武顿时自我感觉良好，差点飘飘然了。

还好，想起他身上肩负的历史使命，他又清醒了，和林道首寒暄几句，一起走进了雅间。

雅间足有五十平方米，宽敞、奢华，处处透露出高贵典雅，相信雅间的最低消费都在一万元以上，宋国武顿感精神为之一振，想起以前虽然有钱却没有社会地位的无奈，现在连林道首也敬他三分，男人在世，除了追求金钱之外，还要追求精神上的成功。什么是精神上的成功？无非就是人前人后的风光，被人敬为上宾的社会地位。

今天的宴请，只有林道首和宋国武二人。落座之后，林道首假装客气请宋国武点菜，宋国武也不客气，接过菜单，一口气点了十几道最贵的菜，偷眼一看，林道首面不改色，似乎并不心疼一万多的菜价。

既然没有外人，林道首也不绕弯，就直奔主题了：“国武，还是上次的事情，你名下的远思股份，我愿意出价一亿八千万收购。”

还是上次的价格，宋国武一边狼吞虎咽一边愤愤不平地想，林道首真没诚意，一顿一万多的饭就能打动他？做梦！不提价，十万块的一顿饭也不管用。

先是咽了嘴里的东西，又喝了一口拉菲，宋国武才慢条斯理地说道：“林董，我想好了，我的股份只换不卖。”

“什么意思？”林道首心中一跳，有戏了。

“我和你交换股份，用我的远思股份，交换你的首远股份，鸡蛋不能放到一个篮子里，对吧？我现在又不缺钱，套现对我来说没什么意义，风物长宜放眼量，对吧？”

“交换也可以。”林道首暗中算了一笔账，宋国武名下持有远思百分之十五的股份，按一比一的交换比例计算，他从名下百分之三十一的股份中拿出百分之十五用来交换，他在首远的持股比例将降至百分之十六，将会低于倪流的百分之二十，不过如果算上从远远的百分之十五和林凝欢的百分之十，林家持股比例依然高达百分之四十一。

而他在远思的股份将由百分之二十二上涨到百分之三十七，虽然还没超过倪流百分之四十八的持股比例，但已经大幅接近了倪流，这样一来，距离控股远思只有一步之遥了。

好，换了！林道首一瞬间就有了决定，况且远思一飞冲天在即，现在一比一的交换，合算。

“林董，你同意交换了？”宋国武战斗力惊人，别人是磨刀不误砍柴工，他是说话不误吃饭工，说话的工夫，他已经酒足饭饱了，一抹嘴巴，“我的意思是说，我一股的远思股份交换你三股的首远股份……”

“啊？”林道首才拿起一只龙虾，刚张开血盆大口想要一口咬下，一听此话，张开的嘴巴没有合上，手中的龙虾失手落在桌子上，“一比三，国武，你的胃口也太大了！”

林道首气坏了，掉落的龙虾也不捡起来，直接推到了一边：“讨价还价也要有一杆秤才行，国武，你这是漫天要价，太没诚意了。”

“没诚意吗？”宋国武伸手又拿起一只大闸蟹，显然胃口很好，不过说句良心话，他的吃相实在不太雅观，“我觉得挺有诚意了。再过三个月，顶多半年，远思的市值估计会到五十亿，翻五倍。首远和现在的远思比，还差了几分意思，等远思一飞冲天之后，就差得更远了。一比三还是看在林董的面子上，换了别人，我就要一比五了。”

说话间，宋国武又消灭了一只大闸蟹，也不知道他的胃口到底有多大，一个人居然吃掉了一桌子饭菜的三分之一。

林道首气得发抖了，哪里还有心情吃饭，筷子一扔：“一口价？”

“一口价，童叟无欺，概不还价。”宋国武又将拉菲全部倒进他的酒杯，也不装腔作势地晃上几晃，直接一饮而尽，“林董觉得怎么样？”

还怎么样？你不如明抢好了，林道首只觉胸膛中一股怒火在燃烧，差点把持不住拍桌子走人，他纵横商场几十年，还是第一次被气得差点失控，强忍了一忍，又深呼吸几口，才感觉心里平和了几分：“一比三太高了，我看还是算了。”

“算了就算了，我不勉强。”宋国武吃饱了，起身要走，“谢谢林董的盛情款待。买卖不成情义在，以后有机会再合作吧。”

什么意思，吃饱喝足了，一抹嘴巴就走了，开口要一比三，连讨价还价的余地都没有，宋国武贪心不足蛇吞象，怎么这么难侍候了？林道首也真生气了，不谈了，爱谁谁，他就不信了，还一比三，回头他以一千五百万一股的价格收购远思股份，会没人争着卖？

“好，有机会再合作。”林道首起身，“我送你。”

“不用送了，又不是外人，送什么送。”宋国武摆了摆手，随手捎走了桌子上的一盒中华烟，“股份的事情，就这么着了，要是林董有诚意，就给我打电话，没有就算了，我等着升值就行了。对了，酒也没喝完，听说林董养生不喝酒？”

林道首差点没气得七窍生烟，什么人这是，吃他的喝他的，漫天要价，临走了顺走一盒烟不说，连剩下的半瓶酒也想带走，太丢人，太没出息了，怎么和没有见过世面的乡下人一样？也是，如果宋国武有档次，他也不会开口要出一比三的高价。

压下心头怒火，林道首还是送宋国武到了停车场，又和宋国武握了握手：“国武，真心想转让股份的话，给我一个电话。”

宋国武却毫不领情：“林董，我其实压根没有要转让手中远思股份的意思，是你主动挑起了这事儿，证明你比我更迫切需要远思股份。既然很迫切需要，而我没有转让的意向，你就得拿出足够的诚意打动我才行。一比三，再见。”

望着宋国武绝尘而去的路虎，林道首再也保持不住风度，狠狠地吐了一口唾沫：“狗东西！”

原本以为今天高规格宴请宋国武，会有什么进展，没想到却是当头一棒的结果，林道首近乎绝望了，一比三，宋国武名下持有远思百分之十五的股份，岂不是要交换首远百分之四十五的股份？狮子大张口，吃相太难看了，真敢开价，也不怕风大闪了舌头？

会不会宋国武是受倪流怂恿，才敢这么无耻地要价？林道首心中猛然闪过一个念头，不过念头才闪了一闪，他又否定了自己的想法，倪流不会要出一比三的高价，一比三肯定会吓跑他，以他对倪流的了解，倪流顶多要一比二。

林道首气呼呼地回到家中，一进门，从远远就迎了上来，她见林道首脸色不善，就猜到了什么："事情不太顺利？"

"何止不太顺利，简直就是非常不顺利。"林道首余怒未消，一屁股坐到沙发上，"疯了，都疯了。"

"到底怎么了？"从远远安慰林道首，"别生气，静心平气，深呼吸……"

"宋国武提出用他名下远思的股份交换首远股份。"

"这个办法也可行。"

"可行个屁，他要一比三交换。"

"一比三？"从远远惊叫一声，"他疯了？"

"而且还是一口价，概不还价。"林道首双手放到头后，向后一仰，"宋国武想趁火打劫，真不是什么好东西。"

"趁火打劫是人的天性，道首，你趁远思现在青黄不接的时候向远思出手，说句良心话，不也是趁火打劫？"从远远没有和林道首一样气愤难平，反倒微微一笑安慰林道首，"不趁火打劫他就不是宋国武了，敢要到一比三的价格，更说明是宋国武自己的主意，没有倪流的参与，要是宋国武受倪流指使，肯定不会漫天要到一比三的价格。不过话又说回来了，一比三也未尝不是不能考虑……"

"你说什么？一比三也要考虑？你也疯了不成？"林道首正在气头上，当即瞪了从远远一眼，"首远再不济，也不可能只是远思的三分之一。"

原来林道首生气生的是这个。从远远知道林道首的小心眼毛病又犯了，他一向眼高过顶，从来不肯认为他比宋国文矮上半分，虽说首远一直被远思压在头上屈居第二，实际上在林道首心中，首远才是真正的襄都第一。

"一比三的股份交换并不代表首远只有远思的三分之一市值，现在的退让，是为了下一步更好的进攻。你换个角度想一想，以现在远思的布局，半年后，远思的市值能不能达到五十亿？"

“五十亿肯定没有，但三十亿应该不成问题。”林道首慢慢冷静了下来，虽说他是首远说一不二的帝王，不过有时从远远的话也会起到旁敲侧击的警醒作用。

“就是呀，你现在三比一兑换了远思的股份，不出半年就回本了。而且如果你借和宋国武交换股份的机会，现在控股了远思，等于整个远思都掌控在了你的手中，你牺牲了眼前的小小利益换来了暴涨三倍的整个远思，是赔了还是赚了？”

说得也是，林道首极度渴望将远思掌控在自己手中的欲望又占据了上风。多少年了，远思一直压在首远头上，是他最大的耻辱，宋国文在世，他没有机会将远思纳入囊中，宋国文不在了，难道他连一个毛头小伙子倪流都斗不过？

现在正是远思复兴之前最虚弱的时期，是黎明前最后的黑暗，挺过这几个月到半年的时间，远思将会一飞冲天，不但首远再也没有了吞并远思的可能，而且还会永远被远思抛在身后……不行，人生难得几回搏，再不搏，他或许永远也没有机会了。

“就怕宋国武拿到远思股份后，一转身就又送给了倪流。”林道首心中还是隐有担忧。

“送给倪流？”从远远笑了，“宋国武不是宋国文，只有宋国文才会把整个远思交给倪流，宋国武又不傻，他凭什么把远思股份送给倪流？凭倪流有钱？还是凭他和倪流关系好得不得了？”

也是，宋国武才不会对倪流这么好，他不背后对倪流砍上一刀就不错了，倪流现在正好没钱，他对宋国武的影响力也非常有限，不过……林道首还是心有不甘：“一比三太不合理了，如果能让到一比二，我还可以考虑一下。”

“宋国武在远思不得志，被倪流扔在襄都，摆明了是不想让他上位，他跳出远思来首远威风一下，也符合他的性格。不用担心宋国武到了首远会不听话，倪流玩不转宋国武，你还玩不转？等远思到手之后，你再想办法慢慢从宋国武手中套回首远的股份，不也是一件很容易的小事？先拉拢宋国武击破倪流，倪流一倒，再倒转枪口对付宋国武，然后……天下太平。”从远远露出了自信的笑容，“不瞒你说，道首，我已经和王骏群、唐简水接触过了，他们说只要价格合适，他们也愿意转让手中的股份。”

如果倪流在场，会无比感激从远远的自信和聪明，甚至他会怀疑从远远是他安排在林道首身边的商业间谍，当然，从远远不是倪流上演无间道的棋子，她是林道首相伴了几十年的结发妻子，她的立场，完全是站在林道首和首远之上。

第四十七章

拉锯战

“哦，这么说，和宋国武的第一战，关系到控股远思大计的成败了？”林道首大为震惊，没想到从远远暗中也做了这么多事情，岂不是说，只要翻越了宋国武这座大山，掌控远思就指日可待了？

“是呀，所以我才说，要不惜一切代价拿下宋国武。不拿下宋国武，后面的仗没法打。”从远远想了想，“这样，道首，你不要出面了，由我出面和宋国武再谈谈，看能不能谈到一比二的价格。”

“好吧，一比二的价格还勉强可以接受，一比三，欺人太甚。”林道首认可了从远远的提议。

“如果林道首开到一比二的价格，倪董，你说我怎么答复他？”回到远思，宋国武说起他和林道首第一次交手的过程，几次笑得差点失态，说完之后，他又想到一个十分现实而严峻的问题。

倪流和黄文旭对宋国武的表现大加赞赏，认为宋国武临走时捎走半瓶红酒的一手是神来之笔，绝对会让林道首气急败坏。事实上，宋国武告别林道首后不久，顺手就将半瓶红酒送给了路边的一个叫花子。

“如果今天晚上林道首还价到一比二，你就一口咬定一比三不让。如果他明天再还价，就让到一比二点五。如果三天后他才打来电话还价，就勉为其难地答应他一比二。”倪流也不贪心，不想赶尽杀绝，多少留一条活路给林道首。

“我猜，今天晚上林道首就会打来电话。”宋国武哈哈一笑，“他迫不及待的样子，就像着急要入洞房的新郎官一样。”

“真有这么自信？”倪流几乎要对宋国武刮目相看了。

“那是，你没见到当时林道首的熊样，脸都气成猪肝色了。幸亏当时没要一份猪肝炒茄子，否则我还真吃不下去。”宋国武踌躇满志，“当年我哥都没有当面打击过林道首的嚣张气焰，我总算做到了，我哥在天之灵看到我羞辱了林道首一番，肯定会非常高兴。”

说着说着，宋国武眼圈红了。

亲情是维系人类感情最牢固的一根线，谁也无法挣脱。宋国武以前再浑蛋再吃里爬外，他也敬重宋国文，宋家能有今日，全因宋国文之故。换言之，他宋国武能有今日，也全因宋国文之故。在他心中，宋国文创立的远思，倪流可以继承，林道首却不能强取豪夺。

倪流虽是外人，毕竟也是宋国文的小舅子，林道首是谁？是彻头彻尾的外人。

几人又说了一会儿话，不出意料，电话响了。宋国武以为是他的电话，拿起一看却不是，倪流扬了扬手中的手机，笑道：“都用一样的手机一样的铃声，总是撞机。我的电话，肖米来电。”

“倪头儿，旗开得胜，摆平一个。”肖米兴奋的声音传来，带来了第一个好消息，“郭容天还款了。”

倪流让肖米负责要债，并没有具体安排她先找谁，一切由她自己决定，没想到她先找的郭容天。转念一想他又欣慰地笑了，肖米真聪明，懂得先易后难的道理。先易后难，步步推进，比起一开头就碰一个大钉子强。开头难，容易让人退缩。

“很顺利？”倪流也很高兴，他还指望拿到钱给员工开工资呢。

“还行，基本上没什么波折。我找到郭容天，先是恭维他钓鱼台别墅总算大获成功，然后含蓄一提你在其中所起的关键作用，郭容天就连忙说一定要好好谢谢你。我就说要谢倪董，现在就有一个现成的机会，他就问是什么，我就很直接地说，杀人偿命，欠债还钱……然后他忙不迭向我道歉，说忘了欠账这件事情了，他不是故意要欠账不还，是确实事情太多，忘了。”

倪流相信郭容天不是忘了，郭容天的记忆力好得惊人，他也不是有钱不还，而是被钓鱼台别墅所累，没钱还。现在别墅起死回生，容天集团渡过了危机，郭容天有了钱，还款也就顺理成章了。

这么一想，当初他帮郭容天出主意挽救钓鱼台别墅，没想到最终却是帮了自己。如果钓鱼台别墅没有起死回生，郭容天即使不想赖账，想还钱也有心无力。倪流忽然想通了一个道理，与人方便就是与己方便，帮助别人就是帮助自己，与人友善就是对己友善。

“郭容天不但还了本金，还主动还了利息，钱已经到账了。”肖米嘻嘻一笑，“怎么样倪头儿，我功劳不小吧？”

“功不可没，居功至伟，天下第一。”倪流开怀大笑，“先捏了软柿子，接下来，该敲核桃了。对付吴来，有没有信心？”

“有，信心十足。坏人自有恶人磨，无赖自有强人磨，对付吴来这种人，一要用计，二要用强，我眼睛一眨就计上心来。”

“好，好，肖姐，祝你旗开得胜，再战再胜。”

“倪头儿，肖姐能不能拿下吴来？”黄文旭隐有几分担忧，“别被吴来骗财骗色了才好。”

“你到底是担心肖姐被骗财呢还是骗色？”倪流一拍黄文旭的肩膀，“别瞎操心了，肖姐要是这么容易被别人拿下，她这么多年就白混了。”

“她本来就白混了这么多年，一直在市政公司屁大一点儿的地方待着，能有多大出息？”一提肖米在市政公司的经历，黄文旭就愤愤不平，深为肖米不光彩的过往而耿耿于怀。

“肖姐的心，深着呢，别看她和尹小花……算了，不说了，以后她想告诉你真相，让她自己告诉你吧。”倪流看了看时间，“不早了，再等半小时，如果林道首再不打来电话，就明天再说。”

最终，和倪流预料的一样，林道首没有打来电话。没打来电话正常，林道首老谋深算，肯定懂得上赶着不是买卖的道理，他如果过于主动，肯定压不下价格。不过，倪流也相信，不管林道首以前是多有耐心的一个人，在这件事情上，他的耐心肯定有限。

时间不等人。

果然，第二天林道首打来了电话，提出要再和宋国武面谈——他并不知道倪流此时人在襄都——宋国武回绝了林道首面谈的要求，不过在一比三的问题上，语气稍有松动，让林道首听到了希望，忙一顿晓之以理动之以情地还价。

宋国武让到了一比二点五，不肯再让步了。林道首说要再考虑一下，并且希望宋国武严守秘密，不希望第三个人知道。

宋国武一口应允。

倪流见在襄都的事情基本上一切妥当，他再待下去也没有什么意义了，就和吴小舞、兰姣一起返回了石门，留黄文旭继续在襄都和宋国武一起和林道首过招。如果让林道首知道了他在襄都，不利于宋国武继续挖坑深埋林道首，也不利于黄文旭继续忽悠刘勇三人。

一周后。

暮春的石门街头，已有迫不及待的爱美的女孩穿上了裙装，修长的美腿成为压抑了一冬之后最靓丽的风景。

市区的春天，看女人的着装，郊外的春天，看怒放的鲜花。

倪流和盛夏站在盛世别墅项目指挥部的最高层，手持一张蓝图，俯视整个工地，对机器轰鸣、热火朝天的工地指指点点，俨然指点江山的气势。

倪流和盛夏确实是在指点江山！

盛世别墅项目一动工，就吸引了各方关注的目光，倒不是因为盛世别墅是史无前例的两家集团公司合作的项目，而是倪流策划的卖点--炮打红，成为省会各大媒体争相报道的新闻。

投入巨资打广告，是所有开发商最先想到的宣传方法，倪流却不，并不是盛世出不起这笔钱，而是有时候花了钱未必能达到预期效果。现在的房地产广告太多了，铺天盖地，消费者早就有了免疫力，基本上没有什么创意的广告，一扫而过，别说记住广告内容了，怕是连项目名称都记不住。

倪流也在报纸上投放了一期广告，广告却和房地产没有半点关系，是一个免费一日游的广告——盛世集团为了回馈市民的厚爱，凡是手持本页广告的消费者，都可以在两周之内自行到山道大道588号参加春光烂漫一日游活动，一日游的免费项目包括踏春、丰盛的午饭和迷人的田园风光，以及盛世公园宏大的主题娱乐活动。

市民们最大的向往就是享受免费的午餐，倪流策划的广告，虽然并未注明到底一日游是怎样的一日游，但全部免费的诱惑还是让许多人大为心动，广告刊登之后三天，前来盛世别墅一日游的游客蜂拥而至。

接待游客的任务由盛夏负责，盛夏安排了盛世的精兵强将，将盛世别墅项目布置成了一个花团锦簇的公园，并且让一家专业的旅行社负责游客的对接工作。

第一天接待的游客居然高达五百人。

倪流的聪明之处在于，让游客在免费游玩和享受免费午餐的过程中，绝口不提盛世别墅项目的事情，仿佛就是一次公益性的免费旅游，没有任何附加条件。不过在游客游玩的过程中，所有路线以及入眼之处的景色，要么有盛世别墅的规划图，要么有盛世别墅的沙盘，要么有盛世别墅的大型宣传动画片，在放松的心情中，在潜移默化之下，所有游客都记住了盛世别墅的名字，并且在脑海中形成了一个挥之不去的印象——在不久的将来，眼前的所有美景都会是盛世别墅的后花园。

几天下来，接待的游客超过了万人，远超预期。虽然花费不菲，不过比起整版整版的广告费用，至少节省了一半的开支，最主要的是，盛世免费提供一日游，不但无形中宣传了盛世，还提升了盛世的公众形象，让许多人不但知道了盛世别墅项目，而且还对盛世别墅项目先入为主，留下了良好的印象。

一万人的口碑，一传十，十传百，带来的多米诺骨牌效应，至少可以影响到五十万人。更让倪流大感欣慰的是，由于活动大获成功，回馈感恩的免费一日游不但在市民中反响极好，也惊动了省会各大媒体，电视台和报纸纷纷前来采访盛世别墅项目。

经过各大媒体一番狂轰滥炸的免费宣传，盛世别墅以一百万的代价收获了远超一千万广告费用所能带来的轰动效果，声名大振，一时之间，预售热线被打爆，短短时间内预定的套数超过了百套。

由于盛世别墅初战告捷，再加上倪流答应了王树斌不再对碧海蓝天穷追猛打，况且盛世别墅和碧海蓝天虽然是竞争关系，却不是零和游戏，也会相互促进带动销售，因此，盛世别墅和碧海蓝天十分默契地形成了和平共处的局面。

盛夏大喜，才开工就预定出了上百套别墅，盛世别墅项目成功了一半。由此，她更坚定了她的眼光，选中倪流，是她又一次英明的决定。

“盛世别墅项目之后，如果还有新的项目，倪董，你是不是还愿意和盛世合作？”和倪流约好来项目部视察一下工程进展，盛夏指点江山之后，意犹未尽，又想到了长远。

“只要对双方的发展有利，我怎会拒绝盛董的好意？”倪流最近也是春风得意，各项事情进展顺利，在他心中，远思未来的前景也越来越清晰了。

“和盛世合作，远思不会吃亏。”盛夏收起蓝图，心潮澎湃，“如果我现在开出二十亿的价格，你是不是愿意出售远思？”

“何必非要买下整个远思？”倪流呵呵一笑，“交叉持股多好，不瞒盛董，远思以后会走控股公司的道路，以远思的实力，控股不了盛世，入股就可以了。”

盛世虽没上市，估算的市值应该在一百亿以上，远思现在就算市值大涨到二十亿，也只是盛世的五分之一。

盛夏先是一愣，显然没想到倪流的野心还挺大，随后又笑了：“想法不错，我支持你。想入股盛世，没问题，只要你开出的条件合适，我不反对。”

“远思从盛世别墅项目应得的全部利润，折算成股份入股盛世，你觉得多少合适？”

“现在还不能确定远思的利润到底有多少，不过大概有三到四亿，好，算四亿，算百分之四。”盛夏为人从不拖泥带水，有一说一，“如果最后项目比预期还要畅销，算你百分之五也没什么。”

“好，就当盛董答应我百分之五了。”倪流哈哈一笑，“盛董想入股远思多少？”

“我要百分之十吧。”盛夏想了想，“这样，算远思二十亿的市值，我以百分之二盛世股份入股，怎么样？这样算下来，远思不要盛世别墅项目一分利润，再拿出百分之十的远思股份，用来交换盛世百分之七的股份，是不是这个想法？”

“就是。”

“我没问题。”

“我也没问题。”

“成交！”

“成交！”

“哎，对了，你和林道首的战争，进行得怎么样了？”盛夏也听说了远思和首远的最后一战，很关心胜负，如果远思输了，倪流和她约定的交叉持股就等于白说了。

“三天内，一举定乾坤。”倪流脸上流露出自信的笑容。

告别盛夏，倪流回到远思，刚进办公室，肖米一阵风一样冲了进来。

“倪头儿，全部搞定，所有欠债全部追回，并且全部支付了相应的利息。”肖米将几张支票拍在倪流面前，“其中吴来支付的利息最多，是按理财利息支付的。”

几张支票加在一起接近一千万，再加上手中还有宋国文死时留下的五百万以及王树斌偿还的七百万，将近两千万的流动资金，可以确保远思渡过半年的危机了，倪流心中大定：“行家一出手，便知有没有，肖姐，真人才也。”

“去，去，别说没用的假话，口惠而实不至，说吧，怎么谢我？”肖米笑意盈盈，“要不，把黄文旭奖给我吧？”

“……”倪流倒吸一口凉气，黄文旭是个大活人，他可没有权力让黄文旭去爱谁娶谁。

说黄文旭，黄文旭到——人没到，电话到了。

倪流和吴小舞、兰姣从襄都回来后，黄文旭留在了襄都，一直没有回来，他肩负着摆平刘勇三人并且监视宋国武的重任，没错，监视宋国武，防止宋国武被林道首策反，是倪流必须防范的问题。在事关远思归属权一战的决胜局上，善变的宋国武是最关键的支点人物，必须时刻掌握宋国武的动向，万万不可掉以轻心。

还好，宋国武这一次没有反复，坚定地维护倪流，不让远思落入林道首手中。经过一番艰难的讨价还价，宋国武和林道首在是一比二点五还是一比二的比例上，互不相让。其实按照倪流的想法，一比二就答应了也行，宋国武这一次也不知道犯了什么邪，就不答应，非说要多替倪流要出额外的零点五。

双方的拉锯战僵持了一周也没有达成共识。

第四十八章

全局掌控

宋国武和林道首的较量没有分出胜负，黄文旭和刘勇三人的谈判，却取得了突破性进展。在黄文旭巧舌如簧的劝说下，再在许之以利的诱惑下，刘勇三人和黄文旭原则上达成了转让股份的协议，虽然转让价格溢价百分之十，但如果从长远计，等于是迈出了倪流控股首远的关键一步，多付出的部分，也值了。

黄文旭的电话，就是向倪流汇报这个喜讯："差不多成了，下一步就等宋国武和林道首达成协议了，倪头儿，最好让宋国武加快进展，因为，你的还款期限快到了。"

距离倪流向林道首还款，还有一周左右，倪流之所以一直拖到现在，就是为了最后一击时卡住林道首的脖子。

倪流大喜，拿下刘勇三人的股份，再加上他名下原有的百分之二十，等于是他持有了百分之四十八的首远股份，控股首远，就近在咫尺了。

"好，你告诉国武，一比二答应林道首，不过要让林道首额外多支付一千万的现金。这一千万，就当是国武和你的辛苦费了。"相信这个条件，林道首肯定接受，只要他一答应，首远距离沦陷仅一步之遥了。

"得了，倪头儿真是好人，大方，我虽却之不恭，但受之有愧。"黄文旭还假装客气一番，"如果林道首真这么大方，我就和国武哥先拿了这钱。"

"行了，别矫情了，赶紧干活儿去。"倪流哈哈一笑，反正是林道首的钱，又不是他的钱，他是慷他人之慨。

果然如倪流所料，黄文旭同宋国武一说，宋国武眉开眼笑，当即答应了。一比二也好，一比二点五也好，他是不蒸馒头争口气，却没有什么好处可得，现在让到一比二，他能平白得到五百万，何乐而不为？当即拍腿应下。

倪流随即打电话给盛夏："盛董，该放风了。"

盛夏咯咯一笑："我现在不遗余力地帮助你，万一等有一天远思成了世界五百强，吞了盛世，我这算不算自食其果？"

"哈哈，盛董多虑了。如果远思真有可能成为世界五百强，你说远思还会吞并盛世吗？远思的目光应该已经冲出中国走向世界了。要吞，也应该吞了微软才对。"说实话，倪流还真没有吞并盛世之心，盛世的产业结构不符合他的发展观，他对控股盛世兴趣不大，顶多只是参股。

"好，就信你一次。"盛夏笑道，"马上放风。"

盛夏的性格直爽干脆，做事情当然是雷厉风行，说放风就放风，几小时后，一则传闻开始在石门商界流传，又一小时后，传闻传到了襄都商界，也传到了林道首耳中。

林家。

"盛世愿意以三倍的溢价收购远思股份？"林道首紧皱眉头，一脸难以置信，"怎么可能？盛夏吃错药了，还是看上倪流这个小白脸了？"

"道首，你最近思路总是跑偏，不要情绪化，要冷静，要理智。"从远远轻轻拍了拍林道首的后背，借以抚平林道首的激动，"别激动，盛夏想高价收购远思，肯定和远思承建的盛世别墅项目大获成功有关。你想呀，表面上她想以三倍的溢价收购远思，实际上如果收购成功，她就不必支付远思的承建费用，还可以将产业园的利润装入口袋，算下来，她不亏，而且还有的赚。盛世别墅项目之后，盛世肯定还会开发别的项目，收购了远思，不就等于下一个项目成功了一半？"

也别说，从远远的分析还真有道理，林道首忧心忡忡："眼见远思快要被我拿到手了，盛夏偏偏要横插一手，实在让人讨厌。难道真要答应宋国武的条件？"

"再还价试试，能讲到一比二算赚到，讲不到，一比二点五，也不算亏，对比盛夏的出价，还算不错。"盛夏是三倍溢价，等于是远思和首远的比值达到了一比三，从远远现在比林道首还焦急，再不让步，让宋国武听到风声，他肯定连一比二点五都不同意了。

若是以前，林道首或许还能稳坐钓鱼台，观察一下风向，分析一下盛夏的出价到底是真想收购远思还是只是放风，现在他已经被宋国武折腾得焦头烂额，关心则乱，不复以前的淡定从容。

"好，我这就打电话。"

“国武……”林道首拿起电话，打给了宋国武，在交谈了十分钟后，他脸上终于浮现了久违的笑容，“好，好，我答应你，没问题。”

“成了？”从远远一脸惊喜。

“一比二，外加一千万的现金。”林道首长出一口气，“比想象中要好一些，宋国武让了一小步，我和他约好了，今晚就先签了意向书，明天最晚后天，就签了股份置换协议，然后去工商部门备案。”

“倪流阻拦怎么办？”如此大规模的股权交易，必然绕不过远思的董事会，从远远最担心的就是倪流会从中作梗。

“不怕，除非倪流以一股两千万的价格收购宋国武手中的股份，否则他只能抬手放行。”林道首得意地哈哈一笑，“问题是，倪流现在什么都不缺，就是最缺钱。所以，越快越好。”

是夜，林道首和宋国武秘密会面，就股份置换一事签署了意向书。为了表示诚意，林道首当面将五百万的现金支票交与宋国武，等事成之后，再付另外的五百万。

宋国武手拿五百万现金支票，双眼笑成了一条缝，当即表示如果倪流不同意他和首远置换股份，他负责说服倪流，保证让交易顺利达成。

真是一个见钱眼开的家伙，林道首暗暗喟叹，以后说什么也要将宋国武踢出首远，以宋国武的节操，他早晚是个祸害。

林道首猜对了，宋国武确实是一个祸害，一个专门祸害他的祸害。

三天后，林道首和宋国武完成了股份置换的全部手续，随后在提交到远思董事会讨论时，倪流果不其然提出了反对，但反对无效，倪流拿不出三亿的资金以同样价格收购宋国武名下的股份，最终他无奈之下只能放手通过。

宋国武和林道首的交易顺利达成，为了保险起见，也是为了得以继续控股首远，林道首没有转让太多首远股份，宋国武以百分之十的远思股份得以置换了首远百分之二十的股份，成为首远第二大股东——为了迎战倪流，首远内部进行了股份调整，林道首将从远远名下的股份转移到了他的名下，将林凝欢名下的百分之十的股份也转移到他的名下，他在首远的持股依然高达百分之三十六——与此同时，林道首名下的远思股份一举上升到了百分之三十二，至此，林道首以首远第一股东和远思第二股东的身份，成为襄都商界叱咤风云的人物。

一夜之间，远思和首远的股权结构大变，风起云涌，诡异多变，许多人眼花缭乱，不明白林道首重组首远并且大举入股远思到底打的是什么如意算盘。当然也有明眼人看了出来，林道首是在进攻远思，而且很明显，他已经打入了远思的最高决策机构，下一步全局掌控远思，只在朝夕之间。

林道首在家中摆开了庆功宴。

“远远，这一次的成功，和你的支持密不可分。”林道首举杯和从远远碰杯，“等正式控股了远思后，大首远还是由你来担任董事长。”

从远远笑容如盛夏的阳光一样灿烂：“谁担任董事长不重要，重要的是，首远和远思都掌控在林家手中就行了……对了，小欢怎么还没有到？”

庆功宴是家宴，家宴自然是一家三口了，从远远通知了林凝欢，林凝欢也满口答应会来，现在都晚上七点多了，怎么还不见人影？

“再打个电话给她。”不知何故，林道首心中忽然闪过一丝不祥的预感。上次他自作主张将林凝欢名下的股份转移到了他的名下，林凝欢不同意，他依然强行办理了更名手续。之后，林凝欢好像变了一个人一样，沉默寡言，心事重重，不但很少回家，连电话也几乎不打了。

应该不至于因为股份的事情伤了父女感情，林道首并未深想，以为林凝欢是小女孩心思，闹小性子，股份在谁名下重要吗？早晚不都是她一个人的？再加上他最近为了控股远思殚精竭虑，根本分不出心思照顾林凝欢的情绪，以至于忽略了许多事情。

从远远也是，她也忽略了林凝欢最近的反常。

“嗯。”从远远一边答应着，一边又打了林凝欢的电话，结果提示是关机。她十分不解：“好好的，怎么关机了？”

“打庄园的电话。”林道首心中的不安越来越强烈，猛然间心口一阵揪心的疼痛，仿佛失去了生命中的至爱一样。

从远远也有几分慌了，忙打了庄园电话，结果办公室答复林凝欢不在庄园，而且庄园现在已经不再属于林凝欢，一天前，林凝欢将庄园转让了。

“什么？”林道首大吃一惊，“小欢想要做什么？她是怎么了？”

从远远也不知道林凝欢到底怎么了，她正要再打林凝欢的手机时，她的手机叮咚一声，来了一条短信。

“爸、妈，我是欢欢。记得以前你们对我说过，给我起名凝欢，是想让我的人生凝练充实并且充满欢乐。二十多年来，我一直无忧无虑，不知道忧愁是什么，直到遇到了倪流……”

从远远的手开始颤抖，她的心收缩着疼痛。

“我原本答应倪流，如果他肯娶我，我愿意将我名下百分之十的首远股份转让给他，虽然这么做有强人所难的意味，但也许是我可以打败吴小舞的唯一机会。我满心欢喜地等倪流在山穷水尽的时候，需要我的百分之十的股份救急，这样，我就可以成为他最美的新娘，结果，我没等来倪流山穷水尽的时刻，却等来了爸爸拿走了我全部幸福的结局……股份是爸爸给的，爸爸拿走天经地义。幸福是自己争取的，争取不到，也是天意。我走了，去了美国，你们也不要找我，也许我会一直在美国生活下去，也许有一天我想通了还会回来，但未来到底怎样，谁又能知道？”

“欢欢……”从远远大喊一声，手中的手机失手落地，失魂落魄地跌倒在了沙发上，痛不欲生，“欢欢，你为什么要这样？你为什么不和爸妈说个清楚？你为什么……”

林道首颓然坐下，脸色灰白，喃喃自语：“欢欢，为什么不告诉爸爸？为什么？”忽然他又一跃站了起来，一脸狠绝，“不就是一个倪流，有什么了不起，我一定要把他踩在脚下，让他品尝一下失去的痛苦……倪流，你等着！”

话音刚落，电话急促地响了。

林道首接过电话，只听了一句就脸色大变：“什么？宋国武名下的首远股份无偿赠予了倪流？”

倪流原本持有首远百分之二十的股份，如果再加上宋国武名下的百分之二十，将会达到百分之四十，不但是首远的第一大股东，而且距离控股仅一步之遥。

怎么会？怎么可能？！林道首停止了呼吸，大脑一片空白。宋国武爱财如命，会无偿将股份赠予倪流，这几乎是和人类能长生不老的梦想一样，是不可能实现的神话，可是为什么偏偏神话变成了现实？宋国武是脑子进水了还是短路了，他为什么要无偿赠予倪流？

在和宋国武交换股份时，林道首也考虑到了宋国武有可能受倪流指使或是事后将股份出售给倪流的可能，但他权衡之后得出结论，宋国武不是受倪流指使，因为宋国武和倪流向来不和，而且宋国武又是一个见利忘义之人。至于事成之后宋国武会将首远股份出售给倪流的可能，一是倪流无钱购买宋国武手中的首远股份，二是退一万步讲，哪怕倪流手中有钱同时宋国武又愿意出售，他也不会让董事会通过宋国武和倪流之间的交易。因为，他还是首远的第一大股东，有权否决倪流和宋国武之间的交易。

没想到，万万没想到，宋国武居然会将价值三亿的股份无偿赠予倪流，是宋国武疯了傻了，还是他听错了？

“事情属实？”林道首清醒过来，大声吼道。

“完全属实。”电话一端是首远的一个副总，是林道首最忠心耿耿的部下。

“马上召开董事会，所有董事必须全部到场。”林道首面临局势全面失控的危险。他已经失控了，怒不可遏，顾不上再考虑林凝欢的事情。

半小时后，首远大厦的会议室中，除了倪流之外，所有董事全部到齐，甚至包括宋国武。

林道首坐在首位，怒气冲冲地指着宋国武的鼻子：“宋国武，你到底是怎么回事？”

“什么我怎么回事？我很好呀。我愿意无偿赠予，就赠予了，林董，难道我学雷锋做好事还犯法吗？”宋国武一脸无所谓的表情，对林道首的指责丝毫不放在心上，甚至还得意地笑了笑，“请董事会批准。”

“我不批准！”林道首近乎歇斯底里了，“我不同意，你别想玩我。”

“我哪里敢玩你，林神仙。”宋国武轻蔑地一笑，心中升腾起胜利的快感，原来将高高在上的人踩在脚下是这么有成就感。他哈哈一笑：“你不批准？好呀，下面请各位董事举手表态。要是多数董事都同意的话，林神仙再不同意，就请以原价收购，拿出三亿给我。”

“你……”林道首眼前一黑，差点昏倒，环视四周，从远远由于将股份全部转移到了他的名下，不再是首远的董事，没有出席会议，剩下的董事，除了倪流没有到场之外，就是刘勇三人了，他的全部希望就寄托在刘勇三个人的身上了。

“刘勇、觅书、思斌，你们是什么态度？”

原以为刘勇三人肯定还会和以前一样紧紧追随他的脚步，不料刘勇和肖觅书、陈思斌交流了一下眼神，随后说道：“林董，我们同意宋国武和倪流的交易。”

“什么什么？”林道首不敢相信自己的耳朵，站了起来，大声嚷嚷，“你们为什么都要和我作对？为什么要和宋国武这个浑蛋穿一条裤子？”

宋国武哈哈大笑：“林神仙，我承认我以前很浑蛋，现在也是，不过浑蛋也分好浑蛋和坏浑蛋，凡是专门对付坏人并且惩治坏人的浑蛋，都是为人民服务伸张正义的好浑蛋。”他站了起来，冲林道首挥了挥手，“走了，你一个人玩吧，看什么时候最后玩死自己。还有，我再告诉你一个秘密，刘勇、肖觅书和陈思斌已经和黄文旭签署了协议，转让了他们名下的股份……”

“……”林道首先遭当头一棒，又遭晴天霹雳，他身子一晃，一屁股坐回椅子上，浑身虚脱了一样，“我不同意，我反对，我不允许你们转让你们的股份……”

刘勇三人也站了起来：“对不起林董，我们已经决定了。如果你不同意，请你提出相应的收购方案。”

片刻之间，所有人都走了，只剩下林道首一个人坐在主位上，四周空空荡荡，象征着权势和地位的董事长之位，如今却是孤家寡人之位，什么叫众叛亲离，现在的林道首就是。

也不知失魂落魄了多久，林道首忽然想起了一件事情，抓起电话打给了倪流：“倪流，马上还我的三亿，马上，一刻也不能耽误！”

倪流还了款，他就有钱收购刘勇三人名下的股份了，至少可以确保倪流不获得绝对控股权。

“不好意思林伯伯，还款期限还不到，还差三天。三天后一定还你，怎么样？”倪流的态度十分和善，语气也算恭敬。

“不行，现在就必须还。”林道首大呼小叫，“立刻，马上！”

“真不好意思林伯伯，你的三亿，我用来购买了刘勇、肖觅书和陈思斌名下的首远股份，暂时还不了。就三天，三天后，还款期限一到，肯定还款，一分不少，还会支付正常的利息！”倪流也不是故意要气林道首，而是心中意难平，他有必要让林道首知道一个道理，善游者溺，善骑者堕，善于算计别人的人，终究被人算计。

“倪流，你无耻，你卑鄙，你浑蛋，你……”林道首气急败坏，才明白过来一件事情，原来倪流提出向他拆借三亿的最终用意是为了在最后时刻卡他的脖子。倪流真有种，用他的钱购买首远的股份，还让他无钱可用阻止交易，这一手，简直高明得让人五体投地。

当然，也气得林道首吐血！

“比起林伯伯无情地扼杀自己女儿的幸福，以及为了控股远思而不择手段的疯狂，我的手段真的不算什么。”倪流冷冷一笑，“林伯伯，你老了，该好好休息一段时间了。我建议你放一个长假，去美国陪陪小欢，或许可以让你有一个幸福的晚年。”

“倪流，我……我不会认输！”林道首暴跳如雷，不过回答他的是电话挂断之后的忙音。

寂静的夜，有人酣然入梦，有人彻夜难眠。

倪流也没有多少睡意，他没有回住处，一个人在办公室，将自己淹没在深深的黑暗中，陷入了回忆的大海之中。

在接到林道首的电话之前，他刚刚和林凝欢通过电话，在首都机场的林凝欢在上飞机之前，给他打了一个长长的电话。

正是这个电话，让倪流心潮起伏，心情久久难以平静。

“倪流，对不起，让你失望了，我的股份被爸爸收回了。我失信于你，没有颜面再面对你，只能一走了之。请原谅我的逃避，我也不想，只是我实在想不出还有什么留下来的借口。和吴小舞相比，我没有她陪你风雪兼程相依为命的经历，也没有在你最艰难最需要的时候，始终陪在你的身边不离不弃。原以为远思百分之十的股份可以当成我的嫁妆，助你在事业上打开新的大门，到头来，人算不如天算，爸爸收回了我的股份，也破灭了我最后的爱情梦想，除了离开，我还能怎么办？

“我去美国了，也许会继续读书，也许会开创事业，不过有一件事情请你一定不要忘记，等你和小舞结婚的时候，记得要通知我，我会回国参加你们的婚礼，并且送你们一份礼物，是一份天大的惊喜，你肯定猜不到是什么……”

倪流无法形容自己的心情，他承认他对林凝欢不公平，可问题是，世界上哪里有绝对公平的事情，对林凝欢公平了，吴小舞何去何从？如果说他对林凝欢和吴小舞都有感情，而除了感情之外，他对吴小舞还更多了责任。

是的，责任，责任重于感情，责任是一个男人安身立命的根本。吴小舞为他所做的一切，他要做的不仅仅是对她感情上的回报，还有一生一世的爱护。

夜色深深，倪流思绪纷飞，全无睡意，想起林凝欢的离去，想起明天即将迎来一个全新的开始，他心中既有遗憾和惋惜，又有期待和兴奋。人生就是一条奔流不息的河流，有激流，有险滩，也有不可预知的逆流。林凝欢说要送他和吴小舞一份大礼，到底是什么惊喜？而明天和林道首的最后一战，又该是怎样的结局？

不管有人多么痛苦地失眠，也不管有人多么兴奋地失眠，太阳照常升起，世界不会因为任何一人的悲伤或快乐而停留片刻。

一个再平常不过的日子，襄都市民和往常一样上班、送孩子上学，在生活的大潮中随波逐流，谁也不知道的是，襄都商界发生了一件惊天动地的大事——襄都第一集团公司远思正式控股了襄都第二集团公司首远！

倪流接受了宋国武无偿赠予的首远百分之二十的股份——当然不是真的无偿赠予，是他和宋国武的一次掩人耳目的交易，宋国武会拿到他应得的补偿，不会吃亏——又购进了刘勇三人名下百分之二十四的首远股份，林道首有心阻拦，却无力回天，三亿的资金不到还款期限，倪流就是不还，他只能眼睁睁看着他一手创立的首远被倪流强行夺走。

首远易主的一刻，林道首老泪纵横，心中升起无尽的疲惫，忽然之间心灰意冷，所有的雄心壮志一时离去，只想远离襄都，到一个无人认识他的地方度过余生。自古英雄如美人，不叫人间见白头，只不过青山遮不住，毕竟东流去，人再强，也强不过岁月。属于他的时代，终于落幕了。

消息传出，襄都商界一片哗然，才上位不久的倪流，先是扳倒了洪东旭、摆平了王树斌，现在又拿下了林道首，三战三捷，三位江湖老手商界精英，一个锒铛入狱，一个忍气吞声，一个黯然收场，倪流简直就是横空出世的商界小霸王。

随后，倪流宣布，远思正式更名为远思控股有限公司，旗下控股公司包括远思和首远，参股公司包括盛世等，远思控股今后将以石门为立足点，致力于打造一家国际化的大型纯粹控股集团公司。

半年后。

远思陆续收回了洪东旭父子挪用的公款以及产业园的回款，远思危机至此全部解除，从此，远思全面走上了正途，展现在远思面前的是一条前所未有的光明大道。

又一个月后，远思再次宣布参股容天集团，至此，远思控股有限公司控股和参股的公司已达三家，远思控股公司的雏形初具规模，倪流的大远思梦想初见成果。

“倪头儿，远思什么时候上市？”黄文旭推门进来，对正在喝茶凝思的倪流说道，“不会等你孩子都有了，还没有上市的规划吧？”

“我还没结婚，哪来的孩子？”倪流差点想泼黄文旭一身水，黄文旭又恢复了以前头上留一缕黄毛的德行，都快结婚的人，怎么还长不大一样，“怎么着，定下娶谁了没有？”

“定了。”黄文旭嘿嘿一笑，递上了一张请柬，“请倪头儿大驾光临我的婚礼，至于礼金嘛，不用多，一栋独栋别墅就行了。”

“没问题，肯定送你一栋独栋别墅。”倪流哈哈大笑，见请柬上新娘一栏的名字是郭丽丽，他合上了请柬，“如果不是你卖身求荣，远思参股容天也没这么容易，看在你为远思立下了汗马功劳的分儿上，我决定，公司奖励你一栋独栋别墅。”

黄文旭喜出望外，高兴得抓耳挠腮：“倪头儿，倪董，倪哥，要不别墅我不要了，奖励我百分之一的远思股份，好不好？”

“滚蛋。”倪流笑骂，现在的远思今非昔比，一股的售价高达三四千万，而且还有价无市，所有持有远思股份的股东，都不会转让手中的股份，都知道不用多久，远思的股份还要升值。

“真小气。”黄文旭翻了个白眼，又说，“对了倪头儿，你的婚礼也定在国庆好了，最好和我一起举行一个集体婚礼，多热闹。”

“本来我也想定在国庆，可惜的是，她不同意，不但她不同意，而且还有一个人也不同意，说她还没有准备好，必须等她准备好一个大大的惊喜当成礼物回国送我，我才能举行婚礼。我算了算时间，元旦的时候正好。”

“那算了，我娶我的，你娶你的，各自幸福吧。”黄文旭摆了摆手，“新娘不同意也就算了，还有谁不同意……难道是林凝欢？不对，她会有什么惊喜送你？”

吴小舞推门进来，抬腿要踢黄文旭，“狗嘴里吐不出象牙，小欢要送给我们的惊喜是……”

“是什么？”黄文旭的八卦之火熊熊燃烧。

“为什么要告诉你？”吴小舞嘻嘻一笑，“和你又没有关系，赶紧走，郭丽丽在楼下等你呢。还有，我听兰姣和肖姐说，等你结婚时，也要送你一个大大的惊喜，听说是她们找到了你全部的前女友，要组团来踢场……”

“啊，不是吧？这么狠？最毒莫过妇人心，得赶紧和兰姣、肖姐摆事实讲道理去。”黄文旭夺门而逃。

“到底小欢的惊喜是什么？”倪流起身将吴小舞抱在怀中，“你们一直瞒着我，是不是在打什么坏主意？”

“哪里有？”吴小舞娇艳如花，笑得甜蜜而神秘，“到时你就知道了，现在必须保密。”

“要不，婚礼还是提前到国庆算了？”倪流嘿嘿一笑。

“别呀，必须得等小欢。怎么了，心虚了？”吴小舞笑得很狡黠。

“我心虚什么？开玩笑。”倪流摸了摸鼻子，忽然电话响了。

“倪流，你要是敢不等我回国就提前结婚，信不信我让你没法收场？”林凝欢远在万里之外，威胁的声音如在耳边，“你等不等我？”

倪流一头冷汗：“等，肯定等，必须等……”

“哈哈。”林凝欢在电话里放声大笑。

“嘻嘻。”吴小舞在一旁含蓄一笑。